DIE TAUSEND FARBEN DES MEERES

Geboren in der Gegend von Osnabrück studierte Lena Talis in Stuttgart Kunstgeschichte, Literatur und Pädagogik und arbeitet heute als Journalistin, Museumspädagogin und Stadtführerin in Esslingen. Die Insel Korfu, den grünen Smaragd im Ionischen Meer, liebt sie seit vielen Jahren. Etliche Male verbrachte sie ihren Urlaub auf Korfu. Die beiden letzten Aufenthalte nutzte sie für eine ausführliche Recherche vor Ort.

LENA TALIS

DIE TAUSEND FARBEN DES MEERES

Kriminalroman

emons:

Bibliografische Information der Deutschen Nationalbibliothek
Die Deutsche Nationalbibliothek verzeichnet diese Publikation
in der Deutschen Nationalbibliografie; detaillierte bibliografische
Daten sind im Internet über http://dnb.d-nb.de abrufbar.

© Emons Verlag GmbH
Alle Rechte vorbehalten
Umschlagmotiv: mauritius images/Žanete Terentjeva/Alamy
Umschlaggestaltung: Nina Schäfer
Gestaltung Innenteil: DÜDE Satz und Grafik, Odenthal
Lektorat: Susann Säuberlich, Neubiberg
Druck und Bindung: CPI – Clausen & Bosse, Leck
Printed in Germany 2021
ISBN 978-3-7408-1151-8
Originalausgabe

Unser Newsletter informiert Sie
regelmäßig über Neues von emons:
Kostenlos bestellen unter
www.emons-verlag.de

Dieser Roman wurde vermittelt durch die
Literaturagentur Thomas Schlück GmbH, Hannover.

Prolog

Juni 2018

Er hüllte den Toten in eines der Netze aus dem Olivenhain, rollte ihn über die Kante des felsigen Plateaus und beobachtete, wie das schwarze Bündel den Hang hinabrutschte, Fahrt aufnahm, von Felsblock zu Felsblock flog und schließlich mit einem satten Klatschen auf dem Grund der Schlucht aufkam. Ihm folgte eine Lawine aus Schutt, Geröll und Staub, die sich nur langsam legte. Danach wurde alles so still wie zuvor.

Das schwarze Netz, dachte er. Sein Verlust würde frühestens im Spätherbst zu Beginn der Olivenernte auffallen.

Schweißgebadet zog er sich zurück in die Haltebucht an der Straße, setzte sich auf seine Fersen und wischte sich die Hände an seiner Hose ab.

Er hatte nicht gewusst, dass es so einfach war, einen Menschen zu töten. Der Stein, mit dem er ihm den Schädel zertrümmert hatte, lag kaum zwei Meter entfernt. Ein mit Macht ausgeführter Schlag hatte ausgereicht, vom Klang her einer geknackten Eierschale ähnlich. Das Leben war in Sekundenschnelle aus dem Fremden gewichen und hatte nichts zurückgelassen als eine leere Hülle und Augen, die blicklos in den Himmel starrten.

Auf dem Parkplatz herrschte allerdings eine Mordssauerei. Seine Kleidung war mit Blut und etwas Undefinierbarem durchtränkt, das nur Gehirnflüssigkeit sein konnte. Vorbei. Entschlossen schob er den Anflug von Ekel beiseite, der ihn erfassen wollte, kickte den Stein über die Kante des Abhangs und bedeckte die Spuren seiner Tat mit Sand. Der Regen, der auf Korfu reichlich floss, würde für den Rest sorgen.

Er zog sein Hemd aus, knüllte es zusammen und warf es vor den Beifahrersitz des Geländewagens. Mit nacktem Oberkörper setzte er sich hinter das Steuer und konzentrierte sich auf seinen Atem, bis die Welt zur Ruhe kam.

Der Fremde war sofort tot gewesen. Eilig hatte er seine Taschen durchsucht, eine Geldbörse mit etwas Bargeld, aber keinerlei Papiere gefunden. Er glaubte nicht, dass jemand den Toten in seinem Hotel an der Küste vermissen würde, und wenn doch, landete er sicher auf einer Liste der Polizei, die keinen interessierte.

Der Mann hatte sich sein Schicksal selbst zuzuschreiben. Zufällig waren sie in der Karaoke-Taverne »Crusoe« am Strand von Roda ins Gespräch gekommen. Der Fremde hatte erstaunlich gut Bescheid gewusst und genügend Dreistigkeit besessen, um genau die Fragen zu stellen, die er nicht hätte stellen dürfen.

Unter einem Vorwand hatte er ihn in die Berge gelockt und die Sache beendet. Egal, ob der Tote ein Polizist oder ein Privatschnüffler gewesen war, er musste seinem Geheimnis auf die Spur gekommen sein. Warum sonst sollte jemand im Touristenort Roda in einer Kneipe voller grölender Fans von Manchester United Dinge behaupten, die niemand wissen konnte?

Und wenn wider Erwarten doch jemand zur Polizei ging? Selbst Hundertschaften würden ihn im unwegsamen Hinterland Korfus nicht auf Anhieb entdecken. Wer sollte nach ihm suchen? Die Verantwortlichen in Athen gewiss nicht. Seine Tat würde unentdeckt bleiben.

Beruhigt setzte er den Motor in Gang, durchquerte ein verschlafenes Dorf und bog auf die Landstraße ein, die durch silbrige Olivenhaine abwärts ins Tal führte. Von Zeit zu Zeit öffnete sich der Blick auf einen lichtblauen Streifen Meer, der verheißungsvoll am Horizont aufleuchtete. Idylle pur.

Sein SUV fiel im ländlichen Korfu nicht weiter auf. Gegenverkehr gab es ohnehin kaum. Er drückte auf die Radiotaste. Weg mit dem Sirtaki, weg mit dem Geschwafel aus Athen. Er klickte sich durch die Senderliste, bis Popmusik aus dem

Lautsprecher dröhnte, und sang bei jedem Song mit, im Siegestaumel.

Seine Gedanken kehrten zu der Mumie auf dem Grund der Schlucht zurück. Was auch immer den Fremden auf seine Spur gebracht hatte, jetzt ähnelte er in seiner schwarzen Verpackung dem Kokon einer Spinne, angelegt zu Vorratszwecken. Er hatte ihm eine würdige Bestattung zukommen lassen. Die knorrigen Olivenbäume, die das Bündel umgaben, streckten ihre Arme gen Himmel und bewachten ihn wie trauernde Klageweiber. In der Tiefe würde ihn niemand finden, außer es wagte sich jemand bei der Ernte in die Klamm hinab.

Im Herbst würde die Mumie von Brombeerranken zugewachsen sein. Insekten und Würmer hätten den Schädel kalkweiß gefressen. Seine finsteren Absichten wären ausgelöscht. Staub zu Staub und Asche zu Asche.

Der Mörder erreichte das Tal und bog auf die Küstenstraße in Richtung Sidari ein.

1

Letzter Post von Jannik Tersteegen, 8.9.2018:

Ich überquere die Straße und setze mich, das Notebook auf den Knien, an den Saum der Wellen, die ihre Farbe passend zur Tageszeit wechseln. Nach Sonnenuntergang ähnelt das Meer geschmolzenem Zinn. Mittags sieht es aus wie geronnenes Glas. Lauter helle Blautöne. Manchmal schimmert es lila, dann wieder türkis. Doch die Rückseite der Wellen ist so schwarz wie die dunkle Seite des Mondes. Mila würde diese Farbe mit ihrer Kamera einfangen und allen zeigen, dass sie der Spiegel unserer Einsamkeit ist. Die Brandung erfüllt meinen Kopf mit ihrem Rauschen. Manche Wellen flüstern sich an den Strand. Andere rollen mit weißen Schaumkronen heran, röhren auf wie ein Ferrari (blödes Wort) und fressen Löcher in die Küstenlinie. Ihnen kannst du nicht entgehen. Die starke Brandung der letzten Tage hat Almiros neu erfunden, den Strand schmaler und voller Treibgut zurückgelassen. Alles strotzt vor Möglichkeiten. Heute habe ich mein Buch beendet, ihr wisst schon, mein Projekt des letzten Jahres, und einen neuen Titel darübergeschrieben. »Die Pferde Poseidons« fand ich dann doch zu pathetisch. Ihr dürft also gespannt sein. Ich bin stolz auf meinen Text und auch sonst dabei, mein Leben zu ändern. Das mit dem Literaturnobelpreis ist schon gebongt. Quatsch, kleiner Scherz. Eins jedoch gilt: Alles auf Anfang. Das betrifft auch meine süße Love-Affair im Häkelkleid. Mila, es tut mir leid. Das mit uns war ein Irrtum. Fotografier in Zukunft jemand anderen. Es wird keine Hochzeit in Weiß auf der Stauferburg geben. Auffliegende Tauben finde ich sowieso kitschig, ebenso wie rosa Hochzeitstorten mit Brautpaaren aus Marzipan.

Janniks Finger waren im Wind gefühllos geworden und nicht mehr imstande, die Tastatur zu bedienen. Er blickte auf das Meer hinaus, aus dem sich in der Ferne die raue Küste Albaniens schälte. Als Kind hatte er geglaubt, dass im Land der Skipetaren die Abenteuer zu Hause waren.

Kälte bohrte sich über den nassen Kieselgrund in Janniks Fußsohlen. Er bückte sich, veröffentlichte den Post auf Facebook und klappte den Deckel des Notebooks zu. Er hatte mit Mila Schluss gemacht, im Netz, wie der letzte Honk, und durfte sich nicht wundern, wenn er sich mies fühlte. Aber das tat er nicht. Das Einzige, was er spürte, war Leere. Nur das Rauschen des Meeres hallte in seinem Kopf wider. Aus und vorbei, dachte er. Dann jedoch konnte er nicht widerstehen und öffnete seinen Account erneut. Eine gewisse Gigi 2 hatte den ersten Kommentar abgegeben.

»Mila? Diese Bitch hättest du schon längst abservieren sollen.«

2

Montag

Als es an der Tür ihres WG-Zimmers klopfte, stand Mila van der Holst an ihrem Schreibtisch in der Fensternische und sortierte die Abzüge ihrer Fotos aus Manila für die Ausstellung im Gewerkschaftshaus. Jedes Bild erzählte seine eigene Geschichte. Das Mädchen auf der Suche nach Brot vor dem überquellenden Mülleimer, der Rikschafahrer, der sich eine Schneise in der Menge bahnte. Der Junge auf dem Fahrrad, dessen Silhouette sich in einer Pfütze spiegelte. Wie erwartet kamen die Bilder in Schwarz-Weiß besser heraus. Sie ähnelten klassischen Pressefotos. Bilder, in denen die Zeit stillstand.

Menschen, dachte Mila. Endlich hatte sie ein Thema gefunden, das sie interessierte. Vielleicht hatte Jannik recht, der behauptete, sie würde es noch bis in die National Geographic schaffen.

Wieder klopfte es. Mila ignorierte das Geräusch.

Der Sommer neigte sich. Durch das offene Fenster duftete es nach den Lindenbäumen, die die Bismarckstraße im Stuttgarter Westen säumten. Von Zeit zu Zeit segelte ein goldgrünes Blatt zwischen die parkenden Autos.

Sie bewohnten die Drei-Zimmer-Wohnung zu dritt, Mareike, Mila, die oft auf Reisen war, und Malte, der an der Uni in Vaihingen Maschinenbau studierte. Bald würde das Arrangement der drei Ms zu Ende gehen.

Mila konnte selbst nicht glauben, dass sie am 30. September mit Jannik vor den Traualtar treten würde. Er im Smoking, sie in dem Traum aus weißer Spitze und blassrosa Perlen, der an ihrem Schrank hing und auf den großen Tag wartete. Ihre zukünftige Schwiegermutter Stephanie fand, das Kleid passe perfekt zu ihrem exotischen Äußeren mit den dunklen Haaren und den grünen Augen. Gestern hatten sie gemeinsam die dreistöckige Torte bestellt, auf der ein zuckersüßes Brautpaar aus Marzipan prangte. Mila hatte den Prototyp fotografiert und per WhatsApp an Jannik geschickt. Auf eine Reaktion hatte sie vergeblich gewartet.

Kneif mich, ich heirate! Mila atmete tief durch und wartete auf das Gefühl überwältigender Freude, das sich nicht einstellen wollte. Vielleicht lag es daran, dass sich Jannik seit Tagen nicht meldete. Mistkerl.

Das Klopfen wurde penetrant. »Mila?«

»Komm rein!«

Mareike schob sich durch die Tür. Ihr Blick hatte etwas Schuldbewusstes, das nicht zu ihrer spontanen Art passte. Mareike war Erzieherin und eine Frohnatur, wovon nicht nur die Kinder profitierten.

Eine finstere Vorahnung erfasste Mila. Etwas stimmte nicht. Es hatte mit Jannik zu tun, um dessen Facebook-Account sie seit Tagen einen Bogen machte.

»Ich finde, das solltest du wissen. Es tut mir so leid.« Mareike legte ihr Smartphone auf den Schreibtisch zwischen die Fotos. »Vielleicht sollte ich dir das lieber vorenthalten. Aber dich geht es doch als Erste an. Ich verstehe gar nicht, wie er das tun kann.«

»Okay.« Mila trat näher, klickte sich auf Janniks letzten Post auf Facebook und las. Wie fühlte es sich an, wenn das eigene Leben in Trümmer brach?

»Es ist Schluss«, sagte sie.

Jannik hatte viertausendneunhundertachtundneunzig Freunde, die alle eher Bescheid gewusst hatten als sie.

»Ich konnte ihn tagelang nicht erreichen.«

»Er hat sich nicht bei dir gemeldet?«, fragte Mareike entrüstet. »Ihr wolltet heiraten.«

Mila legte ihr den Arm um die Schultern und versuchte, das Mitgefühl zu ignorieren, das ihr wie eine Welle entgegenschlug.

»Der Herr war in den letzten drei Tagen nicht für mich zu sprechen.«

»Und auf WhatsApp?«

»Ich hab's ungefähr tausend Mal versucht. Er hat nicht zurückgeschrieben.« Weder fünf Tafeln Schokolade noch ein Haufen zu bearbeitender Fotos hatten Mila von der bedenklichen Tatsache ablenken können, dass Jannik sie ignorierte. Sie atmete tief durch. Die Luft in ihrem Zimmer war zu knapp, was nicht am Stuttgarter Feinstaub lag. »Der Bräutigam, der sich nicht traut, also. Die Hochzeit ist damit ja wohl geplatzt.«

Am liebsten hätte sie sich in einen hysterischen Anfall hineingesteigert, aber das verbot sich von selbst. Zusammenbrechen war nicht drin. Mechanisch öffnete sie Janniks Reiseblog »Wunderwelt« und überprüfte, ob er sie auch dort abserviert hatte. Das war nicht der Fall. Der letzte Post stammte von einem Aufenthalt in Kerkyra letzte Woche. Lauter schöne Fotos von schmiedeeisernen Balkonen, die wie Vogelnester an den Häusern hingen.

»So ein Vollpfosten«, sagte Mareike leise.

»Du kannst nichts dafür.«

Entschlossen zog Mila ihren Rucksack vom Schrank, wobei sie jeden Blick auf das Brautkleid vermied, das wahrscheinlich für die Tonne war. Sie warf den Rucksack aufs Bett und stopfte wahllos hinein, was sich an sauberer Wäsche finden ließ. Jeans, Shorts, T-Shirts, zwei Blusen, einen warmen Pulli, Slips, Shampoo, ihre Zahnbürste, Zahnpasta, ihr Buch »Alice im Wunderland«. Die Kameratasche mit der Nikon legte sie daneben, auch wenn es auf dieser Reise nichts zu fotografieren geben würde.

Mila verfiel immer in hektische Aktivität, wenn das Leben sie zu überrollen drohte. Blinden Aktionismus nannte ihre Großmutter das. Mareike beobachtete sie wie paralysiert, was Mila noch mehr aus der Fassung brachte. Sie musste ihr etwas zu tun geben.

»Könntest du mir einen Flug nach Korfu buchen?«

»Na klar.« Erleichtert klickte sich Mareike in Milas Laptop ein.

Sechzehn Stunden später saß Mila im Flieger nach Korfu und lauschte ihrer Nachbarin, die ihr ausführlich darlegte, wie sehr sie sich auf ihren Traumurlaub am Meer freue, während das Paar auf der anderen Seite des Ganges sich vergeblich bemühte, seinen Säugling zu beruhigen. Mila begrüßte das bohrende Gebrüll als willkommene Ablenkung.

Mit Jannik zu sprechen würde nicht viel bringen. Wenn er sich etwas in den Kopf gesetzt hatte, war er stur wie ein Esel. Dennoch musste sie es versuchen.

Trotz der Lärmkulisse im Flugzeug schlief sie über Albaniens Küstenlinie ein. Zum ersten Mal seit zwei Jahren begleitete sie das Gefühl der Einsamkeit in ihre Träume.

Sie erwachte erst wieder, als sich der Flieger über Korfus Westküste in die Kurve legte. Die Insel lag im Meer wie ein leuchtender Smaragd. Bevor sie zum Landeanflug an der Ostküste ansetzten, überflogen sie die lang gestreckten Sandstrände bei Chalikounas, die Lagune von Korission und die grün bewachsenen Berge des Inselinneren. Der Flughafen Ioannis Kapodistrias lag so nah an der wichtigsten Verbindungsstraße nach Süden, dass man sie für manche Landungen sperren musste. Villen, Hügel voller Zypressen, weiß leuchtende Schiffe auf dem blauen Meer – die Umgebung wurde rasant größer. Dann setzte das Flugzeug holpernd auf der Landebahn auf.

Die Fahrt vom Busbahnhof in Korfus Hauptstadt Kerkyra durch die Berge bis nach Acharavi dauerte gut eineinhalb Stunden. Mila stieg am Supermarkt »Zorbas« aus dem Green Bus und sah den Rücklichtern nach, die sich langsam in Richtung Kassiopi entfernten. In der Ferne hörte sie das Meer.

Es war ihr zweiter Aufenthalt auf der Insel. Sie hatte Jannik hierher begleitet, als ihre Liebe neu wie ein frisch gefundenes Stück Meerglas gewesen war. In ihrem ersten Urlaub hatte sie sich vor den griechischen Ladenschildern wie eine Analphabetin gefühlt. Jannik war entzückt gewesen, als sie es endlich geschafft hatte, einige wichtige Begriffe in der Landessprache zu entziffern, *Dimitra, Pharmakeio, Nero.* Und er hatte sich köstlich amüsiert, als es ihr einfach nicht gelingen wollte, eine Gyros-Pita aus der Hand zu essen, ohne dass ihr der Tsatsiki seitlich herausquoll.

Die Erinnerung tat weh. Entschlossen verdrängte sie das Gefühl, im Urlaubsparadies fehl am Platze zu sein. Vor der Tür des Supermarkts standen Gasflaschen und Sonnenschirme, eine Kühltruhe surrte, ein alter Hund hob langsam den Kopf, musterte sie und legte ihn zwischen seinen Vorderpfoten ab.

Mila zog die Gurte ihres Rucksacks fester und betrat den Laden. Zorbas, der an der Kasse saß und sich auf seine Fußballzeitschrift konzentrierte, verkaufte neben Lebensmitteln und Getränken alles, was Urlauber brauchten. Flipflops, Sonnenmilch und Sonnenbrillen, Strandtücher, Bikinis und Bücher in diversen Sprachen.

Ich muss essen, dachte Mila, auch wenn sich mein Magen wie zugeschnürt anfühlt. Verstohlen durchstreifte sie die Regalreihen und legte eine Wasserflasche, eine Packung Kekse und ein paar Trauben als Überlebensration in ihren Korb. Sie trat an die Kasse und hoffte, dass sich Zorbas seine Lust auf ein Schwätzchen verkneifen würde.

Er warf ihr einen prüfenden Blick zu, bevor er die Waren über das Kassenband zog. »Jannik ist an Strand.« Er zählte das Wechselgeld in ihre Hand. »Hab heute gesehen. Suchst du doch, oder?«

Wie die meisten Griechen konnte er sich einigermaßen in mehreren europäischen Sprachen verständigen.

»Ja.«

So weit zu ihrer Hoffnung, dass Zorbas sie übersehen würde. Jedes Jahr verbrachte irgendein Tersteegen seinen Jahresurlaub in dem Ferienhaus, das die Familie in Almiros besaß. Dass sich Jannik hier erholte, war dem Burn-out geschuldet, den er vor drei Monaten erlitten hatte. Anschluss fand er überall. Begabt, wie er war, lernte er problemlos die Landessprache, was die Griechen überaus lobenswert fanden. Jannik war ebenso offen und lebensfroh, wie Mila verschlossen und unzugänglich war. Normalerweise ergänzten sie sich perfekt.

»Alles in Ordnung mit dich?«

Mila überhörte den Grammatikfehler, raffte ihre Sachen zusammen und machte, dass sie davonkam. Zorbas' Anteilnahme konnte sie noch weniger ertragen als Mareikes Mitgefühl.

Ein Stück weit folgte sie der Landstraße. Dann bog sie links in den Stichweg zum Meer ein, stemmte sich gegen den Wind und wanderte geradeaus, vorbei an Gärten voller verschwenderisch blühender Bougainvilleen, Palmen und Feigenbäumen. Auf einer Weide suchten Ziegen und Hühner unter staubigen Sträuchern Schutz vor der Sonne. Hinter ihr wuchsen grüne Hügel gen Himmel. Auf dem höchsten Gipfel erhob sich ein Wald aus Fernmeldemasten. Es war der Pantokrator, der Christus, dem Weltenherrscher, geweiht war.

Mila trank einen Schluck Wasser und ignorierte die Motorroller mit den Pärchen, die ihr vom Strand entgegenkamen. Unbeirrt lief sie weiter, bis sich die Dünen zum türkisblauen Meer öffneten.

Das Ferienhaus der Familie Tersteegen lag am Strand vor dem Nordostkap Korfus nahe der Baustelle einer Appartementanlage. Mila würdigte es keines Blickes. Der Bungalow mit den Säulen auf der Terrasse war der letzte Ort, an dem sie sein wollte.

Stattdessen wandte sie sich dem Uferweg in Richtung Acharavi zu. In den Dünen lagen Ferienhäuser, deren Bewohner wöchentlich wechselten und ihre Kinder gegen den Wind in weiße Badelaken hüllten.

Der Strand war ein Band aus bunten Kieseln, an das die azurblauen Wellen mit ihren weißen Schaumkronen anbrandeten. Mila sprang zur Seite, als zwei Fahrräder sie klingelnd überholten. Ihre Füße schmerzten in ihren Trekkingsandalen, und ihr Rucksackriemen scheuerte an ihren Schultern. Dennoch lief sie unbeirrt weiter. Besser, sie konzentrierte sich auf die Blase an ihrem großen Zeh als auf ihr gebrochenes Herz.

Sie ließ ein Strandbad rechts liegen, dessen Dächer aus Palmwedeln bestanden. Dahinter erhob sich eine Holzfläche, Gabys Yogaplattform, die im Moment nicht genutzt wurde. Die Yogis würden erst nach Sonnenuntergang eintreffen. Das wusste sie noch vom letzten Aufenthalt.

Mila zog sich die Sandalen von den Füßen, setzte sich im Schneidersitz auf die Holzplanken und blickte aufs Meer hinaus. Ihre Kamera ließ sie eingepackt, eine Erinnerung an diesen Tag brauchte niemand. Das Smartphone legte sie neben sich. Die Demütigung, Jannik ein weiteres Mal vergeblich anzurufen, würde sie sich nicht geben.

Da war ein Stein in ihrer Brust, knapp unterhalb ihres Zwerchfells, der schmerzte, wenn sie atmete. Es war vorbei. Jannik hatte öffentlich mit ihr Schluss gemacht, sodass seine Follower auf Facebook es eher erfahren hatten als sie. Mila versank in ihrem Kummer.

Das Klingeln ihres Handys holte sie in die Realität zurück. Jannik. Bevor sie dranging, war ihr für einen Moment danach, das blöde Ding auf den Holzplanken zu zertrümmern.

»Du wagst es?«

»Mila?«

Sie schöpfte Hoffnung wider besseres Wissen und betäubte die nagende Angst, die sie immer erfasste, wenn Jannik traurig war.

»Warum?«, fragte sie sanfter als beabsichtigt. »Wie konntest du nur?« Die Bezeichnung »*Love-Affair* im Häkelkleid« spukte ihr seit gestern im Kopf herum. Sie war so falsch, das krasse Gegenteil dessen, was Mila mit Jannik verband.

»Ich hab in deiner WG angerufen. Mareike hat mir gesagt, dass du auf Korfu bist.«

Schweigen dehnte sich zwischen ihnen aus, weiter als das Meer, das die untergehende Sonne in Goldtöne tauchte.

Ich könnte lügen, dachte sie. Könnte sagen, dass ich am Flughafen in Kerkyra und nicht nur Minuten von dir entfernt bin. Ich könnte zurückfahren und mir dort ein Hotelzimmer für eine Nacht nehmen. Morgen würde ich heimjetten und dich nie wiedersehen. Ich könnte einen Schlussstrich ziehen und mich aus der Umklammerung einer Liebe befreien, die mich erstickt.

»Ich bin an unserem Strand. Auf Gabys Yogaplattform.«

»Ich komme.«

Als er aufgelegt hatte, lief Mila barfuß bis zum Saum des Meeres. Eine Welle umspülte ihre Knöchel.

Fürchtete sich Jannik vor der Hochzeit, die ihr Leben umkrempeln würde? Verheiratet sein klang nach Einfamilienhaus, Ehegattensplitting, Rasenmäher, Windeln und Babybrei, kurz, nach lebenslänglich. Aber, du lieber Himmel! Alles abzusagen würde einen Heidenrummel bedeuten. Das Aufgebot war bestellt. Stephanie hatte sich voller Begeisterung in die Vorbereitungen gestürzt, die Stauferburg bei Göppingen als urige Location gemietet, den Caterer und die Band engagiert und über dreihundert Gäste eingeladen, die sie wieder ausladen mussten, Blamage inklusive.

Ich hab's gewusst, dachte Mila. Jannik ist unberechenbar. Unter ihrer Freude, ihn zu treffen, lauerte die Angst. Außer ihr wusste nur Janniks engster Kreis, dass seine Stimmung von Euphorie in Selbsthass und Depression kippen konnte.

Er kam über die Düne auf sie zu, barfuß, in Cargoshorts, und blieb in sicherer Entfernung zu ihr stehen. Er sah so gut aus. Groß, schlank, ein geborener Leichtathlet. Zu Beginn ihrer Beziehung hatte sie kaum glauben können, dass er sich für sie interessierte.

Sein schlechtes Gewissen stand ihm ins Gesicht geschrieben. Seine schulterlangen rotblonden Haare waren zerrauft wie bei einem großen Jungen, der sich einen Streich erlaubt hatte. Milas Zorn fiel in sich zusammen. Sie musste den Impuls unterdrücken, auf ihn zuzulaufen und ihn in die Arme zu nehmen. Stattdessen wappnete sie sich. »Was hast du dir nur dabei gedacht?«

Er trat neben sie in die Wellen. »Ich habe meine Gründe.«

»Warum im Netz?«

Röte überzog seine Wangen. Seine blauen Augen wichen ihr aus. »Das war mies, ich weiß. Es sollte … endgültig sein. Ohne Rückfahrkarte.«

»Das ist dir gelungen.« Eine Welle durchnässte Milas Jeans bis zu den Knien. Wenn sie sich Illusionen gemacht hatte, waren sie bei seinen Worten gestorben. »Ich nehme den nächsten Flug zurück.«

»Lass uns nicht so auseinandergehen«, bat Jannik. »Du übernachtest natürlich bei mir. Ich hab das Haus für mich. Wir könnten, wenn du willst … in Volkers Taverne über alles sprechen.«

»Du servierst mich einfach ab, und dann denkst du, ich lasse mich mit Gyros und einem Glas Wein abspeisen?«

»Frieden, Mila«, bat er leise.

Milas Augen brannten von den Tropfen der Brandung. Sie war zu Tode erschöpft und brauchte einen Platz zum Übernachten. Außerdem knurrte ihr Magen. »Also gut.«

3

»Warum?«

»Lass uns zuerst essen.« Jannik winkte Volker zu, der sie auf die Uhr über dem Eingang verwies.

Die Taverne lag in einem Palmengarten hinter dem Uferweg und bot einen spektakulären Blick auf den Sonnenuntergang. Paare bevorzugten dafür die Hollywoodschaukeln, in denen man ungestört Händchen halten konnte.

Nicht mehr mein Status, dachte Mila mit einem Gefühl der Betäubung. Der war von »in einer Beziehung« auf »Single« zurückgerutscht. Sie nahmen an einem der wagenradgroßen Tische im Garten Platz.

»Volker macht heute Abend das Geschäft seines Lebens.« Jannik zündete eine Kerze an, die in einer Flasche steckte.

Der Charme der Taverne war furchtbar retro, Siebziger, um genau zu sein, aber Mila und Jannik machten sich nicht darüber lustig.

Es dauerte, bis Volker erschien. Auch in der Nebensaison hatten er und seine Hilfskräfte alle Hände voll zu tun. Neben Mila und Jannik belegte ein intensiv diskutierendes älteres Ehepaar aus der Schweiz gerade den letzten freien Tisch. Zwei Kellner servierten einer Gruppe von Engländern Fischplatten, deren Geruch Mila unangenehm in die Nase stieg. Sie lauschte dem Jazz, der aus den Lautsprechern drang, und versuchte, den Grund ihrer Reise zu vergessen.

Die Sonne senkte sich in einem Farbenrausch aus Rot und Gold zum Horizont.

»Wie auf LSD.« Jannik erriet noch immer ihre Gedanken.

Ein psychedelischer Sonnenuntergang, der sich leicht zum Horrortrip auswachsen konnte.

»Pass auf. Jetzt kommt Volker«, sagte er.

Ein Geschirrtuch um die Hüften, drängte sich der Besitzer

der Taverne durch die Menge. Volker stammte ursprünglich aus Berlin. Er war ein kräftiger Mann um die fünfzig, dessen Haare sich an den Schläfen lichteten. Er hatte Philosophie studiert, bevor er am Strand zwischen Acharavi und dem Nordostkap bei seiner Urlaubsliebe Eleftheria hängen geblieben war. Statt seine Gäste mit Sirtaki zu beschallen, beharrte er auf Jazz und seiner Außenseiterrolle und machte sich damit in der örtlichen Gastronomieszene keine Freunde.

Er trat an den Tisch heran und zückte seinen Block. »Jannik und ... Mila?«

Seine Freundlichkeit hatte etwas Erzwungenes. Mila fragte sich, was Jannik ihm erzählt hatte.

»Was nehmt ihr?«

Jannik orderte ein Mythosbier und einen Fischteller, Mila eine Saftschorle und einen griechischen Salat. Mehr würde sie auf keinen Fall hinunterbringen.

Volker notierte ihre Bestellungen. »In der Gaststube ist jemand, der dich sprechen will, Jannik.«

»Später«, wehrte Jannik ab.

»Wer wartet auf dich?«, fragte Mila.

»Niemand.«

Volker verließ sie und wies einen jungen Kellner in einem Ringelshirt an, ihren Tisch mit einer rot karierten Papierdecke zu bedecken.

»*Kalinihta.*« Der Junge näherte sich lustlos. Eine hellbraune Haartolle fiel ihm in die Stirn, als er die Decke ausbreitete und Besteck, Teller und Servietten verteilte.

»Hi, Tassos.« Jannik ignorierte die fehlende Höflichkeit. Der Junge verzog sich ohne ein weiteres Wort.

»Das war Volkers Sohn. Anastasios. Hat eindeutig keinen Bock auf die Arbeit. Abends hängt er mit einem Joint am Strand ab.«

»Wir haben schon genug eigene Probleme«, sagte Mila leise. Es sah Jannik ähnlich, sich von solchen Nichtigkeiten ablenken zu lassen.

Während ihres letzten Urlaubs hatten sie in Volkers Taverne frischen Hummer gegessen und danach in einer der Hollywoodschaukeln den Sonnenuntergang beobachtet. Damals war ihre Liebe groß genug gewesen, um das Schweigen auszuhalten.

Volker selbst brachte die Getränke vorbei. Tassos schlurfte mit dem Brotkorb hinterher, bevor die Kellner das Essen auftrugen. Mila trank einen Schluck Saftschorle.

»Leo Bardés fragt übrigens immer noch nach dir, Jannik«, sagte Volker.

»Leo wer?«, fragte Mila.

Wieder wich Jannik aus. »Iss lieber. Danach reden wir über alles.« Geschickt zerteilte er seine Rotbarbe, beträufelte sie mit Zitronensaft und machte sich mit Appetit über seine Pommes her.

Mila hingegen stocherte lustlos in ihrem Salat, legte die bitteren Oliven beiseite und pickte sich ein Stück vom Feta und zwei Tomatenscheiben heraus. Dann schob sie die Reste Jannik zu.

Während des Essens waren sie der Notwendigkeit enthoben, ein Gespräch führen zu müssen. Danach ließ sich die Konfrontation nicht länger vermeiden.

»Du hast nicht sehr viel Hunger«, sagte Jannik.

»Wie sollte ich?«

Jannik faltete seine Hände auf dem Tisch. Die Arme unter seinen aufgekrempelten Hemdsärmeln waren rotbraun. Mila wusste, dass seine mühsam erkämpfte Bräune wie bei vielen Rothaarigen aus ineinander verlaufenen Sommersprossen bestand. Es gab eine Zeit, da hatte sie jede einzelne davon geliebt.

Vielleicht sind wir zu glücklich gewesen, dachte sie. Vermessen. Da musste das dicke Ende ja nachkommen.

Die Bartstoppeln in Janniks Gesicht waren so rot wie seine schulterlangen Haare. Seine hellblauen Augen schützte er im Süden mit einer getönten Brille, die auf seinem Haaransatz thronte. Das sonnenverwöhnte Korfu war definitiv der falsche Ort für einen rotblonden Kelten wie ihn.

»Erklär es mir bitte«, sagte sie.

»Ich suche nach den richtigen Worten.«

Mila zerpflückte ein Stück Brot, hatte keine Lust mehr, ihn zu schonen, manische Depression hin oder her. »Ich höre«, sagte sie kalt.

Jannik schwieg. »Du hättest nicht herkommen sollen«, sagte er schließlich. »Aber wenn du schon mal da bist, kannst du auch bleiben, bis am Samstag Jonas und Sarah kommen. Dann halte ich sie besser aus.«

Janniks Zwillingsbruder und seine Freundin wollten also auch ihren Urlaub auf Korfu verbringen.

»Auf keinen Fall«, sagte Mila. »Und jetzt erklär mir bitte, was los ist.«

In den Bäumen leuchteten Lampions gegen die Dunkelheit an, die sich über den Garten senkte. Am Nachbartisch glomm ein Feuerzeug auf, Zigarettenrauch wehte herüber. Das Schweizer Ehepaar stritt sich erbarmungslos.

Janniks wasserheller Blick traf Milas. »Die Hochzeit. Ich fühle mich noch nicht reif genug für diesen Schritt.«

»Sollen wir abwarten? Brauchst du Zeit? Für deine Mutter ist das ein Schlag. Sie muss alles absagen.« Das klang nach Vorwürfen und Ehestreit wie bei den Schweizern, die sicher schon seit dreißig Jahren Tisch und Bett teilten. So hatte Mila nie sein wollen.

Jannik schenkte ihr ein schiefes Grinsen. »Steffi wird es überleben … Nein. Ich will einen Schlussstrich ziehen. Lass uns in Frieden auseinandergehen und Freunde bleiben.«

Die Worte trafen ihr Herz wie Messer.

Mit einer Geste winkte Jannik Volker herbei.

»Kannst du uns zwei Longdrinks mischen? Screwdriver als verspätete Sundowner?«

Mila schnappte nach Luft. In einem Anfall unangebrachter Nostalgie hatte er Wodka-Orange-Drinks bestellt, die gleiche Mischung, die sie in ihrem Traumurlaub jeden Abend am Strand getrunken hatten.

Volker nahm die Bestellung auf und entfernte sich, bevor Mila protestieren konnte. Sie nahm sich vor, Jannik den Inhalt ihres Glases ins Gesicht zu schütten. Hoffentlich brannte der Alkohol in seinen überempfindlichen Kaninchenaugen.

»Was ist der wahre Grund für diese Trennung? Raus mit der Sprache, Jannik!«

Schweigen senkte sich zwischen sie.

»Ich liebe dich nicht mehr, Mila … Es gibt eine andere Frau.«

So fühlte sich also ein gebrochenes Herz an. Zerstörte Illusionen, Scherben, Splitter wie nach einer Explosion und ein merkwürdiges Gefühl von Taubheit, als sei da nur noch Leere.

»Wie heißt sie?«

»Janine Marchand. Du kennst sie nicht. Wir haben uns bei meinem letzten Aufenthalt in New York kennengelernt. Sie ist Frankokanadierin aus Montreal und arbeitet bei den Vereinten Nationen.«

»Janine«, wiederholte Mila wie betäubt. Sie hatte diesen Namen noch nie gehört.

New York also. Sein Aufenthalt dort lag vier Monate zurück. Er war nach Big Apple gejettet, bevor sie die Details ihrer Hochzeit besprochen und Janniks Mutter mit der Organisation betraut hatten. Dort hatte er sie eiskalt betrogen. Sie hatte ihm niemals vertrauen können.

Er betrachtete sie zerknirscht. »Es war … nur eine heiße Nacht. Erst sah es so aus, als würde es nichts bedeuten. Aber wir haben übers Netz Kontakt gehalten.«

Wie theatralisch. »Ich dachte, du seist mir immer treu gewesen, Jannik. Das war uns doch wichtig, oder nicht? Und dann bist du doch fremdgegangen.« Hatte er nicht auf Treue bestanden, weil er den Gedanken nicht ertragen konnte, sie teilen zu müssen? Selbst hatte er sich nicht daran gehalten.

Janniks Gesicht lief dunkelrot an. »Ich gehe dann mal die Cocktails holen.«

Als er weg war, hielt es Mila nicht länger an ihrem Platz. Der Stein in ihrer Brust löste sich in Tränen auf, während sie sich einen Weg durch die Menge bahnte. Irgendwohin. Nur nicht in Richtung der Damentoilette, vor der eine Schlange stand. Jannik sollte sie nicht weinen sehen, ebenso wenig wie Volker, sein missratener Sprössling Tassos oder Eleftheria, die bei ihrem Anblick mit Tamtam aus der Küche stürmen und sie in ihre Arme schließen würde.

Sie nahm die Umgebung durch einen Tränenschleier wahr. Am schlimmsten schmerzte nicht die Demütigung der öffentlichen Trennung, sondern die Tatsache, dass Jannik sie monatelang hintergangen hatte.

Sie floh ins Freie und fand sich im Hinterhof neben einem überfüllten Müllcontainer wieder. Hier roch es durchdringend nach Fischabfällen, an denen sich einige rot gestreifte Katzen zu schaffen machten. Die Klimaanlage surrte.

Mila kämpfte gegen den Tränenstrom an, der einfach nicht versiegen wollte. Wir wollen Jannik doch nicht die Genugtuung geben, dich weinen zu sehen, sagte die Stimme ihrer Großmutter in ihr. Doch das Bleigewicht, das auf ihrer Brust lastete, hob sich nicht. Morgen bin ich weg, und dann siehst du mich nie wieder, Jannik.

Ein Funken glomm auf, als jemand an seiner Zigarette zog. Der Lichtpunkt näherte sich mit einem Schwall Rauch, der ihr in der Nase brannte. Mila wich zurück und spürte den Bügel des Müllcontainers in ihrem Nacken.

Vor ihr stand ein hochgewachsener Mann um die dreißig mit dunkelbraunen lockigen Haaren und Bart. Ein Grieche, dachte sie verwundert. Die Einheimischen machten nicht gerade die Mehrzahl unter Volkers Gästen aus.

»*Everything's okay?*«, fragte er.

»*Yes, sure.*« Mila wandte sich fluchtbereit zur Tür, aber er verstellte ihr den Weg. »Außer dass mein Verlobter gerade im Netz mit mir Schluss gemacht hat«, sagte sie in ihrer Muttersprache.

Der mysteriöse Fremde sah sie an und zögerte. Als er auf akzentfreies Deutsch umstieg, versank Mila vor Peinlichkeit fast im Boden. Damit hatte sie nicht gerechnet. Sie hatte die bittere Tatsache nur mal aussprechen wollen.

»Du bist Mila«, sagte er leise. »Du bist mit Jannik hier. Er hat viel über dich erzählt. Ich wollte dich schon immer mal kennenlernen.«

»Wer sind Sie?«

Statt einer Antwort kramte er eine zerfledderte Packung Papiertaschentücher aus der Tasche seiner Lederjacke, zupfte sie umständlich auf und hielt sie ihr entgegen.

Mila musste sich dringend schnäuzen. Deshalb griff sie zu. »Danke.« Sie schnaubte in das Taschentuch und fühlte sich besser. »Woher kennst du mich?«

»Ich gehöre zu Janniks zahlreichen Facebook-Freunden. Nummer viertausendneunhundertachtundsechzig.« Der Fremde trat seine Zigarette aus und zog eine Visitenkarte aus seiner Hosentasche. »Meine Kontaktdaten, falls du doch Hilfe brauchen solltest.«

Er war ihr so nahe, dass er ihr das schmale Kärtchen in die Seitentasche ihrer Jeans schieben konnte. Mila war zu perplex, um zu protestieren. Eine Sekunde lang spürte sie die Wärme, die von ihm ausging.

»Ich geh dann mal.« Er verschwand im Innern des Lokals.

Mila nahm die Seitenpforte und folgte dem Uferweg, bis sie die nächste Bank erreichte. Ein perfekter Ort, um auf die nächtlichen Wellen hinauszuschauen, die heranrollten, als sei nichts geschehen.

Ich bin allein, dachte sie. Janniks Liebe war nichts weiter als eine Illusion gewesen, die Janine, die Giftschlange, mit einem Augenaufschlag und einem süßen Lächeln zerstört hatte. Sie hob den Kopf. Das Heer von Sternen dort oben. Das Universum interessierte sich einen Dreck für ihre erbärmliche Situation.

Jannik fand sie, bevor sie sich in ihrem Elend einrichten

konnte. »Wo hast du gesteckt? Ich hab dich überall gesucht.«
Er balancierte ein Plastiktablett mit zwei Gläsern vor sich her.

»Ich musste allein sein. Lass stecken ...«

»Was?«

»Deine Sorge um mich. Verdammtes Mitleid, oder so.«

Er setzte sich und stellte das Tablett zwischen ihnen auf die Bank. Die Screwdriver füllten hohe Longdrinkgläser und verbreiteten einen intensiven Wodkageruch. Wer auch immer der Barkeeper gewesen sein mochte, hatte Orangenscheiben auf den obersten Eiswürfeln platziert und die Gläser mit Papierschirmchen verziert. Genauso wie in ihrem letzten Urlaub. Mila nahm sich vor, ihren Kummer in Alkohol zu ersäufen.

»Prost«, sagte sie spöttisch.

»Ein Unding, einen Wodka Orange auf solche Weise zu verhunzen«, kommentierte Jannik. »Und dazu noch diese Unmengen von Glitzerzeug am Himmel.« Er deutete auf das Heer an Sternen, das sich dort oben ausbreitete.

Wahrscheinlich nahm die Toleranz gegen Kitsch proportional zur Verliebtheit ab. In ihrem ersten Urlaub hatten sie auf dieser Bank gesessen, Händchen gehalten, im Mondlicht heiße Küsse getauscht und ihre zunehmende Trunkenheit genossen. Jannik hatte die Screwdriver fotografiert, mit entsprechenden Kommentaren auf Instagram gepostet und dafür Unmengen an Likes eingefahren.

Vorbei, dachte Mila und sehnte sich nach der Wirkung des Alkohols, die sich wie ein Weichzeichner über die Realität legen würde.

»Auf eine faire harmonische Trennung«, sagte Jannik. »Wenn das Leben dir Zitronen gibt ...«

»... mach Wodka Orange daraus.«

Sie hatten sogar ihre eigenen geflügelten Worte. Scheiß drauf. Mila stieß mit Jannik an und trank. Der Alkohol verbreitete Wärme in ihrem Magen.

Als er ihr den Arm um die Schultern legte, wehrte sie sich nicht.

»Um der alten Zeiten willen?«

»Auch.« Seine Lippen streiften ihre Wange. »Es ist nicht so, wie du denkst, Mila«, beteuerte er. »Du wirst es schon schaffen. Schließlich hast du im Gegensatz zu mir ein Leben. Du bist die begabteste junge Fotografin, die ich kenne. Du wirst noch berühmt. Such in den Wolken!«

Zum ersten Mal an diesem Abend klang er wie der Mann, den sie zwei Jahre lang über alles geliebt hatte. Authentisch. Unsinn, dachte sie. Jannik rang sich Freundlichkeiten ab, um sie nicht ganz zu verprellen. Aber woher kam dann das Gefühl, dass etwas nicht stimmte? Es schien ihr, als sei sein Gerede an diesem Abend nichts weiter als eine Inszenierung, mit der er sie gnadenlos manipulierte. Alles nur Show, um sie dazu zu bringen, dass sie ihn gehen ließ. Aber das konnte doch nicht wahr sein. Und wenn doch, weshalb sollte Jannik ihr etwas vorspielen?

Sie trank einen weiteren Schluck des viel zu starken Gebräus. Volker oder wer auch immer hatte das Verhältnis von Wodka zu Orangensaft umgedreht.

»Der Barkeeper hat es ein bisschen zu gut mit uns gemeint«, sagte Jannik.

Schwindel erfasste Mila, was vermutlich daran lag, dass ihr Glas inzwischen halb leer war. Der gesüßte Alkohol ging runter wie Limonade, kreiste in ihrem Blut und machte sie wohltuend müde. Sogar ihr Kummer verflog. So schnell und effektiv hatte sie sich noch nie betrunken.

»Das muss man sich mal merken«, sagte Jannik.

Mila kuschelte sich in seine Umarmung, als hätte ihre Trennung niemals stattgefunden. Sein Mund näherte sich ihrem Ohr, sein Atem ein warmer Hauch.

»Mein Buch ist fertig«, sagte er. »Übergeben wir es der Welt und lassen es tanzen. Mit glühenden Pantoffeln.«

Er nahm ein Papierschirmchen zwischen zwei Finger. Ein Windstoß ließ es auf den Strand hinausfliegen, wo es trudelnd zwischen den Kieseln landete. Die nächste Welle würde es nach

Albanien tragen oder auf den Meeresgrund, wo die Strömung das zarte Holzgestell in Späne und das Papier in Fetzen reißen würde.

»Eindeutig zu wodkalastig«, sagte Mila.

Sie leerte ihr Glas, lehnte sich an Janniks Schulter, schloss die Augen und ließ zu, dass der Schlaf sie erbarmungslos in die Tiefe zog.

4

Zwei Stunden zuvor

Es war ein friedvoller Nachmittag. Die Ölmühle brütete in der Sonne neben dem kleinen Weinberg voller reifender blauer Trauben. Tante Alikis Blumengarten strotzte vor karmesinroten Zinnien, gelben Dahlien und Bougainvilleen. Zoi träumte in der Hängematte neben der Loggia vor sich hin und kraulte die Katze, die es sich auf ihrem Bauch bequem gemacht hatte. Das Schild vor dem Laden schaukelte sachte im Wind. In drei Sprachen stand »Olivenöl, Olivenholzverarbeitung, Ölverkostung« darauf. Heute würde keine Kundschaft mehr kommen. In den Bergen hinter dem Weiler Kavvadades war der Laden viel zu abgelegen, um solvente Touristen aus den Küstenorten anzulocken. Jedenfalls nicht in so rauen Mengen, wie sie es nötig hatten.

Ihr fielen gerade die Augen zu, als ein staubiger blauer Pick-up und zwei Geländewagen in den Hof bretterten und kreuz und quer zur Fassade der Ölmühle zum Stehen kamen. Drei alte Männer stiegen aus, knallten die Autotüren zu und näherten sich in geballter Formation.

Zoi schubste die Katze von ihrem Schoß und sprang aus der Hängematte. Hatte Leo nicht einen Termin mit der Olivenölgenossenschaft? Ihr Bruder hatte die Besprechung platzen lassen, sodass Aliki und sie der Delegation allein entgegentreten mussten. Ich erwürge dich, Leo!

Zoi wappnete sich. Die Bauern würden sie sicher dafür verantwortlich machen, dass er sie versetzt hatte.

»*Yassas*, Zoi.« Der Ankömmling mit dem überhängenden Schnauzbart grüßte sie freundlich. Er war der Vorsitzende der Genossenschaft, dieser Anastasios Vezelos, der sich Leos Plänen am hartnäckigsten widersetzte. Die Zecke in seinem

Pelz. Wenigstens nannte er Zoi beim Vornamen und nicht Minimerkel, was in der Schule schon vorgekommen war.

Und die anderen? Hektisch kramte Zoi in ihrem Gedächtnis nach den Namen der Männer. Der eine hieß mit Sicherheit Spyros, weil ein Großteil der männlichen Einwohner Korfus nach dem Inselheiligen Spyridon benannt war, der andere war Nikos. Er betrieb neben seinen Olivenhainen eine Taverne im Nachbardorf, wo sie schon mehrfach eingekehrt waren.

»*Yassas*, Spyros«, probierte sie es auf gut Glück.

Volltreffer! Der Angesprochene nickte zufrieden.

Als sei sie noch nicht genug gestraft, fuhr ein vierter Wagen in den Hof, dem zwei durchtrainierte Typen um die zwanzig mit gegelten Haaren und Sneakers entstiegen. Spyros' Söhne. Das hatte ihr gerade noch gefehlt. Einer der Jungbauern musterte sie dreist und wagte es sogar, ihr zuzuzwinkern.

Fleischbeschau, dachte Zoi und wünschte sich weit fort.

Ihre Tante Aliki trat aus der Werkstatt, in der sie Kunsthandwerk aus poliertem Olivenholz herstellte, und begrüßte die Männer mit einem Nicken. Sie grüßten respektvoll zurück.

»Wo steckt Leonidas?« Der alte Vezelos spuckte einen Priem Kautabak in den Staub. »Wir haben eine Verabredung mit ihm.«

Zoi steckte ihre Hände in die Taschen ihrer Jeans. Richtig unzufrieden schien Vezelos mit der Tatsache, dass Leo ihn versetzt hatte, nicht zu sein. So kamen die kritischen Themen nicht zur Sprache. Mit seiner Absicht, den Olivenanbau in Nordkorfu zu revolutionieren, rannte Leo keine offenen Türen ein.

Die Bauern pfeifen auf deine ehrgeizigen Pläne, Leo, dachte sie. Sie trauen dir nicht, weil du ein Fremder bist.

Einer der Jungbauern verstieg sich zu einer frechen Geste in ihre Richtung und kassierte dafür einen freundschaftlichen Schubser von seinem Vater.

Zoi schluckte vor Empörung. Wahrscheinlich würde der Macho direkt nach ihrem Schulabschluss auf der Matte stehen

und um ihre Hand anhalten. Mit einem Lageplan der Olivenhaine in der Gegend, die sich durch ihre Verbindung gewinn-
bringend vereinen ließen. Sie konnte kotzen ob der Tatsache,
dass sie eine reiche Erbin war, ein Pfand, das bei der Hochzeit
den Besitzer wechseln würde.

Wenn du dich jetzt noch im Schritt kratzt, kriege ich einen
hysterischen Anfall, dachte sie und starrte dem Jungbauern
drohend in die Augen, der tatsächlich errötete, als hätte sie
ihn bei verbotenen Gedanken ertappt.

»Ich habe keine Ahnung, wo Leo steckt«, sagte sie düster
und hoffte, dass ihr deutscher Akzent nicht allzu stark durch-
klang. »Vielleicht in seinem neuen Olivenhain.«

Zum Glück übernahm Aliki die Gäste und nötigte sie in
die Veranda, um ihnen das obligatorische Mahl aufzutischen.
Am Grundsatz der Gastfreundschaft wurde um keinen Preis
gerüttelt.

Zoi zog sich derweil in die Küche zurück und versuchte vergeblich, Leo auf seinem Handy zu erreichen. Mailbox. Schon
vor einigen Tagen hatte sie begriffen, dass er irgendein Ding
am Laufen hatte, von dem er ihr nichts erzählen wollte. Zu
gefährlich, hatte er gesagt.

Frustriert packte sie Weißbrot, Oliven und Käse auf ein
Tablett und entkorkte eine Flache Hauswein, der Leo letztes
Jahr, als sie noch in München gelebt hatte, passabel gelungen
war.

Aliki kam herein und stellte eine eisgekühlte Flasche Ouzo
und eine Reihe Gläser dazu. Sie roch nach Holzstaub und
dem Schweiß, der sich in ihrem schwarzen Pferdeschwanz
gesammelt hatte.

Mit ihrer Ankunft hatten die Geschwister Alikis Leben
gründlich umgekrempelt, ihre menschenscheue Art aber nicht
geändert. Sie wog jedes Wort ab, das sie an Zoi richtete, und
lebte sich allein in ihrem Blumengarten und ihrer Holzwerk-
statt aus. Zoi fand, dass sie als mutterloser Teenager ein paar
Umarmungen und etwas Zuspruch gebraucht hätte. Denn

nicht Aliki, sondern ihr cholerischer Großvater hatte ihre Mutter Katerina vor dreißig Jahren vom Hof verbannt, weil sie mit Leo schwanger gewesen war.

Aliki griff nach dem Tablett. »Wir können die Männer nicht den ganzen Abend hinhalten. Meldet er sich?«

»Er geht nicht ans Telefon.« Zoi legte ihr Handy auf den Tisch. »Hast du eine Ahnung, wo er stecken könnte?«

»Er hat davon gesprochen, dass er sich in Almiros mit jemandem treffen will. Am Strand.«

»Bei Volker? Ich gehe ihn suchen.«

Wenn er irgendwo abhing, dann bei Volker und Eleftheria, die die coolste Taverne weit und breit betrieben. Zoi war heilfroh, unter einem halbwegs plausiblen Vorwand fortzukommen.

Sie schob ihren nagelneuen Roller aus dem Schuppen, stieg auf, ohne den aufdringlichen Jungbauern eines weiteren Blickes zu würdigen, und bog auf die Straße ein, die zum Dorf Kavvadades, dann nach Magoulades und von dort aus zur Küste führte. Ein Gefühl von Freiheit erfasste sie. Die Hänge, die sich tiefgrün um das Tal schlossen, liefen in einer sanften Welle in Richtung des Meeres aus. Zoi gab Gas, und der Roller hob ab und begann zu fliegen. Geradewegs der untergehenden Sonne entgegen, die den Himmel orangerot aufflammen ließ.

Er war ein Bestechungsgeschenk gewesen, mit dem sich Leo ihr Wohlwollen hatte erkaufen wollen, nachdem er sie aus ihrer Schule in München entführt und auf diese gottverlassene Insel verschleppt hatte. Mehr als einmal hatte sie ihn gefragt, warum er seinen gut bezahlten Job an der Uni aufgeben hatte, um Tante Alikis Erbe anzutreten, die in Nordkorfu tausend Hektar Olivenhain, einen Laden und eine Ölmühle bewirtschaftete. Wir sind der Rest, hatte er geantwortet. Familie geht vor. Dafür sieht man uns sogar nach, dass wir die Kinder von Alikis geächteter Schwester, der Kommunistin, sind.

Aber Zoi wusste, dass er sich mit seinem »Blut ist dicker als

Wasser«-Geschwafel in die Tasche log. Leo wollte nur noch kurz die Welt retten beziehungsweise Griechenland, was aufs Gleiche rauskam. Er war ebenso idealistisch wie ihre verstorbene Mutter und ebenso zum Scheitern verurteilt. Ohne mich, dachte sie. Mich zieht er nicht ins Verderben.

Der Fahrtwind trieb ihr Tränen in die Augen, griff in ihre hellbraunen Haare und ließ sie frösteln.

Seit Zoi auf Korfu war, verleugnete sie ihre elfenhafte Schönheit, indem sie hauptsächlich schwarze T-Shirts und zerrissene Jeans trug, die zu flicken sich selbst Aliki weigerte. In München war Zoi eine gute Schülerin gewesen und hatte nebenher genug Zeit zum Tanzen gehabt. In ihrer neuen Schule fiel sie vor allem durch ihr mangelhaftes Griechisch auf. Die komplizierte Sprache verstehen und sprechen ging ja noch, aber sie fehlerfrei zu schreiben war nahezu unmöglich. Zoi, die in Bayern ein passables Abi hingekriegt hätte, entpuppte sich auf Korfu als Analphabetin, was ihre Mitschülerinnen sie täglich spüren ließen.

Als sie die Ebene erreichte, war der rote Feuerball der Sonne gerade im Meer versunken. Der Himmel verblasste zu einem milden Petrol und hüllte sich dann in Dunkelheit.

Zoi durchquerte Roda und Acharavi mit seinen Neonreklamen und Tavernen und bog hinter Zorbas' Supermarkt zum Meer ab. Die Straße führte zur Siedlung Almiros und zum Kap der Agia Ekaterini, wo die Reste eines aufgegebenen Klosters lagen.

Als sie den Strand erreicht hatte, wölbte sich der Sternenhimmel über dem Meer. Sie stieg vom Roller und schob das letzte Stück.

Fünfzig Meter vor Volkers Taverne saß ein Pärchen eng umschlungen auf einer Bank am Uferweg. Die Glücklichen. Anders als Zoi würden sie nach ihrem Traumurlaub im Paradies wieder in ihr wahres Leben zurückkehren. Sie selbst steckte auf Korfu fest. Ihr graute vor den Winterstürmen und dem Regenwetter, die sie in diesem Jahr zum zweiten Mal in Alikis

Haus bannen würden. Am meisten aber verabscheute sie Oliven und alles, was mit ihnen zusammenhing.

Sie bockte den Roller vor dem Eingang zu Volkers Garten auf, arbeitete sich durch eine Gruppe Engländer, die gerade die Gaststube verließen, und trat ein. Hinter der Theke stand ein Junge in einem gestreiften Shirt, der mit provozierender Langsamkeit ein Glas polierte.

»Hast du Leo gesehen?«

Der Junge betrachtete sie nachdenklich über einen Tellerstapel voller Fischgräten und Zitronenscheiben hinweg. »Leo wer?«

»Leonidas Bardés. So ein Großer mit Lederjacke.«

»Ach, der. Er war eben noch da.« Der Junge trat mit lässig in den Taschen seiner Jeans vergrabenen Händen hinter der Theke hervor. Zoi fand, dass er mit seiner Tolle und dem gestreiften Shirt cool aussah. »Volker hilft Eleftheria gerade in der Küche. Eine unserer Küchenfeen ist ausgefallen. Wenn er kommt, kannst du ihn fragen.« Er wandte sich an die letzten verbliebenen Gäste, ein Paar aus der Schweiz. »We close.«

»Du bist echt der schlechteste Kellner, den die Welt je gesehen hat«, sagte Zoi auf Griechisch. Wie praktisch. Weil kaum ein Westeuropäer diese Sprache beherrschte, boten sich immer Gelegenheiten, um abzulästern.

»Ach, wirklich?« Er linste spöttisch unter seiner Ponysträhne hervor. »Und du bist die Deutsche, die Probleme hat, griechisch zu schreiben.«

Die Schweizer verabschiedeten sich und ließen sie allein zurück. Im Hintergrund lief ohne Ton der Fernseher.

»Mein Ruf geht mir voran«, sagte Zoi leise.

»Auf Deutsche sind die Leute nicht gut zu sprechen.« Es zischte, als der Junge eine Cola öffnete und in ein Glas plätschern ließ. »Trink! Vielleicht kriegst du dann bessere Laune.«

Zoi merkte erst jetzt, wie durstig sie war. Sie nahm einen Schluck und fragte sich, ob er mit ihr flirtete und ob sie sich darüber freuen sollte. Sechziger-Jahre-Swing klang aus der

Anlage und füllte das Schweigen zwischen ihnen. Sie beobachtete, wie er bedächtig seiner Arbeit nachging. Nach gefühlten fünfzehn Minuten, ihr Glas war mittlerweile leer, trat Volker aus der Küche.

»Hallo, Zoi.« Der Tavernenbesitzer legte seinem Aushilfskellner, der aussah, als würde er vor Peinlichkeit am liebsten im Boden versinken, den Arm um die Schultern. »Du hast dich wacker geschlagen.« Volkers Griechisch war noch unbeholfener als Zois. »Tassos ist mein Sohn.«

Zoi hob die Augenbrauen. Sie hatte von ihm gehört. Unter den Jungs galt Volkers Tassos als eine Art Leader, die Mädchen himmelten ihn an. Außerdem war er zur Hälfte deutsch, so wie sie.

»Hast du Leo gesehen, Volker?«, fragte sie in ihrer Muttersprache. Inzwischen war es ihr egal, ob sie ihren Bruder fand oder nicht. Sicher hatten die Vertreter der Genossenschaft nach der Plünderung von Alikis Ouzo-Vorräten keinen Kopf mehr für so gewichtige Sachen wie die Zukunft des Olivenanbaus auf Korfu.

»Leo suchst du?« Volker blickte sich in der Gaststube um. »Er war stundenlang hier. Er war mit Jannik verabredet, aber der hat ihn versetzt.«

»Jannik wer?«

»Jannik Tersteegen. So ein deutscher Journalist und Blogger, der sich hier mit seiner Freundin getroffen hat. Aber der ist auch weg. Lass uns mal draußen nachsehen.«

Zoi folgte Volker auf die Terrasse hinaus, die verlassen unter dem Sternenhimmel lag. Die Lampions im Garten waren erloschen und schaukelten sachte im auflandigen Wind. »Hier ist niemand mehr.«

Tassos folgte ihnen, um die Papiertischdecken abzuziehen und auf den Boden zu werfen. Obwohl er unbeteiligt tat, spürte Zoi, dass er ihr Gespräch aufmerksam verfolgte.

»Du musst Leo knapp verfehlt haben«, sagte Volker. »Aber sieh doch selbst auf dem Parkplatz nach, ob sein Auto noch da steht. Vielleicht ist er ja zu einem Strandspaziergang aufgebrochen.«

»Gewiss nicht.« Leo war nicht gerade romantisch. Die Genossenschaft zu versetzen entsprach ihm allerdings auch nicht. Zoi trat in den Garten und ließ ihre Augen über den Parkplatz schweifen. Keine Spur von Leos Pick-up. Der einzige Wagen weit und breit war ein weißer Transporter, in dessen leerem Fahrerhaus Licht brannte.

Frustriert wandte sie sich ihrem Roller zu, stieg auf und klappte den Ständer ein. Sie war die weite Strecke umsonst gefahren und musste sich im Stockdunkeln Kurve für Kurve zurück in die Berge quälen. Und das nur, um sich Leos Vorwürfe anzuhören, der sie sicher zu Hause erwartete. Aber vielleicht war ihre Aktion doch nicht ganz vergeblich gewesen.

Tassos stand in der Tür zur Taverne und zog an seiner Zigarette. »Du könntest mir deine Nummer geben«, sagte er auf Deutsch.

»Die kriegt nicht jeder.«

Auf diese perfekte Antwort hin zwinkerte er ihr mit einem Ausdruck zu, der alle Möglichkeiten offenließ. Als Zoi mit ihrem Roller auf den Uferweg auffuhr, lächelte sie.

Das Pärchen auf der Bank war verschwunden.

5

Mittwoch

»Jannik?«

Mila erwachte, weil sich ein Dornenzweig in ihren Rücken bohrte. In ihrem Kopf hämmerte ein Presslufthammer. Lichtspeere bahnten sich den Weg durch ihre verklebten Augenlider. Stöhnend löste sie sich aus dem Pflanzengewirr, schob sich auf Knie und Hände und spuckte ihren Mageninhalt ins Gebüsch. Es roch so entsetzlich, dass sich ihr Magen von Neuem umdrehte, bis nur noch bittere Galle kam. Mila war schwindlig und so erschöpft, dass ihr wieder die Augen zufielen.

Nach Stunden setzte sie sich auf ihre Fersen und zwang sich, diesem unmöglichen Tag ins Gesicht zu blicken. »Jannik? Soll das ein Witz sein?«

Sie saß mutterseelenallein auf einer breiten Stufe an einem Steilhang, der sich in Richtung einer schmalen Klamm absenkte. Gegenüber erhoben sich Hügel voller Ölbäume und Zypressen. Der Anblick war so schön, dass sie einen Moment lang staunend verharrte. Dann überkam sie Panik. Die Idylle konnte nicht darüber hinwegtäuschen, dass sie mitten in der Wildnis gestrandet war. Ohne Jannik. Weder wusste sie, wie sie hierhergekommen war, noch, wo sie sich befand. Ihre Jeans war zerrissen, ihr ganzer Körper strotzte vor Prellungen, und auf ihrem Oberschenkel brannte eine fiese Schürfwunde.

Und Mist! Sie tastete ihre Hosentasche nach ihrem Handy und ihrer Geldbörse ab, die nicht da waren. *Meine Kamera, mein Rucksack?* Alles fehlte. Sie musste hier weg.

Als Mila auf die Knie kam, drehte sich die Welt. Vorsichtig schob sie sich an die Kante des Plateaus heran und bog ein paar

Dornenzweige zur Seite. Unter ihr ging es so steil bergab, dass ihr Schwindel sich verstärkte.

Jemand musste sie den Hang hinabgestoßen haben, um sich ihrer zu entledigen. Ein Brombeergebüsch hatte ihren Sturz gebremst und sie davor bewahrt, in den Abgrund zu stürzen, in eine Schlucht, deren Grund sie nicht ausmachen konnte.

Ich könnte tot sein, dachte sie.

Atmen und wieder atmen, ein und aus und dabei den Vögeln und den Flugzeugen lauschen, die nacheinander den Landeanflug auf Kerkyra antraten, voller Touristen, die nicht ahnten, wie mörderisch es hier unten zuging.

Immerhin lebte sie noch. Sie versuchte, den Geruch nach Erbrochenem auszublenden, der sie umgab.

Nach und nach kehrte die Erinnerung an den gestrigen Tag zurück – und mit ihr der Schmerz. Sie war auf Korfu. Jannik hatte ihre Hochzeit wegen einer New Yorker Bettgeschichte platzen lassen, die er für die wahre Liebe hielt. Obwohl Mila ihn am liebsten erwürgt hätte, hatten sie gestern Abend einträchtig auf der Bank am Meer gesessen, Wodka Orange getrunken und sich an die guten alten Zeiten erinnert.

Was aber war danach geschehen? Filmriss. Die letzte Nacht war ein tiefes schwarzes Loch.

Jannik ist tot, dachte Mila mit plötzlicher Gewissheit.

Ein Gegenstand, der wie ein trüber Spiegel das Licht zurückgab, fesselte ihre Aufmerksamkeit. Sie beugte sich vor und griff nach dem Ding, das sich im Brombeergestrüpp verfangen hatte. Dornen zerbissen ihre Hand, als sie es hervorzog.

Fassungslos starrte sie auf einen verrosteten Trommelrevolver, der kalt und schwer in ihrer Hand lag. Seine Farbe war ein stumpfes Bleigrau.

In diesem Moment hörte sie das Gebell eines Hundes.

»Hilfe.« Ihre Stimme war heiser, trug nicht. Sie musste lauter rufen. »Hilfe!«

Das Bellen verstärkte sich. Über ihr rief jemand etwas auf Griechisch. Mila drehte sich, bis sie die Hügelkante im Blick hatte. Dort oben standen zwei Silhouetten gegen den blauen Himmel, eine vierbeinige, die aufgeregt auf und ab sprang, und eine zweibeinige, die wie ein Fels in die Sonne ragte.

Der Mörder, der sein unheilvolles Werk zu Ende bringen will, dachte sie. Dummerweise hatte sie sich bei ihrem Sturz nicht das Genick gebrochen.

Sie packte den Revolver, suchte mit dem Zeigefinger nach dem Abzug und fragte sich, ob sie auf diesem vorsintflutlichen Ding abdrücken konnte.

»*Wait!*« Der Mann lief ein gutes Stück die Straße hinab und stieg an einer weniger steilen Stelle in den Hang ein. Steine polterten in die Tiefe. Es hörte sich an, als würde er einen Erdrutsch lostreten.

Schwer atmend setzte sich Mila auf ihre Fersen, wartete und wusste nicht, ob sie sich freuen sollte.

Während sich der Hund die Seele aus dem Leib bellte, bahnte sich der Mann Schritt für Schritt seinen Weg abwärts. Es dauerte, aber dann stand er neben ihr am Hang.

Mila hob den Kopf. Ihr Retter war ein weißbärtiger Alter mit Pferdeschwanz, der keuchte, als hätte die Klettertour seinen Blutdruck in die Gefahrenzone getrieben. Sein dicker Bauch wölbte sich über seinem Gürtel. Seine blauen Augen richteten sich nachdenklich auf die Waffe.

»Ich schieße nicht.« Demonstrativ senkte sie den Revolver.

»*Come!*«

»Ich …?«

»Du sprechen Deutsch? Komm, ich helfen.«

Sie schwankte und fand Halt. Zwischen der Stufe, auf der sie stand, und dem Hang befand sich ein Stück steil abfallendes Gelände. An einem normalen Tag wäre sie einfach darüber hinweggeklettert. Heute nicht. Ihr wurde allein vom Anblick übel.

»*Come on!*« Ihr Retter trat einen Schritt näher und streckte seine schwielige Hand nach ihr aus. Zögernd griff sie zu. Seine Faust schloss sich um ihr Handgelenk. Für einen Augenblick hing Mila über dem Steilhang, dann zog er sie zu sich heran. »Alles okay?«, fragte er.

Sie suchte nach Fassung und festem Stand.

Das Gelände hier war weniger steil und von Pflanzen bewachsen, sodass Mila ihrem Retter trotz ihrer Übelkeit folgen konnte. Ihr Weg führte sie an Olivenbäumen mit zerklüfteten Stämmen vorbei, die sich an den schwarzen Erdboden des Hangs klammerten, und durch Dornengebüsch, das sie weiter zerkratzte. Der Boden war mit den staubigen schwarzen Netzen bedeckt, in denen sich im Herbst die Oliven sammelten. Wer aber, fragte sich Mila, würde den Steilhang jemals abernten?

Irgendwann hatten sie es geschafft. Der Alte zog Mila über die Kante einer Haltebucht, wo der Hund, ein schwarz-weißer Australian Shepherd, sie neugierig beschnüffelte, bevor er dreimal bellte.

»*Be quiet*, Kerberos!« Der Weißhaarige betrachtete sie prüfend. »*What are you doing down there?* Und wofür ist das da? *Shit.*«

Er deutete auf den Revolver, den sie noch immer fest umklammert hielt.

»*I don't know*«, antwortete Mila wahrheitsgemäß.

»*Come on.*« Ihr Retter ging ihr voran zu einem verdreckten Pick-up und stieg ein. Der Hund sprang auf die Ladefläche. Der Alte klemmte seinen ausladenden Bauch hinter das Lenkrad und öffnete die Seitentür.

Mila blieb nichts anderes übrig, als auf dem Beifahrersitz Platz zu nehmen. Wenn er sie umbringen wollte, hätte er sie nur den Hang hinunterschubsen müssen.

Im Auto hing der Geruch nach nassem Hund.

»*Efcharisto*«, sagte sie. »Danke. *You saved my life.*«

Der Mann grinste, als sei es seine alltägliche Beschäftigung, junge Frauen am Hang einzusammeln. »Manolis.«

»Mila.«

Zum zweiten Mal ergriff sie seine Pranke. Er betrachtete

die Kratzer auf ihrer schmalen Hand, schüttelte sie vorsichtig und deutete dann auf den Revolver. Mila reichte ihm die Waffe, die er in ein Taschentuch wickelte und im Handschuhfach verstaute. Der Hund auf dem Rücksitz bellte.

»Ich bin Imker. *My bees. They have to wait. Where do you want to go?*«

Gute Frage, dachte Mila. »*I don't know.*«

Manolis setzte den Pick-up in Gang und rollte vom Seitenstreifen auf die Landstraße.

Das Landesinnere von Korfu war still und einsam. Während ihres ersten Urlaubs hatte Mila mit Jannik Querstraßen zwischen den Dörfern abgefahren, in denen Gegenverkehr die Fahrer vor ungeahnte Herausforderungen stellte. Einmal war ihnen ein Reisebus entgegengekommen, an dem sie sich, mit den äußeren Reifen halb im Straßengraben, zentimeterweise vorbeigeschoben hatten. Jannik, der am Steuer gesessen hatte, war hinterher leichenblass gewesen, der Busfahrer hatte nur gelacht. Am selben Abend hatten sie sich in den Bergen verfahren, weil sie die Straße nach Almiros wegen des fehlenden Handynetzes nicht finden konnten.

Wer Abenteuer suchte, brauchte nicht nach Albanien ins Land der Skipetaren zu fahren. Oh nein, das hatte sie selbst letzte Nacht aufs Schmerzlichste erfahren.

Für heute ist mein Bedarf gedeckt, dachte Mila.

Ihr kam eine Idee. Sie zog die Visitenkarte des Griechen aus Volkers Taverne aus der Seitentasche ihrer Jeans und reichte sie Manolis, der einen Blick darauf warf und loslachte. Seine Stimme klang wie Donnergrollen, und sein dicker Bauch bebte über seinem Gürtel.

»*Why do you laugh?*«

»Leonidas Bardés«, sagte er. »*He is the owner of this land and these olive trees.*« Er machte eine ausladende Bewegung mit seiner Hand, die die gesamte Wildnis im Umkreis von mehreren Kilometern einschloss. Danach beäugte er Mila mit einem Ausdruck wachsamer Neugierde.

Jetzt fragt er sich erst recht, was ich hier tue. Ich mich auch, dachte sie und wunderte sich, dass der Grieche von gestern Abend der örtliche Großgrundbesitzer sein sollte.

Eine Viertelstunde später hielten sie vor einem großen Haus mit Nebengebäuden, das einsam am Hang lag, umgeben von Olivenbäumen, Weinbergen und einem Garten, der in seiner Blumenfülle schier ertrank. Ein atemberaubender Blick öffnete sich vom sonnenwarmen Vorplatz in das dunkelgrün bewachsene Tal. Das Meer lag als azurblauer Streifen am Horizont.

Als Mila ausstieg, erfasste sie ein völlig überflüssiges Déjà-vu, an das sie sich klammerte. Was wäre, wenn Jannik lachend aus der Tür treten würde? Bestimmt hatte er sich mit dieser vorzeitigen Brautentführung nur einen Spaß erlaubt. Sie hatte sich verulken lassen und tatsächlich geglaubt, dass Jannik sie sitzen ließ. Ihre Freunde hätten sich in Leos Haus versammelt und würden sie mit lautem Hallo begrüßen, um einen korfiotischen Polterabend mit reichlich Ouzo zu feiern. Posten konnte man diesen genialen Coup auch und Janniks Follower damit erfreuen.

Ihre Knie wurden weich. Die Haustür öffnete sich tatsächlich, aber für den dunkelhaarigen Griechen, diesen Olivenmogul Leonidas, der auf sie zutrat und sie auffing, bevor sie mit dem Kopf auf den Boden schlug.

Sie erwachte in einem Doppelbett, das mit duftenden weißen Laken bezogen war und von der Breite her locker für eine kinderreiche Bauernfamilie gereicht hätte. Die Steinmauern des Raums dünsteten Kühle aus. Sie hob den Blick zu den dunklen Holzbalken, die sich über die weiß gekalkte Decke spannten. Das Betthaupt bestand aus geschnitzten Rosen und Dornen. *Timetunnel.* Jemand hat mich zweihundert Jahre zurückgebeamt, dachte sie kraftlos.

»Wie geht es dir?«

Auf dem Bettrand saß ein Mädchen mit welligen hellbraunen Haaren. Mila kam nicht dazu, sich darüber zu wundern, dass die Kleine sie in akzentfreiem Deutsch ansprach, weil sich die Tür für eine ältere Frau öffnete, die resolut die Ärmel ihrer Bluse hochkrempelte.

»Nicht.« Mila krümmte sich zur Seite.

»Keine Sorge«, sagte das Mädchen. »Meine Tante desinfiziert nur deine Schürfwunden, und ich freue mich, dass ich endlich mal wieder mit jemandem außer Leo deutsch reden kann. Ich komme nämlich aus München. Ich bin übrigens Zoi, Leos Schwester.«

Während die Kleine vor sich hin plapperte, tupfte die fremde Frau Milas Arme und ihr Gesicht mit jodgetränkten Wattebäuschen ab, was höllisch wehtat. Sie hatte überraschend sanfte Hände. Ihr gebräuntes Gesicht war faltig, die schwarzen Haare von grauen Strähnen durchzogen. Mila nahm sich vor, sie zu fotografieren, sollte sie je wieder klar denken können, vorausgesetzt, ihre Kamera tauchte wieder auf.

Ihr ging es noch immer schlecht. Ihre Arme und Beine fühlten sich an wie mit Bleigewichten beschwert, und ihr Magen protestierte heftig gegen den Alkohol, die gähnende Leere oder was auch immer. Die Schürfwunde auf ihrem rechten Bein brannte.

»Du bist ganz schön lädiert, aber die Risse sind modisch.« Zoi deutete auf ihre Jeans und verschränkte tröstend ihre Finger mit Milas. »Wo hast du dich denn so verletzt?«

»Ich bin den Hang runtergefallen. Manolis …« Sie schluckte. »Hat er euch erzählt, wo?«

Zoi bestätigte das, und die Frau sagte etwas in strengen griechischen Zischlauten.

»Tante Aliki meint, du kannst froh sein, dass du dir nichts gebrochen hast«, übersetzte Zoi. »Und dass es dich nicht tiefer in die Schlucht gehauen hat. Da geht es nämlich noch viel weiter runter.«

Jannik. Als Mila an ihn dachte, überlief sie eine Mischung aus Angst und Ungewissheit. »Ich muss telefonieren.« Vorsichtig erhob sie sich und stellte ihre Füße auf den Holzboden. Sie fühlte sich so schwach und zerschlagen, dass sie sich am liebsten auf den weißen Laken ausgestreckt und alles vergessen hätte. »Wo ist euer Bad?«

»Ich zeig es dir«, sagte Zoi. »Komm einfach mit.«

Mila schlurfte hinter ihr her. Das Badezimmer war der Rückzugsort, den sie jetzt brauchte. Mit dem Whirlpool und den glänzend weißen Fliesen war es überraschend modern ausgestattet. Erleichtert schloss Mila hinter sich ab. Sie musste dringend pinkeln. Danach wusch sie sich Gesicht, Hals und Hände mit dem eiskalten Bergwasser Korfus, hob den Kopf und erschrak. Aus dem Spiegel über dem Waschbecken blickte ihr eine Zombiefrau mit blutunterlaufenen grünen Augen entgegen, die in dekorativem Kontrast zu den locker verteilten Jodflecken standen. Kletten, Zweige und Blätter hingen in ihren Locken. Mila ging an die Arbeit und wusch sich das Gesicht. Nachdem sie ihren Schopf mit Zois Bürste entwirrt und das Grünzeug herausgepickt hatte, fühlte sie sich halbwegs präsentabel.

Die beiden Frauen warteten im Gang. Sie folgte ihnen in einen dämmrigen Verkaufsraum, an dessen Wänden Regale voller bauchiger Olivenölflaschen und Kanister standen.

Leonidas saß mit Manolis an einem ausladenden Holztisch, dessen gewachste Platte auf kunstvoll gedrechselten Beinen ruhte. Ihr Gespräch erstarb, als Mila in der Tür erschien. Mindestens zehn Sekunden lang herrschte Totenstille.

Aliki durchbrach das lastende Schweigen mit einer griechischen Schimpftirade, die Manolis galt, der ertappt seine lehmbespritzten Stiefel von der Bank zog. Kerberos trottete auf Mila zu und leckte ihre Hand, als würde er für das schlechte Benehmen der Männer Abbitte leisten.

Leo stand auf und zog ihr einen Stuhl heran. »Nimm Platz.«

Er traut mir nicht, dachte sie. Kein Wunder. Auf dem Tisch lag wie eine tickende Zeitbombe der Revolver. Sie setzte sich befangen, Aliki schenkte ihr Tee ein.

Der Raum hatte Fensterluken wie Schießscharten und war

entsprechend düster. In die Steinmauern war ein riesiger Kamin eingelassen, in dem die Bauern sicher im Winter Wildschwein am Spieß grillten.

Manolis sagte etwas auf Griechisch, das bei Leo und Aliki Heiterkeit auslöste.

Mila fuhr auf, weil sich alle Augen auf sie richteten. »Was ist?«

»Manolis meint, da ist ja das Vögelchen, das aus dem Nest gefallen ist«, übersetzte Zoi.

»Er hat ›Adlerjunges‹ gesagt«, berichtigte sie Leo.

»Klugscheißer!« Zoi verdrehte die Augen. »Du weißt, dass mein Griechisch nicht perfekt ist.«

»Dann solltest du dir mehr Mühe geben.« Leo wandte sich Mila zu. »Ich hätte nicht gedacht, dass du mein Angebot so schnell in Anspruch nehmen würdest.«

Mila verbrannte sich den Mund an ihrem Tee. Neben den Mülltonnen hinter Volkers Taverne hatte er freundlicher gewirkt. »Ich auch nicht.«

»Wie bist du in diese Lage geraten?« Er beugte sich gespannt vor.

Das Verhör hat begonnen, dachte sie. Bleib bei der Wahrheit, Mila, solange es geht.

»Ich weiß es nicht … Ich hatte einen Filmriss. Jannik und ich haben gestern zwei große Longdrinks mit Wodka Orange getrunken. Screwdriver.«

Zoi lachte. »Ihr habt euch die Kante gegeben?« Sie betrachtete Mila mit zusammengezogenen Augenbrauen. »Wart ihr das Paar auf der Bank neben Volkers Taverne? Ein einziger Longdrink haut euch um?«

»Der war zu wodkalastig. Vielleicht sind wir Opfer eines Raubüberfalls geworden.« Mila fiel in verlegenes Schweigen.

Manolis ergänzte ihre spärlichen Ausführungen durch eine Ortsbeschreibung auf Griechisch, während der sich Leos Blick zusehends verdüsterte. Seine Hilfsbereitschaft war in Misstrauen umgeschlagen.

Kein Wunder, dachte Mila. Man hatte sie unter zweifelhaften Umständen auf seinem Grundstück eingesammelt, und von Jannik fehlte jede Spur.

»Könnt ihr mir mal ein Handy ausleihen?«, bat sie leise. »Ich will versuchen, Jannik zu erreichen.«

Zoi griff in ihre Hosentasche, aber Leo war schneller. »Ich habe seine Nummer gespeichert.«

Er klickte sich durch sein Verzeichnis, wählte und reichte ihr sein Smartphone.

Das Klingeln durchmaß die Ewigkeit einmal, zweimal, dreimal. Dann schaltete sich die Mailbox ein.

»Jannik geht nicht ran«, sagte Mila enttäuscht. Ein Gefühl der Leere überfiel sie, als hätte sie jemand in den luftleeren Raum gestoßen. Irgendwo darin lauerte die Angst. »Es sieht ihm gar nicht ähnlich, nicht erreichbar zu sein.«

In den sozialen Netzwerken Präsenz zu zeigen war für Jannik Ehrensache. Bis vor einer Woche hatte er immer auf Milas Textnachrichten geantwortet. Vielleicht wollte er keinen Kontakt mehr mit ihr. Aber dieses Handy gehörte Leo, vor dem Jannik keine Heimlichkeiten zu haben brauchte. Milas düstere Ahnungen verstärkten sich.

Zum Glück trug Aliki soeben eine Mahlzeit aus Brot, Olivenöl, Wurst, Schinken und Käse auf. Mila aß etwas Weißbrot mit Käse. Manolis zwinkerte ihr tröstend zu und spülte sein Schinkenbrot mit einem Schluck Ouzo runter. Als alle gesättigt waren, verschwanden Aliki und Zoi in der Küche, um aufzuräumen. Manolis pfiff seinem Hund und verabschiedete sich mit einem Küsschen auf Milas Wange. Sein Bart kratzte.

Sie blieb mit Leo zurück, dessen finsterer Blick ihr das Gefühl vermittelte, dass die Wände des großen Raums auf sie zukamen. Panik stieg in ihr auf. Ich muss hier weg. »Woher kennst du Jannik eigentlich?«, fragte sie.

»Wir haben uns … mit den gleichen Dingen beschäftigt«, sagte Leo. »Frage zurück: Wie kommst du an die Waffe?«

»Ich weiß es nicht. Sie hing in demselben Brombeergebüsch

wie ich.« So jämmerlich das auch klingen mochte. Es war die Wahrheit.

Leos dunkle Augen waren undurchdringlich. »Sie ist schon lange im Besitz meiner Familie. Es handelt sich um den alten Armeerevolver meines Großvaters.« Er nahm den Revolver und öffnete die Trommel. Sieben Patronen klickten nacheinander auf die Tischplatte. »Als man ihn aus dem Waffenschrank meiner Tante entwendet hat, war das Magazin voll. Jetzt fehlen zwei Patronen. Jemand muss also vor nicht allzu langer Zeit zweimal damit gefeuert haben. Er riecht sogar noch ein bisschen danach.«

Tatsächlich. Mila bemerkte den beißenden Pulvergeruch, der in der Luft hing. »Du glaubst doch wohl nicht im Ernst, dass ich deine Waffe gestohlen habe? Ich bin erst gestern auf Korfu gelandet.«

»Das nicht. Aber vielleicht abgefeuert.« Leo betrachtete sie nachdenklich. »Ich weiß nicht, was ich denken soll. Du bist eine aparte junge Frau, der man nicht zutraut, dass sie mit einem Revolver umgehen kann.«

»Besten Dank aber auch«, sagte Mila spöttisch. Warum sollte sie Leo erzählen, dass sie eine Handfeuerwaffe bedienen konnte? Jannik hatte es ihr in Indonesien beigebracht, damit sie sich im Ernstfall verteidigen konnte.

»Aber Jannik hat vor zwei Tagen für alle Welt sichtbar auf Facebook mit dir Schluss gemacht und eure Hochzeit platzen lassen«, fuhr Leo fort. »Das war sicher kränkend für dich. Und jetzt ist er verschwunden …«

Mila schnappte angesichts dieses ungeheuerlichen Verdachts nach Luft. Weshalb, Kreuzdonnerwetter, musste Jannik ausgerechnet mit Leo befreundet sein? »Du glaubst also, ich hätte ihn erschossen? Mit einem rostigen Armeerevolver, den ich heute Morgen das erste Mal gesehen habe, als ich in deinem heruntergekommenen Olivenhain aufgewacht bin?«

Sie erhob sich und ging zur Tür. Ihr Magen schmerzte, und ihre Augen brannten von nicht geweinten Tränen.

»Ich weiß nicht, was ich denken soll«, sagte Leo leise.

»Auf deine Hilfe kann ich gut verzichten, Leonidas Bardés. Steck dir deinen Revolver sonst wohin!«

Während er die Waffe schweigend anstarrte, trat Mila in das milde Licht des Spätnachmittags hinaus. Der Laden hatte um sechzehn Uhr wieder geöffnet, und der Hof füllte sich nach und nach mit den Leihwagen der Kunden aus den Touristenorten an der Nordküste, Sidari, Roda, Acharavi. Lauter handliche Toyotas, Citroëns und Peugeots parkten säuberlich nebeneinander.

Mila warf einen Blick in den Innenraum, in dem sich die Kundschaft drängte. Zoi stand hinter dem Tresen, palaverte lebhaft und machte rege Umsätze mit Olivenöl und Olivenholzprodukten. Sie winkte ihr zu und warf einen Luftkuss hinterher. Mila drehte sich um und suchte Manolis.

Wenigstens einmal an diesem vermaledeiten Tag hatte sie Glück, denn ihr Retter stand noch neben der Tür zur Ölmühle und unterhielt sich mit einem von Leos Angestellten. Kerberos begrüßte sie schwanzwedelnd und ließ sich von ihr das Fell verstrubbeln.

»*What's happened?*«, fragte Manolis. »*Shall I talk with the boy?*«

Mila fühlte sich auf den ersten Blick durchschaut. »Auf keinen Fall. Könnten Sie mich zur Küste fahren? Wenn Volker auf meinen Rucksack achtgegeben hat, kann ich Sie bezahlen.«

»*Bullshit. You could be my daughter.*«

Er verstaute sie samt Kerberos in seinem Pick-up und transportierte sie durch die Berge in die Ebene nach Almiros-Beach zurück. Als sie an Volkers Taverne ankamen, versank die Sonne gerade mit dem gleichen Sinn für Theatralik im Meer wie gestern. Touristen bewunderten das Schauspiel, als sei nichts geschehen.

»Sie können mich hier rauslassen«, sagte Mila.

Manolis hielt an und öffnete die Tür. Wie im Traum durchquerte sie den Garten und betrat die Taverne. Zerschrammt, todmüde, mordverdächtig, setzte sie für sich hinzu.

»Mila!« Volker trat hinter der Theke hervor, Erleichterung im Gesicht.

»Habt ihr …?« Ihre Knie gaben unter ihr nach. Tassos schob einen Stuhl hinter sie und verhinderte dadurch, dass sie zu Boden sank. Mila ließ sich darauf fallen und streckte alle viere von sich.

Volker nahm ihr gegenüber Platz. »Wo steckt Jannik?«

»Ich weiß es nicht. Wir sind Opfer eines Raubüberfalls geworden.« Wenn sie Jannik nicht umgebracht hatte, war das die einzig logische Erklärung für sein Verschwinden.

Volker biss sich auf die Unterlippe. »Die Albaner«, sagte er.

Mila begriff, dass ihr Verdacht bedenkliche Konsequenzen für ihn barg. Wenn sie richtiglag, trieben sich auf seinem beschaulichen Parkplatz Verbrecher herum, die seine Kundschaft bedrohten. Die albanische Küste war nicht weit. Möglicherweise kamen von dort Räuberbanden ins touristisch erschlossene Korfu. Waren sie einer skrupellosen Verbrechergang zum Opfer gefallen? Mila lief ein kalter Schauder über den Rücken.

»Polizei?«, fragte Volker leise.

»Nein, ich will zuerst selbst versuchen, Jannik zu finden.«

Volker nickte grimmig. »Das ist sicher besser so. Warte mal.« Er verschwand im Hinterzimmer. Tassos nutzte den Augenblick, um ihr ein gekühltes Mythosbier hinzustellen, das Mila auf ex trank. Volker kehrte mit ihrem Rucksack und ihrer Kameratasche zurück.

»Mein Gepäck.« Mila wurde schwindlig vor Erleichterung. Es war alles noch da. Ihre Nikon, ihre Wechselklamotten, ihr Buch »Alice im Wunderland«, ohne das sie nicht auf Reisen ging, sowie die Geldbörse mit ihrer Kreditkarte. »Mein Handy!«

Sie riss Volker das Smartphone aus der Hand und kontrollierte ihre Textnachrichten, aber außer einigen WhatsApps von ihrer Großmutter und Mareike gab es nichts Neues. Jannik hatte sich nicht gemeldet, und ihre Schwiegermutter Stephanie hatte ihre Abwesenheit noch nicht einmal bemerkt.

»Er kommt sicher zurück«, sagte Tassos auf Deutsch.

Mila konnte ihre Tränen nicht länger zurückhalten, die ebenso dem verschwundenen Jannik galten wie Leo, der ihr nicht geglaubt hatte. Sie schluchzte so laut, dass die anderen Gäste von ihren Tellern aufblickten.

»Das hat uns gerade noch gefehlt.« Volker stöhnte hinter vorgehaltener Hand und füllte eine Reihe Gläser mit Ouzo, der die aufgebrachten Gemüter beruhigen sollte.

Eleftheria stürmte aus der Küche und zog Mila in ihre Arme. »Weine nur, Herzchen«, sagte sie, was Mila noch mehr schluchzen ließ. Volker tätschelte ihr ungeschickt den Rücken, und Tassos drehte sich verschämt weg, als sei ihm nichts so peinlich wie Heulsusen unter den Gästen.

Nachdem ihre Tränen versiegt waren, fühlte sich Mila besser. Dankbar nahm sie Volkers Angebot an, eines seiner Gästezimmer zu beziehen, und ließ sich ein Abendessen mit Hähnchenschnitzel, Pommes frites und Salat servieren, das sie bis auf den letzten Krümel vertilgte.

Als sie sich später in das frisch bezogene Bett legte, in ihren Ohren das immerwährende Rauschen des Meeres, war sie sicher, dass die Welt am nächsten Morgen besser aussehen würde. Jannik würde wieder da sein, lädiert, weil die Verbrecher ihn auf der anderen Seite der Insel abgesetzt hatten, aber lebendig. Und dann würden sie gemeinsam über ihr Erlebnis lachen und zur Polizei gehen.

6

Leonidas Bardés ertappte sich immer aufs Neue dabei, wie er für die verfehlte Politik Athens die Scherben zusammenkehrte. Die Frage war nur, für was oder wen er Buße tat.

Die Müllabfuhr war wieder einmal nicht bis nach Kavvadades gekommen. Als sich nach Sonnenuntergang tiefblaue Dunkelheit über die Hügel senkte, vertrieb Leo die Bande hungriger Katzen, die sich rund um den Müllcontainer am Dorfeingang herumtrieb, und belud die Ladefläche des Pick-ups mit den Beuteln, die sich auf dem Boden stapelten. Sie strotzte von bunten Tüten. Smartiealarm, hätte Zoi gesagt.

Leo fuhr auf die Landstraße und ließ den Pick-up gemächlich in die Ebene rollen.

Wenn die Müllabfuhr nicht den Berg hinauffand, machten die Bewohner von Kavvadades die Regierung in Athen für die Misere verantwortlich. Wenn das Schlagloch in der Hauptstraße im Ortsinnern nicht geflickt wurde und sich der Pope mit seinem Roller beinahe den Hals brach, trug ebenfalls Athen die Schuld. Die Menschen im ländlichen Korfu hatten die Krise noch vergleichsweise gut überstanden. Niemand litt Hunger, weil jeder einen Garten voller Tomatenstauden und Bohnenpflanzen besaß und Nachbarn und Verwandte einander unter die Arme griffen. Außerdem gelang es den meisten, in den Touristikzentren an der Küste zumindest im Sommer eine Anstellung zu finden. Dennoch fühlte man sich im zentralistisch regierten Griechenland immer wie am Gängelband Athens. Leo wollte das ändern, indem er die Leute an ihre Kompetenz und ihre Stärken erinnerte. Dazu gehörte der Olivenanbau.

Was auch immer die Regierung behauptete, Griechenland war noch nicht reif dafür, aus dem EU-Rettungsschirm auszusteigen. Leo zweifelte sogar daran, dass das Land nach dem Ausverkauf der Häfen und Airports jemals wieder autonom wirtschaften konnte. Aber so endete wenigstens die Kontrolle durch die EU, die den Menschen ihre Würde nahm und sie hilflos und mit leeren Händen zurückließ.

Der Politikerkaste in Athen ging der Ruf voraus, korrupt zu sein. Steuergelder versickerten in dubiosen Kanälen. Ob die Tavernenwirte an der Küste mit schwarzen Kassen und handgeschriebenen Bons arbeiteten, war Leo herzlich egal. Ihm ging es allein um den Olivenanbau. Auf Korfu standen vier Millionen Olivenbäume, die zum Großteil in bäuerlichen Betrieben biologisch bewirtschaftet wurden. Das an sich bot gute Erfolgsaussichten. Und dennoch.

Viele Bäume stammten noch aus der Zeit der venezianischen Besatzung. Sie gehörten zur widerstandsfähigen Sorte Lianolia. Da Leo selbst einige tausend dieser Baumriesen besaß, wusste er, was das bedeutete. Wegen ihrer Größe, aber auch wegen der unwirtlichen Anbaufläche am Hang konnten sie nicht mit der Hand abgeerntet werden. Stattdessen musste man warten, bis die überreifen Oliven im Herbst auf den unterhalb ausgebreiteten Netzen landeten. Das Öl, das sich aus diesen Früchten gewinnen ließ, war so schwer und buttrig, dass es in den Mischölen aus der EU verschwand. Die Bauern erhielten keinen angemessenen Preis für ihre Arbeit. Leo wollte das ändern, indem er ihnen Neuanpflanzungen vorschlug, die auf Dauer die Qualität steigern würden. Er hoffte, dass die Mitglieder der Genossenschaft die Chance ergriffen, die sich ihnen durch die Anpflanzung neuer Sorten bot, Koroneiki, Picual. Auch wenn es dauern würde, bis die neuen Bäume Früchte trugen, würden sie mit sortenreinem Spitzenöl bessere Preise erzielen. Dafür aber würden sie investieren müssen.

Manolis, der Imker, hatte Leo heute wortreich erklärt, dass er den Bauern ihr Mitspracherecht lassen sollte. Das studierte Arschloch heraushängen zu lassen sei ganz falsch. Wieder was gelernt, dachte Leo spöttisch.

Es war stockdunkel, als er die Kreuzung an der Küstenstraße erreichte. Der Gegenverkehr blendete ihn, während er darüber nachdachte, in den Touristenort Sidari zu fahren und den Müll einfach am Straßenrand abzulegen. Die Ampel wurde grün. Nein, dachte er und fuhr rechts ab. Er durchquerte Roda und Acharavi und kreuzte die Abzweigung in Richtung Almiros-Beach. Mila. Er hatte sie gefunden und durch sein Misstrauen gleich wieder verloren. *Gone with the wind.*

Entschlossen verdrängte er den Gedanken an sie und den verschwundenen Jannik, folgte der Straße bis zum Müllplatz des noblen Küstenorts Kassiopi und lud seine Tüten auf der ausgedehnten Fläche ab. Danach stand er neben seinem leeren Pick-up und lauschte den Schreien der Möwen, die von Zeit zu Zeit hinabstießen, um sich ein Abendessen zu gönnen.

Er überquerte die Straße und zündete sich eine Zigarette an. Der Rauch brannte in seiner Brust und überdeckte den Geruch nach Müll, der in der Luft hing.

Südlich des Nordostkaps war es windstill. Das albanische Festland mit der Großstadt Saranda lag kaum zehn Kilometer entfernt auf der anderen Seite der Bucht und bot der Ostseite der Insel Schutz vor der Brandung, die die Nordküste mit aller Heftigkeit traf. Nach und nach leuchteten an den kahlen Hängen Albaniens die Lichter einiger Ortschaften auf.

Leo war der Sohn von Alikis jüngerer Schwester Katerina, einer Journalistin, die in Athen studiert hatte und in ihrer Jugend durch ihre politischen Aktivitäten aufgefallen war. Leo war unehelich geboren, das Kind der Rebellin, die wegen dieses Stigmas die Insel verlassen musste. Er war in Berlin aufgewachsen, wo seine Mutter für einige linke Blätter gearbeitet und die Freiheitsbewegungen der Palästinenser und der Kurden unterstützt hatte. Als er vierzehn war, tat sie sich mit einem französischen Umweltaktivisten zusammen und bekam Zoi. Weil sich Leo mit dem neuen Mann an der Seite seiner Mutter nicht verstand, zog er noch vor dem Abitur aus. Er hatte in München und Athen Wirtschaftswissenschaften studiert und soeben einen gut dotierten Vertrag bei einer Unternehmensberatung unterschrieben, als es eines Abends an der Tür seiner Schwabinger Wohnung geklingelt hatte. Leo kochte gerade, sodass seine Freundin Nadine öffnete. »Da ist ein Mädchen.«

Eine schwarz glänzende Aubergine in der Hand, trat Leo aus der Küche und stand einem etwa zwölfjährigen Teenager gegenüber. Die Kleine klammerte sich an einen pinkfarbenen Rollkoffer und wirkte verloren. »Ich bin Zoi. Mama ist gestorben. Busunfall.«

Leo schlug ihr die Tür vor der Nase zu und stand einige Minuten lang schwer atmend in seiner Diele mit dem teuren Ahornparkett. In der Küche fluchte Nadine, weil die Pfanne mit Olivenöl überhitzte. Sein Kopf war wie leer gefegt. Neben dem Schock erfüllte ihn ein unbändiger Zorn auf seine Mutter, die ihn mit der Last der Verantwortung alleingelassen hatte. Er nahm seinen ganzen Mut zusammen und zog die Tür wieder auf.

Das Mädchen saß auf der Treppe ins nächsthöhere Stockwerk. »Ja?« Tränenspuren glitzerten auf ihren Wangen.

Chapeau vor ihrem tollkühnen Mut. »Und dein Vater?«

»Ist im Nordatlantik gegen Treibnetze unterwegs.«

Leo wurde klar, dass man Zoi diesem Mann nicht überlassen durfte. »Komm rein.«

Damals hatte er nicht geahnt, was es bedeutete, sich einen Teenager aufzuladen. Zoi, deren Vater keinerlei Interesse an ihr zeigte, brauchte ihn. Ihre Mutter war vor den Bus gelaufen, als sie mit ihrem Auftraggeber, einer Tageszeitung, telefoniert hatte.

Gemeinsam hatten Zoi und Leo die Beerdigung in Berlin hinter sich gebracht, hatten den Unmengen von Freunden und Bekannten ihrer Mutter die Hände geschüttelt, fassungslos gegenüber dem grausamen Schicksal, das die vierundfünfzigjährige Katerina aus ihrem Leben gerissen hatte, und waren gemeinsam nach München zurückgekehrt.

Obwohl seine Beziehung zu Nadine wegen seiner Schwester in die Brüche gegangen war, hatte Leo diese Entscheidung nie bereut. Er hatte seinen gut bezahlten Job hingeworfen und eine Stelle an der Uni angetreten, um mehr Zeit für Zoi zu haben, die nur in ihrem Ballettunterricht auflebte. Leo und seine kleine Schwester waren alles, was von der weit verstreuten Familie Bardés übrig geblieben war.

Deshalb hatte ihn der Brief seiner Tante Aliki umso mehr überrascht, die die Geschwister im Jahr darauf einlud, nach Korfu zu kommen und ihre Ölmühle und ihre ausgedehnten Ländereien zu besuchen. Sie seien ihre einzigen Erben.

Leo hatte nichts erwartet, als er mit Zoi nach Korfu gejettet war. Doch als er den Norden der Insel erreichte, fühlte er sich zum ersten Mal in seinem Leben frei. Zu Ostern ertrank die Insel in einem Blütenmeer. Die entferntere Verwandtschaft hieß sie willkommen. Das alte Haus und die ausgedehnten Olivenhaine hatten ihn gerufen. Das Herz der Insel der Phäaken, dachte er. Es pulsiert unter meinen Füßen.

Er trat die Zigarette aus und kehrte zu seinem Auto zurück. Ein Gedanke überfuhr ihn siedend heiß, als er den Pick-up startete. Er war noch nicht fertig mit Jannik. Morgen, dachte er. Morgen würde er Mila suchen und das Notwendige in die Wege leiten.

7

Donnerstag

Kommissar Achilleas Gazakis hatte den gestrigen Abend mit einer billigen Flasche Rotwein geteilt. Ein Rendezvous der besonderen Art. Die wohlgeformte Bauchige und er allein in seiner Wohnung über dem Autoverleih in der Nähe des Flughafens von Kerkyra.

Am nächsten Morgen plagten ihn üble Kopfschmerzen. Er warf zwei Aspirin ein und machte sich auf zur einzigen Therapie, die wirklich half. Kaltwasserschwimmen im Morgengrauen.

Dafür ließ er mit seinem Kleinwagen den Korfu-Airport rechts liegen, Fraport, von dem schon zu nachtschlafender Stunde die ersten Touristenbomber abhoben, und bog zur Strandpromenade ab, an der es Badeanstalten ohne jeden Komfort gab. Er parkte, zog sich aus, faltete sorgfältig seine Sachen, den Trenchcoat, die Jeans, das karierte Hemd, lagerte das Paket auf einer Bank und stieg über eine verrostete Treppe ins kalte Meerwasser.

So nahe dem Hafenbecken von Kerkyra gab es keinerlei Brandung. Das Meer war wie ein großer See, an dessen gegenüberliegender Küste sich Albanien erhob. Fast konnte man hinüberschwimmen.

Gazakis glitt ins Wasser wie ein Seehund mit nassem Schnauzbart. Prustend tauchte er unter und genoss die Kälte, die imstande war, seinen Kopf zu klären. Dann schwamm er hinaus, Brustschwimmen, Zug um Zug, weit entfernt von jedem Anspruch auf Sportlichkeit.

Deinen schmerzenden Gelenken tut der Frühsport gut, sagte der Engel, der auf seiner rechten Schulter hockte. Ausschlafen wäre besser gewesen, nörgelte der Teufel auf seiner linken Schulter. Außerdem war alles nichts ohne Birgit.

Birgit, mit der er dreißig Jahre verheiratet gewesen war, lebte weiter in ihrem Reihenhaus in Duisburg, während er als Kriminalkommissar einen Neustart im Polizeipräsidium seiner Heimatstadt wagte. Sie waren auf Probe getrennt. Das hatten sie jedenfalls ihren erwachsenen Kindern erzählt, die ihr eigenes Leben lebten.

Mit neunundfünfzig Jahren, einer ausgeprägten Liebe zu Alkohol und gut zehn Kilogramm Übergewicht erwies sich Gazakis' Neubeginn als schwierig. Er war in seinem neuen Leben gestrandet, könnte man auch sagen. Außerdem machte ihn Griechenland nervös, die Gelassenheit seiner Kollegen, die ihm misstrauten, weil er in Deutschland gelebt hatte, dem Land, dem sie sich dank ihrer Lebensart grenzenlos überlegen fühlten.

Eigentlich wollte er nur seine Ruhe, wollte Miles Davis und Louis Armstrong von kratzigen Platten hören und guten Rotwein trinken, nicht so eine süße Plörre wie gestern. Insgeheim wünschte er sich Birgit an seine Seite, um die Zeit bis zu seiner Rente abzusitzen, aber die hatte sich anders entschieden.

Energisch schwamm Gazakis aufs offene Meer hinaus, wo ihn die Bugwelle eines Fischkutters überspülte. Am Ende der Promenade erhob sich der kleine Leuchtturm, den er seit seiner Kindheit kannte. Seine Eltern besaßen ein Haus in der gutbürgerlichen Gegend unterhalb des Schlosses Mon Repos, in dem Philip Mountbatten, Englands betagter Prinzregent, geboren war.

Gazakis hatte seine Rückkehr nach Korfu mit der zunehmenden Gebrechlichkeit seiner achtzigjährigen Mutter begründet. Die aber war zäh wie Schuhleder und verbot sich jede Einmischung in ihr perfektes, vom leidenschaftlichen Bridgespiel mit ihren Freundinnen bestimmtes Leben. Nach und nach gewöhnte er sich an den Gedanken, allein klarkommen zu müssen.

Erfrischt vom Salzwasser schwamm er zurück zur Promenade und duschte unter einer der öffentlichen Duschen.

Danach fühlte er sich in der Lage, einen weiteren Tag zu überstehen. Er fuhr zum Polizeipräsidium in der Ioulias-Andreadi-Straße und betrat das Gebäude, in dessen düsteren Gängen seine Schritte widerhallten.

Die Kriminalität in Kerkyra stagnierte seit Jahren auf dem gewohnten Niveau. Es gab Prügeleien, Diebstähle, Drogengeschäfte, Touristen, die man betrunken aufgabelte, Raubüberfälle und den üblichen Schmuggel von und nach Albanien. Selten riss sie ein unerklärlicher Todesfall aus der lieb gewordenen Routine. Gazakis hätte es niemals zugegeben, aber er langweilte sich in dieser Grabesruhe.

Er setzte sich an den Schreibtisch in seinem Büro, das er ganz für sich hatte. In diesem Raum ließ es sich gut sinnieren und dem Ende seiner Ehe hinterhertrauern. Er öffnete das Fenster, um kurz durchzulüften, denn es versprach ein schwüler Tag zu werden.

Gerade hatte er sich einen Ventilator aus dem Nachbarbüro organisiert, als das Unheil in Gestalt seines Chefs Dimitrios Petridis über ihn hereinbrach, den alle nur Dimis nannten.

Dimis trat ein, ohne anzuklopfen. Wie immer trug er einen gut sitzenden Anzug mit Krawatte. Er war nicht nur zwanzig Jahre jünger als Gazakis, sondern auch von einem untypischen Ehrgeiz besessen, der sich darin äußerte, dass er täglich mit dem Rennrad zur Arbeit fuhr. Zu Beginn hatte er den erfahrenen Kollegen aus Deutschland als Konkurrenten argwöhnisch beäugt, bis er den Schluss gezogen hatte, dass Gazakis nur seine Zeit bis zur Pensionierung absaß, womit er nicht ganz falschlag.

Dimis war in Begleitung. In seinem Schlepptau steckte eine blonde junge Frau neugierig den Kopf durch die Tür und sondierte die Lage.

Gazakis schreckte aus seiner Lethargie auf.

»Das ist Kommissarin Hanna Bitter aus Berlin. Sie kommt von Europol«, sagte Dimis. »Ihr werdet das Büro für die Dauer ihres Auftrags teilen. Du kannst für sie übersetzen, Achilleas.«

Und …«, setzte er konspirativ hinzu, »… halt die Deutsche im Zaum und mir vom Leibe.«

Damit, das wusste Gazakis, hatte seine Ruhe ein Ende. Er fragte sich, was eine Beamtin von Europol nach Kerkyra trieb.

»Hallo.« Hanna Bitter begrüßte ihn auf Deutsch. »Ich habe gehört, Sie sprechen meine Sprache.« Sie stellte ihre Tasche auf dem zweiten Schreibtisch ab. »Netzanschluss? WLAN?« Voller Elan packte sie ihren Laptop aus, platzierte ihn mit seiner Vorderkante bündig auf der Tischplatte und klappte den Deckel auf.

»Sie können Ihren Mund schließen«, sagte sie dann in seine Richtung.

Gazakis war so sprachlos, dass ihm keine schlagfertige Antwort einfiel. Also kümmerte er sich um den Netzanschluss.

Dimis, dem er das Problem erklärte, kroch diensteifrig unter den Tisch, verlegte Verlängerungskabel und stöpselte den Laptop ein, woraufhin Bitter ohne Umschweife an die Arbeit ging. Ihre einzige Stärkung bestand in einer Dose Zero-Cola. Gazakis ließ das fettige Papier seines morgendlichen Gyros dezent im Abfalleimer verschwinden.

Bis zur Mittagspause, die er meistens mit seinen Freunden in einem Café auf der Esplanade verbrachte, saß er Hanna Bitter gegenüber und beobachtete, wie sie konzentriert ihren Rechner einrichtete, irgendwelche Dinge im Internet recherchierte und mehrmals mit ihrem Chef in Berlin telefonierte. Sie flößte ihm Respekt ein. Hanna Bitter war groß, sicher einen Meter achtzig, und hatte eine athletische Figur.

Eine Fußballspielerin, dachte Gazakis, oder eine Boxerin, die einen Gegner mühelos ausknocken konnte.

Sie trug eine weiße Baumwollbluse und hautenge Jeans. Ihre blonden Haare hatte sie zu einem praktischen Pferdeschwanz zurückgebunden. Als sie den Raum verließ, ertappte sich Gazakis dabei, wie er ihr auf den Hintern starrte. Der Teufel auf seiner linken Schulter hatte sich durchgesetzt. Mit knallrotem Kopf widmete er sich dem Fall von Einbruch im

Villenviertel, den er seit einer knappen Woche bearbeitete. Als Bitter zurückkam, streifte ihn ihr drohender Blick. Erneut floss Röte über sein Gesicht.

»Ich bin keine solche Blondine«, sagte sie.

Er fühlte sich ertappt wie ein Schuljunge. »Wie bitte?«

»Ich muss das nur richtigstellen. Sie denken sicher, ich sei Barbie und würde mein Gehirn an der Tür zum Friseursalon abgeben. Das passiert mir wegen meiner Haarfarbe immer wieder. Man behandelt mich wie eine Frau, die nicht einmal einen Reifenwechsel gewuppt kriegt.«

»Aber mitnichten.« Er stritt die Anschuldigung ab.

»Sie irren sich.« Sie schnurrte. Wie eine Berglöwin, dachte Gazakis, wegen der Haarfarbe. »Ich weiß mir am allerbesten selbst zu helfen. Warum können Sie eigentlich so gut Deutsch?«

Auf diese Frage hätte er gut verzichten können. »Ich habe lange in Duisburg gelebt.«

»Sie hatten dort also ein Leben«, erkannte sie hellsichtig. »Und warum sind Sie dann hier?«

Er verkniff sich die Antwort und überlegte, ob er sich ärgern sollte. Aber nein. Der Engel – oder war es der Teufel? – freute sich auf die Abwechslung im täglichen Einerlei, die Hanna Bitter mitbrachte. Gazakis wusste, dass Europol nicht ohne Grund eine Ermittlerin nach Korfu schickte.

»Ich habe einen Vorschlag für Sie«, sagte er. »Sie erklären mir, um was es bei Ihrem Einsatz geht, und danach trinken wir auf der Esplanade einen Kaffee und lernen die Kollegen kennen. Zu Mittag gibt es Meze und Beziehungen. Dann kriegen Sie auch noch etwas Korfu-Feeling mit, wenn Sie schon mal hier sind.«

Die deutsche Walküre, dieser Leni-Riefenstahl-Verschnitt, der ebenso unverhofft wie energiegeladen in sein Leben geschlittert war, sah ihn an, als hätte sie sich verhört. »Ich habe zu arbeiten.«

Gazakis verstand. »Ich habe in Duisburg an der Aufklärung der 'Ndrangheta-Morde mitgearbeitet.«

»Und Sie meinen, das qualifiziert Sie?«

»Was sonst?« Auch wenn sich Bitter nichts von ihm sagen ließ, hatte er in über dreißig Jahren Polizeiarbeit mehr gesehen, als gut für ihn war. Nachts verfolgten ihn die Toten bis in seine Träume.

Schließlich gab sie nach. »Bitte. Es geht um einen Fall groß angelegter Geldwäsche. Unser Informant auf Korfu meldet sich nicht mehr.« Sie winkte ihn auf ihre Seite des Schreibtischs und setzte ihn von den Dingen in Kenntnis, die er wissen musste. Der Fall gab Europol Rätsel auf.

Mit Recht, dachte Gazakis.

8

Das Ferienhaus der Familie Tersteegen sah aus, als sei es monatelang nicht bewohnt gewesen. Der Briefkasten quoll über von Prospekten der örtlichen Supermarktkette. Die Fensterläden waren verrammelt. Sand lag zentimeterdick auf der Terrasse, die Teakholzmöbel waren grau angelaufen und mit einer Staubschicht bedeckt. Die Palmen, Stephanies ganzer Stolz, hingen stachlig und vertrocknet in ihren Terrakottatöpfen.

»Jannik?«

Mila klingelte und wartete auf die Gegensprechanlage, die beharrlich schwieg. Mehr und mehr wurde Jannik zu einem Phantom, das ihr zu entgleiten drohte. Seinen Namen auszusprechen holte ihn in die Realität zurück.

»Jannik.«

Ihre Stimme verklang im Rauschen des Meeres. Im Wind lag eine Grundkühle, die den Herbst vorwegnahm.

Mila klingelte zum dritten Mal. Nichts. Gespenstische Stille.

Und dabei hatte der Tag so vielversprechend begonnen. Ihre Fähigkeit, schlimme Dinge auszublenden, hatte sie schon so manches Mal gerettet. Das würde ihr auch diesmal gelingen. Nach ihrem Frühstück in Volkers Garten hatte sie sich Gabys Yogakurs angeschlossen, in dem sich fünfzehn Engländerinnen mittleren Alters die Grundbegriffe des Hatha-Yoga aneigneten. Mila war eine fortgeschrittene Yogini, die mit Leichtigkeit Asanas wie die Krähe und den Kopfstand ausführte. Ihre Yogapraxis hatte sie entspannt.

Jetzt aber holte sie die bittere Realität ein. Jannik war nicht zurückgekehrt. Egal. Irgendwann musste er wieder auftauchen.

Sie ging. Das Gartentor fiel mit einem leisen Klicken ins Schloss. Sie überquerte den Uferweg, trat auf den Strand hinaus und nahm Kurs auf das marode Ruderboot, das einen willkommenen Sitzplatz bot, wenn man sein Handtuch vergessen hatte. Am Wegrand flatterte eine blau-weiße griechische Fahne im Wind, das türkisblaue Meer brandete mit weißen Schaumkronen ans Ufer.

Sie kletterte über den Rand des Bootes, setzte sich auf die morsche Bank und zwang sich zur Konzentration auf das Wesentliche. Die Schürfwunde an ihrem Bein brannte kaum noch. Eleftheria hatte ihr nach dem Duschen ein neues Pflaster verpasst.

Sie würde sich den Schneid nicht abkaufen lassen. Wenn Jannik nicht jetzt kam, dann später. Heute Abend würde er im Ferienhaus seiner Familie auf sie warten und alle Ungereimtheiten aus der Welt schaffen. Dann würden sie gemeinsam überlegen, wie sie ihre vertrackte Hochzeit entweder absagen oder doch noch retten könnten. Janine war in New York und konnte sie mal.

Ich mache Urlaub auf Korfu, dachte Mila trotzig und streckte ihre Zehen.

Die Sonne stand inzwischen höher und nahm dem Wind seine beißende Schärfe.

Was hatte Jannik gesagt? Am Samstag würde sein Zwillingsbruder Jonas mit seiner Freundin Sarah in Almiros eintreffen, um seinen Jahresurlaub hier zu verbringen. Mila hatte nur ihre chaotische Mutter Jana, zu der sie kaum Kontakt pflegte, sowie ihre unkonventionelle Großmutter Susanne. Im Alter von sechs Jahren und damit pünktlich zum Schulanfang hatte Jana Mila mit einem Rucksack voller T-Shirts und Bilderbücher und einem zerfledderten Teddybären vor der Tür ihres Elternhauses abgestellt, um ohne ein Wort wieder nach Gomera zu verschwinden. Ihr Großvater Fridolin hatte die Tür geöffnet und Mila hereingebeten, als sei es ganz normal, dass Kinder wie Paketlieferungen von Hermes kamen.

»Schau mal, wer da ist? Es ist unsere Amelia«, hatte er zu Susanne gesagt, die in der Küche gerade Käsespätzle gemacht und sie mit ihrer mehlbestäubten Schürze in die Arme geschlossen hatte.

Bis zu ihrem Abitur hatte Mila die Geborgenheit im Haus ihrer Großeltern genossen, die damals noch beide als Studienräte an einem Stuttgarter Gymnasium arbeiteten. Nach ihrer Ausbildung zur Logopädin starb ihr Großvater und hinterließ ihr eine Summe Geld, mit der sie auf Weltreise ging. Auf Bali hatte sie Jannik kennengelernt, der aus Stuttgart kam.

Im Gegensatz zu Milas Familie waren die Tersteegens weit verzweigt. Jannik hatte neben seinem Zwillingsbruder Jonas seine ältere Schwester Franziska, die an der Börse arbeitete. Sein Vater Uwe war Ingenieur bei einer weltbekannten Automarke. Unter der Herrschaft von Janniks energischer Mutter Stephanie hielt die Familie zusammen wie Pech und Schwefel und genoss ihre Rituale und Traditionen. So wie Stephanie jedes Jahr den riesigen Weihnachtsbaum im Foyer des Hauses unterhalb der Karlshöhe mit echten Kerzen und ererbten Kugeln schmückte, verbrachten immer irgendwelche Tersteegens den September in ihrem Ferienhaus auf Korfu.

Mila war erstaunt gewesen, wie bereitwillig Janniks Familie sie aufgenommen hatte. Ihre Schwiegermutter Stephanie hatte sich von ihrer neuen Schwiegertochter, deren Vater zur Hälfte aus Surinam stammte, begeistert gezeigt. Janniks Familie war nicht reich, aber gut situiert.

Ich habe mich von seiner Sorglosigkeit blenden lassen, dachte sie. Sie fröstelte im Wind, zog ihre Beine an und legte ihre Arme darum.

In der Ferne glitt ein Kreuzfahrtschiff auf den Hafen von Kerkyra zu, die Aida oder eine ihrer Schwestern auf großer Fahrt durchs östliche Mittelmeer. Einen Tag lang würden die Bootstouristen die Stadt überschwemmen, würden Andenken kaufen, Gyros mit den Fingern essen und den Berg Pantokrator erstürmen, um am Abend wieder in ihre schwimmende Burg zurückzukehren. Jannik hatte Kreuzfahrer gehasst und ihnen jedes Verständnis für Korfu abgesprochen.

Als das Schiff hinter dem Kap verschwunden war und das Meer wie eine leere blaue Fläche vor Milas Augen lag, loderte unversehens ein weißglühender Zorn auf Jannik in ihr auf, der sie betrogen, verlassen und vor der ganzen Welt gedemütigt hatte.

So kann man nicht mit mir umgehen, dachte sie und betrachtete ihre schmale Hand. Auf ihrer Weltreise hatte sie als Gärtnerin in England, als Möbelrestauratorin in Berlin und als Erntehelferin in Südfrankreich gearbeitet. Sie konnte entschlossener zupacken, als man es ihr ansah.

Hatte sie Jannik erschossen? Sie erinnerte sich nicht.

Vor zwei Jahren, kurz vor ihrer ersten Begegnung mit ihm, war sie auf einer Party in Berlin versackt und am nächsten Morgen im Bett des DJs aufgewacht. Nicht mal da hatte sie sich so elend gefühlt wie gestern Morgen an diesem Steilhang im Olivenhain.

Mittlerweile füllte sich der Strand. Neben Mila schlug eine Familie mit zwei kleinen Kindern ihr Lager auf. Osteuropäische Sprachfetzen trieben zu ihr, als die Mutter die beiden Kleinen in Handtücher verpackte, bis nur noch ihre Nasen herausschauten. Mila ging auf ihren WhatsApp-Account und schrieb ihrer Großmutter Susanne eine beruhigende Textnachricht.

Leise Motorengeräusche schreckten sie auf. Ein metallicgrauer Geländewagen mit getönten Scheiben fuhr langsam den Uferweg entlang und parkte neben der Fahnenstange. Zwei junge Männer stiegen aus und setzten sich oberhalb von ihr auf die Steinmauer, die die schmale Straße vom Strand trennte. Ihre Blicke brannten in Milas Rücken. Furcht erwachte in ihr. Was, wenn die Typen auf die Idee kamen, sie anzubaggern? Seltsam war, dass die beiden sich entgegen sämtlichen Gewohnheiten anschwiegen, als hätten sie etwas zu verbergen. Auch blieben sie in ihren Tagesklamotten. Normalerweise warfen sich junge Männer mit ihren Surfbrettern in die Brandung oder pfiffen Joggerinnen im Bikini mit Bulldogge hinterher. Diese hier verbreiteten nichts als gespenstische Stille.

Sie wollte gerade die Flucht ergreifen, als ihr in der Ferne eine lange Gestalt auffiel, die ihr entschlossen zuwinkte. Es war Leo, der barfuß durch die Brandung stapfte. Mila hatte die Wahl.

Ich könnte gehen, dachte sie, könnte in Richtung des Kaps verschwinden und ihm damit signalisieren, dass ich nichts mit ihm zu tun haben will.

Sie blieb, bis er mit seinen geballten ein Meter neunzig vor ihr aufragte. Wind griff ihm in die Haare. Die Beine seiner Canvashose waren durchnässt. Am liebsten hätte sie ihm befohlen, ihr aus der Sonne zu gehen, aber die stand dummerweise über den Hügeln im Osten, wärmte ihre Schultern und ließ ihn blinzeln.

»Hast du was von Jannik gehört?«, fragte er.

»Nein. Was willst du?«

»Mich bei dir entschuldigen. Tassos hat mir gesagt, wo ich dich finde.«

Pass nur auf, dass du dir nicht die Zunge abbeißt, Leo.

»Das war etwas voreilig gestern.«

»Ach, wirklich?« Sie war keinesfalls bereit, ihn so billig davonkommen zu lassen. »Es war eine haltlose Unterstellung.«

Seine dunklen Augen musterten sie prüfend. Für seine federgleichen Wimpern würden manche Mädchen morden. Mila hatte die Retourkutsche für die gestrige Anschuldigung schon parat.

»Wer sagt mir, dass nicht *du* Jannik etwas angetan hast?« Darüber hatte sie die halbe Nacht nachgedacht. »Schließlich warst du vorgestern Abend auch in Volkers Taverne.«

Leo errötete unter seiner Bräune. »Niemand. Aber ich habe kein Motiv.«

»Woher soll ich das wissen? Woher kennst du Jannik überhaupt?«

»Du musst mir einfach glauben, genau wie ich dir.«

»Nach gestern fällt mir das schwer.« Mila umfasste ihre Knie fester. Das Pflaster auf ihrer Schürfwunde zwickte. »Aber was willst du wirklich? Du kannst mir doch nicht erzählen, dass du die ganze weite Strecke gefahren bist, um dich bei mir zu entschuldigen.«

»Nein.« Er setzte sich auf den Rand des Bootes, das gefährlich ins Schwanken geriet. Mila rutschte zur Seite, um die Balance auszutarieren.

»An dem Hang, wo dich Manolis gestern aufgegabelt hat, geht es tief in eine Schlucht hinab«, erklärte Leo. »Man sollte nachschauen, ob Jannik dort unten liegt.«

Nicht der Wind trieb ihr einen Schauder über den Rücken. Es fühlte sich an, als ob seine Worte an der Kruste kratzten, die über ihren Ängsten lag. Was, wenn Jannik tatsächlich zu Tode gestürzt war? Oder sie ihn vorher erschossen hatte? Nein, dachte sie. Auf keinen Fall.

Entschlossen kehrte sie in die Realität zurück. »Okay.«

Sie berührte Leo an der Schulter. Es schien ihr, als würde er sich für einen Augenblick in ihre Handfläche lehnen, aber das bildete sie sich sicher nur ein. »Du musst als Erster aufstehen.«

»Was?«, fragte er abwesend.

Herrgott noch mal, wie konnte man so begriffsstutzig sein?

»Sonst kippt das Boot um. Du bist zu schwer. Es gerät aus dem Gleichgewicht, wenn du sitzen bleibst.«

Endlich hörte er auf sie und erhob sich.

Eine Minute später kreuzten sie auf dem Uferweg den Geländewagen, der den Kerlen gehörte, die noch immer in Jeans und Polohemden auf der Mauer herumlümmelten und ihnen demonstrativ den Rücken zukehrten.

»Was ist das für ein Autokennzeichen?«, fragte sie. Ein griechisches war es jedenfalls nicht. Das übliche »KY« für »Kerkyra« kannte sie. Griechische Kennzeichen begannen mit einem Städtekürzel. Bei diesem war das nicht so. Die einzige Kennung, die sie auf die richtige Spur bringen konnte, war ein »Al« unter einem Doppeladler.

»Albanisch«, sagte Leo. »Warum fragst du?«

»Ach nichts ...«

»Verdammte Schmugglerbande«, stieß Leo mit einer durch nichts zu rechtfertigenden Abneigung hervor.

»Klingt da ein wenig Rassismus durch, Leo Bardés?«, fragte Mila provozierend.

»Kein bisschen«, entgegnete er stur. »Albanien wird von Mafiaclans beherrscht. Das Land ist eine einzige Cannabisplantage, die Regierung korrupt bis unter die Fußnägel. Da arbeiten die Provinzgouverneure frech mit den Drogenbaronen zusammen und verdienen noch daran. Gerade so wie in Italien.«

»Du solltest deinen Vorurteilen nicht so viel Raum geben«, sagte Mila spitz. »Gefällt mir nicht, so viel Rassismus.« Vor allem, weil sie farbige Vorfahren hatte. Aber vielleicht war ihr Bimbo-Erbe Leo ja noch gar nicht aufgefallen?

Er rang sich ein spöttisches Grinsen ab. »Ich bestehe aus Vorurteilen. Sie machen sozusagen meine Persönlichkeit aus.«

Tatsächlich, dachte Mila. Sie lag richtig mit ihrer Vermutung, dass ihr Aussehen ihm noch keinen Anlass zu Spekulationen geboten hatte. Sonst würde er nicht so freimütig über Rassismus palavern und politisch unkorrekte Scherze machen. Wenn den Leuten ihre Herkunft bewusst wurde, verloren sie rasch ihre Unbefangenheit. Deshalb brauchte Mila eine Weile, bis sie mit neuen Bekannten warm wurde.

Ihre Verstimmung verflog, während sie zu Volkers Taverne zurückgingen. Mila stellte fest, dass sie gern mit Leo zusammen war. Neben ihm konnte sie schweigen, ohne vor Peinlichkeit im Boden zu versinken. Jannik hatte ihre zurückhaltende Art oft gestört, oder er hatte Witze auf Milas Kosten gemacht.

»Was arbeitest du eigentlich, wenn du nicht auf Weltreise bist?«, fragte Leo.

Wie jedermann hatte er auf Janniks Facebook-Account von ihrer öffentlichen Demütigung erfahren.

Ich bin eine verlassene Braut, dachte sie. Sicher hatte er auch Janniks Blog gelesen, für den sie Fotos gemacht hatte.

»Ich bin Logopädin und wollte nach unserer Hochzeit ...«, sie schluckte, »... nach unserer Hochzeit im Sprachheilkindergarten arbeiten.« Stephanie hatte ihr die Stelle über Beziehungen besorgt. »Bis bei euch Nachwuchs kommt«, hatte sie hinzugefügt und Mila damit wissen lassen, was sie von ihr erwartete. »Was jetzt ist, weiß ich nicht.«

Leo öffnete den Mund. Dann aber behielt er seine berechtigte Kritik für sich. »Und das Fotografieren?«

Unwillkürlich fragte sich Mila, warum er sich dafür interessierte. »... ist nicht mehr als ein nettes, retromäßiges Hobby.«

Das stimmte so nicht. Sie hatte einen exakten Blick für Motive. Es machte sie glücklich, sie auf den Chip ihrer digitalen Spiegelreflexkamera zu bannen. Mehrere überregionale Zeitungen hatten ihr die Bilder schier aus den Händen gerissen. Auch wenn es das Foto des Mädchens, das dem Bombenanschlag im Irak entgangen war, bis in den »Stern« geschafft hatte, war der Weg zum Erfolg noch weit.

Meine Ausstellung, dachte sie mit Schrecken. Wie sollte sie die Vernissage im Gewerkschaftshaus ohne Jannik überstehen? Es war nicht prickelnd, die verlassene Hälfte eines Traumpaars zu sein, vor allem nicht, wenn die andere Hälfte auf rätselhafte Weise verschwunden war.

»Du fotografierst also, was du siehst?«, fragte Leo.

»Nicht ganz. Eher das ... was ich empfinde.« Licht, Bilder, Menschen, die sichtbare Welt sprach zu ihr. Alles war Ausstrahlung, Gefühl. Und wenn es dann noch einen politischen Anspruch hatte, umso besser.

Die Sonne warf einen glitzernden Streifen aufs Meer. Die Bank, auf der sie vor zwei Tagen mit Jannik gesessen hatte, wurde von einem Teenagerpärchen okkupiert, das seinen Motorroller auf dem Uferweg abgestellt hatte. Der Junge hatte seine Beine quer über den Schoß seiner Freundin gelegt.

»Was würdest du tun, wenn Jannik zurückkäme?«, fragte Leo. »Jetzt und hier?«

»Ihn erwürgen?« Mila lachte zu laut. »Im Ernst? Ich wäre froh, ihn zu sehen. Dein Verdacht, ich könne ihn ermordet haben, macht mir Angst.«

»Hast du? Er hat dein Leben mit einem Fingerschnipsen zerstört.«

Leo hatte recht. Statt auf seine Äußerung einzugehen, floh sie in Volkers Taverne, in der reger Mittagsbetrieb herrschte. Es roch nach verkohltem Souvláki mit Zwiebeln. Sie rannte die Treppe hinauf, spritzte sich reichlich Wasser ins Gesicht, um wieder in der Realität anzukommen, und stattete sich mit allem aus, was man für eine Bergwanderung brauchte: eine lange Hose gegen Schlangen und Skorpione, feste Schuhe, eine Wasserflasche, Müsliriegel und eine Fleecejacke. Nie wieder würde sie ohne Ausrüstung in der Wildnis stranden.

Einer Eingebung folgend griff sie zuletzt nach ihrer Kamera und hängte sie um. Eilig kehrte sie in die Gaststube zurück, wo Leo auf sie wartete. Als Erstes machte sie ein Foto von seinem finsteren Gesicht.

»He, lass das!«

»Nur für private Zwecke«, erwiderte sie.

»Na gut. Bist du so weit?«

»Nicht ganz.«

Bevor sie endgültig aufbrachen, meldete sie sich demonstrativ bei Eleftheria ab, die in der Küche Fleisch klopfte, damit zumindest eine Person im Ernstfall wusste, wo sie steckte. Nur zur Sicherheit, falls Leo sie auch noch umbringen wollte. Er konnte ruhig mitkriegen, dass sie ihm nicht traute.

Als sie zum Parkplatz gingen, deckte Tassos im Garten gerade die Tische fürs Abendgeschäft und sah ihnen misstrauisch hinterher. Unwillkürlich fragte sich Mila, warum er eine solche Abneigung gegen sie hegte.

Sie erreichten die Haltebucht an der Landstraße am frühen Nachmittag, als die Sonne das grausilberne Laub der Olivenbäume zum Leuchten brachte. Irgendwo sang ein ausdauernder Chor Zikaden. Mila versuchte zu ignorieren, dass es eigentlich zu heiß für eine Wanderung in der Wildnis war.

Manolis, den Leo verständigt hatte, erwartete sie mit einer Kletterausrüstung in derselben Haltebucht, in der er Mila gestern in sein Auto verfrachtet hatte. Das hier war der letzte Ort, an den sie je hatte zurückkehren wollen. Sie stieg aus und begrüßte Kerberos, der begeistert wedelte.

Manolis klopfte ihr auf die Schulter. »*I hope you are fine, sweetheart.*«

Mila schenkte ihm ein schiefes Grinsen und fotografierte ihn und den Hund, was die Realität wohltuend auf Abstand hielt.

Leo sprach ihr zuliebe deutsch mit dem Imker. »Das ist doch nicht dein Ernst? Du willst mich doch wohl nicht abseilen?«

»*Better you do it right.*« Nachdem Manolis Leo auf Englisch angeraunzt hatte, fiel er in streitlustiges Griechisch.

Nach längerem Geplänkel gab Leo das Ergebnis ihrer Diskussionen an Mila weiter. Er wollte den Abstieg erst einmal ohne Seile versuchen, indem er sich der Schlucht von der Seite aus näherte. Das verlängerte den Weg zwar um das Dreifache, war aber weniger gefährlich. Mila sollte mit Manolis, der im Ernstfall eingreifen würde, in der Haltebucht warten.

Leo brach unverzüglich auf und lief die Landstraße entlang abwärts. Er war kaum hinter der nächsten Biegung verschwunden, als sie es nicht mehr aushielt.

»Warte auf mich!«

»Stopp!«, rief Manolis alarmiert.

Aber da folgte sie Leo schon, so schnell sie konnte. Ihre schweren Wanderschuhe klatschten auf den Asphalt, und ihre Kamera schlug gegen ihre Brust. Sie holte ihn ein, als er gerade über die Leitplanke ins Gebüsch stieg, von wo aus er sich betont langsam zu ihr umwandte.

»Muss das sein?«

»Ja«, sagte sie einfach. »Wenn Jannik da unten liegt, will ich es wissen. Mein Kopf hat dichtgemacht. Vielleicht fällt mir ja irgendetwas ein. Konfrontationstherapie oder so.«

Leo verstand wieder einmal mehr, als für ihn gut war.

»Steck deine Hosenbeine in die Stiefel«, riet er ihr. »Wegen der Schlangen.«

Mila folgte ihm über die Leitplanke, landete bis zur Hüfte im Dickicht und arbeitete sich auf einen schmalen Pfad hinaus, der in einen Olivenhain mündete. Nach etwa hundert Metern öffnete sich der Blick auf den Hang, an dem sie gestern festgesessen hatte. Der Vorsprung, der ihren Sturz gebremst hatte, sah von unten winzig aus. Er war nichts weiter als eine Stufe im Felsgeröll. Mila fotografierte die Landschaft.

Ihr Mund wurde trocken. Es ließ sich nicht leugnen, dass es unterhalb des Brombeerbuschs, der ihren Sturz gebremst hatte, entsetzlich steil und tief bergab ging. Ich könnte tot sein, dachte sie. Die Schlucht selbst bot keinen Einblick, weil sie völlig zugewachsen war.

»Der Pfad endet hier«, sagte Leo. »Das wird kein Spaziergang.«

Sie zupfte sich ein paar Dornen aus dem Hosenbein. »Nur für den Fall, dass du es noch nicht bemerkt haben solltest: Ich bin sportlich. Zumindest gehe ich in Stuttgart täglich joggen.«

»Die Feinstaubbelastung spornt dich sicher zu Höchstleistungen an.« Leo lief weiter, grimmig und zielgerichtet wie ein Uhrwerk.

Sie bahnten sich den Weg abwärts durch dichtes Gebüsch, wobei er Äste zur Seite bog, Dornenzweige mit seinem Schweizer Messer wegschnitt und Mila so den Durchgang öffnete. Es war so heiß, dass ihr der Schweiß übers Gesicht rann. Klar, dass ihre Gegenwart die Gewaltaktion für ihn noch mühsamer machte. Sie seufzte frustriert und schlug nach den Mücken, die in der feuchten Luft tanzten und sie als willkommene Zwischenmahlzeit betrachteten.

In der Tiefe der Schlucht verwandelte sich das Licht in blaugrüne Magie. Hier unten war jeder Fleck Erde mit Olivenbäumen bewachsen. Selbst aus dem tiefsten Dickicht erhoben sich die Baumriesen, deren Wurzeln sich an das kleinste Stück Erdreich klammerten. Der Anblick hatte etwas von Gruselwald und Moor.

»Die Bäume sehen aber alt aus«, sagte Mila. »Fast wie Baumgreise.«

»Das sind sie auch«, erwiderte Leo, ohne sich umzudrehen. »Einige stehen hier seit der Zeit der venezianischen Besatzung.«

Der Untergrund war mit schwarzen Netzen bedeckt, in denen man sich leicht verfangen konnte. »Wer erntet diesen Hang ab?«

»Ich, wenn ich dazu komme.«

»Wohl eher nicht. In dem unwirtlichen Gelände.«

Sie arbeiteten sich weiter abwärts, über Totholz, moosbewachsene Felsblöcke und umgekippte Bäume hinweg. In der Tiefe der Schlucht plätscherte ein Bach, dessen Ufer dicht mit Schilf bewachsen war. Eidechsen huschten lautlos durchs Gebüsch. Der Grund wurde schlammig und schmierig. Mila sackte ein und zog beim Laufen Lehmklumpen hinter sich her.

Schließlich erreichten sie den tiefsten Punkt. Leo stockte, als sie nur noch der Bach von der Felswand trennte, in deren Adlernest Mila gesessen hatte.

»Du hast Glück gehabt«, sagte er leise.

»Ist da was?«

»Ich fürchte, ja.«

Die Welt hob sich aus den Angeln. Bitte nicht, dachte Mila, bitte lass es nicht wahr sein!

Entschlossen zwang sie ihren Blick auf den Grund der Schlucht. Unterhalb des Abhangs, halb im Bach, lag ein längliches, in schwarze Olivennetze gehülltes Bündel, über dem ein Fliegenschwarm summte. Leo erreichte es mit wenigen Schritten und sank neben ihm auf die Knie.

Mila begann zu schreien, als sie erkannte, dass das Paket die Form einer sauber verpackten ägyptischen Mumie hatte.

Wenn das kein schlechter Scherz war, war es ein Mensch. Sie schrie die Welt zusammen, fiel auf die Knie, schrie weiter, bis ihr Hals schmerzte, und landete auf dem Boden, zusammengerollt wie ein Fötus im Leib seiner Mutter. Sie hörte noch, dass irgendwo über ihr ein Hund hysterisch zu bellen begann. Dann verlor sie das Bewusstsein.

Leos Hand war sanft, als er sie an der Schulter berührte. Mila kapselte sich in ihrem Innern ab. Die Realität, in der Jannik verschnürt auf dem Grund einer Schlucht lag, konnte ihr gestohlen bleiben.

»Es ist nicht Jannik«, sagte Leo.

»Nein?« Hoffnung erwachte in ihr. Als sie sich aufsetzte, wurde ihr schwindlig. »Bist du dir sicher?«

Leo half ihr auf die Beine. Automatisch hielt Mila ihre Kamera fest. »Sieh selbst. Es ist kein schöner Anblick. Aber besser, du stellst dich dem, bevor du mir nicht glaubst.«

Er stützte sie und geleitete sie zu der Leiche, neben der sich Mila auf die Knie fallen ließ. Obwohl sie durch den Mund atmete, drehte ihr der Geruch nach Verwesung den Magen um.

Leo hatte das Netz mit seinem Schweizer Messer vom Gesicht des Toten entfernt, dem die Insekten kaum mehr als die Knochenstruktur gelassen hatten. Der Schädel grinste Mila mit einem gelblichen Gebiss und leeren Augenhöhlen an. Hautreste klebten an seinen Wangen.

»Woher willst du wissen, dass es nicht Jannik ist?«, fragte sie schwach.

»Ihn so schnell abzunagen, würden selbst unsere fleißigen Insekten auf Korfu nicht schaffen.« Leo schob das Netz hoch und entblößte die Rundung des Kopfes, aus dem ein Büschel dunkler Haare spross. Daneben klaffte ein Loch im Schädel, das sie würgen ließ, eine offene Fraktur mit Rändern wie zerbrochenes Porzellan.

Zitternd holte Mila Luft. Jannik war rothaarig gewesen.

»Jemand hat ihm den Schädel eingeschlagen«, sagte Leo.

Mila stellte sich schwankend auf die Füße, legte die Kamera ab und übergab sich hinter einem Busch. Zum Glück hatte sie an diesem Tag wenig gegessen. Die Leiche zu fotografieren, schaffte sie nicht.

Als sie zu Leo zurückkehrte, der noch immer neben dem Toten kniete, verdichtete sich der Geruch nach Verwesung erneut. Sie hielt sich die Hand vor Mund und Nase.

»Aber wer versteckt auf deinem Land einen Toten?«, fragte sie.

»Wenn ich das wüsste …«

9

»Noch nicht«, sagte Leo entschieden.

Leo Bardés hatte eine Leiche in der Schlucht und weigerte sich, die Polizei zu benachrichtigen. Stattdessen marinierte er in der Küche seines Landhauses seelenruhig Unmengen von Hähnchenteilen. Der Appetit war ihm wohl nicht vergangen. »Ich brauche Zeit.«

Manolis stimmte ihm zu und nahm einen Schluck eisgekühlten Ouzo, in dem weiße Schwaden wie Wolken schwammen.

»Aber warum, Leo?«, fragte Mila.

Mit widerwilliger Faszination beobachtete sie, wie er Flügel, Filets und Hähnchenschenkel in einer Mischung aus grüngoldenem Olivenöl, Knoblauch, Rosmarin und Zitronensaft versenkte. Nachdem er schwarze Oliven und Zitronenscheiben auf dem Fleisch verteilt hatte, schälte er, geschickter, als sie es je könnte, Kartoffeln und schichtete sie mit Rosmarin in eine Tonform, die er mit Öl aus einer bauchigen Flasche begoss.

»Wird dir nicht schlecht von so viel Öl?«

»Olivenöl kann man gar nicht genug zu sich nehmen. Es enthält jede Menge Antioxidanzien«, belehrte er sie, als hätte es diesen vertrackten Nachmittag nie gegeben.

»Kann ich dir irgendwie helfen?« Mila hielt ihre Teetasse fest umklammert, um ihre Hände am Zittern zu hindern.

»Lass nur.« Leo drehte die Pfeffermühle über dem Geflügel und schob beide Formen in den vorgeheizten Ofen. »Ich koche, wenn es mir gut geht. Ich koche, wenn es mir schlecht geht, ich koche, wann immer ich die Zeit dazu finde. Ich koche, also bin ich. Außerdem ist das alles auf unserem Grund und Boden gewachsen, vom Rosmarin bis zur Zitrone. Das beruhigt.«

Und die Oliven sowieso. Mila schauderte beim Gedanken an die zerfressenen Riesenbäume auf dem Grund der Schlucht, deren knochige Äste einen Toten bewachten wie die Arme uralter Klageweiber.

»Ein Olivenmagnat mit besonderen Hobbys.« Warum sollte ihn eine Leiche in der Schlucht vom Kochen abhalten? Mila fiel auf, dass sich Kochen auf Knochen reimte.

Sie hielt es für möglich, dass Leo log. Was wusste sie schon über ihn? Vielleicht hatte er die Leiche selbst in der Schlucht versteckt und Jannik mit der Schusswaffe seines Großvaters aus dem Weg geschafft, weil dieser seinen Schandtaten auf die Schliche gekommen war. Möglicherweise schmuggelte Leo in großem Stil Cannabis aus Albanien und wollte sie mit ihrem Gewaltmarsch in die Schlucht nur besänftigen, um sie noch heute mit seinen vor Salmonellen strotzenden Hähnchenteilen um die Ecke zu bringen. Mila nahm sich vor, erst zuzugreifen, nachdem die Männer einen Bissen gegessen hatten.

Manolis zwinkerte ihr zu. »*You look like the walking dead, sweetheart.*«

Das Schlitzohr hatte seine Füße wie gestern mit voller Absicht auf die Bank gelegt, sicher um Aliki zu provozieren. Manolis' Gesicht war gerötet, und auf seiner Halbglatze stand ein Kranz aus Schweißperlen. Kerberos vergnügte sich unter dem Tisch mit einem Geflügelknochen, den er sich als Belohnung redlich verdient hatte. Als Mila halb Korfu zusammengeschrien hatte, war ihnen Manolis mit dem angeleinten Höllenhund eilig in die Schlucht gefolgt, wo die Männer die Leiche mit bemerkenswerter Kaltblütigkeit wieder in ihr Netz gewickelt und unter einem Felsvorsprung versteckt hatten. In Griechenland nahmen die Leute das Gesetz eben gern selbst in die Hand. Wenn Athen nicht hilft, dann hilf dir selbst!

Ich bin ihre Komplizin, dachte Mila. Sie war auf Gedeih und Verderb den beiden Männern ausgeliefert, denen sie nur bedingt trauen konnte. Wieder einmal fragte sie sich verzweifelt, wo Jannik stecken mochte. Was verbarg sich hinter dieser mysteriösen Geschichte?

Trotz ihrer bohrenden Zweifel verbreiteten die Hähnchenteile in der Küche einen verlockenden Duft. Mila war unglaublich hungrig und hoffte, dass die Männer ihrem knurrenden Magen keine Aufmerksamkeit schenken würden.

»Das riecht so lecker«, sagte sie.

Leo nahm ihr Lob dankend entgegen.

Zum Essen stellte sich Aliki ein, die Manolis wie erwartet anschnauzte, bevor sie Wasser, Wein und Brot auftrug. Grinsend zog der Imker seine Füße von der Bank, während Leo beide Formen aus dem Ofen holte und die Teller füllte.

Mila vergaß ihre Befürchtungen, als das knusprig gebackene Hähnchenfilet mit Rosmarinkartoffeln vor ihr stand, und aß sich richtig satt. Manolis knabberte genüsslich an einem Hähnchenschenkel, als sei er dankbar für den Familienanschluss, woraufhin ihn Aliki noch bewusster zu ignorieren schien. Am liebsten hätte Mila den alten Schwerenöter zur Seite genommen und ihm geraten, seine Herzallerliebste nicht allzu plump anzuschmachten.

Mila fragte sich, ob die beiden eine gemeinsame Geschichte verband. Vielleicht war Leos Tante nicht immer so unzugänglich gewesen wie heute. Sie war eine Königin im Land der Phäaken, und Leo war der Prinz, der wie besessen ein Königreich zusammenhielt, dessen Bruchstücke durchs Ionische Meer davonzutreiben drohten.

Für eine Weile beschäftigten sie sich schweigend mit dem vorzüglichen Essen, dann stand Aliki auf, um abzuräumen und Kaffee, Obst und Kekse aufzutragen.

Während Mila den starken Filterkaffee schlürfte, stellte Leo eine Frage, die Aliki ausführlicher als sonst beantwortete. Mila identifizierte in ihren Ausführungen mehrfach den Namen »Zoi«.

Leo, der es plötzlich eilig hatte, schob seinen Stuhl zurück. »Bist du so weit, Mila? Ich bringe dich zurück.«

Sie trank ihren Kaffee aus, ließ sich von Aliki ein paar Feigen und Äpfel zustecken, griff nach ihrer Kamera und folgte ihm zu seinem Pick-up, den er so heftig vom Parkplatz setzte, dass er eine Furche in Alikis Blumengarten fuhr. Eine Reihe bayerischer Flüche löste sich von seinen Lippen, die den Eidechsen Panikattacken bescheren würden. Herrgottskruzifix. Eine gefleckte Katze verschwand mit aufgestelltem Schwanz in der offenen Tür zur Ölmühle.

»Wo steckt eigentlich Zoi?« Mila legte bewusst den Finger in die Wunde.

Leo schenkte ihr einen zornerfüllten Blick. »Sie trifft sich in Almiros mit einem jungen Mann.«

Ganz schön effektiv, dachte Mila. Du bringst mich zurück und sammelst gleichzeitig deine kleine Schwester ein. Tu nur nichts ohne Sinn und Zweck, Leo Bardés! Verschwende nur nicht deine Zeit. Sie fotografierte ihn im Profil.

»Und das passt dir nicht? Wie alt ist Zoi?«

»Siebzehn.« Als er auf die Landstraße fuhr, sah er aus, als würde er die Kleine am liebsten an den Haaren nach Hause zerren.

Mila hatte sie jünger eingeschätzt. »Aber dann ist ein Date doch ganz normal.«

Leo nahm die Serpentinen in halsbrecherischer Geschwindigkeit. »Solange Zoi noch nicht volljährig ist, bin ich für sie verantwortlich. Sie hat um zweiundzwanzig Uhr zu Hause zu sein. Schließlich muss sie morgen früh um sieben an der Haltestelle des Green Bus stehen.«

Arme Zoi, dachte Mila. »Wirklich?«

»Sie geht in Kerkyra-Stadt aufs Gymnasium. Außerdem trifft sie sich mit Anastasios.« Einige Spucketropfen landeten auf dem Lenkrad.

Es dauerte einen Moment, bis Mila begriff. »Sie ist mit unserem Tassos verabredet? Volkers Tassos?«

»Genau der.« Rasant durchquerte Leo die Ebene bis zur Kreuzung in Roda. Ein Reisebus hupte ausdauernd, weil er ihm die Vorfahrt nahm.

»Aber was hast du gegen den?«

»Frag nicht!«

Ein Gutes hatte das Geplänkel ja. Solange sie sich mit Zois Eskapaden beschäftigten, blieben sowohl der Tote in der Schlucht als auch der verschwundene Jannik unerwähnt.

Leo raste die Küstenstraße entlang, fuhr durch Acharavi und bretterte so schnell in Richtung Meer, dass Mila sich an den Sitz klammerte. Als ein Lastwagen ihnen von der Baustelle der neuen Appartementanlage entgegenkam, wären sie beinahe im Straßengraben gelandet. Leo fluchte gotteslästerlich.

»Ich hoffe für dich, dass es hier keine Blitzer gibt«, sagte Mila, als sie mit quietschenden Reifen auf Volkers Parkplatz auffuhren. »Kann es sein, dass dir deine Verantwortung manchmal über den Kopf wächst, so als Olivenmagnat und großer Bruder eines Teenagers?«, fragte sie provozierend. »Und überhaupt. Zoi ist fast volljährig. Was sollen da diese autoritären Erziehungsversuche?«

»Du darfst dich gern um deinen eigenen Kram kümmern.« Leo zog den Schlüssel ab, stieg aus und warf die Autotür hinter sich ins Schloss. »Außerdem habe ich etwas nachzuholen. Zoi und ich sind bei unserer Mutter aufgewachsen, die meinte, der Kinderladen erledige das mit der Erziehung schon.«

Mila folgte ihm. »Und der Tote? Wir können ihn doch nicht einfach tagelang da liegen lassen.«

»Und ob wir das können«, sagte Leo lässig. »Aber wenn du die Konsequenzen tragen willst, geh ruhig zur Polizei. Sie wird dich mit Janniks Verschwinden in Zusammenhang bringen. Da du dich an nichts erinnerst, kannst du dich auch nicht entlasten.«

Mit Grausen fragte sich Mila, wie griechische Gefängnisse von innen aussahen. Besser, sie nahm beizeiten Kontakt zur deutschen Botschaft in Athen auf.

Sie näherten sich der hell erleuchteten Taverne. Der September neigte sich gen Herbst und hatte den Garten nahezu menschenleer zurückgelassen. Dunkle Wolken ballten sich im Westen vor dem rubinroten Himmel. Die Laternen tanzten im böigen Wind.

Leo sah sie nachdenklich an. »Gib mir etwas Zeit.«

Mit Sicherheit wusste er mehr, als er Mila gegenüber zugab. Es kam nur darauf an, ob sie sein Spiel mitspielte oder sich auf ihre eigenen Interessen besann.

Sie betraten die Gaststube. An der Theke schob Volker heute allein Dienst. Anscheinend hatte sich Tassos für sein Rendezvous mit Zoi Freizeit erkämpft. Volker konnte seine Hilfe entbehren, weil er an diesem wolkigen Abend kaum Gäste zu bedienen hatte.

Aus der Anlage klang Keith Jarretts »The Köln Concert«. Volker polierte ein Glas. »Gibt es Neuigkeiten?«

»Nicht von Jannik«, sagte Mila traurig. »Hat er sich vielleicht bei dir gemeldet?« Als Volker verneinte, stellte sie fest, dass sie nichts anderes erwartet hatte.

»Es haben sich Leute nach dir erkundigt, Mila.«

»Wer?«, fragte Leo alarmiert.

»Keine Ahnung«, sagte Volker schulterzuckend. »Eleftheria hat etwas in der Richtung gesagt.«

Milas Kopf leerte sich schlagartig, als ihr die Typen vom Strand einfielen, die sie möglicherweise beobachtet hatten. Sie kämpfte um ihre Fassung, als Leo ihren Arm nahm und sie vor die Tür in den Garten zog. Er stand ihr gegenüber, ein Bollwerk gegen die Dunkelheit und den auflandigen Wind.

»Du hättest in Kavvadades übernachten sollen. Bei uns wärst du sicherer.«

»Ich kann schon auf mich aufpassen«, sagte sie.

Leo schüttelte den Kopf. »Du musst dich in Acht nehmen, hörst du. Am besten, du bleibst in deinem Zimmer oder zumindest in Sichtweite von Volkers Taverne, bis ich übermorgen Abend wiederkomme.«

Mila nahm sich vor, genau das Gegenteil zu tun. Es wäre ja noch schöner, wenn sie sich von diesem autokratischen Olivenmagnaten in ihrer Bewegungsfreiheit einschränken ließ.

Leos Augen ruhten dunkel auf ihr. »Weißt du, worüber Jannik in letzter Zeit recherchiert hat?«

»Keine Ahnung. Er hat mir nichts erzählt.«

Jannik verstand sich als investigativer Journalist. Bevor er als Reiseblogger um die Welt gejettet war, hatte er ein Volontariat bei der Frankfurter Allgemeinen Zeitung absolviert und zwei Jahre für weitere Blätter gearbeitet. Während seiner Reisen machte sich sein eleganter Schreibstil in seinem Blog »Wunderwelt« bezahlt. Gut hunderttausend Follower ließen sich von seinen Geschichten zwischen Nordkap und Feuerland bezaubern. Seine Veröffentlichungen hatten ihm lukrative Werbeverträge eingebracht, mit denen er ihre gemeinsamen Flüge finanzierte. Mila war mit ihm sogar auf der Fashion Week in New York gewesen, wo sie, dank seiner Sponsoren, bei den Modeschauen geliehene Chiffonblusen zu Jeans und Cowboystiefeln getragen hatte. Seinen Followern hatte Jannik ihre Liebesgeschichte als Bonbon aus erster Hand serviert, den fulminanten Schluss hatte er sich für Facebook aufgehoben.

»Er muss doch irgendetwas erzählt haben.«

»Er hat hin und wieder eine Reisereportage an Printmedien verkauft«, sagte sie. »Aber der Blog war viel mehr sein Ding. Leicht, locker, flockig.«

Das galt für die Zeiten, in denen es Jannik gut ging. Sie hatte nicht vor, Leo zu stecken, dass seine Texte während seiner manischen Episoden kaum lesbar gewesen waren und er in der Depression vor lauter Selbstzweifeln nichts mehr zu Papier gebracht hatte.

»Außerdem hat er im letzten Jahr ein Buch geschrieben.« Mila hielt »Die Pferde Poseidons« für keine literarische Glanzleistung. Janniks Gedichte, die er außer ihr niemandem zeigen wollte, fand sie hingegen sehr gelungen. Aber mit Lyrik ließ sich kein Lebensunterhalt finanzieren.

Leo umfasste ihre Schultern. Seine Hände waren überraschend warm und tröstlich. Am liebsten hätte sie sich in seine Umarmung fallen lassen und ihren Kopf an seine breite Brust gelegt. Sie wünschte sich Schutz, aber genau darauf musste sie verzichten, wenn sie sich nicht verlieren wollte.

Sie befreite sich, woraufhin Leo die Hände in den Taschen seiner Lederjacke verschwinden ließ, als sei ihm sein Ausfall ebenso peinlich wie ihr.

»Weißt du, wo Janniks Laptop sein könnte?«, fragte er.

»Nein. Tersteegens Haus liegt da wie ausgestorben. Am Samstag kommt Jonas. Den kannst du fragen.«

»Okay. Begib dich nicht in Gefahr«, wiederholte er. »Ich muss nach Athen. Ich komme übermorgen Abend zurück. Aber jetzt –«

»… musst du Zoi suchen. Ich verstehe.« Mila war müde und wünschte sich nach diesem fürchterlichen Tag nichts weiter als eine warme Dusche und die Sicherheit ihres Zimmers. »Sei nicht so streng mit ihr.«

10

Die Dünenlandschaft nahe dem Kap der Agia Ekaterini war durchfurcht von den Spuren der Crossbikes und Quads. Zoi wusste, dass hier am Wochenende Hochbetrieb herrschte, weil das Gelände ein beliebter Treffpunkt für die Jugend der umliegenden Orte war. Motocross war das einzige Freizeitvergnügen der Jugendlichen aus Acharavi und Umgebung und damit etwas, zu dem sie, die Deutsche, niemals eingeladen worden wäre. Wenn Tassos keine Ausnahme gemacht hätte.

Heute waren sie allein hier. Zoi genoss jede Minute. Sie kurvten auf Tassos' Bike über Stock und Stein, hin und her, Düne rauf und Düne runter. Tassos gab Gas und beschleunigte das Bike bis an seine Grenze. Trotz des sandigen Untergrunds legte es aufwärts an Geschwindigkeit zu. Zoi klammerte sich an seinen Körper und sog den Duft nach frischem Schweiß ein, der von ihm ausging. Auf der Kuppe der Düne hoben sie ab und flogen bis zum nächsten Hügel. Zois Magen sackte durch. Die Reifen trafen hart auf die Erde, und die Fliehkraft riss sie beinahe aus der nächsten Kurve. Tassos stoppte die Maschine schräg in einer Sandwehe und hielt sie mit seinem Bein aufrecht.

»Gut?«, fragte er.

»Genial.« Zoi stieg vom Sitz und zog sich den Helm vom Kopf. Der Wind kühlte ihre Wangen. Es roch nach dem Regen, der sich über dem Meer zusammenballte.

»Pass auf, dass du dich an den Dornen nicht verletzt.«

Sie hörte nicht auf ihn, sondern kämpfte sich hügelabwärts in Richtung Strand, wobei sie mit jedem Schritt knöcheltief in den Sand einsank. Schaumkronen tanzten auf den dunkelgrauen Wellen. Wind brauste in ihren Ohren. Tassos stellte sich neben sie, sodass sie aus der Ferne wie zwei Strichmännchen aussehen mussten.

Zoi war sehr stolz auf dieses Date. Weil sie ihm ihre Handynummer nicht gegeben hatte, war er gezwungen gewesen, sie im Laden anzurufen. Er hatte Aliki erreicht, die den Hörer mit einem vielsagenden Gesichtsausdruck an Zoi weitergegeben hatte. Tassos' Hartnäckigkeit imponierte Zoi ebenso wie die Entscheidung ihrer Tante, ihr Treffen nicht sofort zu unterbinden. Zum ersten Mal, seit sie mit Leo auf die Insel gekommen war, hatte sich Aliki auf ihre Seite gestellt.

»Wie findest du es hier, Almiros, Acharavi und so?«, fragte sie.

»Ich bin hier geboren und aufgewachsen, bis auf die Zeit, die ich in Berlin bei meinen Großeltern verbracht habe«, antwortete er auf Deutsch. »Ich kenne es nicht anders. Im Sommer quillt es hier über. Viele Engländer und Deutsche, immer mehr Osteuropäer, die ihre Partys am Strand feiern. Im Winter ist hier tote Hose. Nichts als Regen und Meer.«

Begeisterung klang anders, fand Zoi. »Volker und Eleftheria verlassen sich auf dich. Und sie schenken dir eine schicke Geländemaschine, damit du dir dessen immer bewusst bist.« So wie mich mein Bruder mit dem Roller besticht, fügte sie in Gedanken hinzu.

»Kluges Mädchen.« Tassos lachte ertappt auf.

Zoi ließ sich nieder, zog ihre Chucks von den Füßen, schüttelte sie aus und grub ihre Zehen in den kalten Sand. Tassos setzte sich in sicherem Abstand neben sie.

Jenseits der Bucht erhob sich die Küste Albaniens aus dem Meer wie ein buckliger Wal. Die Lichter der Städte und Dörfer waren durch die regenschwangere Luft klar zu erkennen. Ein erster Tropfen traf Zois Stirn.

Tassos ließ etwas Sand durch seine Finger gleiten. »Meine Eltern denken, ich bleibe und führe die Taverne weiter.«

»Du könntest eine richtig coole Strandbar daraus machen«, schlug Zoi vor. »Einen Rockschuppen, den die ganzen Rentner aus England und Deutschland verschmähen, weil sie ihn gruselig finden.«

»Auf keinen Fall. Das hier ist der langweiligste Platz auf

Erden. Ich gehe weg. Athen, New York, die Welt. Ich will Chemie studieren.«

»Kennst du eigentlich diesen Jannik, der verschwunden ist?«

Tassos zögerte einen Augenblick zu lange. »Flüchtig«, sagte er dann.

»Ich gehe auch weg.« Das war Zoi bis vorhin nicht klar gewesen.

»Und was wird dein Bruder dazu sagen, wenn seine Olivenprinzessin den Abflug macht?«

»Du hast dich nach uns erkundigt«, stellte sie fest.

»Das war nicht schwer. Eure Ankunft hat die Buschtrommeln in Gang gesetzt. Ihr habt richtig viel Grundbesitz, und deine Tante gilt als Hexe von Nordkorfu, mit der sich keiner gern anlegt.«

Zoi suchte nach den richtigen Worten. »Ich brauche keine Olivenbäume und kein Landhaus hinter dem Mond. Besser wäre ich in Deutschland geblieben und hätte weiter Ballettstunden genommen.«

»Und du brauchst sicher keine Klassenkameraden, für die du der Erzfeind bist. Weiß dein Bruder, dass sie dich mobben? Dieser Leo hat deine Wurzeln abgeschnitten.«

»Ich hab gar keine deutsche Staatsbürgerschaft«, gestand sie ihm mit einem Anflug von Stolz. »Meine Mutter war Griechin, und mein Vater ist Franzose.«

Tassos nickte. »Super. Mit deinen Sprachkenntnissen flashst du nach dem Abi die Hotelbesitzer an der Küste und machst richtig Karriere. Hotelmanagerin Zoi Bardé.«

Er kramte ein Päckchen Tabak aus seiner Hosentasche, befüllte ein Zigarettenpapier damit, krümelte ein paar undefinierbare Blätter darüber und drehte mit geschickten Fingern einen Joint. Das Feuerzeug glomm auf, Tassos zog und blies Zoi duftenden Rauch ins Gesicht. »Willst du?« Er hielt ihr die Zigarette hin.

»Ich nehme keine Drogen«, sagte sie standhaft. »Ich bin Tänzerin und muss auf meine Gesundheit achten.«

»Echt? Dope ist harmlos. Cannabis ist sogar ein anerkanntes Medikament. Wenn du kiffst, hast du keinen Hunger und kannst dein Gewicht besser halten. Das wollen Tänzer doch.«

Weil ihre Noten schlechter geworden waren, hatte Leo Zois Ballettstunden in Kerkyra gestrichen, sodass sie heimlich zu Hause üben musste. Sich für die fünf Positionen im Bad am Handtuchhalter festzuhalten, ähnelte einem Balletttraining im Studio ebenso wenig wie das Dorf Kavvadades der Stadt München. Jede Nacht träumte sie von einer Musicalausbildung, und jeden Morgen zerplatzte dieser Traum an der Haltestelle ihres Schulbusses wie eine Seifenblase.

»Ach, gib schon her.« Bevor sie es sich anders überlegen konnte, griff sie nach dem Joint und nahm einen tiefen Zug, der in ihrer Kehle brannte, heiß und süß wie der Anblick von Tassos, der ein Stück näher rückte. Unter dem wilden Himmel waren seine Augen sehr blau.

»Beim ersten Mal merkst du wahrscheinlich gar nichts.«

Hoffentlich konnte er in der Dämmerung nicht sehen, wie ihr bei diesen Worten die Röte ins Gesicht schoss. Sie war peinlich unerfahren.

»Ich hab auch noch die hier.« Tassos zog ein Kuvert hervor, aus dem er drei rosarote Pillen fischte und auf seine Handfläche legte.

»Was ist das?«, fragte Zoi erstickt.

»Dope tröstet und lässt dich alles besser ertragen. Ein Trip lässt dich fliegen.«

Du lässt mich fliegen, dachte sie, hütete sich aber, es laut auszusprechen.

»Das dürfen Volker und Eleftheria aber nicht wissen«, sagte sie stattdessen altklug.

»Mein Vater bringt mich um, wenn er das mitkriegt.«

Sie lag also mit ihrer Annahme richtig, dass seine Eltern nicht einmal ansatzweise etwas von seinem Doppelleben und den Drogen ahnten.

Trotz oder wegen dieser bedenklichen Aussichten legte

sich Tassos eine der Tabletten auf die Zunge und schluckte sie runter. »Willst du?«, fragte er.

Zoi betrachtete das pinkfarbene Ding unschlüssig. Einerseits sehnte sie sich danach, von Tassos für voll genommen zu werden und als cool zu gelten. Andererseits wusste sie nicht, ob sie diese Grenze überschreiten wollte. Deshalb war sie beinahe erleichtert, als sie am Strand eine lange Gestalt erkannte, die unaufhaltsam auf sie zustrebte.

»Lass mal!«, sagte sie. »Da kommt mein Bruder.«

Sie standen auf.

»Nicht«, sagte sie leise, als Tassos sich schützend vor sie stellte. Sie kannte Leo. Wenn er in Zorn geraten war, konnte ihn so schnell nichts besänftigen.

Leo erreichte sie, nahm Tassos, den er um einen halben Kopf überragte, den Joint mit einer lässigen Gebärde aus der Hand und trat ihn im Sand aus.

»He«, protestierte Tassos.

»In Zukunft lässt du sie in Ruhe«, sagte Leo, bevor er sich Zoi zuwandte. »Und du kommst mit.« Seine Faust schloss sich wie ein Schraubstock um ihr Handgelenk.

»Hast du sie noch alle? Au!« Sie riss sich los, rieb sich über ihren Arm und drehte sich noch einmal um, während Leo schon davonging.

Tassos fuhr sich quer über den Hals, röchelte und tat so, als würde er in die Knie gehen und umfallen. Zoi konnte sich ein Kichern nicht verkneifen. Doch obwohl ihr seine Unverfrorenheit imponierte, zweifelte sie daran, dass er sich nach Leos Auftritt noch einmal bei ihr melden würde. Und was noch schlimmer war, ihr Bruder hatte ihren Ruf unter den Jugendlichen von Acharavi endgültig zerstört.

Verkackt, dachte sie und trottete hinter Leo her. Mistkerl.

Das Meer rauschte an den Strand, ohne sich an ihrer Demütigung zu stören.

»Musst du mir immer alles kaputtmachen?«, rief sie aufgebracht.

Leos Stimme übertönte das Rauschen der Wellen. »Was habe ich dir kaputtgemacht?«

Sie stampfte mit dem Fuß auf. »Mein erstes richtiges Date in Griechenland. Vielleicht mein erstes überhaupt.«

»Du musst morgen in die Schule.« Er betrachtete sie mit einem Ausdruck unerbittlicher Strenge, der keinen Wiederspruch duldete.

Zoi wusste, dass sie verloren hatte. Wenn Leo davon überzeugt war, im Recht zu sein, war er stur wie ein Esel. »Aber musstest du so einen peinlichen … Auftritt hinlegen?«

»Was meinst du damit?«

»Dass du dich hier aufführst wie der IS? Gegen dich sind Salafisten echte Feministen. Zwingst du mir beim nächsten Mal einen Hijab auf oder gleich eine Burka? Es gibt auch noch Ehrenmorde.« Ihre Stimme überschlug sich.

Er blieb so abrupt stehen, dass sie in ihn hineinrannte. »Warum muss es ausgerechnet dieser Tassos sein?«

Zoi stemmte ihre Hände in die Hüften. Da half nur eine Gegenfrage. »Was hast du gegen ihn?«

»Er hat einen Joint geraucht, Zoi. Er nimmt Drogen.«

Zoi fielen die Trips ein. Sie hoffte, dass er ihr nicht ansah, dass sie ihm etwas verschwieg. »Kiffen ist harmlos.«

»Sagt wer? Cannabis ist eine Einstiegsdroge«, referierte Leo wie der Unidozent, der er gewesen war, bevor er die fatale Entscheidung getroffen hatte, Olivenbauer zu werden. »Das solltest selbst du in deinem reifen Alter schon mitgekriegt haben.«

Zoi spürte, wie ihr Zorn in sich zusammenfiel. »Tassos muss okay sein. Sonst hätte Aliki mir nie erlaubt, ihn zu treffen.«

»Was weiß Aliki denn von Tassos? Er ist ein Bad Boy und kein Umgang für dich.«

»Sie glaubt an ihn. Und als Hexe von Nordkorfu hat sie eine geniale Intuition.«

Leo lachte. »Wer hält sie denn für eine Hexe?«

»Tassos sagt, die Leute glauben das. Er hört sicher viel in der Taverne.«

Sie erreichten Volkers Parkplatz, auf dem nur noch ihr Roller und der Pick-up standen. Sturm lag in der Luft. Der Wind jagte die Wolken landeinwärts über den Himmel auf den Pantokrator zu. Es war die Atmosphäre, die Zoi dazu brachte, sich an den Abend zu erinnern, an dem Jannik verschwunden war.

»Vor zwei Tagen …«, begann sie, während Leo den Roller auf die Ladefläche des Pick-ups verlud. »Du warst schon weg, als ich bei Volker ankam. Da habe ich Mila und diesen Jannik auf der Bank am Meer gesehen. Sie sahen so friedlich aus. Milas dunkle Haare flossen über die Lehne der Bank.«

»Steig ein!« Leo setzte sich hinters Steuer und öffnete die Tür zur Beifahrerseite von innen. »Das hast du uns schon erzählt. Weißt du eigentlich, dass du wahrscheinlich die Letzte bist, die Jannik Tersteegen gesehen hat?«

Zoi biss sich auf die Lippe. Wenn sich bestätigte, dass Jannik tot war, würde sie irgendwann bei der Polizei aussagen müssen. »Hoffentlich taucht er wieder auf«, sagte sie flehentlich.

»Hast du sonst noch was bemerkt?«, fragte Leo eindringlich. »Streng dich an!«

Sie dachte an den weißen Transporter, der sicher nur zufällig auf dem Parkplatz gestanden hatte, und an Tassos. Vielleicht hatte der ja mitgekriegt, was faul gewesen war. Sie musste ihn unbedingt danach fragen.

»Nein«, sagte sie und sprach zögernd weiter. »Diese Mila …?«

»Was ist mit ihr?«

Zoi hörte, dass Leo auf der Hut war. Darum legte sie noch einmal nach. Rache war schließlich Bitterschokolade. »Du magst sie und willst sie sicherlich in dein Bett kriegen. Vielleicht hast du ja Jannik verschwinden lassen, damit er aus dem Weg ist.«

11

Freitag

Mila schaufelte Wasser in einen Zinkeimer, in dessen rostzerfressenem Boden ein Loch klaffte. Fasziniert beobachtete ihr fünfjähriges Ich, wie es auslief und im Sand versickerte. Vor ihr stand ihr Vater und verdeckte die Sonne. Sie fröstelte im Traum. Aus ihrem Badeanzug tropfte Wasser in den Sand.

»Wenn die Wellen auf den Kiesstrand treffen, verwandeln sich die Steine in tausendfarbige Juwelen«, sagte ihr Vater mit Leos Stimme.

Sie erwachte mit klopfendem Herzen in Eleftherias zerwühlten Laken. Draußen graute der Morgen. Wie lange hatte sie nicht mehr von ihrem Vater geträumt? Ewig. Oder behandelte der Traum ihre Beziehung zu Leo, die auf rätselhafte Weise in der Schwebe hing? Der Olivenbauer zog sie ebenso an, wie er sie zur Weißglut trieb.

Jannik war in ihrem Traum nicht vorgekommen. Frustriert steckte Mila das Ende ihres Zopfs in den Mund. Obwohl sie gestern Abend todmüde gewesen war, hatte sie sich auf der Jagd nach ihrer verlorenen Erinnerung stundenlang den Kopf zermartert. Vergeblich. Die Geschehnisse jener Nacht waren aus ihren Gehirnwindungen gelöscht. *Delete.*

Sie entschied, dass sie dringend Abstand brauchte. Heute war eine Auszeit fällig, in der sie Janniks Verschwinden so gut es ging verdrängen würde.

Entschlossen stellte sie ihre Füße auf den kühlen Boden. Leo sollte nur nicht glauben, er habe sie unter Kontrolle.

Sie duschte ausgiebig und frühstückte anschließend in Volkers Garten mit reichlich Kaffee, Croissants und griechischem Joghurt.

Die Sonne hatte die östlichen Berge noch nicht erklommen,

aber der Sturm hatte sich verzogen und einem wolkenlosen Himmel Platz gemacht, unter dem sich das Meer unwirklich blau ausdehnte. Es war windstill. Hinter der Schwüle lauerte das ersehnte Gewitter, das hoffentlich in der kommenden Nacht Almiros-Beach unter Wasser setzen und die Hitzewelle beenden würde.

Mila packte ihre Badesachen und ihre Kamera ein und ließ sich von Volker nach Acharavi fahren, wo sie sich in Georgios' Autovermietung ein Auto auslieh. Der nagelneue blaue Toyota Yaris war zwar nicht für den Spottpreis zu haben, von dem ihr Volker vorgeschwärmt hatte, doch das war ihr egal. Es wurde Zeit, dass sie sich auf der Insel unabhängig machte. Um ihr überzogenes Konto würde sie sich kümmern, wenn sie wieder in Stuttgart war.

Zufrieden klemmte sich Mila hinter das Steuer der Rennsemmel, startete und arbeitete sich durch die Berge bis zur Westküste Korfus vor. Ihr Ziel war ein bezaubernder Küstenort namens Agios Georgios Pagi, den sie in ihrem ersten Urlaub mit Jannik kennengelernt hatte. Das Dorf war nach dem heiligen Georg benannt.

Ein Drachentöter, der entführte Jungfrauen befreit, wäre doch praktisch, dachte sie spöttisch, als sie den Yaris hinab in die Bucht lenkte. Aber nicht für mich. Sie war drauf und dran, der Welt zu beweisen, wie gut sie allein zurechtkam.

Der Strand von Agios Georgios war sanft gebogen wie eine Mondsichel. Mila wusste, dass der Ort ein Hotspot für Esoterikliebhaber war. Mit seinen alternativen Ressorts und der malerischen Umgebung zog Agios Georgios neben Yogafreaks auch Wanderer an.

Sie parkte an der Küstenstraße und breitete am Strand ihr Handtuch aus. Anders als in Almiros war das Meer hier ruhig, die Brandung kaum zu spüren. Es ging auf Mittag zu. Die Sonne brannte heiß. Eine Zeit lang genoss Mila die Wärme, dann drehte sie ihre Haare zu einem Knoten zusammen und tauchte ihre Zehen in das überraschend kalte Wasser. Schritt für Schritt tastete sie sich vor und ließ sich schließlich auf die glatte Oberfläche gleiten. Sie schwamm immer am Strand entlang, der sich langsam mit Menschen füllte, Paaren, Familienclans, die den heißen Tag unbesorgt unter bunten Schirmen genossen. Eine Wandergruppe ließ sich auf dem Sand nieder, um zu rasten. Mila war die Einzige, die allein da war.

Single, dachte sie. Was für eine Fehlannahme, dass ihre Liebe zu Jannik ewig dauern würde.

Nach dem Schwimmen ließ sie sich in der Sonne trocknen und träumte sich aus der Realität.

Sie musste eingeschlafen sein. Als sie erwachte, nahm ihr der Schmerz des Verlusts den Atem.

Jannik, dachte sie, wo steckst du nur?

Erinnerungen stürzten auf sie ein. Ihre erste Begegnung hatte auf Bali stattgefunden. Nach ihrer Prüfung als Logopädin hatte sie einen Teil des Geldes aus ihrer Erbschaft für eine Reise nach Südostasien verbraten. An jenem Abend hatte sie von ihrem Liegestuhl aus den Sonnenuntergang beobachtet. Unter dem Bambusdach herrschte drückende Hitze. Mila wollte gerade nach ihrem Cocktail greifen, als jemand über ihren Liegestuhl stolperte und sein Glas mit Caipirinha über ihr verschüttete. Sie erschrak so heftig, dass sie aufsprang. Dem Guss folgte vonseiten des Übeltäters eine Entschuldigung auf Englisch und dann ein Lachanfall. Als der junge Mann Mila ungeschickt mit ihrem Handtuch abtupfte, ähnelte er einem tapsigen Waschbären. Einem verdammt gut aussehenden rothaarigen Waschbären, wie Mila zugeben musste.

»*You can take a shower.*« Er hatte sich frecherweise in ihren Liegestuhl gelümmelt.

»*The sea ist wide enough.*« Sie rannte in die Brandung, die erste Welle traf sie eiskalt über dem Bauchnabel.

Der Waschbär ließ sein Surfbrett liegen und folgte ihr in seinen hellblau geblümten Badeshorts, in denen jeder andere lächerlich ausgesehen hätte. Jannik hatte breite Schultern, und die Shorts saßen auf seinen schmalen Hüften, als seien sie für ihn gemacht.

Im Wasser fanden sie heraus, dass sie sich ihre englischen Flirtversuche sparen konnten, weil sie aus derselben Stadt in Deutschland stammten. Stuggitown beziehungsweise Esslingen, was auf Bali aufs Gleiche herauskam. Das konnte kein Zufall sein, stellte Jannik später fest. »Das Mädchen, das ich mit meinem Cocktail begoss.«

Ihre erste Begegnung war ein Erfolg auf Janniks Blog und auf Facebook gewesen. Der Beginn einer Liebesgeschichte, die sich lukrativ vermarkten ließ.

An diesem heißen Septembertag in Agios Georgios konnte Mila nicht anders, sie musste ihr erstes gemeinsames Selfie auf ihrem Smartphone aufrufen und sich damit tief ins Herz schneiden. Neben dem hellhäutigen Jannik mit seinen rotblonden Locken sah sie aus wie eine Balinesin. Entschlossen klickte sie das Bild weg und versank erneut in ihren Erinnerungen.

Nach Sonnenuntergang waren sie Hand in Hand an Land gegangen. Am Strand küsste ihr Jannik das Salzwasser von den Lippen und den Wimpern und zog sie zu seiner Bambushütte, wo er sie als Erstes mit einer Weinbrandcola begoss. »Damit ich dich ablecken kann.« Seine Hände glitten über ihre kühle Haut, sein Mund war überall. Erstaunt über die Tatsache, wie perfekt ihre Körper zusammenpassten, erkundeten sie einander die ganze Nacht. Am nächsten Morgen sammelte sich Schwüle unter den Dachbalken. Milas Kopf lag an Janniks Brust. Die Laken waren durchgeschwitzt. Es roch nach Sex.

»Willst du mit mir nach Hongkong fliegen?«, fragte er.

»Warum sollte ich das?« Besser, sie gestand ihm nicht, dass sie mit ihm bis ans Ende der Welt gehen würde.

»Um Spaß zu haben.«

Und so waren sie gemeinsam nach Hongkong zum lärmenden Drachenfest gereist und hatten anschließend Japan besucht, wo Jannik eine Reisereportage über den Fujiyama schrieb, die ihm eine Stange Geld einbrachte. Anders als Mila, deren misstrauischer Charakter ihr immer wieder im Wege stand, strotzte er vor Energie, schloss reihenweise Freundschaften, fasste Pläne, die er wieder verwarf, und machte locker die Nächte durch. Mila hatte diese Zeit als einziges rauschendes Fest in Erinnerung. Bis sie nach Auckland in Neuseeland kamen, wo Janniks Stimmung ins Gegenteil umschlug. Es begann damit, dass er sein Bett nicht mehr verlassen wollte.

»Halt mich«, bat er, wenn sich die Dunkelheit über ihn senkte. Dann legte sich Mila hinter ihn und schloss ihn in die Arme. Seine Schultern bebten. Ihre Liebe verhinderte nicht, dass er in einer Tränenflut versank.

Nach dieser Nacht verließ er kaum noch das Zimmer. Sie versuchte alles, um ihn aufzuheitern, brachte ihm das Frühstück ans Bett, kaufte Karten fürs Museum, schlug Spaziergänge vor, erzählte witzige Anekdoten. Vergeblich. Sie konnte Jannik nicht erreichen.

Eines Nachmittags war sie von einem Spaziergang zurückgekehrt und hatte das Hotelzimmer leer und verlassen vorgefunden. Die Badezimmertür war verschlossen.

»Jannik?«

Keine Antwort. Mila spürte, dass etwas nicht stimmte. Sie warf sich gegen die Tür, doch ihr Gewicht reichte nicht aus, um das Schloss aufzubrechen. In Panik fuhr sie mit dem quälend langsamen Aufzug ins Erdgeschoss und alarmierte den Portier, der die Tür mit dem Ersatzschlüssel öffnete. Jannik lag bewusstlos in der Badewanne. Sein Blut hatte das Wasser in rote Schlachthausbrühe verwandelt. Die Blister der Packung Schlaftabletten, die er gegen seine wochenlange Schlaflosigkeit genommen hatte, lagen ausgedrückt auf dem Fliesenboden, verstreut um sein blutbeschmiertes Schweizer Messer.

Während man Jannik im Spital von Auckland zusammenflickte, ihm den Magen auspumpte und seine wenig fachmännisch aufgeschnittenen Pulsadern nähte, verständigte Mila seine Eltern, die mit dem nächsten Flug aus Stuttgart kamen. Mila lernte seine Mutter Stephanie im neonbeleuchteten Flur des Spitals kennen, während sein Vater Uwe bei Jannik im Krankenzimmer saß.

»Sie sind seine Freundin?« Stephanies blondes Haar war zerzaust, die Schatten unter ihren Augen dunkel wie Blutergüsse.

»Mila, ja.« Sie begann zu weinen. Die Anspannung und das Gefühl, versagt zu haben, lösten sich in bittere Tränen auf.

»Nicht heulen.« Die fremde Frau zog sie in eine tröstende Umarmung. »Wenn er nichts gesagt hat, trifft Sie keine Schuld. Wohl aber meinen Sohn, diesen verantwortungslosen Halunken.«

In der nächsten halben Stunde klärte Stephanie Mila über Janniks Erkrankung auf. Manische Depression. Sie hatte das Wort schon gehört, war aber noch nie mit der Krankheit konfrontiert gewesen, bei der sich euphorische Phasen mit Episoden tiefster Niedergeschlagenheit und Todessehnsucht abwechselten. Janniks unerschöpfliche Energie und seinen übersprudelnden Optimismus hatte sie seiner sportlichen Konstitution zugeschrieben. Ein Teufelskerl wie er konnte die Nächte durchmachen. Sie weinte über ihre Naivität.

Stephanies Stimme war spröde, ihr Ton so kühl, dass er ihre Verzweiflung überdeckte. »Er setzt immer wieder seine Medikamente ab, weil er denkt, er könne damit umgehen. Er liebt den Hype der Manie, die ihn fliegen lässt. Haben Sie nicht gemerkt, dass er in eine Psychose abrutscht?«

Sie drückte Mila zwei Schachteln mit Pillen in die Hand. »Sie wissen, was das ist?«

Mila versuchte, sich zu konzentrieren. »Ich denke, es handelt sich um ein starkes Antidepressivum.«

»Ja. Und das andere ist ein Neuroleptikum. Sie lieben ihn doch, oder? Dann übernehmen Sie Verantwortung und sorgen Sie dafür, dass er die nimmt. Hören Sie, er muss das, sonst wird er immer wieder in diese fürchterliche Abwärtsspirale geraten. Sein Leben liegt in Ihrer Hand.«

Kurz darauf stand Mila in der Tür des Krankenzimmers.

Janniks Vater hatte den Raum verlassen. Sie ging auf Jannik zu, der umgeben von Schläuchen und piepsenden Überwachungsmonitoren in seinem Bett lag. Sein Grinsen war schief und zögernd, aber er war wieder der Mann, den sie kannte und liebte.

»Tu das nie wieder«, sagte sie.

Er griff nach ihrer Hand und verflocht seine langen Finger mit ihren. »Wenn du bei mir bleibst.« Als sie seine Hand drückte, war es ein Versprechen auf ewig.

Nachdem sich Jannik in einer Klinik erholt hatte, reisten sie ruhelos von Land zu Land, ließen ihre Flüge von Sponsoren finanzieren und posteten ihre Erlebnisse wie einen schillernden Traum. Sie jetteten von der Fashion Week in New York nach Marokko, wo sie eine Reportage über den Souk machten, für die zum ersten Mal Mila fotografierte. Frisch gefärbte Seidenstoffe in allen Regenbogenfarben, handgearbeitete Teppiche, Beutel voller Safran und Nelken. Janniks Blog hieß nicht umsonst »Wunderwelt«. Er entführte seine Follower in ein Traumland, dessen Farben sich aus der Realität seiner Phantasie speisten.

Solange Jannik seine Medikamente nahm, hatte er seine Krankheit im Griff. Seine Energie hielt sich in Grenzen, er umarmte nicht mehr die ganze Welt, sondern tendierte zu Misstrauen und Pessimismus. Mila, die ihn argwöhnisch beobachtete, vergaß nie, was geschehen konnte, wenn er sich wieder in das Karussell aus Euphorie und Verzweiflung begab, das seine Krankheit ausmachte. Sie wusste, dass er sich nach dem Hype und der Ekstase der manischen Phasen sehnte, doch er versagte sich dieses zweifelhafte Glück.

Zweimal erlebte sie, wie er sich aus dem Abgrund der Depression mit Hilfe seiner Medikamente herausarbeiten musste. Als er seinen letzten Burn-out auf Korfu auskurieren wollte, hatte sie nicht daran gezweifelt, dass es ihm auch diesmal gelingen würde.

»Wenn du bei mir bleibst.« Der Satz hatte sich tief in ihr

Herz gebrannt. Der coole, gut aussehende Jannik, der aus guter Familie stammte, brauchte sie mindestens so wie sie ihn. Nach dieser Erkenntnis verstand Mila die Ereignisse der letzten Tage noch weniger.

Frustriert packte sie ihre Sachen zusammen, zog ihre Sandalen an und warf ihre Strandtasche auf den Rücksitz des Yaris. Als sie den Motor startete, stellte sie fest, dass sie Stoßstange an Stoßstange am Straßenrand eingeparkt war. Hier waren Geduld und Nerven gefragt. Sie drehte das Lenkrad bis zum Anschlag, fuhr vor und setzte zurück, kurbelte wieder und schaffte es, den Yaris auf die Strandstraße zu lenken, als ihr auffiel, dass hinter ihr ein grauer SUV aus seiner Parklücke glitt.

Ihr wurde schwindlig. Die Albaner, dachte sie. Warum waren ihr die hartnäckigen Badefreudenverweigerer am Strand nicht aufgefallen? Weil sie zu sehr mit sich selbst beschäftigt gewesen war. Sie war in ihrer gemeinsamen Vergangenheit mit Jannik versunken wie in einem warmen See.

Mila packte das Lenkrad fester und versuchte, ihren stolpernden Herzschlag zu beruhigen. Was sollte sie tun? Sie verwarf die Idee, Leo anzurufen, der ja sowieso in Athen war, und entschied sich, allein nach Almiros zurückzufahren und die Typen zu ignorieren.

Konzentriert nahm sie den Rückweg in Angriff. Als sie die Serpentinen hinauffuhr, blendete der graue SUV auf und klebte sich an ihre Stoßstange. Dass sie den Typen ihr Schneckentempo aufzwingen konnte, war zumindest eine kleine Rache.

Im nächsten Dorf stellte sie den Yaris an den Straßenrand vor eine Kirche und wartete die Reaktion der Albaner ab. Der Fahrer parkte den SUV seelenruhig in einer Einfahrt und setzte sich, als sie weiterfuhr, wieder hinter sie. Dreist waren ihre Verfolger zweifellos. Hatte Volker nicht davon gesprochen, dass sie möglicherweise von einer Räuberbande aus dem Land der Skipetaren überfallen worden waren?

Mila kämpfte gegen den Schwindel an, der sie zu überwältigen drohte, und nahm sich vor, spätestens morgen Abend mit Leo zur Polizei zu gehen und alles zur Anzeige zu bringen.

Nach einer gut einstündigen Fahrt durch die Berge erreichte sie Acharavi, wo sie sich in Demetrios' Supermarkt mit Wasserflaschen, Schokoriegeln, deutschen Zeitschriften und Obst eindeckte. Als sie Trauben kauend zu ihrem Auto zurückkehrte, war der SUV verschwunden.

Auch gut, dachte sie. Die Spione hatten Feierabend gemacht.

Sie ließ gerade die Zentralverriegelung hochschnappen, als ihr ein junger Mann auffiel, der sich aus einer Menschenmenge auf der gegenüberliegenden Straßenseite löste. Sein Haar glänzte rotgolden im Licht des Sonnenuntergangs. Er war groß und hatte eine verdammte Ähnlichkeit mit …

»Jannik!«

Hastig warf Mila ihre Überlebensration auf den Rücksitz. Als sie ihren Kopf hob, war er verschwunden. Sie blickte sich suchend um. Ihn in den Touristenmassen wiederzufinden, die den Spätnachmittag für eine Einkaufstour nutzten, war nahezu unmöglich.

Doch, da war er. Der Mann, der Jannik zum Verwechseln ähnlich sah, ging ein paar Meter und verschwand in der Seitenstraße zum Strand.

»Halt!« Mila lief auf die Fahrbahn, wo sie beinahe von einem Bus erfasst wurde. Die Hupe gellte in ihren Ohren, als sie sich erschrocken auf die andere Seite rettete.

»*Be careful!*«, rief eine grauhaarige Touristin, die sich gerade in die Auslagen eines Souvenirladens vertiefte. Aber da rannte Mila dem Phantom schon in Richtung Strand hinterher.

»Jannik, so warte doch auf mich!«

Nach fünfhundert Metern Sprint vorbei an Feriensiedlungen und Hotels erreichte sie völlig außer Atem die Uferpromenade aus Holzpaletten, wo sie mitten in einer Gruppe grölender englischer Fußballfans landete. Verzweifelt bahnte sie sich mit ihren Ellenbogen den Weg und wurde zum Dank am Po und am Busen begrapscht. Als die Typen um die Ecke gebogen waren, hielt sie erneut Ausschau nach dem Rothaarigen. Jannik blieb verschwunden. Entweder war diese Begegnung eine optische Täuschung gewesen, geschuldet den Erinnerungen, die so schmerzlich auf sie eingestürmt waren, oder sie hatte einen der rothaarigen Briten mit Jannik verwechselt, von denen es hier nur so wimmelte.

Oder aber, diese Möglichkeit wollte sich Mila nur ungern eingestehen, Jannik ignorierte sie, weil er sein Verschwinden bewusst inszeniert hatte.

Tränen verschleierten ihren Blick, als sie in Richtung des Ortsendes weiterlief. Zu ihrer Linken dehnte sich der Strand, der zu dieser Tageszeit kaum noch bevölkert war, dahinter das Meer, über dem sich orangerot die Sonne senkte. Sie bahnte sich ihren Weg durch die Gruppen, die ihr auf der Promenade entgegenkamen, wich Pärchen aus, umrundete Buggys mit Kleinkindern und ließ Tavernen und Cafés hinter sich, in denen der Abendbetrieb einsetzte. Gegen den Trubel in Acharavi war Almiros mit seinem kilometerlangen einsamen Strand ein beinahe meditativer Ort.

Am Ende der Promenade verliefen sich die Gaststätten nach und nach wie Wellen, die ans Ufer flossen. Die Musik aus den Bars verebbte, bis nur noch das Rauschen des Meeres in ihren Ohren klang. Und dann war der Rothaarige plötzlich wieder da. Mila erhaschte einen Blick auf sein Haar, das im Licht des Sonnenuntergangs aufleuchtete wie eine Kupfermünze. Das Phantom verschwand so schnell, wie es aufgetaucht war.

Ich kann meinen Sinnen nicht mehr trauen, dachte sie.

Sie stand vor dem letzten Hotel an der Promenade, nicht sicher, ob der Rothaarige es betreten hatte oder nicht. Es war ein lang gestreckter dreigeschossiger Bau, der den verblichenen Charme der Siebziger verströmte. In seinen offenen Fenstern wehten Gardinen im Wind. Die Balkone hatten durchbrochene Eisengitter wie Spitze. Es war so still, dass die Brandung in ihren Ohren widerklang.

Mila umrundete das Haus und näherte sich dem Eingang. Der Spielplatz bestand aus einer Schaukel, die sich quietschend im Wind bewegte. Auf dem Flachdach leuchteten die Wörter »Hotel Olympia« gegen den rotgoldenen Himmel an, wobei das O und das P ausgefallen waren. Ein Lückentexthotel.

Alles in allem bot das Haus einen trostlosen Anblick. Die Absteige war Janniks nicht würdig, der immer Wert auf Komfort gelegt hatte. Die Lobby war unbeleuchtet. Milas Nackenhaare stellten sich auf. Als sie ihr Handy zückte, um die Leuchtschrift zu fotografieren, öffnete sich die Tür. Ein Mann mittleren Alters, dunkle Haare, Schnäuzer, gekleidet in Jeans und ein weißes T-Shirt, näherte sich ihr.

Der griechische Hotelmanager, dachte sie, als er sie aus seinen dunklen Augen musterte.

»*What do you want?*« Whiskygeruch schlug ihr entgegen.

»*Nothing.*« Fieberhaft überlegte sie, ob er ihr Auskunft über seine Gäste erteilen durfte oder ob ihm der Datenschutz diesbezüglich Steine in den Weg legte.

»Jannik Terstee…?«

Die Reaktion des Mannes ließ sie stocken. Sein Gesicht wurde so käsebleich, als stünde er im Begriff, sich zu ihren Füßen zu übergeben.

»*Go!*«, fuhr er sie an und wischte sie mit einer großen Geste aus dem Garten. »*Go. The hotel is closed.*«

Mila floh stolpernd aus dem Garten und erreichte den Uferweg, von dem aus sie bemerkte, dass einige Fensterscheiben in dem trostlosen Kasten eingeworfen worden waren. Die Scherben standen wie Zähne in den leeren Augenhöhlen der Fenster. Sie beschleunigte ihre Schritte.

Erleichtert begrüßte sie die Musik, die ihr aus den Tavernen an der Promenade entgegenschlug, und trat den Rückweg ins Ortszentrum an, wo die Rennsemmel sie erwartete, die sie noch zurückbringen musste. Für heute hatte sie genug.

Der Rothaarige stand hinter der getönten Scheibe des Seitenfensters, verfluchte sein Haar, das ihn unverwechselbar machte, und blickte ihr mit einem Anflug von Bedauern nach. Mila. Er würde ein besseres Objekt für seine Sehnsucht finden als diese junge Frau, die genauso viele Verletzungen trug wie er.

Paris trat in die Lobby und zog sein Shirt glatt. Er roch nach dem Alkohol, den er sich zunehmend auch tagsüber genehmigte.

»Hast du sie fortgeschickt?« Der Rothaarige war froh, sich in fehlerhaftem Griechisch verständigen zu können.

Paris füllte sich ein Glas mit Metaxa. »Ein hübscher Käfer, die Kleine.«

Das konnte er nicht abstreiten. Mila war etwas für Feinschmecker, bezaubernd, süß und unvergleichlich leicht zu manipulieren. Gib ihr Liebe, gib ihr Sicherheit, und sie frisst dir aus der Hand.

»Sie ist Fotografin und macht Fotos für die deutsche Presse«, erklärte er. »Die sehen sich griechische Hotels an, um schlechte Rezensionen zu schreiben und alle hier herunterzuputzen.«

Paris, dessen Etablissement im Internet nur mäßig bewertet worden war, riss die Augen auf. Dass man die Lügenpresse von ihrer unheilvollen Arbeit im leidgeprüften Griechenland abhalten musste, konnte er gut nachvollziehen. Er stellte sein Glas auf dem klebrigen Tresen ab, um den sich die Fliegen drängten.

Der Rothaarige ging zur Treppe.

»Denk dran, dass du mir noch Geld schuldest«, rief ihm Paris mit Nachdruck hinterher. »Sonst muss ich Konsequenzen ziehen.«

»Mach dir keine Sorgen.«

Paris hatte nicht von seiner Zimmerrechnung gesprochen. Und Mila? Wenn sie weiter hier herumstreunte, würde er Vorkehrungen treffen müssen.

12

Die schwere Eingangstür der Schule krachte drei Zentimeter vor Zois Nase ins Schloss. Wenn sie ihre Hand nicht gegen das Türblatt gestemmt hätte, wäre sie ihr ins Gesicht geschlagen. Sie schob die Tür auf, drängte sich durch den Spalt und versuchte, Sofia, Maria und Kati zu ignorieren, die ihr vorausgegangen waren. Die Mädchen bauten sich in einer Reihe neben den Pflanztrögen am Eingang auf und beobachteten Zois Reaktion auf ihr Attentat.

Ich hätte mir die Nase brechen können, dachte sie.

Als sie näher kam, drehten ihre Mitschülerinnen ihr demonstrativ den Rücken zu und schlossen den Kreis. In der Griechischstunde hatten sie über Zois schlechte Aussprache gekichert. Zoi sehnte sich nach ihrem Gymnasium in München zurück, wo sie nie gemobbt worden war. Im Gegenteil. Mit ihrer offenen Art war es ihr leichtgefallen, Freunde zu finden. Auf Korfu hingegen verwandelte sich jeder Schultag in einen Spießrutenlauf.

»Hi.«

Erstaunt hob Zoi den Kopf. Am Fuß der Treppe stand Tassos. Den Motorradhelm unterm Arm lehnte er an dem schmiedeeisernen Geländer und wartete auf sie. Er sah umwerfend aus in der schwarzen Anzughose, die an jedem anderen uncool gewirkt hätte, und dem weißen, eng geschnittenen Hemd.

Zoi schrak unter dem süßen Schmerz in ihrem Herzen zusammen. Freude erwachte in ihr und ein selten gespürtes Gefühl, das sie als Triumph identifizierte.

»Da bist du ja endlich«, sagte er. »Ich steh mir schon eine Weile die Beine in den Bauch.«

Die anderen Mädchen staunten ihn mit offenem Mund an. Sofia nahm dafür sogar ihre kuhaugengroße Sonnenbrille ab.

Zoi verspürte Stolz, weil sie ein Date mit dem lässigsten Typen weit und breit hatte. Meine Eroberung, dachte sie. Nicht dass diese Erkenntnis etwas an ihrer Schüchternheit änderte. Sie trat auf Tassos zu und brachte kein Wort heraus.

Er störte sich nicht daran, sondern warf eine flapsige Bemerkung in Richtung der Mädchen, die sie dazu brachte, sich abzuwenden. Zoi lachte, auch wenn sie nicht alles verstand, was er sagte. Er hatte sich nicht von Leo abschrecken lassen.

»Hi«, sagte sie.

Wie froh sie war, heute ihr weißes, schulterfreies Kleid zu tragen, das ihre gebräunte Haut zur Geltung brachte. Als hätte sie es geahnt, hatte sie sich in aller Frühe die Haare gewaschen und an der Luft trocknen lassen. Geschlafen hatte sie nach der Aufregung des gestrigen Abends sowieso so gut wie nicht mehr. Die paar Stunden zwischen Mitternacht und dem Klingeln ihres Weckers hatte sie träumend zwischen ihren Laken gelegen und den bitteren Duft des Rosmarins eingesogen, der durch das offene Fenster drang.

»Ich hab dir einen zweiten Helm und was zu essen mitgebracht.« Sie sprachen deutsch miteinander. Tassos kramte eine durchgeweichte Bäckertüte mit zwei Würstchen in Blätterteig hervor, die sie einträchtig vertilgten, bevor sie auf Tassos' Crossbike stiegen und davonfuhren.

Zoi ahnte, dass die Mädchen aus ihrer Klasse ihnen Löcher in den Rücken starrten. »Sie können sich an dir gar nicht sattsehen«, rief sie, während Tassos das Bike mitten in das hupende Verkehrschaos auf der Einfahrtsstraße in Richtung Stadtzentrum lenkte.

»Ich bin ja auch ein Hingucker.«

»Ganz schön selbstbewusst.«

»Sollte ich das nicht sein?«

Der Wind trug ihre Worte davon, doch sie spürte, dass Tassos lachte. Er stellte das Bike am Rand der Esplanade ab, dem großen Platz vor dem Alten Fort, der venezianischen Festung, die schwer und ewig in das blaue Meer hineinragte. Auf der Brücke zu dem kreisrunden Baukörper drängten sich die Touristen. Am Ufer standen offene Sightseeing-Busse und Fiaker bereit, deren Fahrer sie in gebrochenem Englisch zu einer Tour durch die Stadt einluden. Tassos lehnte ab, indem er ihnen grinsend offenbarte, dass sie Griechen seien.

»Ich dachte, wir gehen spazieren«, sagte er.

Zoi öffnete ihre geballten Fäuste. »Aber ich muss gegen sechzehn Uhr wieder daheim sein. Dann öffnet unser Laden. Aliki im Stich lassen geht gar nicht.« Zumal ihre Tante die Einzige war, die ihre Beziehung mit Tassos im Ernstfall unterstützen würde.

Tassos befestigte die Helme an der Lenkstange des Bikes. »Das schaffen wir schon. Volker erwartet mich um die gleiche Zeit zurück.«

Als sie sich dem Garten der Kunstakademie am Rande der Esplanade näherten, nahm er wie selbstverständlich ihre Hand. Zoi überlief es heiß. Es schien ihr, als kreuzten sie ihre Finger zu einem Band, das für die Ewigkeit bestimmt war. Tassos schwenkte die beiden Hände spielerisch, bevor sie sich auf einer Bank an der Kaimauer hinter der Akademie niederließen.

Von hier aus öffnete sich der Blick übers Meer bis zu den kahlen Hügeln Albaniens. In weiter Ferne pflügte sich eine Fähre in Richtung Saranda. Tief unter ihnen lagen einige Tavernen mit Plattformen, von denen Schwimmer und Badenixen direkt ins Wasser sprangen. Eine gewundene Metalltreppe führte zu dem schmalen Strandabschnitt am Kai, auf dem sich Sonnenschirme und Liegen drängten. Im Hafen ankerten zwei knallweiße Kreuzfahrtschiffe, deren Spitzen mit Frauenlippen und den dazu passenden Augen bemalt waren.

Zweimal Aida, dachte Zoi. Von den Schiffen aus würden Menschenmengen die Insel überschwemmen und danach glauben, sie hätten Korfu gesehen.

Tassos hielt weiter ihre Hand. »Warum mobben die Tussen dich?«

»Ich weiß nicht.« Darüber hatte sich Zoi schon oft den Kopf zerbrochen. »Sie halten mich für eine Deutsche.« Sie glaubten,

Zoi sei ein Teil der Nation, die ihrer Meinung nach die elende Lage Griechenlands verschuldet hatte.

»Du solltest ihnen auf die Nase geben. Mädelsprügelei fände ich heiß.« Sein leises Lachen ließ Zoi erröten. »Soll ich dir sagen, weshalb sie dich nicht leiden können?«

»Ja.«

»Sie platzen vor Neid.«

»Unsinn … Warum sollten sie?«

»Es gibt drei Gründe.« Bedauerlicherweise ließ er ihre Hand los, um seine Finger abzuzählen. »Weil du hübsch bist, weil du nach deinem Abschluss nicht in diesem abgewrackten Hellas bleiben wirst und weil du mit mir abhängst.« Er grinste. »In dieser aufsteigenden Reihenfolge. Sie stehen auf mich.«

»Arroganter Schnösel.«

»Reine Strategie. Wenn ich mich nicht ranhalte, schnappt dich mir noch jemand weg.«

»Du hast dich nicht von Leo abschrecken lassen.«

Tassos lachte und legte ihr den Arm um die Schultern. »Wenn ich eine kleine Schwester hätte, würde ich sie auch beschützen.« Sein Daumen streichelte die weiche Haut ihres Handgelenks. Die Berührung, rau und sanft zugleich, ging wie ein Stromschlag durch ihren Körper.

»Vor einem wie dir?«, fragte sie.

»Zum Beispiel. Warum gehst du überhaupt in diese Upperclass-Schule in Kerkyra, wo die reichen Weiber abhängen? Ihre Väter sind bestimmt Bürgermeister oder Reeder. Dementsprechend tragen sie die Nase in den Wolken.«

»Weil mein Bruder meint, dass diese Schule den besten Ruf hat.« Sie machte eine kleine Pause. »Ich bin aber richtig schlecht, vor allem, wenn ich Texte auf Griechisch schreiben soll. Ich verwechsle Buchstaben und so.« Warum musste diese schwierige Sprache sie noch zusätzlich mit einer anderen Schrift plagen?

»Du könntest bei uns auf dem Land deinen Abschluss machen, zum Beispiel im Lyzeum in Kassiopi. Ich bin da so eine

Art Leader und könnte verhindern, dass deine Mitschüler dir krumm kommen.«

Zoi staunte ihn von der Seite an, seine gerade Nase, die Tolle, die der Wind zerzauste. Er war so unerschütterlich selbstbewusst. »Das würdest du tun?« Vielleicht sollte sie tatsächlich versuchen, Leo von einem Schulwechsel zu überzeugen.

»Na klar.« Tassos stand auf und zog sie hoch. Gemeinsam überquerten sie die Esplanade vor dem Alten Fort und hielten sich in Richtung der Haupteinkaufsstraße N. Teotóki, wo sie sich in einem der vielen Cafés unter den Arkaden an einen Marmortisch setzten. Eine Handbewegung von Tassos ließ einen der weiß beschürzten Kellner auf sie zustürmen.

Sie bestellten Kaffee und zwei überbackene Toasts mit Käse und Schinken, die viel zu teuer waren. Zoi kam sich unglaublich erwachsen vor.

»Hast du eigentlich Korfu mal richtig kennengelernt?« Tassos breitete seine Arme über die Lehne aus.

Zoi runzelte die Stirn. »Ich war in Paleokastritsa, auf dem Pantokrator, auf der Mäuseinsel, auf dem Kaiser's Throne in Pelekas und in Sisis Achilleion.«

Tassos nickte. »Es lebe das Klischee. Wahrscheinlich hat dein Bruder zuerst einen Reiseführer gelesen und dich dann an die touristischen Hotspots geführt. Korfu im Schnelldurchgang. Dabei ist die Insel ganz anders. Du musst nach Antipaxos, auf die Diapontischen Inseln, zum Sonnenuntergang auf die Klippen bei Peroulades und nach Kavos, um die Nächte durchzutanzen. Dort und hier in Kerkyra gibt es die besten Clubs.«

Zoi fühlte sich ertappt. Kavos zu besuchen, das tief im Süden der Insel lag, hatte Leo ihr bei Strafe verboten, weil sich dort haufenweise junge Engländer die Kante gaben.

»Die ziehen sich da Lachgas rein, um high zu werden«, sagte sie mit einem Anflug widerwilliger Bewunderung.

»Das ist cool. Mit ein paar Amphetaminen feiern die da locker zwei Wochen durch und fahren high zum Flughafen.«

»Damit kennst du dich aus.«

Tassos schwieg zu ihrer Bemerkung. Nachdem er bezahlt hatte, kehrten sie zu seinem Motorrad zurück.

»Tassos?«, fragte sie scheu.

»Ja?«

»Denkst du auch manchmal an den Abend zurück, an dem Jannik Tersteegen verschwand?«

Umständlich setzte er seinen Helm auf und stieg auf.

Zoi stülpte sich den Ersatzhelm über den Kopf und wartete auf seine Antwort, die nicht kam. »Ich hab dir eine Frage gestellt.«

Durch das geschlossene Visier des Helms blieb ihr der Ausdruck seiner Augen verborgen. Seine Stimme klang sonor und fremd. »Seit drei Tagen versuchen meine Eltern zu verschleiern, dass albanische Ganoven Jannik und Mila überfallen haben. Wenn das die Runde macht, bleibt die Taverne leer. Die ganze Sache könnte unseren Ruin bedeuten.« Zoi schob sich hinter ihm auf den Sitz.

Er startete mit einem Kickstart, der sie beinahe wieder runterrutschen ließ. Unter dem Lärm des aufdröhnenden Motors verzichtete sie darauf, ihn nach dem weißen Transporter auf Volkers Parkplatz zu fragen. Tassos bremste, bevor er von der Esplanade auf die viel befahrene Ringstraße in Richtung Norden fuhr, setzte beide Füße auf den Asphalt und drehte sich halb zu ihr nach hinten. »Wenn du meinen Rat hören willst, vergiss Jannik einfach.«

13

Auf der Baustelle der Appartementanlage wurde schon gearbeitet. Gurgelnd schoss der flüssige Beton aus einem Rohr in das rechteckige Becken, das einmal der Swimmingpool einer üppigen Badelandschaft werden sollte.

Genauso zäh und klebrig wie meine Gedanken, dachte Mila. Sie löste sich von dem Anblick und winkte spöttisch einem Bauarbeiter zu, der ihr nachpfiff und seinen Bizeps spielen ließ.

Es war neun Uhr. Sie hatte die Yogastunde auf Gabys Plattform sausen lassen, um Tersteegens Haus einen Besuch abzustatten. Janniks Verschwinden wurde immer rätselhafter. Irgendwo musste es doch eine Spur von ihm geben.

Stundenlang hatte Mila in dieser Nacht über ihre Begegnung mit dem rothaarigen Fremden und das gruselige Hotel nachgedacht und konnte sich keinen Reim darauf machen. Bereits vor ihrer Trennung hatte sie gespürt, dass Jannik Geheimnisse vor ihr hütete. Und dann war da noch diese Recherche, von der Leo gesprochen hatte. Womit hatte sich Jannik beschäftigt? Wo steckte sein Laptop?

Sie näherte sich der Villa zielsicher über den Uferweg, der wie ausgestorben dalag. Der Strand war menschenleer außer einigen Joggern und einem Paar, das seinen Hund ausführte. Mit klopfendem Herzen betrat Mila den Garten. Nichts deutete darauf hin, dass Jannik inzwischen hier gewesen war. Die Pflanzen hingen noch genauso vertrocknet in ihren Töpfen wie vor zwei Tagen, der Sand lag fingerdick auf den Holzdielen.

Sie umrundete das Haus und drückte auf die Klingel, einmal, zweimal. Diesmal würde sie sich nicht abschrecken lassen. Sie kehrte auf die Terrasse zurück und drückte verstohlen gegen die Tür, die verschlossen war. Die Vorhänge erlaubten keinen Blick in Stephanies Wohnzimmer.

Auf leisen Sohlen schob sich Mila an der Wand entlang, wobei sie hoffte, dass sie niemand sah.

Ich bin eine Einbrecherin, dachte sie. Zu diesem Zweck hatte sie sich in Jeans und ein schwarzes Kapuzenshirt gekleidet und ihre Haare geflochten und aufgesteckt. Es fehlte nur noch die Tarnung mit einer Strumpfmaske.

Als sie das Badfenster erreichte, wusste sie, was sie zu tun hatte. Sie hob einen Stein und schleuderte ihn gegen die Scheibe, die mit einem Klirren zerbarst. Sie duckte sich, als Scherben auf sie niederprasselten, und hob ihren Kopf.

Keine Angst!, ermahnte sie sich. Wer sollte sie schon erwischen? Das nächste Haus stand hundert Meter entfernt an der Uferstraße, dazwischen das rauschende Meer und ein leeres Stück Strand. Die Zugehfrau hatte Jannik abbestellt. Während seines Burn-outs duldete er nicht einmal Mila um sich.

Sie schob einen leeren Blumenkübel heran, stieg darauf, streckte ihre Hand vorsichtig durch die Öffnung, die mit den Resten der zersplitterten Scheibe besetzt war, und schob den Riegel zur Seite. Das Fenster schwang nach innen. Sie gab acht, als sie sich über die Brüstung ins Innere des Badezimmers schwang, kopfüber auf den Händen aufkam und sich über die Schultern abrollte. Mila, die Geheimagentin, die Janniks Verschwinden aufklärte, auch wenn ihr Leben ebenso zu Bruch gegangen war wie das Fenster.

Sie stand auf und untersuchte das Waschbecken auf Spuren von Zahnpasta. Fehlanzeige. Auch Janniks Zahnbürste fehlte. Entmutigt begann sie, das Haus zu inspizieren, das unbewohnt wirkte. Es mangelte nicht an Möbeln im amerikanischen Landhausstil, den Stephanie über alles liebte, der aber auf Korfu fehl am Platz wirkte. Es gab Sofas mit geblümten Bezügen, Regale aus lackiertem Ahornholz voller Nippes und Ölbilder mit üppigen Blumensträußen. Seinen Hang zur Unordnung drückte Jannik sonst durch allerlei Kleinigkeiten aus. Hier allerdings stapelten sich nirgendwo die Zeitschriften und Bücher, ohne die er nicht leben konnte. Ebenso wenig sammelten sich Batterien von leeren Bierflaschen. Der Kühlschrank war leer bis auf eine halb ausgedrückte Tube Tomatenmark und eine verschimmelte Zitrone, die Gasflasche abgeklemmt. Auf dem Tisch stand eine Schale mit verfaulten Nektarinen, über der sich eine Wolke Fruchtfliegen tummelte.

Milas Erkenntnisse ließen nur einen Schluss zu. Jannik war schon lange nicht mehr hier gewesen, länger jedenfalls als die drei Tage seiner Abwesenheit, und er hatte für seine Verhältnisse ordentlich hinter sich aufgeräumt.

Genauso unbewohnt sah das Schlafzimmer im ersten Stock aus, in dem sie während ihres ersten Urlaubs auf Korfu gewohnt hatten. Ein zerknülltes schwarzes T-Shirt lag auf dem Boden und verströmte seinen Geruch. Mila legte sich damit auf die seidene Tagesdecke, wippte auf der Matratze und ließ die Tränen fließen, die das schöne Kissen von Bassetti durchnässten. Auf diesem Bett hatten sie sich geliebt. Jannik hatte sie ausgezogen und ihren Körper bestaunt, der so mühelos zu seinem passte. »Mein Tempel, mein Heiligtum« hatte er ihn genannt. Niemals wäre ihnen in den Sinn gekommen, dass sie sich jemals trennen könnten. Mila drückte das Shirt an ihre tränennasse Wange und schlief ein. Sie erwachte, als die Sonne schon hoch am Himmel stand, und wusste einen Moment lang nicht, wo sie sich befand. Dann kehrte die Realität mit Macht zurück. Wie lange hatte sie geschlafen? Zu lange.

Entschlossen stand sie auf und wischte sich mit ihrem Ärmel über Nase und Augen. Sie hatte genug gesehen. Schluss mit der Feigheit.

Als Nächstes war das »Hotel Olympia« an der Reihe. Diesmal würde sie sich nicht von einem unfreundlichen Hotelmanager abwimmeln lassen.

In diesem Moment drehte sich im Erdgeschoss der Schlüssel im Schloss. Milas Hand flog an ihren Mund, als ihr klar wurde, dass sie sich um einen Tag verrechnet hatte. Es war gar nicht Freitag. Es war Samstag. Jonas! Wann hatte er mit Sarah kommen wollen? Der Flug aus Stuttgart startete am Samstagmorgen exakt um sechs Uhr, sodass man, wenn man vom Korfu-Airport aus ein Taxi oder einen Mietwagen nahm, gegen elf in Almiros sein konnte.

Die Haustür fiel zu.

»Igitt, hier riecht es vergammelt. Dein Bruder ist ein Schwein.« Das war Sarah, die ihr Herz auf der Zunge trug.

»Aber das wissen wir doch.« Jonas konnte so schnell nichts erschüttern. Wie oft hatten sich Jannik und Mila über die Verschiedenheit der zweieiigen Zwillinge amüsiert? Wie viele Späße hatte Jannik über seinen Bruder gerissen, der neben ihm wie ein gutmütiger Elefant wirkte? Jannik war der Sturm, Jonas die Flaute.

Doch wie ausgeglichen Jonas auch sein mochte – das zerbrochene Badfenster würde selbst ihm auffallen. Wie sollte Mila Janniks Abwesenheit erklären? Sie musste es hinter sich bringen. Sie stand auf, schluckte mit trockenem Hals, stieg die Treppe hinab und stellte sich der Konfrontation.

Ramponiert von der Reise standen die beiden im Foyer, vor sich ein großer Rollkoffer, neben sich der fürchterliche Schirmständer in Form einer chinesischen Vase, von dem Jannik behauptet hatte, er sei echt.

»Da seid ihr ja. Willkommen.« Mila hoffte, dass man ihr die Rolle als zuvorkommende Gastgeberin abnahm.

»Mila.« Sarahs blaue Augen weiteten sich. Mit den blonden Strähnen in ihren schulterlangen Haaren und der im Sonnenstudio erworbenen Bräune sah sie so hübsch und hohlköpfig wie immer aus.

»Wo steckt Jannik?« Jonas blickte sich stirnrunzelnd um.

Mila hob beschwichtigend die Hände. »Er ist Brötchen holen in Acharavi. Fürs Frühstück.«

»Ihr seid eben erst aufgestanden?«, wunderte sich Sarah.

»Ja.«

»Ach!« Sarah lachte anzüglich. »Ihr habt wohl Besseres zu tun.«

»Und warum war das Haus dann abgeschlossen?« Das berechtigte Misstrauen in Jonas' Stimme machte Mila ganz kribbelig.

Sie versteckte ihre zitternden Hände in ihren Hosentaschen. »Jannik nimmt es halt genau. Hier treiben albanische Banden ihr Unwesen. Einbrecher und so.«

»Und dafür schließt er dich ein?«, fragte Sarah. »Das ist ja fast wie im Harem.«

Mila bekämpfte den Impuls, zur Tür zu stürzen und davonzurennen, egal wohin, auf den Strand hinaus, ins Meer hinein, nur fort. Während sie inständig hoffte, dass die beiden in absehbarer Zeit nicht das Bad benutzten, musterte sie die Neuankömmlinge verstohlen.

Jannik und Jonas waren zweieiige Zwillinge. Der genetische Unterschied zu Jannik machte sich vor allem in Jonas' Statur bemerkbar. Er hatte breite Schultern und einen Bauchansatz, der sich über dem Bund seiner Cargoshorts wölbte. Seine kastanienbraunen Haare waren raspelkurz in Form geschnitten. Als Banker konnte er sich Janniks Lässigkeit nicht leisten, der seine rote Wallemähne gern schulterlang trug. Der Mann, den Mila gestern in Acharavi gesehen hatte, hatte lange rote Haare gehabt.

Mila kannte Jonas sonst nur im grauen Anzug mit Einstecktuch. Nun trug er zu seinen Shorts ein gestreiftes Poloshirt von Lacoste, das aussah, als hätte man ihm das Wort »Tourist« auf die Stirn gestempelt. Jannik hatte sich und seinen Zwillingsbruder einmal als »den Künstler« und »den Spießer« charakterisiert. Mila wusste es besser. Jannik war ein Zauberer, ein Träumer, immer auf der Jagd nach dem besten Kick und der größten Welle. Jonas war zwar sterbenslangweilig, aber er war zuverlässig und hatte seinem Bruder schon mehrfach aus der Patsche geholfen. Mila vertraute auf seine Hilfsbereitschaft. Außerdem fraß er Sarah aus der Hand.

»Hast du für die Hochzeit abgespeckt?« Sarah musterte sie, während sie sich erschöpft ihre blonden Ponyfransen aus der Stirn strich. »Ich hätte es nötig, du nicht. Aber du siehst trotzdem irgendwie lädiert aus. Erhol dich bloß gut, wenn du eine schöne Braut sein willst.«

Nach ihrer Ausbildung zur medizinischen Fachangestellten hatte Sarah eine Stelle als Empfangsdame bei einer Stuttgarter Klinik für Schönheitsoperationen angetreten. Mit ihrem ebenmäßigen Gesicht und der geraden Nase sah sie bezaubernd aus. Ganz ohne Botox, wie sie immer betonte. Sie trug einen knöchellangen Batikrock und Keilsandaletten.

Boho-Style, dachte Mila, besonders schick in Kombination mit einer teuren Sonnenbrille.

Sarah ruckelte den überdimensionierten Rollkoffer über die Schwelle ins Wohnzimmer und ließ sich auf eine Sessellehne fallen.

»Holst du mir ein Glas Wasser?«, bat sie Jonas, der noch in der Tür stand und ihr sofort gehorchte.

»Es ist nichts da«, vermeldete er aus der Küche.

Mila spürte, wie sie flammend errötete. »Wir sind ziemlich abgebrannt, ich weiß, wir wollten heute einen Großeinkauf machen.«

Jonas kam zurück, in der Hand eine der mickrigen Plastikflaschen, mit der Billigflieger verhinderten, dass ihre Fluggäste vor Flüssigkeitsmangel ins Koma fielen. »Trink das.« Er drückte sie Sarah in die Hand und setzte sich in den Sessel neben ihr.

»Aber bitte, Mila. Die verfaulten Nektarinen hättest du ja bei Gelegenheit mal wegschmeißen können«, sagte er tadelnd. »Ich wusste gar nicht, dass Jannik und du zusammen hier seid. Ich dachte, er wollte sich bis zur Hochzeit allein auskurieren.«

Mila schluckte nervös. »Das war auch so geplant.« Konnte es sein, dass Jonas Janniks Post auf Facebook nicht kannte? Gott segne die Menschen, die soziale Medien für den Mist halten, der sie sind, dachte sie. »Ihr, ähm, du … bist mit Jannik nicht auf Facebook befreundet?«

Jonas zuckte mit den Schultern. »Ich wollte unseren Urlaub für eine Aussprache nutzen. Nach unserem Streit letztes Jahr hat er mich blockiert und Sarah gleich mit in Sippenhaft genommen. Seinen Blog lese ich grundsätzlich nicht. Sarah ist sowieso meistens auf Insta unterwegs. Sie hält Facebook für hoffnungslos passé.«

Sarah verdrehte die Augen. »Was soll ich da? Ich liebe Fotos von schönen Menschen.«

Dann hatte ihre Trennung für die beiden also gar nicht stattgefunden. Mila schöpfte Hoffnung, sich mit geschicktem Lavieren aus dieser Situation herauswinden zu können.

»Aber schön, dass du da bist, Mila, sicher auch für Jannik«, sagte Jonas freundlich. »Das findest du doch auch, Sarah-Schatz?«

»Endlich Urlaub.« Sarah lächelte ihr verschwörerisch zu. »Es ist herrlich, ein weiteres Mädchen hier zu haben. Wir können über euch Jungs ablästern, gehen zu viert an den Strand, essen abends bei Volker, tanzen die Nächte in Acharavi durch und genießen das Leben rundum. Und dann kommt die Hochzeit auf Burg Staufenstein. Ich freue mich so. Du musst mir unbedingt Bilder von deinem Kleid schicken, Mila. Du wirst sicher eine zauberhafte Braut.«

Mila machte sich klar, dass Sarah, sollte die Hochzeit doch noch stattfinden, zusammen mit Mareike und einer Cousine von Jannik eine ihrer Brautjungfern sein würde. Was war noch einmal die Kleiderfarbe der Mädels? Ihr Kopf war wie leer gefegt.

Sarah ließ sich jauchzend von der Sessellehne auf Jonas' Schoß fallen, legte ihm einen Arm um den Hals und küsste ihn auf den Mund. So sorglos, jung und frei.

Das Gefühl von Verlust schnürte Mila die Kehle zusammen. Auch wenn sie mit Sarah und Jonas keine tiefe Freundschaft verband, hätte sie einen Urlaub zu viert genossen. Mit Jannik, der sich darauf verstand, ins Blaue hinein zu leben, war jeder Tag ein Fest.

Sarah stand auf und strich ihren Rock glatt. »Aber jetzt muss ich mich unbedingt frisch machen. In welchem Schlafzimmer habt ihr euch einquartiert, Mila?« Ihre blauen Augen richteten sich erwartungsvoll auf sie.

»Oben rechts, wie immer«, antwortete Mila beklommen.

»Dann ziehen wir ins erste Zimmer links, das mit dem Balkonzugang. Ich hoffe, die Zugehfrau hat saubere Bettwäsche bereitgelegt.« Sie deutete auf den Koffer. »Bär!«

Während Sarah die Treppe emporstieg, erhob sich Jonas und zog mit einem Anflug von Selbstironie die Augenbrauen hoch. »Da sagt man, ihr Mädels hättet uns nicht im Griff.«

Er wuchtete den Koffer gerade über die Schwelle ins Foyer, als es an der Tür klingelte. Milas Herzschlag stockte. Sie zählte bis drei. Jonas zog die Tür auf. Wenn es Jannik war, würden sie genau den Urlaub verbringen, von dem Sarah gesprochen hatte. Zwei Pärchen im Liebesglück.

Mila schöpfte Hoffnung und sprang auf. Ihre Hand lag schon auf der Klinke der Wohnzimmertür, als sie hörte, wie sich mindestens drei Leute ins Foyer drängten. Zwei davon waren Männer, die sich gedämpft auf Griechisch unterhielten.

»*What do you want?*« Jonas' Stimme klang ausdruckslos.

Erstaunt hielt Mila die Luft an, als eine Frauenstimme ihm auf Deutsch antwortete. »Hanna Bitter, Europol. Sind Sie Jannik Tersteegen?«

Milas Herz begann, wild zu klopfen, eine rote Welle überschwemmte ihr Sichtfeld. Woher nur kamen die Schuldgefühle, die sie immer überfielen, wenn Janniks Name fiel?

»Mein Name ist Jonas Tersteegen«, stellte Jonas klar. »Ich bin Janniks Bruder und komme soeben vom Flughafen. Mit meiner Freundin, die oben ist. Was ist mit Jannik?«

Vorsichtig näherte sich Mila dem Türspalt und blickte hindurch. Die Polizistin Hanna Bitter, groß, schlank, blonder Pferdeschwanz und Jeansrock, wurde von zwei griechischen

Beamten in Uniform begleitet, die sich leise unterhielten. Jannik wurde von Europol gesucht. Mila musste die Überraschung erst einmal verdauen und rätselte noch über die Gründe nach, als Hanna Bitter weitersprach.

»Es liegt eine anonyme Anzeige vor. Ihr Bruder scheint verschwunden zu sein. Aber das ist nicht alles. Wir müssen dringend mit seiner Verlobten Mila van der Holst sprechen. Sie scheint ihn als Letzte gesehen zu haben.«

Auch sie wurde gesucht. Verdächtigte man sie, Jannik umgebracht zu haben?

Mila wich Schritt für Schritt zurück, das Blut rauschte in ihren Ohren. Ihre Beine trugen sie automatisch zur Terrassentür. Sie drehte den Hebel, der seit ihrem letzten Urlaub klemmte, und floh durch den Garten ins Freie. Raus aus diesem Haus des Unheils, in dem sie in einer längst vergangenen Zeit glücklich gewesen war.

Lauf, Mila, lauf! Nur fort von hier.

Als sie den Uferweg mit seinem glühend heißen Asphalt erreicht hatte, neben sich den goldenen Almiros-Beach, der sich langsam mit Badegästen füllte, rannte sie einfach los. Sie sprintete, bis ihr hämmerndes Herz sie dazu zwang, langsamer zu gehen.

Während sie zügig weiterlief, zog sie ein Resümee ihrer misslichen Lage. Die Polizei brachte sie mit Janniks Verschwinden in Verbindung. Hatte man seine Leiche gefunden? Was wollte Europol von ihr?

Sie schluckte trocken. Was wäre, wenn sie Griechenland nicht mehr unbehelligt verlassen durfte? Wenn man sie am Flughafen verhaftete und für den Rest ihres Lebens in ein griechisches Gefängnis sperrte, in dem sie nicht einmal die Sprache verstand?

Ich habe Jannik nicht umgebracht, dachte sie. Aber wie konnte sie sich dessen sicher sein, wenn sie sich nicht erinnerte? Jetzt fiel ihr auch der Fachbegriff für temporären Gedächtnisverlust ein. Retrograde Amnesie. Vielleicht hatte ihr überfordertes Bewusstsein das Trauma, Jannik aus Rache getötet zu haben, ja gelöscht. Oder hatte sie in Acharavi doch ihn gesehen? Jannik, der sich aus irgendeinem Grund vor ihr verbarg? In welche Schwierigkeiten war er geraten? Illegale Geschäfte wären diesem Traumtänzer allemal zuzutrauen.

Sie musste Leo anrufen. Sie holte ihr Handy aus der Tasche ihrer Jeans. Seit gestern Abend hatte sie nicht mehr auf das Display geschaut. Es waren Anrufe von ihrer Großmutter und von Stephanie eingegangen. Letztere hatte nach dem vergeblichen Kontaktversuch mehrere Textnachrichten geschickt.

Nicht jetzt, dachte Mila. Ich versinke in Grund und Boden, wenn ich auch nur ein Wort mit ihr wechseln muss.

Mit zitternden Fingern tippte sie sich durch ihr Verzeichnis, bis sie feststellte, dass sie Leos Nummer nicht gespeichert hatte. Die Visitenkarte hatte sie in seinem Verkaufsraum liegen lassen.

Sie spürte, wie ihr die Tränen kamen, Tränen der Hilflosigkeit, denen sie sich nicht ausliefern würde. Oh nein, sie würde zu Volkers Taverne zurückgehen und den Wirt und seine resolute Frau um Hilfe bitten oder sogar seinen Schnösel von Sohn.

Haltung bewahren, Mila! Entschlossen putzte sie sich die Nase und ging weiter, Schritt für Schritt, bis sie das tanzende Blaulicht auf Volkers Parkplatz und dem Uferweg bemerkte. Mist, da parkten mindestens vier griechische Polizeiwagen kreuz und quer.

Reflexartig drehte sich Mila um und stolperte den beiden Albanern in die Arme, die ihr gefolgt waren. Dieselben Typen, die ihr schon seit Tagen auf die Nerven gingen. Zorn überschwemmte sie. Sie hob ihr Handy und fotografierte ihre Verfolger. Dabei nahm sie sie zum ersten Mal als Individuen wahr. Sie waren etwa Mitte zwanzig. Mit Jeans, dunkelblauen Baumwollstrickjacken und weißen Polohemden pflegten sie einen überaus korrekten Kleidungsstil. Der eine hatte dunkle Haare und eine kräftige Statur von mindestens einem Meter neunzig. Der andere war dunkelblond, trug einen fadenscheinigen Kinnbart und hatte eine schmächtige Figur. Flugs stellte er sich hinter sie und drehte ihr den rechten Arm auf den Rücken. Das Handy fiel klirrend zu Boden.

»Don't take a picture!«

Milas Stimme überschlug sich, als sie sich zu befreien versuchte. *»Let me go!«*

Mit einem saftigen Fluch in einer Sprache, die wie eine Mischung aus Russisch und Bulgarisch klang, löste der Kleinere seinen Griff. *»Delete!«*, rief er, während der Riese das Handy aufhob und ihr in die Hand drückte.

Demonstrativ tat Mila, was er von ihr verlangte, und löschte die Fotos. Danach stand sie dem Größeren gegenüber wie einer zufälligen Urlaubsbekanntschaft. Während in ihrem Rücken das Blaulicht der Polizeiwagen flimmerte, machten die Typen keinerlei Anstalten, sich zurückzuziehen. Stattdessen nötigte sie der Kleinere durch sanften Druck, ihnen zu folgen, weg von der Taverne.

Mila schluckte vor Panik. Es war sonnenklar, dass sie sie einkassieren und ermorden würden. *»What do you want?«*

Der Kleinere deutete auf sich selbst. »Enis«, sagte er munter. Unter seiner Strickjacke wölbte sich ein Pistolenholster. Dann zeigte er auf den Riesen. *»His name is Fatmir. Follow us! We have to talk with you.«*

14

Leos Besuch in Athen war vergeblich gewesen, weil das Labor noch zu keinem Ergebnis gekommen war. Der Leiter hatte ihn um einen weiteren Tag gebeten, was in seiner misslichen Lage keinen wirklichen Trost bedeutete.

Er saß frustriert auf der Küchenbank und vertiefte sich in seine Recherchen, während Aliki daranging, Sofrito, korfiotisches Schmorfleisch in Weißwein, zu kochen, für das sie ein jahrhundertealtes Hausrezept besaß. Gerade wendete sie Scheiben von marmoriertem Rindfleisch in einem Teller voller Mehl.

Am Tisch saß auch Manolis, der sich keine Gelegenheit entgehen ließ, vorbeizukommen und seine große Liebe anzuschmachten. Aliki hatte ihren Verehrer zum Kartoffelschälen abgestellt, während Kerberos auf dem Boden lag und an einem Rinderknochen nagte. Als das Butterschmalz in der Eisenpfanne zu schäumen begann, warf Aliki das Fleisch hinein, das seine Röstaromen verheißungsvoll in der Küche verbreitete. Leo ignorierte seinen knurrenden Magen. Er hatte anderes zu tun, als sich den Bauch vollzuschlagen.

»Brate das Fleisch schön braun«, empfahl Manolis.

»Sag mir nicht, wie ich mein Sofrito zu machen habe«, sagte Aliki nachsichtiger, als Leo sie kannte.

Er stand mit seiner Tante in einem dauernden Wettstreit um die Vorherrschaft am Herd. Doch heute würde er sie nicht daran hindern, den Knoblauch zu früh zuzusetzen und mit dem Wein zu geizen. Dafür sorgte er sich zu sehr um Mila. Er hätte sie vorgestern nicht allein lassen dürfen. »Ich gehe dann mal.« Auch wenn es nach Kontrolle aussah, war er drauf und dran, nach Almiros zu fahren und sie zu suchen.

»Zoi.« Alikis Stimme schreckte ihn auf.

Gestern war Leos kleine Schwester, ein triumphierendes

Lächeln im Gesicht, genau zwei Minuten vor der Öffnung des Ladens im Hof aufgetaucht. Heute hatte er sie noch gar nicht zu Gesicht gekriegt.

»Ihr geht es nicht gut«, fuhr Aliki fort.

Manolis stimmte ihr zu, bevor er eine Menge frische Petersilie auf ein Brett kippte und klein hackte.

»Weshalb glaubst du das?« Seit Kurzem erschienen Leo seine Tante und der Imker wie eine Einheitsfront, die sich gegen ihn verschworen hatte.

»Dass die Kleine einsam ist, sieht doch ein Blinder«, erklärte Manolis. »Sie hat keine Freunde, weil ihre Mitschülerinnen sie schneiden. Und Freunde brauchen Teenies doch, sonst sind es keine Teenies.«

Aliki stimmte ihm zu. »Du solltest sie in Kassiopi zur Schule gehen lassen und nicht bei diesen eingebildeten Bürgerstöchtern.«

Aliki hatte nicht protestiert, als Leo seine Schwester im renommiertesten Gymnasium von Kerkyra anmeldete, das als Traditionsschule für Mädchen der besten Gesellschaft galt. Die Busfahrt war eine tägliche Strapaze für Zoi, aber kein Preis war zu hoch, um ihre Aussichten auf einen guten Studienplatz zu erhöhen. Sie sollte studieren können, wo immer es ihr beliebte, in Athen, Harvard, Oxford oder sogar in München, wenn es sein musste.

»Sie soll die besten Chancen haben«, erklärte Leo.

»Zoi will tanzen«, sagte Aliki rau. »Und sonst nichts. Sie hatte es beinahe aufgegeben, aber heute Morgen hat sie bei ihren Übungen die Handtuchstange im Bad abgebrochen. Danach ist sie durch den Verkaufsraum gewirbelt.«

»Musical«, fügte Manolis hinzu.

»Tanzen sichert kaum einen Lebensunterhalt.« Leo war schon an der Tür, als ihm noch etwas einfiel. »Was sollte das neulich?«

»Was?«, fragte Aliki mit einem Anschein von Unschuld, den er ihr nicht abnahm.

»Wie konntest du erlauben, dass sie Anastasios in die Hände fällt?«, fragte er grollend.

»Tassos ist ein guter Junge«, widersprach Aliki. »Er ist Eleftherias Sohn. Die Familie kommt so wie wir aus der Gegend von Afionas.«

»Ihr Vater ist dieser halsstarrige Vezelos, das Sprachrohr meiner Olivenbauern. Ein unerträglicher Quertreiber.«

»Manchmal erinnerst du mich an meinen Vater.«

Der alte Stavros Bardés war ein Despot gewesen, mit dem Leo sich nicht vergleichen lassen wollte.

Aliki ließ nicht locker. »Auch wenn Anastasios Vezelos dir die Stirn bietet, sind das grundanständige Leute. Und Zoi hat jedes Glück verdient, das ihr über den Weg läuft.«

»Sie tanzt, weil sie verliebt ist«, fügte Manolis hinzu, der es ja wissen musste.

Tassos und jetzt noch Aliki, die ihm in den Rücken fiel, gehörten zu den Gründen, warum Leo weiterhin gut auf Zoi aufpassen würde. Er schloss die Tür hinter sich und machte sich auf den Weg nach Almiros.

Mila. Seine Besorgnis um sie war mit jeder Minute dieses nutzlosen Tages gewachsen. Er musste sie aus dem Schlangennest befreien, wo ihr Gefahren drohten, die sie sich nicht einmal vorstellen konnte.

Leo liebte Mila voller Skrupel und Schuldgefühle, seit er ihre Fotos auf Janniks Blog entdeckt hatte. Er hatte festgestellt, dass ihn ihre Bilder bis in seine Träume verfolgten. Sie sprachen ihm aus der Seele. Er glaubte, dass das kein Zufall sein konnte. Monatelang hatte er sich wie ein Stalker auf der Suche nach neuen Beiträgen von ihr und über sie durch Janniks Blog und Facebook-Account gegraben. Er sollte nicht begehren seines Nächsten Weib, nicht einmal, wenn Jannik sie in den Wind geschickt hatte, und konnte es sich doch nicht versagen.

Als er Volkers Taverne erreichte, stand die Sonne senkrecht über dem Meer. Es war windstill und so heiß, dass ihm der Schweiß in den Hemdkragen rann. Mehrere Polizeiwagen parkten vor dem Eingang und vermasselten Volker das Mittagsgeschäft.

Mit einem mulmigen Gefühl betrat Leo den Gastraum. Außer ihm gab es keine weiteren Gäste. Hatte man Janniks Leiche gefunden? Wenn ja, was bedeutete das für Mila?

Insgesamt waren drei Polzisten in Uniform vor Ort. Volker stand betont gelassen hinter der Theke und polierte Gläser, während Eleftheria einem griechischen Beamten Rede und Antwort stand. Ihre laute Stimme übertönte Miles Davis' Saxofonklänge.

Der schnauzbärtige Kommissar in Zivil versüßte sich die Vernehmung der Wirtin mit einem Glas Rotwein. Daneben gab es eine blonde Kommissarin, die an einem Tisch nahe dem Fenster Tassos' Aussage aufnahm. Zu seiner Verwunderung sprachen sie deutsch miteinander. Leo hoffte, dass sie ihn nicht involvieren würden.

Er wandte sich an Volker. »Was ist hier los?«

»Jemand hat Janniks Verschwinden angezeigt.«

Geschäftsschädigender hätte es für Volker nicht laufen können. Wenn herauskam, dass Jannik ausgerechnet hier von Banditen entführt oder gar getötet worden war, konnte er seinen Laden dichtmachen. Dass Leo etwas anderes vermutete, musste er dem Wirt ja nicht auf die Nase binden.

»Wer war das?«

»Das lässt die Dame nicht verlauten. Sie kommt von Europol.«

Leo wurde klar, dass die Einmischung der Behörde nicht nur für Volker zu einem ungünstigen Zeitpunkt erfolgte. Um mit der Polizei zusammenzuarbeiten, sollten seine eigenen Recherchen weiter fortgeschritten sein. Es mussten Ergebnisse her. Da Janniks Laptop ebenso unauffindbar wie sein Besitzer war, konnte er im Moment nur Halbwahrheiten vorlegen. Und ja, er hatte eine Leiche in der Schlucht, deren Identität ebenso wenig geklärt war wie der Grund, weshalb sie dort lag. Es war schon mal einfacher gewesen.

»Mila?«, flüsterte er heiser. Sein Mund war trocken.

»Ich habe sie seit heute Morgen nicht mehr gesehen.«

In diesem Augenblick hob sich Tassos' Zeigefinger triumphierend in Leos Richtung. Der Blick der Beamtin folgte ihm. Ein Verhör durch Europol war das Letzte, was Leo sich wünschte. Deine späte Rache, du kleiner Scheißer, dachte er zornig.

Die Beamtin stand auf und trat auf Leo zu. Sie war eine attraktive Frau Mitte dreißig, die ihre blonden Haare zu einem Pferdeschwanz gebunden trug. »Sind Sie Leonidas Bardés, der eine Unikarriere für ein paar Olivenhaine aufgegeben hat?«, fragte sie ohne Umschweife auf Deutsch.

Leo hätte sich dumm stellen oder so tun können, als sei er der Sprache nicht mächtig. Zu spät, dachte er mit einem zornigen Blick auf den grinsenden Tassos, der die Kommissarin vorinformiert hatte. Nachdem Leo einen Impuls begründeter Mordlust niedergekämpft hatte, folgte er ihr zu einem freien Tisch.

»Hanna Bitter, Europol.« Ihre Augen glitzerten wie blaue Glassplitter.

Bitter Lemon, dachte Leo. Als hätte sich der Name seine Trägerin ausgesucht. Er stellte sich vor und zückte seinen Ausweis.

Der griechische Kommissar nahm sein Glas Rotwein und gesellte sich zu ihnen. Er war etwa sechzig Jahre alt, hatte einen Schnauzbart, grau melierte Haare und trug ein kariertes Hemd zu Jeans.

»Achilleas Gazakis«, sagte er. »Polizeipräfektur Kerkyra. Vier Ohren hören mehr als zwei.«

Leo hob die Augenbrauen, denn der Kommissar sprach deutsch, mit einem markigen griechischen Akzent zwar, aber fließend.

Hanna Bitter nahm keine Notiz von ihrem Kollegen und setzte ihre Befragung fort. »Herr Bardés, kennen Sie Jannik Tersteegen?«

Leo lehnte sich mit dem Vorsatz zurück, zu mauern und Zeit zu gewinnen. »Weshalb ermittelt Europol in diesem Fall? Die mischt sich doch sonst nur in Angelegenheiten von allgemeinem Interesse für die Europäische Union ein.«

»Genau. Und jetzt beantworten Sie bitte meine Frage.«

»Ich kenne Jannik nicht gut genug, um mir ein Urteil bilden zu können.« Leos Aussage war nicht gelogen. Jannik hatte sich kaum in die Karten blicken lassen. Er hatte Leo Teilwahrheiten über seine letzte Recherche serviert und das brisante Ergebnis für sich behalten, das ihnen jetzt über dem Kopf explodierte.

Hanna Bitter sah ihn zweifelnd an. »Ich glaube Ihnen nicht. So wie ich das sehe, sind Sie der einzige Grieche in ganz Nordkorfu, der sich mit Jannik Tersteegen auf seinem Level und in seiner Muttersprache unterhalten konnte. Es ist wahrscheinlich, dass er sich Ihnen anvertraut hat.«

»Glauben Sie, was immer Sie wollen«, erwiderte Leo kalt.

Stimmte das? Leo war Jannik, der für Dinge und Menschen in leidenschaftlicher Liebe und abgrundtiefem Hass entbrennen konnte, intellektuell überlegen. Seine Überzeugung, ein kühl kalkulierender Verstand könne alles richten, wurde im Moment allerdings von Janniks Verschwinden, seiner Liebe zu Mila, den Problemen mit seiner kleinen Schwester und unberechenbaren Quertreibern wie Tassos hart auf die Probe gestellt.

»Jannik war manchmal ein wenig zu mitteilungsfreudig«, fuhr Hanna Bitter fort. »Überschwänglich, kann man beinahe sagen.«

Spielte sie auf Janniks psychische Erkrankung an? Leo wurde aus der Auskunft nicht schlau. Hatte Jannik mit der Polizei kommuniziert, oder ermittelten die Beamten gegen ihn?

»Nicht mir gegenüber«, sagte er vorsichtig. »Wer hat eigentlich sein Verschwinden angezeigt?«

»Die Anzeige kam aus Acharavi, anonym. Diese Taverne war der letzte Ort, an dem Jannik am Dienstagabend vor seinem Verschwinden gesehen wurde. Der junge Mann da …«, Hanna Bitter deutete auf Tassos, der noch immer grinsend und mit untergeschlagenen Armen am Tisch nebenan saß, »… berichtete mir, dass auch Sie anwesend waren.«

Der kleine Scheißer wollte ihn mit seinem Coup reinreiten. Leo beherrschte sich krampfhaft, um ihm nicht an die Gurgel zu springen. Gazakis zog die Augenbrauen hoch, als seien ihm Tassos' Ränke aufgefallen.

»Volker und Eleftheria können bezeugen, dass ich vorher gegangen bin«, sagte Leo.

Hanna Bitter nickte. »Seltsam, nicht? Niemand weiß, was mit Jannik geschehen ist. Auch sein Bruder, der heute Morgen mit einer gewissen Sarah Müller in Almiros angekommen ist, weiß von nichts. Also suchen wir hauptsächlich nach Mila van der Holst. Sie ist Janniks Verlobte und wurde als Letzte mit ihm zusammen gesehen.«

Zoi, dachte Leo bedrückt. Seine kleine Schwester war ihm in die Taverne gefolgt und hatte möglicherweise Dinge beobachtet, die für Janniks Verschwinden entscheidend waren.

»Kennen Sie eigentlich Mila?« Die Kommissarin insistierte gnadenlos weiter.

»Ja, äh, nein, nicht richtig. Aber warum suchen Sie sie so intensiv? Verdächtigen Sie sie, etwas mit Janniks Verschwinden zu tun zu haben?«

»Nicht direkt. Und was wissen Sie sonst?«

Leo fiel der Revolver ein, aus dem zweimal gefeuert worden war. Er entschied sich, Hanna Bitter diese wichtige Information ebenso vorzuenthalten wie Milas böses Erwachen an seinem Steilhang und die Leiche, die er gemeinsam mit Manolis versteckt hatte. Möglicherweise machte er sich gerade strafbar. In Deutschland hatte er sich nicht einmal wegen überhöhter Geschwindigkeit blitzen lassen, aber das hier war es ihm wert. »Nichts.«

»Du lügst«, sagte ihm Gazakis auf Griechisch auf den Kopf zu.

Leo ignorierte ihn.

Hanna Bitter beugte sich vor und faltete ihre Hände auf dem Tisch. Das Lächeln, das sie Leo schenkte, war schief und rätselhaft. Auch sie spürte, wenn man ihr Halbwahrheiten servierte. Sie schob eine Visitenkarte über den Tisch, die Leo einsteckte. »Sie können davon ausgehen, dass wir Mila van der Holst schützen wollen. Wenn sie auftaucht, sagen Sie ihr, sie soll sich so schnell wie möglich mit uns in Verbindung setzen. Es könnte sein, dass sich ihr Verlobter mit der albanischen Mafia angelegt hat.«

Alles deutete darauf hin. Schrecken spülte über Leo hinweg, als ihm aufging, dass Mila seit dem heutigen Vormittag ebenso verschwunden war wie Jannik.

Tassos stand auf und zeigte ihm unauffällig den Mittelfinger.

»Wenn dir noch was einfällt, solltest du dich bei uns melden«, sagte Gazakis auf Griechisch. »Und pass auf, dass du dir nicht die Finger verbrennst, Junge.«

»Was hieß das jetzt schon wieder?«, fragte Bitter verärgert.

»Nichts«, beschwichtigte Gazakis sie.

Hanna Bitter runzelte die Stirn. »Und weshalb habe ich das Gefühl, dass Sie mir nicht die volle Wahrheit sagen, Herr Bardés?«

Leo rang sich ein Lächeln ab. Der Kommissar konnte sich sein Wohlwollen sonst wohin stecken. Mit wem er zusammenarbeitete, entschied er immer noch selbst. Hanna Bitter dagegen verschwieg ihm ebenso viel wie er ihr.

Ihre Kraftprobe wurde durch einen Tumult an der Tür gestört. Ein kräftig gebauter junger Mann hatte sich Einlass verschafft und verwickelte gerade einen Streifenpolizisten in ein Streitgespräch auf Deutsch.

»Aber Sie müssen mich doch durchlassen. Ich will die deutsche Kommissarin sprechen. Ah, da ist sie ja.« Der Fremde näherte sich ihrem Tisch.

»Geben Sie Herrn Bardés unsere Kontaktdaten weiter,

Gazakis. Falls er auf die Idee kommen sollte, uns spannende Einzelheiten zu seinem Kontakt mit Jannik Tersteegen zu verraten.« Hanna Bitter stand auf und trat auf den Mann zu. »Wir haben doch eben schon miteinander gesprochen, Herr Tersteegen.«

Leo blinzelte. Das musste Janniks Bruder sein, dieser Jonas, der seinen Urlaub auf Korfu verbringen wollte. Er sah zu Tode erschöpft und beunruhigt aus. Schweißtropfen standen auf seiner Stirn, und sein Polohemd war zerknittert.

»Ich möchte Ihnen nur noch einmal ans Herz legen, alles zu tun, um meinen Bruder zu finden. Sie ahnen gar nicht, wie Janniks Verschwinden mich und meine Freundin aus der Bahn geworfen hat.«

»Setzen Sie sich doch.« Gazakis tat der Fremde sichtlich leid.

Jonas Tersteegen ließ sich schwer auf einen Stuhl fallen. Nicht Volker, sondern Tassos stellte ungefragt ein großes Glas eisgekühltes Wasser vor ihm ab, das Tersteegen durstig leer trank.

»Wir verstehen, dass das schwer für Sie ist«, kommentierte Gazakis.

Tersteegen setzte das Glas klirrend auf der Tischplatte ab. »Nein, das tun Sie nicht. Was soll ich meinen Eltern erzählen? Ich muss einen Weg finden, sie zu beruhigen, sonst tanzen sie hier auf Korfu an und machen uns allen die Hölle heiß. Und Mila. Warum ist sie verschwunden? Und wohin, verdammt noch mal?«

»Das wissen wir nicht«, antwortete Hanna Bitter.

»Was wissen Sie dann?« Jonas Tersteegen umklammerte das Glas, als würde es ihm Sicherheit geben. »Sie glauben doch nicht, dass Mila etwas mit Janniks Verschwinden zu tun hat?«

»Auch dazu können wir Ihnen aus ermittlungstechnischen Gründen nichts verraten.«

Tersteegen holte tief Luft. »Ich verbürge mich für Mila. Sie und mein Bruder wollten Ende September heiraten. Jannik kann sich niemals so in einem Menschen getäuscht haben. Das Ganze ist eine entsetzliche Tragödie.« Er sah sie alle nacheinander aus rot geränderten Augen an. »Jawohl, eine entsetzliche Tragödie.«

15

Bedächtig lenkte Fatmir den SUV an der Küste entlang nach Süden, vorbei an den Orten Kassiopi und Koulura, an der grandiosen Küstenlinie bei Ipsos, Dassia und Gouvia bis zur Inselhauptstadt mit ihren Einfallstraßen voller Pelzgeschäfte und Supermärkte. Mila saß neben seinem Kumpan auf der Rückbank und warf von Zeit zu Zeit einen beunruhigten Blick auf die Wölbung des Pistolenhalfters unter seiner Jacke. Dennoch. Wenn man davon absah, dass sie dringend pinkeln musste, ging es ihr gut. Hätten die Albaner sie umbringen wollen, hätten sie das unterwegs tun können. Das Meer war groß und die Hänge rund um den Pantokrator waren einsam genug, um eine Leiche verschwinden zu lassen.

Sie versuchte, sich an die Namen ihrer Entführer zu erinnern … Fatmir und Enis.

Sie passierten das Ortsschild von Kerkyra. Im Hafen lagen einige riesige Kreuzfahrtschiffe. Fatmir fuhr weiter in Richtung des Alten Forts.

»Luna.« Enis grinste, als die aluminiumfarbene Segelyacht von Roman Abramowitsch auftauchte.

»Heißt die so? Ist sie unser Ziel?« Alarmiert bohrte sich Milas Zeigefinger in Richtung des Metallkolosses. Nachdem beide Typen in Gelächter ausgebrochen waren, lehnte sie sich frustriert zurück.

»Nope.« Enis kicherte noch über ihre krasse Fehleinschätzung, als sie den Flughafen passierten, von dessen Startbahn gerade lautstark ein Jet abhob.

Mila beneidete seine Insassen glühend. Ich bin in Lebensgefahr, dachte sie und fragte sich, warum sie keine Furcht empfand. Es war alles so unwirklich. Vielleicht merkte sie erst hinterher, dass sie tot war? Sie hoffte, dass es schnell gehen würde.

Der SUV setzte seine Fahrt durch die chaotischen Randbezirke von Kerkyra nach Süden fort, vorbei an der malerisch gelegenen Mäuseinsel mit ihrem weißen Kloster und dem steinernen Steg, auf dem sich Kaiser Wilhelm im Angesicht des Sonnenaufgangs als Romantiker inszeniert hatte. Milas Überraschung hätte nicht größer sein können, als Fatmir in der Ortschaft Perama in Richtung des Achilleions einbog. Während sie die steile Strecke zu Sisis Sommerpalast hinauffuhren, rätselte sie darüber nach, was sie hier wollten. Fatmir parkte unter den Schirmpinien am Straßenrand, stieg aus und riss die Seitentür auf.

»*Get out!*«

Mila schob sich vom Sitz und atmete gierig den Duft der Nadelbäume ein, die die Straße säumten. Eine Busladung russischer Touristen reiferen Alters umrundete sie auf ihrem Rückweg zu ihrem Reisebus. Mila hätte nicht gedacht, dass sie einen Menschenauflauf jemals beruhigend finden würde. Aber im Moment brauchte sie nichts dringender als … »*I need to use the bathroom.*«

»*Wait!*«, befahl Enis.

Die Villa war ein klassizistisches Märchenschloss, das sich am Hang erhob. Gelegen in einem Park voller Zypressen und Pinien, bot es einen grandiosen Blick aufs Meer und die umliegenden Höhenzüge. Mila folgte ihren Entführern am Kassenhäuschen vorbei auf das Gelände. Die unglückliche Kaiserin hatte das Haus nach ihren Entwürfen umbauen lassen, um hier mehrmals ihre Sommerfrische zu verbringen. Es wirkte in seiner Postkartenidylle wie aus der Welt gefallen.

Genauso wie ich auf dieser Insel, dachte Mila.

Nach dem gewaltsamen Tod der glamourösen Sisi hatte der deutsche Kaiser Wilhelm II. das Anwesen gekauft und genutzt. Heute war es einer der beliebtesten Touristenhotspots Korfus, täglich angesteuert von zahlreichen Reisebussen.

Als Mila das Anwesen an der Seite der Albaner betrat, brandeten ihr Besuchermassen entgegen und umspülten sie wie Wasserwogen. Es roch durchdringend nach Sonnenmilch und Parfüm. Geschickt wich Mila Kamerataschen, herumgeschwenkten Sonnenbrillen und Babys in Tragetüchern aus. Sie erwog, sich einer Reisegruppe anzuschließen oder einfach um Hilfe zu schreien, ließ die Idee aber fallen, als ihr Enis einen drohenden Blick zuwarf. Was, wenn die beiden Typen in der Menschenmenge die Nerven verloren und zu schießen begannen?

Enis schien sich auszukennen. Er lotste sie zu den Toiletten an der Rückseite des Hauses und streckte unaufgefordert seine Hand aus. Mila übergab ihm mechanisch ihre Ledertasche und verschwand in einem Kabinett, wo sie ihre Fluchtmöglichkeiten überdachte und verwarf, um nach vollendetem Geschäft resigniert in die Obhut ihres Entführers zurückzukehren, der vor der Tür Wache schob.

Stockholm-Syndrom, dachte sie und nahm die Tasche wieder in Verwahrung, auf die Enis einwandfrei aufgepasst hatte. Wenn sie ehrlich war, wollte sie wissen, welchem Zweck der ganze Hokuspokus diente. Wer hatte sie seit Janniks Verschwinden beobachten lassen? Und weshalb, zum Donnerwetter!

Sie folgte Enis auf eine Plattform hinaus, an deren Ende sich die kitschigste Statue erhob, die sie je gesehen hatte. Der griechische Held Achilles räkelte sich sexy, während er gefasst dem Heldentod entgegensah. Jannik und sie hatten der süßlichen Skulptur schon bei ihrem ersten Besuch nichts abgewinnen können und darüber Witze gerissen.

Jannik, dachte sie. Ich bin hier, um dein Geheimnis zu lüften. Warum hast du mich nicht eingeweiht?

Ihre Neugier wurde gestillt, als ein Mann auf sie zutrat, der an der Balustrade hinter dem Kunstwerk gewartet hatte. Er war mittelgroß, dunkelhaarig, glatt rasiert und trug eine helle Canvashose zu einem dunkelblauen Poloshirt. Wenigstens hatte der internationale Drogenhandel Stil. Dennoch. Wäre der Typ ihr auf der Straße begegnet, hätte sie keinen zweiten Blick an ihn verschwendet. Dieser unauffällige Mensch sollte ein Pate sein?

Milas Blick musste Bände sprechen. Sie hüstelte, um von sich abzulenken, und wich, als der Fremde beide Arme nach ihr ausstreckte, einen Schritt zurück.

»Seien Sie gegrüßt, Mila van der Holst. Endlich lerne ich Sie persönlich kennen. Mein Name ist Arsim Berisha.« Zu Milas Verwunderung sprach der Verbrecher akzentfreies Deutsch.

»Was wird hier gespielt?«, fragte sie.

Er hob beschwichtigend die Hände, die in dunklen Lederhandschuhen steckten, was ihn nicht vertrauenswürdiger wirken ließ. »Nur keine Panik, meine Liebe. Ich kläre Sie gleich über alles Notwendige auf.«

»Ziehen Sie Ihre Muskelprotze ab, sonst schreie ich das ganze Achilleion zusammen«, sagte Mila leise.

Ein lässiger Schwenk mit der Hand von Berisha, und Enis trollte sich mit seinem Kumpan in Richtung des Kiosks.

»Begleiten Sie mich, dann erzähle ich Ihnen, was Sie wissen müssen.« Berisha ging ihr voran in Richtung des Cafés.

Ich träume, dachte Mila, bevor sie sich an den letzten freien Tisch auf der Terrasse setzten. Neben ihnen tranken einige Touristinnen ihre Latte macchiato mit Trinkhalmen.

»Worauf haben Sie Durst?« Arsim Berisha studierte die Speisekarte und winkte den Kellner heran, der sofort kam.

Guter Instinkt, dachte Mila. Wenn du nicht spurst, endest du als Leiche in der Schlucht. Apropos …

»Was haben Sie mit Jannik gemacht?«

Berisha schüttelte missbilligend den Kopf. »Später. Sie waren lange unterwegs und müssen Hunger haben.«

Auf Englisch bestellte er für sie beide Cappuccino, eine Flasche Wasser und eine Auswahl an süßem Hefegebäck.

»Woher können Sie so gut Deutsch?«, fragte Mila, als der Kellner gegangen war.

Berisha lehnte sich gelassen in seinem Sessel zurück und faltete die Hände über seinem durchtrainierten Bauch. »Ich habe in Hamburg BWL studiert und elf Jahre in der Speicherstadt gelebt. Geschäfte, verstehen Sie?«

Mila setzte sich aufrecht. »Das organisierte Verbrechen lernt also das Geschäftemachen an deutschen Universitäten. Das ist mir neu.«

»Harte Worte.« Er lachte jovial. »Reden Sie immer Klartext?«

Mila warf einen Blick auf die bewaldeten Hänge. »Und warum treffen Sie sich ausgerechnet an diesem rege besuchten Ort mit mir?«

»Nichts bietet so guten Schutz wie Menschenmengen. Da gehen Sie und ich problemlos unter.«

Der Kellner kam mit einem Tablett zurück, das sich unter Geschirr und Gebäck bog. Milas Magen knurrte. Sie schüttete zu viel Zucker in ihren Kaffee und trank einen großen Schluck, an dem sie sich den Mund verbrannte. Berisha schob ihr beflissen ein Glas Wasser hinüber.

»Warum haben Sie mir Ihre Gorillas auf den Hals gehetzt?«, fragte sie.

»Aber, aber.« Berisha lächelte besänftigend. »Ich würde sagen, Beschützer. Sie sind in Gefahr, meine Liebe.«

»Na ja.« Mila biss herzhaft in ihren Blätterteigkuchen und sammelte die zuckrigen Krümel einzeln auf. Vielleicht war das ja ihre Henkersmahlzeit.

»Sie haben eine harte Woche hinter sich.« Anders als sie aß Berisha sein Teilchen mit der Kuchengabel und vollendeten Manieren. Das Mitgefühl nahm ihm Mila dennoch nicht ab.

»Ach ja?« Sie kämpfte um Konzentration. Diese Begegnung war die erste Gelegenheit, um etwas über Janniks Verschwinden zu erfahren. Hatte nicht Volker ihr von albanischen Banden berichtet, die im Norden Korfus ihr Unwesen trieben? Berisha hatte seine Zugehörigkeit zum organisierten Verbrechen nicht geleugnet. Sie bemerkte den Schmiss auf seiner Wange, den er sich beim Rasieren zugezogen haben musste.

Ich treffe mich mit einem ungeschickten Mafioso, dachte sie und fühlte sich komplett im falschen Film.

»Wo steckt Jannik?«, wiederholte sie.

»Sagen Sie es mir.«

Mila verlor die Geduld. »Jetzt hören Sie mal auf! Sie haben mich nicht zu Ihrem Vergnügen entführt.«

»Unterschätzen Sie sich nicht. Sie sind eine überaus attraktive Frau.«

Mila blinzelte ungläubig. Flirtete der Kerl etwa mit ihr? »Was soll das Gerede?«

»Sie sind eine harte Nuss. Zäh und nicht leicht unterzukriegen. Das schätze ich an Ihnen.«

»Genug der Komplimente. Was wollen Sie von mir?« Sie stellte ihre Tasse so heftig auf dem Untersetzer ab, dass der Milchschaum überschwappte. Enis und Fatmir näherten sich und nahmen hinter Berisha Aufstellung.

»Wer sagt Ihnen eigentlich, dass ich im Auftrag einer Verbrecherorganisation arbeite?«, fragte er freundlich. »Vielleicht haben mich ja die albanischen Behörden geschickt, um den Verbleib einer großen Summe Geldes aufzuklären, die unserem Land entgangen ist?«

Milas Blut sackte in ihre Beine. In ihrem Magen breitete sich ein flaues Gefühl aus. »Was hat Jannik damit zu tun?«

»Jannik Tersteegen hat unseren Geschäften den Weg in die Europäische Union geebnet. Alles völlig legal. Es geht um eine nicht unbeträchtliche Menge an Kapital. Dieses Geld ist ebenso verschwunden wie Ihr Verlobter. Wer sagt mir, dass Jannik Tersteegen nicht die Sollbruchstelle des Verlusts gefunden und sich bedient hat?«

Mila holte tief Luft und dachte an Janine, mit der Jannik ein neues Leben beginnen wollte. Brauchte er das Geld, um unterzutauchen? Und überhaupt. Was wusste sie schon über Albanien? Nichts, außer dass es zur Zeit des Diktators Enver Hodscha ein bitterarmes Land gewesen war, das sich heute auf dem Weg in eine bessere Zukunft befand. Leo hatte das Land als Cannabisplantage bezeichnet, deren Erlös eine Reihe verbrecherischer Clans unter sich aufteilte. Wer war sie, darüber zu urteilen, wenn sich arme Leute ein Auskommen verschafften?

Schlimmer als ihre Unkenntnis über Albanien aber war die Tatsache, dass sich ihre Gewissheiten über Jannik eine nach der anderen in Luft auflösten. Sie hatten heiraten wollen. Mila fühlte sich wie betäubt. »Sie verdächtigen Jannik, das Geld unterschlagen zu haben?«

»Jannik oder Sie, nachdem Sie sich seiner entledigt haben.« Bei diesen haltlosen Unterstellungen blieb Berisha so gelassen, wie es einem Gangster zukam. Mila, die Jannik mit Leos Revolver vom Leben zum Tode beförderte, war eine vollkommen normale Vorstellung für ihn. Sie verzichtete darauf, ihre Unschuld zu beteuern.

»Ich glaube Ihnen, dass Sie nicht wissen, wo Jannik steckt. Ich aber auch nicht. Was wollen Sie also von mir?«

»Diese Antwort ist beileibe nicht das, was ich mir von Ihnen erhofft habe«, fuhr Berisha fort. »Ich habe mich über Sie kundig gemacht, Mila. Sie sind in unorthodoxen Verhältnissen aufgewachsen, mit einer Mutter, die Sie als Kind von Insel zu Insel geschleppt und dann bei Ihren Großeltern zurückgelassen hat. Und Ihr holländischer Vater, von dem Sie Ihr zugegeben attraktives Äußeres geerbt haben, da seine Mutter aus Surinam stammte …«

Mila überlief es kalt. Er hatte sich über sie informiert und mehr erfahren, als die meisten ihrer Bekannten ahnten. Er wollte sich das Gefühl der Verlorenheit zunutze machen, das sie niemals verließ. Sie konnte ihm nicht die Stirn bieten, denn Berishas Anschuldigungen trafen sie in ihrem Kern. Sie ahnte, was als Nächstes kommen würde.

»Ihr Vater hat sich seit fast zwanzig Jahren nicht bei Ihnen gemeldet. Stattdessen hat er unverdrossen als Ethnologe in Holland Karriere gemacht und eine neue Familie gegründet. Und Sie? Anstatt sich als Logopädin eine Stelle zu suchen, feierten Sie auf einer Weltreise richtig ab, bevor Sie Jannik kennenlernten. Sie sind kein Kind von Traurigkeit, Mila van der Holst.« Berishas Charme war vollständig verflogen. »Geld braucht man da sicher, zumal sich Ihr süßes Leben mit einem erfolgreichen Reiseblogger in Luft aufgelöst hat. Bringen Sie mir Jannik oder seinen Laptop, am besten aber beides. Sagen wir, bis nächste Woche Mittwoch. Abends meinetwegen. Sonst ziehe ich andere Saiten auf.«

»Woher soll ich wissen, dass Sie mir die Wahrheit sagen?« Milas Stimme gehorchte ihr nicht. »Vielleicht haben Sie Jannik ja doch umgebracht und danach festgestellt, dass Ihnen seine Rechercheergebnisse fehlen?«

Berisha sah sie undurchdringlich an. »Möglich.«

»Aber woher wissen Sie, dass Jannik seine Ergebnisse nicht schon längst an die Presse oder die Polizei weitergegeben hat?«

»Ich hatte meine Methoden, ihn daran zu hindern«, sagte Berisha sanft.

»Ich habe schon nach seinem Laptop gesucht und ihn nicht gefunden.«

»Dann graben Sie Almiros und Acharavi danach um. Und wenn Sie ihn dort nicht finden, nehmen Sie sich den Rest von Korfu vor. Es ist dringend.«

»Was meinen Sie damit – andere Saiten aufziehen?« Bei dieser Frage klopfte ihr das Herz bis in den Hals.

»Das werden Sie dann schon merken. Sie sind erpressbar, Mila. Denken Sie drüber nach, inwiefern. Ich rate Ihnen, Ihren Auftrag ernst zu nehmen.«

Als sie aufstand, drehte sich das idyllische Café um sie. Der Boden, auf dem schon Sisis erlauchte Füße gestanden hatten, schwankte unter ihr. Ihre Hände zitterten, und ihre Knie waren weich wie Gummi. Bevor sie den Gorillas zu ihrem Auto folgte, griff Berisha hart nach ihrer Schulter.

»Und noch etwas, Mila. Halten Sie die Polizei aus dieser Sache heraus. Sonst werden Sie die Konsequenzen zu spüren kriegen.«

16

Die Rücklichter des SUV verschwanden in der Dämmerung. Berishas Helfershelfer hatten Mila auf dem Uferweg abgesetzt. Heil und unversehrt.

Sie atmete tief durch und ging ein paar Schritte auf das Meer zu, das nach Sonnenuntergang einer Scheibe aus Rauchglas glich. Es ging ihr gut, abgesehen davon, dass Berisha sie mit seiner Charakterisierung tief getroffen hatte. Bevor sie Jannik kennengelernt hatte, war sie auf der Suche nach dem nächsten Kick durch ihr Leben getaumelt, wie ihre Mutter Jana, mit der sie sich ungern verglich. Daran erinnert zu werden tat weh.

Berishas Auftrag lastete zentnerschwer auf ihr. Wo, in Dreiteufelsnamen, sollte sie innerhalb der nächsten Tage eine Spur von Jannik oder seinem Laptop finden?

Heute würde ihr das sicher nicht mehr gelingen. Die Sonne war bereits untergegangen, es musste also schon nach zwanzig Uhr sein. Erschöpft machte sie sich auf den Weg zu Volkers Taverne und hoffte inständig auf den Abzug des Polizeiaufgebots von heute Mittag.

Die frische, salzhaltige Luft tat ihr ebenso gut wie der Anblick des Meeres, das sich in der Ferne verlor. Eine heiße Dusche und ein Glas Rotwein in der Gaststube würden sie zu sich selbst finden lassen. Am Tresen würde sie Volker um Leos Handynummer bitten. Er würde unverzüglich kommen, und dann würden sie Volker und Eleftheria ausquetschen, bis sie ihnen Janniks Versteck in Acharavi oder Almiros verrieten. Was legte Jannik sich auch mit dem organisierten Verbrechen an!

Die Polizei war verschwunden. Volkers Garten lag wie ausgestorben da. Durch die Tür drang Jazzmusik und tröstlicher Lichtschein. Bevor sie eintrat, kontrollierte sie aus Gewohnheit ihr Handy, dessen Bildschirm im Zwielicht aufleuchtete. Eine Nachricht blinkte auf. »Anruf in Abwesenheit«. Jannik.

Der Felsbrocken auf ihrer Brust hob sich. Sterne und Blitze füllten ihr Gesichtsfeld. Alles begann sich immer schneller zu drehen.

Ich hyperventiliere, dachte sie und bemühte sich, langsam auszuatmen, bevor sie sich mit zitternden Fingern zu Janniks Nummer durchklickte und wählte. Es klingelte einmal, zweimal, dreimal, dann spulte die Mailbox die Nachricht ab, die Mila seit Mittwoch hundertmal gehört hatte.

»Hi, ich bin gerade nicht zu erreichen. Du kannst mir aufs Band sprechen. Ich rufe dich zurück, sobald ich wieder da bin.«

Sie legte auf und probierte es ein zweites Mal. Wieder antwortete nur die Mailbox. Was dachte er sich dabei?

Ich weiß, wo du steckst, Jannik! Ihre Erleichterung wandelte sich in Zorn. Sie verließ den Garten und machte sich auf den Weg nach Acharavi zum »Hotel Olympia«, dessen Besitzer sie gestern abgewimmelt hatte.

Zwischen Almiros und Acharavi dehnte sich ein Stück einsamer Strand. Er war steinig und vermüllt, weil sich außerhalb der Ortschaft kaum Touristen niederließen. Strandbäder gab es keine.

Mila legte den Großteil des Weges am Rand der Wellen zurück. Sie lief über festgebackenen Sand, ließ beim Sprinten Kieselsteine aufspritzen und erreichte den Ortseingang von Acharavi zwanzig Minuten später erschöpft und mit durchnässten Sneakers. Obwohl sie in Stuttgart täglich joggen ging, war diese Gewalttour zu viel für sie. Ihr Atem brannte in ihrer Kehle, und ihre Muskeln protestierten heftig. Sie lief langsam aus, stützte ihre Hände auf den Oberschenkeln ab und sammelte Kraft. Dann hob sie den Kopf. Die Promenade von Acharavi war in Sichtweite. Bald hatte sie ihr Ziel erreicht.

Die Strandbäder reihten sich in vollkommener Stille und

Dunkelheit aneinander. Das »Hotel Olympia« erhob sich wie ein Riegel aus Beton zwischen dem Strand und dem grün bewachsenen Hinterland. Der Bau selbst lag in kompletter Finsternis, weil die Beleuchtung auf dem Dach inzwischen ganz ausgefallen war.

Milas Zorn verflog mit ihrem Mut, als sie den verwilderten Garten durchquerte. Plötzlich hatte sie ein ungutes Gefühl. Was hatte sie sich nur dabei gedacht, am späten Abend an diesem Gruselhaus aufzukreuzen?

Bevor sie eintrat, versuchte sie ein weiteres Mal, Jannik anzurufen. Vergeblich. Sie stieß die Tür auf, die zu ihrer Verwunderung nur angelehnt war. Die Lobby lag verlassen da.

»Ist da jemand?«, fragte sie auf Deutsch. Ihre Stimme zitterte.

Widerstrebend tastete sie sich Schritt für Schritt in die Dunkelheit, bis sie auf die Idee kam, ihr Handy als Taschenlampe zu benutzen, deren Schein über vertäfelte Wände und abgenutzte Sessel glitt. Ein schwacher Geruch nach Alkohol und Nikotin lag in der Luft.

»Jannik?«

Keine Antwort. Sie musste den Hotelmanager suchen und ihn nach Janniks Zimmernummer fragen. Vielleicht würde sich das Ganze auch als Irrtum entpuppen, aber dann hätte sie wenigstens Gewissheit.

An der Rezeption herrschte gähnende Leere. Der Tresen diente gleichzeitig als Hotelbar. Im Hintergrund stapelten sich halb leere Flaschen vor einem trüben Spiegel. Martini, Bourbon, Scotch, Weinbrand. Der Geruch wandelte sich in etwas Muffiges, Süßliches, das ihren Magen rebellieren ließ.

Sie zögerte, bevor sie die Küchentür aufschob. Der Gestank ließ sie würgen. Er kam aus dem geöffneten Kühlschrank, dessen Stromversorgung ausgefallen war. Es roch ekelerregend nach verdorbener Wurst, abgelaufenem Fleisch und verschimmeltem Obst. Die Spüle war randvoll mit schmutzigem Geschirr.

Sie sah ihn im Schein ihres Handylichts. Mila schrie auf und hätte fast ihr Handy fallen lassen. Der Hotelmanager lag lang hingestreckt in einer Blutlache, die sich in amöbenähnlichen Fortsätzen ausbreitete wie die Blütenblätter einer surrealen Blume. Sie zwang sich, näher zu treten. Vielleicht konnte sie dem Mann ja noch helfen.

Ihr Kopf war wie leer gefegt, als sie sich fragte, wie man in Griechenland den Notruf erreichte. Aber nein, sie kam zu spät. In der Kehle des Mannes klaffte ein obszön tiefer dunkelroter Schnitt, und seine Augen starrten blicklos zur Decke. Sein Hemd war blutgetränkt. Er war an seinem eigenen Blut ertrunken.

Als Mila die Taschenlampe ausschaltete, senkte sich gnädige Dunkelheit über die grausige Szenerie. Wie eingefroren lauschte sie auf die verrinnende Zeit. Dann ging ihr auf, dass sie mit ihren Sneakers mitten in der Blutlache stand. Sneakers in Größe neununddreißig mit der Sohlenzeichnung ihrer Marke ließen sich mit Sicherheit zu ihr zurückverfolgen und machten sie zur ersten Verdächtigen in einem Mordfall. Mila, die Doppelmörderin! Gab es noch eine Steigerung in diesem Zirkus an Absurditäten?

Das Geräusch von Schritten in der Lobby schreckte sie auf. Leise, heimtückisch, auf Zehenspitzen, damit sie nichts mitbekam. Jemand schlich auf der anderen Seite der Tür herum.

Mila näherte sich ihr lautlos. Das Geräusch riss ab. Atemzüge, absichtsvoll zurückgehalten, deuteten an, wo sich der Mörder befand. Sie trennte nur eine dünne Scheibe aus Holz. Er räusperte sich, ein Geräusch, das sie tausendmal gehört hatte.

»Jannik?«

Jeder Mensch hatte seine Gewohnheiten, wenn er sich unbeobachtet glaubte. Manche kratzten sich im Gesicht, strichen sich unverhältnismäßig oft die Haare hinter die Ohren, bissen an ihren Fingernägeln herum oder bohrten in der Nase. Jannik räusperte sich mehrmals täglich, auch wenn er nicht erkältet war. Vielleicht lag es daran, dass er wie der Rest seiner Familie als Kind unter Asthma gelitten hatte.

War er zu einem Serienkiller mutiert? Hatte er sie absichtlich in eine Falle gelockt? Mila hielt den Atem an und lehnte sich gegen die Tür, falls er versuchen sollte, sie aufzustoßen.

Das Bersten von Glas weckte sie aus ihrer Erstarrung, einmal, zweimal, dreimal, viermal. Darauf folgte ein Klang, der dem Fauchen einer Katze ähnelte. Bläulicher Feuerschein erleuchtete das Fenster über dem Türblatt, Flammen, die sich rasend schnell ausbreiteten, weil der Mörder den hochprozentigen Alkohol aus der Bar als Brandbeschleuniger benutzte.

Als Rauch durch den Türspalt drang, der sich verdichtete und in ihrer Lunge brannte, begriff sie, dass sie nicht zögern durfte. Sie musste fort von hier. Auf die Gefahr hin, dass er in der Lobby auf sie wartete, musste sie versuchen, ins Freie zu gelangen.

Sie öffnete die angelehnte Tür und blickte sich nach Jannik um. Ich kratze dir die Augen aus, wenn ich dich erwische! Doch da war niemand. Sie hastete durch den Raum, der von Rauch und Flammenschein erfüllt war, erreichte die Eingangstür und warf sich dagegen. Sie war abgeschlossen. Während Rauch ihr die Sicht vernebelte und ihren Verstand nach und nach betäubte, rüttelte sie vergeblich daran und warf sich schließlich gegen das Türblatt, das bombenfest in seinem Rahmen steckte. Jannik wollte sie in dem brennenden Haus verrecken lassen.

Wenn sie überleben wollte, musste sie in die Küche zurück. Sie hastete erneut durch die Lobby. Ihr aufgesteckter Zopf löste sich. Funken fingen sich in ihren Haaren. Flammen, die nach ihr griffen und sie versengen wollten wie glühende Hände.

Ein schwacher Teil von ihr wollte einfach loslassen und sich dem Feuer ergeben. Verlassen, betrogen, reingelegt. Ihr Leben hatte keinen Sinn mehr. Dennoch eilte sie weiter und landete wieder in der Küche. Nur nicht hinsehen, ob das Feuer den Toten inzwischen als Nachspeise verzehrte.

Hoch oben in der Wand neben dem Kühlschrank befand sich ein Fenster. Sie schob den Tisch heran, kletterte darauf, riss hastig am Riegel, bis die Scheibe aufsprang, zog sich auf das Fensterbrett und landete mit einem gezielten Sprung kopfüber in einem vertrockneten Blumenbeet. Gesegnet seien die Yogakurse, die sie geschmeidig und gelenkig gemacht hatten. Sie rappelte sich auf und atmete gierig die frische Luft ein.

Der Strand, dachte sie. Er bot Sicherheit. Weit und breit war niemand zu sehen.

Zu Tode erschöpft legte Mila den Rückweg nach Almiros zurück. Sie stolperte Schritt für Schritt durch die Dunkelheit, während sich das Meer an den Strand flüsterte und über ihr zehntausend Sterne aufleuchteten, denen das Verhängnis auf der Erde komplett egal war. Rauchgeruch saß in ihren Haaren und machte ihre Versuche, die Ereignisse der letzten Stunde zu vergessen, zunichte. Mit letzter Kraft erreichte sie den asphaltierten Uferweg, der nach Almiros führte. Ihre Kehle brannte vor Durst.

Kurz vor Volkers Taverne wagte sie den Blick zurück zum Ortsrand von Acharavi. Der Himmel leuchtete rotgolden im Schein der Flammen. Von fern hörte sie die Alarmsirenen der Feuerwehr, die zu spät kommen würde.

Sie trat ein. Es war noch nicht einmal zweiundzwanzig Uhr, die Taverne begrüßte sie mit einem überwältigenden Geruch nach Grillfleisch, bei dem sich ihr der Magen umdrehte. Die meisten Tische waren belegt. Für die Touristen war dieser Samstag ein Urlaubstag gewesen. Für Mila die Hölle. Heute hatte sie alle ihre Gewissheiten verloren.

Jannik ..., dachte sie, bevor sie diesen Namen entschlossen aus ihrem Bewusstsein verbannte.

Im Fernseher lief Fußball ohne Ton. Aus der Küche hörte sie Geschirrgeklapper und Eleftherias Gezeter, die sich lautstark über irgendetwas beschwerte. Volker stand seelenruhig hinter der Theke und zapfte Bier. Davor saß ein müde wirkender Leo und nippte an einem Glas Cola.

»Hi«, sagte sie. Noch nie hatte sie sich so gefreut, jemanden zu sehen. Ihre Erleichterung spiegelte sich in seinem Gesicht.

»Da bist du ja.« Er zog einen Barhocker heran. »Ich warte seit heute Mittag auf dich.«

An seiner Seite fühlte sie sich sofort besser. »Habt ihr was zu trinken für mich?«

Volker goss ihr ein Bier ein, das sie auf ex trank. Danach kippte sie vor Müdigkeit beinahe vom Hocker.

»Du riechst nach Rauch«, stellte Leo fest.

Ihre Gedanken sammelten sich zu einem wüsten Durcheinander. Unzusammenhängende Worte kamen aus ihrem Mund. »Die Albaner ... der Brand ... Jannik.«

Der Spiegel mit den Toulouse-Lautrec-Zeichnungen hinter der Theke zeigte ihr zerzaustes Äußeres. »Desolat« war kein Ausdruck. Über ihre linke Wange zog sich ein Rußstreifen. Ihre Haare standen zu Berge wie bei einer zornigen Katze und rochen angekokelt.

Ich habe überlebt, was nicht im Sinne des Mörders ist. Jannik, dachte sie.

»Du siehst mitgenommen aus«, sagte Leo.

Ihre Augen trafen sich im Spiegel hinter der Theke, als sich die Tür für Tassos öffnete, dessen Augen unternehmungslustig funkelten. »Habt ihr das Feuer gesehen?«

Mila wappnete sich.

»Welches Feuer?« Volker stellte das polierte Glas mit einem Knall auf der Theke ab.

»In Acharavi, wo sonst?«

Eleftheria kam aus der Küche, um sich die Neuigkeiten über den Großeinsatz der Feuerwehr anzuhören. Mila hoffte inständig, dass ihre Fußabdrücke in der Küche des Hotels mit dem Brand verschwinden würden. Wenn man die Leiche als Mordopfer identifizierte, wäre das ein Skandal sondergleichen für den Ferienort Acharavi.

Meine Sneakers, dachte sie dann alarmiert und wagte einen Blick nach unten. Die Schuhe und der Rand ihrer Jeans waren sandig und von Flecken bedeckt. Sie schluckte trocken und verschränkte ihre Beine, während Tassos weitersprach.

»Paris ist tot«, sagte er.

Mila kapierte nichts, weil sie an die Stadt Paris dachte.

»Der Manager des ›Hotels Olympia‹ heißt Paris«, klärte Leo sie auf.

»Hieß«, sagte Tassos altklug.

Der Tote trug den gleichen Namen wie dieser Prinz von Troja, der die Schönste unter drei Göttinnen auswählen musste und damit den Trojanischen Krieg verbockte.

»Er ist verbrannt.« Tassos machte eine beredte Geste quer über seinen Hals. »WhatsApp läuft gerade heiß.«

»Und sonst?«

»Was, sonst?«

Noch ist es nicht so weit, dachte Mila. Noch hatte die Polizei sie nicht auf dem Schirm. Wenn das Feuer gründliche Arbeit leistete, bemerkten sie vielleicht gar nicht, dass Paris ermordet worden war.

»Warst du in der Nähe des Brandes, Mila?«, fragte Leo hellsichtig.

»Ja«, gestand sie nach kurzem Zögern. »Ich hab der Feuerwehr zugesehen. Ich konnte nicht anders, sorry, Gaffersyndrom.« Alles müde Ausreden. Ihre Worte waren schwer wie Steine, die auf den Boden prasselten. Wenn sie nicht aufpasste, würden sie sie unter sich begraben.

»Du bist aber nah rangegangen.« Tassos schnupperte in ihre Richtung. »Und die Feuerwehr ist auch erst seit Kurzem da. Wie schnell bist du denn zurückgesprintet?«

Brandgeruch, bitter wie Teer, haftete an Mila und ließ kein anderes Urteil zu, als dass sie mehr über das Feuer wusste, als sie sollte. Misstrauen schlug ihr entgegen. Volker, Eleftheria und Tassos betrachteten sie mit anderen Augen. Klar, dachte sie. Die Polizei hatte die drei heute Mittag nach ihr befragt, weil sie sie mit Janniks Verschwinden in Verbindung brachte. Das war es dann wohl mit ihrer Freundschaft.

Sie spürte Bedauern. Wie sollte sie ihnen erklären, weshalb sie im »Hotel Olympia« herumgeschnüffelt hatte? Noch hatte sie Berishas Warnung im Ohr, auf keinen Fall jemanden einzuweihen. Und wie sollte sie weiterhin in Volkers Taverne übernachten, wenn die drei ihr nicht mehr trauten?

»Mila kommt heute Nacht mit zu mir«, entschied Leo.

17

Sonntag

»*Be quiet and don't move*«, sagte Aliki streng.

Mila saß in der Küche und ließ zu, dass Leos Tante ihr die Haare schnitt. Mildes Sonnenlicht fing sich in einem Strauß violetter Malven, der auf dem Tisch aus Olivenholz stand. Alles an diesem Raum deutete darauf hin, dass die Bewohner des Hauses die Kochkunst zu schätzen wussten. Auf dem altertümlichen Holzherd simmerte ein Topf mit Suppe vor sich hin. Im Ofen garten mehrere Formen mit Sonntagsbraten, dessen Duft Mila den Mund wässrig machte. Von der Decke hingen schimmernde Kupfertöpfe. Staubig grüne Kräuter wuchsen auf dem Fensterbrett, bereit, in den passenden Gerichten zu landen. An der Wand gegenüber erstreckte sich eine ultramoderne Küchenzeile mit einer schicken Granitarbeitsplatte.

Leos Part, dachte Mila. Bis er kam, musste der provisorische Friseursalon wieder verschwunden sein, sonst versank sie vor Peinlichkeit im Boden. Also duldete sie zähneknirschend, dass sich Aliki unerbittlich an ihren Haaren zu schaffen machte, was sonst nur ihre Großmutter durfte. Denn der verräterische Rauchgeruch hatte auch nach dem Waschen nicht weichen wollen.

»Wenn ich meine Haare gestern nicht geflochten hätte, wäre sicher mehr passiert«, sagte Mila. »Nicht gerade der Burner.«

Zoi, die auf dem Tisch saß und mit den Beinen baumelte, kicherte und übersetzte Milas müden Gag für Aliki. Strähne für Strähne zog die Bäuerin den Kamm durch Milas Haare, glättete die Locken und schnitt die angekokelten Spitzen sauber ab. Mila seufzte resigniert.

»Du hast so schöne Locken«, sagte Zoi bewundernd.

»Du aber auch.«

Zoi strich zögernd durch ihre welligen langen Haare. Sie trug ein geblümtes Sommerkleid, das ihre schlanke Figur zur Geltung brachte.

Mila griff nach Zois schmalem Knöchel, der von der Tischplatte hing. »Du bist richtig hübsch. Lass dir bloß nichts anderes einreden.«

»Es gibt immer noch Luft nach oben. Mach mich doch mit einigen Influencern bekannt, die Schönheitstipps posten«, sagte Zoi begierig. »Solche Leute kennst du doch, schließlich wart ihr Blogger.«

Mila schüttelte den Kopf. Diese Welt war nicht mehr die ihre. »Glaub mir, du brauchst keine Tricks außer Sonnenschutz. Sei selbstbewusst und lass nicht zu, dass dich jemand herumschubst. Auch nicht Leo.«

Aliki schnippelte weiter an Milas Haaren herum und nuschelte etwas auf Griechisch, in dem der Name Tassos vorkam. Mila wurde klar, woher der Wind wehte, Klamotten und Schönheitstipps betreffend.

»Meine Tante will wissen, woher du deine schönen Haare hast«, übersetzte Zoi schließlich.

Mila biss sich auf die Lippe. Sie hasste die Frage nach ihrer Herkunft. Aber der Familie Bardés schuldete sie die Wahrheit. »Die Mutter meines Vaters stammt aus Surinam. Sie hat indische und westafrikanische Vorfahren. Sie lebt in Amsterdam.«

Jannik hatte Milas exotisches Aussehen bezaubernd gefunden. Mila, die sich als waschechte Schwäbin verstand, hatte immer befremdlich gefunden, wie sich seine Familie ihretwegen mit Weltoffenheit brüstete.

»Ich bin auch im Winter braun«, sagte sie schulterzuckend, »und ansonsten eine Weltenbummlerin. Da falle ich nicht weiter auf.«

Aimée. Als Kind hatte Mila ihre Großmutter väterlicherseits wegen ihres Namens geliebt, der nach Zimtkeksen zu duften schien. Sie hatte sie so lange nicht gesehen wie ihren leiblichen Vater, der mit seiner neuen Familie in Amsterdam lebte. Die Sehnsucht schmerzte.

Zoi übersetzte Milas Worte leise ins Griechische. Aliki lächelte geheimnisvoll und setzte ihre Arbeit fort.

Aliki hatte sie nicht nach der Ursache des Brandgeruchs gefragt. Stattdessen hatte sie Milas Kleider in die Waschmaschine und sie selbst ins Bett gesteckt. Mila war am Sonntagmorgen erholt aufgewacht, hatte heiß geduscht und auf der Terrasse mit Kaffee, Eiern und Speck gefrühstückt, als Gesellschaft nur die schwarz-weiße Katze, die sich herablassend mit Käsestückchen füttern ließ.

Leo hatte sich nicht blicken lassen. Ohne ihn hatte sich Mila seltsam leer gefühlt. Vielleicht lag es an dem verschwörerischen Schweigen, das sie auf der Rückfahrt geteilt hatten. Die Stunde der Wahrheit würde heute kommen. Leo hatte eine Leiche in der Schlucht und sie selbst einen psychopathischen Mörder auf den Fersen, der einmal ihre große Liebe gewesen war. Und die Mafia obendrein.

Eine halbe Stunde später trat Mila in den sonnenbeschienenen Hof hinaus, um nach Leo zu suchen. Ihre Locken waren ein gutes Stück kürzer. Die Hänge flirrten in der Hitze. Sie wandte den Blick zurück zum Haus, das von bogenförmigen Arkaden umgeben war. Von Rosa über Lachsfarben bis Weinrot, auf Korfu waren viele Gebäude in den verschiedensten Rottönen gestrichen. Leos Haus wies ein helles Terrakottaorange auf.

Es stand auf einer Art Terrasse über dem atemberaubend weiten Tal, in dem sich Zypressen wie Rufzeichen aus einem Meer silbrig grüner Olivenbäume erhoben. Neben dem Haus dehnte sich ein üppiger Gemüse- und Blumengarten. Aliki hatte diesem Fleckchen Erde das Beste abgetrotzt. Tomatenstauden bogen sich unter reifenden Früchten. Grüne Bohnen rankten in die Höhe. Kohl und Karotten standen in ordentlichen Reihen wie Soldaten bei einer Parade. Im Obstgarten reiften Birnen, Nektarinen und Feigen. Neben einer Hängematte, die zwischen zwei Apfelbäumen hing, gediehen Blumen in verschwenderischer Fülle. Hibiskus, Kletterrosen, Bougainvilleen und Sonnenblumen strotzten vor Farben und dufteten verführerisch. Vor dem Hauseingang blühten pinkfarben zwei Oleanderbüsche, groß wie Bäume. Eine Yuccapalme, ein Granatapfelbaum und eine Ansammlung von Feigenkakteen verbreiteten subtropisches Flair.

Manolis machte sich an seinen rege umschwärmten Bienenstöcken zu schaffen. Als er Mila erkannte, winkte er ihr durch den Rauch seiner Imkerpfeife lässig zu. Sie hob grüßend die Hand.

Hier könnte ich es aushalten, dachte sie. In dieser Umgebung würden die grellen Bilder dieser Woche langsam verblassen. Doch noch war es nicht so weit. Sie wusste nicht, ob sie die Aussprache mit Leo herbeisehnte oder fürchtete.

Die Tür zur Ölmühle stand offen. Mila trat ein, geblendet vom Neonlicht, das sich in Stahl und Chrom spiegelte. Die Geräte bestanden aus Edelstahl. Zentrifuge, Trichter und Rohre wirkten brandneu und steril. Drei Männer, die mit der Wartung beschäftigt waren, musterten Mila neugierig. Leo stand auf einer Leiter und sprang auf den Fliesenboden, als er sie sah.

»Ich dachte, die Ölpresse wird von Eseln bewegt, die ein barfüßiges Mädchen mit Gerten antreibt«, sagte Mila. Im Garten stand ein riesiger radförmiger Stein, der an alte Zeiten erinnerte.

»Zuerst wurden die Ölmühlen von Menschen allein betrieben.« Leo schenkte ihr ein schiefes Grinsen. »Diese Eselsache ist die zweite Entwicklungsstufe, dafür kann ich dann ja Zoi anstellen. Mal schauen, was sie dazu sagt.« Sein Blick glitt voller Stolz über seine hochmoderne Presse. »Das Mahlwerk besteht aus Stein. Der zerkleinert die Oliven wie früher zu einem Brei, der Pulpa, die in übereinanderliegenden Lagen gepresst wird. Der Vorgang ist immer noch gleich, nur technisiert.« Mit einer großen Gebärde umfasste er seine moderne Mühle. »Ich habe in die modernste Technik investiert und mich bis über beide Ohren verschuldet. Ich habe sogar einen Zylinder gekauft, der die Oliven vor Oxidation schützt. Und das alles nur für erstklassiges Olivenöl. Nikos, Spyros und Akis hier halten mich für verrückt.« Die drei Helfer lachten, als sie ihre Namen hörten. »Ich betreibe die größte Ölmühle Nordkorfus. Eine von neunundvierzig auf der Insel. Mit der modernen Zentrifuge trennt sich das Wasser viel schneller vom Öl, davon haben auch die Besitzer was, weil sie nicht so lange auf ihr Öl warten müssen.«

»Innovativ.«

»Ich habe Glück, denn mit mir arbeitet die Olivengenossenschaft zusammen, wie schon mit vier Generationen Bardés zuvor. Die Bauern bringen mir ihre Oliven vorbei. Ich presse sie, und sie erhalten ihr eigenes Öl. Als Bezahlung behalte ich einen Anteil von dreizehn Prozent. Das verkaufe ich unabhängig von meinem eigenen Öl.«

»Beeindruckend«, sagte Mila. »Wir müssen reden.«

»Gib mir etwas Zeit. Ich erkläre meinen Mitarbeitern nur noch, wie sie die Wartung durchzuführen haben. Wenn im November die Ernte beginnt, ist hier nämlich die Hölle los. Da muss alles fertig sein.«

Als Mila auf den Vorplatz trat, fuhr ein Leihwagen in den Hof, hinter dessen Frontscheibe sie Jonas und Sarah erkannte. Sie wappnete sich. Es wurde Zeit, den beiden wenigstens einen Teil der Wahrheit zuzumuten. Schließlich hätte sie beinahe in ihre Familie eingeheiratet.

Autotüren schlugen. Sarah stieg aus und schloss Mila in ihre Arme. »Ich bin so froh, dass es dir gut geht, Süße. Wir hatten ja keine Ahnung, dass Jannik mit dir Schluss gemacht hat und dann auch noch verschwindet. Eure Trennung ist uns entgangen, weil dieser Vollpfosten sie nur auf Facebook gepostet und uns beide blockiert hat. Erneuerter Singlestatus, wie uncool ist das denn? Aber was wird Steff zu eurer geplatzten Hochzeit sagen?«

Mila fand es unpassend, wie sehr sich Sarah über den Skandal freute, brachte aber nicht die Kraft auf, ihr das mitzuteilen. Stattdessen begrüßte sie Jonas mit Handschlag. Er trug ein weißes Poloshirt zu Cargoshorts und verbreitete Wolken eines teuren Rasierwassers. Gel brachte seinen exakten Kurzhaarschnitt in Form.

»Wie habt ihr meinen Aufenthaltsort gefunden?«

»Volker hat uns verraten, wo du steckst«, erwiderte Sarah. »Ein Olivenhof in der Pampa mit Wegbeschreibung … so abenteuerlich. Jonas ist auf dem Weg richtig ins Schwitzen gekommen. Gell, Schatz?« Sie ging auf den Laden zu, rüttelte an der verschlossenen Klinke und zog einen Schmollmund. »Schade, geschlossen.«

Die Tür des Wohnhauses öffnete sich für Zoi, auf deren Arm sich die Katze räkelte. »Mein Bruder hat Mila gestern Abend entführt.« Sie wies auf Leo, der aus der Ölmühle trat.

»Und Sie sind, wenn ich fragen darf?«, erkundigte sich Jonas. »Schließlich sollte Mila meine Schwägerin werden.«

Zoi antwortete völlig unbefangen. »Ich heiße Zoi und bin die Schwester von Leo, dem Besitzer des Olivenhofs. Was bedeutet noch mal ›Schwägerin‹?«

»Frau meines Bruders. Gattin, Gemahlin, Ehegespons«, antwortete Jonas. »*Sister-in-law.*«

Zoi kicherte.

»Du sprichst akzentfrei Deutsch«, stellte Sarah fest. »Muttersprachlich?«

»Ich bin in Berlin und München aufgewachsen. Leo, ich und unsere Tante sind jetzt Milas Freunde und gehen mit ihr durch dick und dünn. Ich glaube, wir passen ganz gut zusammen.« Zoi ließ die Katze auf den Boden springen und legte Mila demonstrativ den Arm um die Schultern.

Mila erwiderte die freundliche Geste. Freunde, dachte sie verwundert.

»Na, da hat Mila aber Glück.« Jonas' freundliches Grinsen ließ ihn wie Balou aus dem »Dschungelbuch« wirken. Ein tapsiger Bär, der die Wildnis zu einem besseren Ort machte.

Leo, der inzwischen bei ihnen angekommen war, schüttelte den Neuankömmlingen die Hand. »Leonidas Bardés. Freut mich, Sie kennenzulernen. Wir haben heute leider geschlossen.«

»Existenzgründung?« Jonas schätzte das Anwesen mit den Augen ab. »Piekfeiner Laden. Alles renoviert und die Ölmühle instand gesetzt. Das kostet, oder? Kennen Sie eigentlich meinen Bruder?«

Leo bestätigte das widerwillig, während Sarah die verschlossene Tür des Ladens musterte. »Schade. Ich hätte so gern geshoppt. Aber supernett, dass man hier so perfekt Deutsch spricht.«

»Ach, sei doch nicht so, Leo«, quengelte Zoi.

Leo ließ sich breitschlagen, holte den Schlüssel und öffnete für Sarah, die sich triumphierend zwischen Ölflaschen und Olivenholzschnitzereien umsah. Zoi folgte ihnen, während Mila bei Jonas im Hof blieb.

»Wir sind ganz schön in Sorge.« Er drehte seinen Panamahut in den Händen. Mila ahnte, dass seine gute Urlaubslaune nur gespielt war. »Jannik hat sich nicht bei dir gemeldet?«

»Nein.« Deckte sie den Mörder des Hotelmanagers und des Mannes, der seit Monaten in der Schlucht verweste? Dann war sie nichts anderes als seine Komplizin. »Ich dachte, er hätte mich angerufen, aber das war leider Fehlanzeige.«

»Er wird schon wieder auftauchen«, sagte Jonas. »Jannik ist unberechenbar.«

Mila schluckte beklommen. Jannik, dachte sie und wollte die Wahrheit nicht begreifen.

»In Acharavi gibt es einen Toten«, berichtete Jonas. »Volker spricht über nichts anderes. Hast du davon gehört?«

Mila verneinte und hoffte, dass man ihr die Lüge nicht ansah.

»Ich habe gestern mit unseren Eltern telefoniert und sie beruhigt«, fuhr Jonas fort. »Jannik sei heimlich in Athen und besorge ein Geschenk für dich. Die Polizistin hat mir zugesichert, sein Verschwinden noch für eine Woche nicht an die Presse durchzustechen.«

»Danke.« Mila war erleichtert. Bekannter Blogger verschwunden. Die Schlagzeile würde in den Medien und im Netz Furore machen. Eine Woche Aufschub. Dann würde hier die Hölle losbrechen. Und drei Tage, um Janniks Laptop an Berisha zu übergeben oder Jannik selbst aufzutreiben. Der Countdown lief.

Jonas nickte ihr zu. »Die Kommissarin hat auch gesagt, dass du möglicherweise in Gefahr schweben könntest.«

»Ja.« Mila hörte ihr Herz in ihrer Kehle klopfen. »Wenn ich so weit bin, werde ich sie kontaktieren. Und noch mal wegen gestern. Es tut mir leid, dass ich euren Urlaubsbeginn verdorben habe. Das Fenster ersetze ich euch natürlich.«

»Vergiss das Fenster«, sagte Jonas. Mila war froh, dass er ihr zur Seite stand.

»Weißt du, wo Jannik Unterschlupf gefunden hat?«, fragte er.

Mila dachte an das abgebrannte Hotel. »Das lässt sich herausfinden«, sagte sie unbestimmt.

»Und seine Aufzeichnungen? Die Polizei sucht mit Hochdruck nach seinem Laptop. Weißt du, worüber er recherchiert hat? Ihr wart doch immer so vertraut miteinander, wolltet heiraten. Wo steckt sein Laptop? Hat er dir wirklich nichts erzählt?«

Mila sah ihn an. So rechtschaffen, dachte sie. Mit seinem gebügelten Taschentuch wischte sich Jonas den Schweiß von der Stirn. Wenn sie ihm gestand, dass Jannik ihr sein neuestes Recherchethema verschwiegen hatte, würde ihr mickriges Selbstwertgefühl endgültig den Bach runtergehen.

»Wer weiß?«, sagte sie leise.

Sarah trat mit zwei Papiertüten aus der Ladentür. Zoi und Leo, der einen Kanister mit Öl trug, folgten ihr und beobachteten, wie sie ihre Schätze auf der Motorhaube auspackte.

»Ein Gutes hat die Sonderbehandlung ja.« Sarah zwinkerte

Mila zufrieden zu. »Die beiden haben kräftig an mir verdient. Ich hab den Laden fast leer gekauft und die Villa Tersteegen für Jahre mit dem besten Öl Korfus versorgt.«

»Oh nein.« Jonas grinste, als würden ihn die Eskapaden seiner Freundin insgeheim amüsieren.

»Solange es luftdicht verschlossen ist, können Sie es problemlos aufbewahren«, sagte Zoi geschäftstüchtig.

»Super. Und Souvenirs habe ich massenweise abgestaubt. Gell, Leo, du hast mir einen Sonderpreis gemacht. Handgeschnitzte Olivenholzbretter, Schüsseln, ein Salatbesteck und sogar einen Anhänger.« Sie trug eine goldbraun gemaserte Holzscheibe an einem Lederband um den Hals.

Mila fuhr mit dem Finger über die seidenglatte Oberfläche. Das Schmuckstück war perfekt gearbeitet. »Ein Talisman. Ist der gedrechselt?«

»Wenn du so einen trägst«, sagte Leo, »kehrst du zurück nach Korfu. Meine Tante Aliki hat ihn gemacht.«

»Klingt nach Magie.« Sarah seufzte zufrieden.

Jonas setzte sich hinter das Steuer des Leihwagens und öffnete die Seitentür. »Komm endlich, Sarah. Wir wollen noch zum Strand. Und melde dich bei mir, Mila. Meine Nummer hast du ja.«

In diesem Augenblick trat Aliki auf den sonnendurchglühten Platz hinaus und redete auf Leo ein. Auf sein Zeichen kurbelte Jonas das Fenster herunter.

»Meine Tante lädt euch zum Essen ein«, sagte Leo.

»Oh ja!« Sarah klatschte begeistert in die Hände.

»Wir wollten zum Strand«, erinnerte Jonas sie.

Sarah holte tief Luft. »Das hier ist die griechische Gastfreundschaft, die lasse ich mir auf keinen Fall entgehen. Sonst machen wir uns noch unbeliebt.« Sie stieg aus und gesellte sich zu Mila, die sich fragte, ob nur ihr Leos säuerlicher Gesichtsausdruck aufgefallen war. Auch Jonas sah alles andere als begeistert aus.

Sie folgten Aliki in die Loggia, wo ein großer Tisch zur sonntäglichen Tafel umgebaut worden war. Während die Frauen das Essen auftrugen, nahmen außer ihnen noch Manolis und die Helfer von der Olivenkooperative Platz. Der Tisch bog sich unter griechischen Vorspeisen. Schüsseln mit Salat sowie Platten mit überbackenem Schafskäse und gedünstetem Gemüse waren eng an eng aufgebaut. Es roch göttlich. Milas Magen knurrte. Der Hauptgang bestand aus drei Bratenstücken vom Lamm und vom Rind, die im Backofen in einer Oliven-Wein-Soße gegart waren und durchdringend nach Rosmarin und Knoblauch dufteten. Dazu gab es Bratkartoffeln und grüne Bohnen. Während Aliki das Essen verteilte, verschwand Leo in der Küche. Manolis, der Rotwein ausschenkte, hielt inne, als er ihn mit einer Auflaufform zurückkommen sah.

»Käsespätzle«, rief Sarah begeistert. »Man riecht es.«

Mila riskierte einen Blick in die Form. Der geschmolzene Emmentaler hatte genau die richtige Konsistenz und verbarg sich unter einer dicken Lage gebräunter Zwiebeln, wie Mila es mochte.

»Die habe ich selbst gemacht«, sagte Leo. »Für Mila. Aber natürlich auch für dich und Jonas und alle, die probieren wollen«, beeilte er sich hinzuzufügen. »Mila hat diese Woche einiges durchgemacht.«

»Für den Käse ist Leo extra in den deutschen Supermarkt nach Kerkyra gefahren«, sagte Zoi.

»Mein Lieblingsessen. Woher wusstest du das?« Mila schluckte unbehaglich. Leo musste sich etwas aus ihr machen, sonst hätte er sich nicht frühmorgens in die Küche gestellt und Spätzle geschabt. Das sollte er nicht. Denn nach dem Ende dieser unheilvollen Geschichte würde sie verschwinden und niemals zurückkehren.

»Du bist leicht zu durchschauen«, sagte Leo.

»Nicht ganz so leicht, wie du denkst«, erwiderte Mila leise. Wenn er die Sache mit Jannik erfuhr …? Ihr Leben drohte ihr über dem Kopf zu explodieren, und sie konnte nichts dagegen tun.

Sarah hielt Leo ihren Teller hin.

Jonas verdrehte die Augen. »Du bist auf Korfu, Süße. Da isst man griechisch und nicht schwäbisch.«

»Das bedeutet nicht, dass ich mir die ganze Zeit verbrannten Souflaki reinschieben muss«, zickte Sarah zurück. »Das hier ist wenigstens vegetarisch.«

»Es ist genug für alle da.« Leo schöpfte einen großen Löffel auf Sarahs und Manolis' Teller. »*Delicious*«, kommentierte dieser mit vollem Mund.

Nachdem Mila am Tag zuvor fast nichts gegessen hatte, vergaß sie über der Mahlzeit ihre Sorgen. Nach den Bergen von Blätterteigkuchen mit Vanilleeis, die es zum Nachtisch gab, und dem anschließenden Glas Kumquatlikör konnte sie kaum noch aufstehen. Einige Minuten nachdem sie es geschafft hatte, sich vom Tisch hochzuwuchten, winkten sie erleichtert dem Leihwagen mit Sarah und Jonas hinterher.

»Ich kenne Janniks Bruder von irgendwoher«, sagte Leo nachdenklich. »Mal davon abgesehen, dass er gestern in Volkers Taverne aufgekreuzt ist und der Polizei Beine gemacht hat.«

»Vielleicht aus Acharavi oder vom Almiros-Strand. Die Familie verbringt regelmäßig ihren Jahresurlaub in der Villa.«

»Das wird es sein.«

Zoi kam ihnen entgegen. Sie trug ihren Helm im Arm und befand sich auf dem Weg zur Garage.

»Wo willst du hin?«, fragte Leo alarmiert.

»Freunde treffen«, antwortete sie kühl.

»Um zweiundzwanzig Uhr bist du zu Hause.«

»Geht's noch?« Ihre Augen funkelten zornig. »Um Mitternacht. Ich bin siebzehn, vergiss das nicht.«

18

Logas-Strand. Tassos und seine Clique hatten sich am Sunsetpoint über den Klippen mit ihr verabredet, von dem aus man eine unglaubliche Aussicht über die Felsküste hatte. Sie bog mit ihrem weißen Roller zu den Klippen von Peroulades ein, als die Sonne sich nach Westen neigte. Das Meer glitzerte, als hätte ein Riese eine Kiste mit Sternen darüber ausgekippt.

Erschöpft nach der langen Fahrt, stellte sie den Roller auf dem Parkplatz ab und näherte sich dem »7th-Heaven-Café«, das zu den angesagtesten Läden Nordkorfus gehörte. Stehtische und luxuriöse Sitzgruppen standen auf dem Rasen und ermöglichten einen spektakulären Blick auf den Sonnenuntergang. Musik dröhnte über das Gelände. Als Zoi zum ersten Mal hier gewesen war, hatte sie sich auf die Aussichtsplattform gestellt, unter der sie nur eine dicke Glasscheibe vom Abgrund trennte, und das Gefühl genossen, zwischen Meer und Himmel zu schweben.

Sie erkannte Tassos schon von Weitem an seinem Lachen. Er saß inmitten einer Gruppe junger Griechen auf einer Bank und hatte beide Arme über die Lehne gebreitet, als gehöre ihm die Welt. Mit einem Mal kam sich Zoi fehl am Platze vor. Beinahe wäre sie davongelaufen, zurück in ihr trauriges kleines Leben. Vor Schüchternheit wusste sie nicht, wohin mit ihren Händen, und quetschte sie in die Taschen ihrer Shorts.

Tassos' Blick fiel auf sie. »*Yassas!*« Er sprang auf und zog sie in ihren Kreis. »Das ist Zoi. Meine süßeste Entdeckung, seit es Korfu gibt.«

Wie immer fiel ihr keine schlagfertige Antwort ein. Doch statt sich über sie lustig zu machen, rückte ein Junge zur Seite und machte ihr Platz. Die anderen begrüßten sie freundlich. Während sie lachten und redeten, unterzog Zoi die Crème de la Crème der Jugend Nordkorfus einer Musterung.

Tassos war wie erwartet der Anführer und Mittelpunkt seiner Gang. Er bestellte einen Drink für sie, irgendwas Alkoholfreies mit Aprikosensaft. Der schwarzhaarige Typ an ihrer Seite hieß Spyros. Neben ihm saß ein drahtiger kleiner Bodybuilder, den ihr Tassos als Costas vorstellte. Die beiden Mädchen waren Eleni und Maria. Als Zoi von ihrem Leben in Berlin und München erzählte, warfen sie ihr bewundernde Blicke zu.

»Sie ist eine halbe Französin«, verkündete Tassos.

»Schick«, sagte Anna.

Danach wandten sich ihre Gespräche dem abgebrannten »Hotel Olympia« zu. »Weiß man, was die Brandursache ist?«, fragte Maria.

»Die Polizei hat ihre Untersuchungen noch nicht abgeschlossen«, erwiderte Tassos. »Vielleicht hat Paris selbst das Feuer gelegt. Alle wissen, dass er gesoffen hat wie ein Loch.«

»Da muss nur einer 'ne Kippe in 'ne Whiskylache schmeißen, schon brennt der Laden«, sagte Spyros. »Außerdem, wer sollte den heruntergekommenen Kasten anzünden?«

»Versicherungsbetrug?«, vermutete Zoi leise.

»Vielleicht hat ja deine Familie das Haus abgefackelt.« Maria sah in Spyros' Richtung. »Ihr wart doch beteiligt. Die Familie Thakis kassiert die Versicherungssumme, baut da einfach eine neue Anlage hin und scheffelt noch mehr Geld.« Sie wandte sich an Zoi. »Er ist nämlich unser kleiner Onassis, der Sprössling der örtlichen Millionärsdynastie.«

Spyros reagierte lässig. »Die Mühe müssen wir uns nicht machen. Paris war pleite. Das Hotel wäre demnächst sowieso an uns gefallen.«

Zoi fiel der Brandgeruch ein, der an Mila gehaftet hatte. Bevor sie darüber nachdenken konnte, standen die anderen auf.

»Lasst uns schwimmen gehen, Leute«, schlug Costas vor.

»Damit alle deine Muskeln bewundern können«, sagte Maria.

»Damit *du* meine Muskeln bewundern kannst.« Costas streifte sein Shirt ab und ließ Wellen über seinen Waschbrettbauch laufen, was selbst Zoi zum Lachen brachte.

Hintereinander stiegen sie die endlos lange Treppe zum Strand hinab. Die Sonne hatte den schmalen, sandigen Streifen zwischen Klippen und Meer aufgeheizt. Tassos zog seine Jeans aus, unter der er schwarze Badeshorts trug. Während die anderen lachend ins Meer stürmten, Maria Hand in Hand mit Costas, zögerte Zoi.

»Was ist?«

»Ich weiß nicht …«

»Du musst keine Angst vor uns haben. Warum sollten meine Freunde dich nicht mögen?« Wärme strahlte von ihm ab. Er hatte unrecht. Sie fürchtete sich nicht vor seinen Freunden, sondern vor ihrer Liebe zu ihm.

»Komm!« Als er seinen Zeigefinger über ihr Kinn, ihren Hals und ihre Halsgrube gleiten ließ, überzog sich ihr Körper mit Gänsehaut.

Kurz entschlossen streifte sie ihr Top und ihre Shorts ab, stand in ihrem schwarzen Bikini da und schauderte unter seinem Blick. Zoi war stolz auf ihre Ballettfigur, die zu halten bei Leos und Alikis Kochkünsten eine Herausforderung darstellte.

»Du bist wunderschön.« Tassos nahm ihre Hand und führte sie in Richtung der Wellen. Gischt umspielte ihre Knöchel. Das Wasser war kalt und klar. Gemeinsam gingen sie ins Tiefe, wo die Wellen sie überspülten. Als sie Seite an Seite hinausschwammen, nahm Zoi nur seine Nähe wahr. Er tauchte unter und prustete wie ein Seehund, lachend, selbstbewusst.

Danach setzten sie sich tropfnass auf die Felsen unterhalb der Klippen und beobachteten, wie die Sonne den Himmel in Brand setzte. Zoi schob ihre Skrupel fort, als Tassos seinen Arm um sie legte und seine Wärme mit ihr teilte. Leo wusste nicht, mit wem sie sich traf. Sie hatte sich vorgenommen, ihrem Bruder noch heute die Wahrheit zu sagen, wenn nötig mit Alikis Hilfe. Doch wollte sie das wirklich riskieren?

»Du hast mich gerettet«, sagte sie auf Deutsch.

»Du musst nur mit den richtigen Leuten zusammen sein, dann vergisst du die Tussis in deiner Schule.«

Während seine Clique unter Gelächter und Geschrei versuchte, ein Feuer aus Treibholz in Gang zu bringen, über dem sie Würstchen und Marshmallows grillen wollten, bot er Zoi einen Trip an. Sie lehnte ab und sah zu, wie er selbst eine Tablette einwarf. Sein Adamsapfel hüpfte, als er schluckte.

»Ecstasy ist harmlos«, sagte er. »Crystal Meth nicht. Das macht aus dir in kürzester Zeit einen Zombie. Die Droge für Prolls, ey. Und nimm nur Koks, wenn du dir unbedingt die Nasenscheidewand wegätzen willst. Aber das hier … ist bloß 'ne Partydroge, mit der du nächtelang durchtanzen kannst. Ein Energiebooster.«

»Ich möchte trotzdem nicht.« Zoi kam sich feige vor.

Tassos griff nach ihrer Hand. »Nächstes Mal bringe ich dir was Besseres mit. Bonbons, die dich fliegen lassen.« Er wechselte das Thema. »Gestern war die Polizei bei uns wegen Jannik. Europol. Sie suchen Mila, weil sie als Letzte mit ihm zusammen war.«

»Ich habe sie an dem Abend gesehen, als Jannik verschwand«, erzählte Zoi wehmütig. »Mila schlief und sah so glücklich aus. Für sie ist in der letzten Woche die Welt untergegangen. Dieser Mistkerl hat ihre Hochzeit platzen lassen. Und dann setzt er sich auch noch ab.«

»Sie hatten Screwdriver, in die ich extra viel Wodka getan habe. Das haut den stärksten Seemann um.«

»*Du* hast die Drinks gemixt?« Zoi löste sich aus seiner Umarmung. »Mila hatte einen kompletten Filmriss. Sie weiß nicht mehr, was in dieser Nacht passiert ist.«

»Na und? Seliges Vergessen«, sagte Tassos. »Sie sahen aus, als könnten sie was Starkes gebrauchen, schließlich hatte er am Tag zuvor mit ihr Schluss gemacht. Mit der voll geplanten Hochzeit im Hintergrund, geht's noch?«

»Du weißt ja ganz schön viel.«

Plötzlich erschien ihr Tassos' Gesicht wie eine glatte Fassade, hinter der sich Rätsel verbargen, deren Lösung sie besser nicht wissen sollte. Zoi spürte den Abgrund zwischen ihnen. Die Klippen in ihrem Rücken strahlten Kälte ab.

»Sie haben gestern auch deinen Bruder verhört. Er ist zufällig bei uns reingeschneit, und schon haben sie ihn sich gekrallt.«

»Weshalb?«, fragte Zoi erstaunt.

»Weil er sich ein paarmal mit Jannik getroffen hat. Und da Leo perfekt Deutsch spricht ...«

Zoi zog die Beine an und legte ihre Arme um ihre Knie. »Leo war komisch in der letzten Zeit.« Getrieben, fahrig, abgelenkt. Er konnte sich nicht einmal mehr auf seine Oliven konzentrieren. »Er steht auf Mila. Vielleicht wollte er sie schon vor Janniks Verschwinden anbaggern und ist an seinem schlechten Gewissen gescheitert. Aber egal ... Dafür, dass ich hier bin, verdonnert er mich bis Weihnachten zu Hausarrest.«

»Leo Drachentöter«, sagte Tassos. »Er muss Korfu und die Welt retten. Wenn ihm das nur gelingt.«

Am Strand gab es einen Tumult. Eleni, die es wider Erwarten geschafft hatte, ein Riesenexemplar von einem Fisch zu angeln, weigerte sich standhaft, ihn auszunehmen. »Und warum hast du ihn dann gefangen?«, hörte Zoi Spyros rufen. Eleni kreischte hysterisch.

»Ich glaub, ich muss denen mal helfen.« Tassos stand auf und zog Zoi mit Leichtigkeit auf die Beine. »Sie brauchen mich.«

»Kannst du das denn?«

»Soll das ein Witz sein? Schließlich verarbeiten wir in der Küche auch Fisch.«

»Ich meine, ekelst du dich nicht vor den Innereien? Dem ganzen Glibberkram?«

»Quatsch!«

Die Gruppe hatte sich um den fetten Fang versammelt. Als Zoi sie erreichte, drehte sich ihr der Magen um. Der Fisch war halb tot. Er maß einen knappen Meter, lag auf dem Strand und schnappte nach Luft. Seine rosa Kiemen hoben und senkten sich.

»Wenigstens bleiben wir heute nicht hungrig.« Geschickt trennte Tassos dem Fisch mit Elenis Angelmesser den Kopf ab und warf ihn neben sich in den Sand. Die Fischaugen starrten resigniert in den lavendelblauen Himmel.

»Echt Splatter.« Zoi hatte zu viel gegessen, vor allem Käsespätzle. Das rächte sich jetzt.

»Morgen Nacht feiern wir in Kavos ab«, sagte Tassos, bevor er der Beute mit einem gezielten Schnitt den Bauch aufschlitzte und die Eingeweide herausschöpfte. Die Därme landeten im Sand.

Zoi musste würgen. »Aber morgen ist Montag. Ich muss am Dienstag in die Schule.« Hastig rechnete sie aus, wie sie das schaffen konnte. Vielleicht, wenn sie direkt aus Kavos zum Gymnasium fuhr und sich dort zugedröhnt auf ihren Stuhl fläzte, um den Morgen zu verschlafen?

Die anderen sahen sie erwartungsvoll an.

»Na und?«, fragte Tassos. »Dann fallen deine Verpflichtungen eben aus. Das geht Spyros, der am Dienstag im Immobilienbüro seiner Eltern fehlen wird, genauso. Wir lassen es krachen. Bist du dabei, Zoi Bardé, oder verkriechst du dich auf Leos Olivenhof?«

19

»Das hier ist die Zukunft.« Leo breitete die Arme aus.

Sie standen in einem Olivenhain, dessen Laub in der Sonne silbrig grün leuchtete.

»Oliven?«, fragte Mila zweifelnd. Leo sah aus, als würde er die Bäume am liebsten umarmen. Oder als gehöre ihm die ganze Welt.

Zum Glück hatte sie ihre Kamera dabei. Dieser Moment verdiente es, festgehalten zu werden. Sie fotografierte zuerst Leo, dann das feenhafte Licht, das sich in einem Spinnennetz zwischen den Zweigen brach, und zuletzt eine smaragdgrüne Eidechse, die in einer Felsspalte verschwand.

Sie setzten ihren Aufstieg fort, erreichten die Kuppe des Hügels und nahmen auf einer Mauer zwischen den Baum-reihen Platz. Leos Anwesen lag weit oberhalb am Hang. Für den Abstieg hatten sie eine gute halbe Stunde gebraucht.

Mila lauschte dem Wind, der im Laub sang, das voller unreifer grüner Oliven hing. Mit diesem Spaziergang offen-barte ihr Leo, wofür sein Herz schlug. Sie fotografierte un-unterbrochen, ungläubig über so viel heile Welt, die sie auf ihren Chip bannen konnte. Eine rot gestreifte Katze, einen alten Bauern mit zerfurchtem Gesicht, der sie freundlich von seinem Traktor aus grüßte, einen Schattenplatz unter einem Feigenbaum, den sich zwei Esel mit ein paar Schafen teilten. Und kein Jannik weit und breit. Hier waren sie wohltuend allein.

»Was haben die Bäume mit Janniks Verschwinden zu tun?«, fragte sie.

»Mehr, als du denkst. Fällt dir was auf?«

»Es gibt keine Netze. Und somit auch keine Mumien.« Statt der muffigen Netze war der Erdboden mit Gräsern und Blumen überwuchert.

Leo legte seine großen Hände auf seine Knie. »Genau. Mein Großvater hat diesen Hang vor etwa vierzig Jahren mit Bäumen der spanischen Sorte Picual bepflanzt, die es sonst auf Korfu kaum gibt. Er war ein Arsch, aber mit diesem Coup lag er richtig. Die Oliven ernte ich knapp vor der Reife mit der Hand und presse eine ungleich bessere Qualität als die Bauern, die alte Anpflanzungen in Steillagen bewirtschaften und darauf warten, dass ihre Oliven auf die Netze fallen. Versteh mich nicht falsch. Auf Korfu wachsen über vier Millionen Olivenbäume, die zum Großteil von kleinen bäuerlichen Betrieben gepflegt werden. Vorwiegend Lianolia und ein Anteil Koroneiki. Alles bio und Extra Vergine. Aber die alten Bäume in den Hanglagen kann man nur mit Hilfe von Netzen abernten, auf die die reifen schwarzen Oliven fallen. Da ist gute Qualität nicht immer gegeben. Das Öl landet viel zu oft im großen Pool der Europäischen Union.«

»Und das willst du ändern?«

Leo war voller Begeisterung für seine Aufgabe. Er plante nicht weniger als eine Revolution unter den Bauern der Insel.

»Die Olivenkooperative … Du versuchst, die Bauern davon zu überzeugen, neue Haine anzupflanzen und bessere Früchte zu ernten. Sortenreines Öl zu pressen. Das heißt dicke Bretter bohren.«

»Ja.« Mit einer müden Geste strich sich Leo eine dunkelbraune Locke aus der Stirn. »Viele von ihnen sind Nebenerwerbslandwirte. Sie beackern Grund, auf dem seit mehreren hundert Jahren Olivenbäume der Sorte Lianolia stehen. Die ist im Prinzip ganz lecker.«

»Solche wie in der Schlucht?«, fragte Mila. »Die Baumriesen?«

»Genau. Jeder Fleck auf der Insel ist mit ihnen bewachsen. Ein Befehl der venezianischen Besatzer, denen die Weinberge ein Dorn im Auge waren. Sie haben die Bauern auf Korfu zur Anpflanzung von Olivenbäumen gezwungen, weil sie Öl für ihre Kochtöpfe und Lampen brauchten. Viele alte Bäume werden gar nicht mehr abgeerntet, weil es sich nicht lohnt. Damit sich das ändert, müssen die Bauern in neue Haine, andere Sorten und bessere Methoden investieren, wofür ihnen das Geld fehlt. Sie sehen die Zukunft ihrer Kinder eher im Tourismus, was meines Erachtens eine Illusion ist.«

Mila begriff, dass er auf verlorenem Posten kämpfte. Don Leo ritt mit erhobenem Schwert auf einer lahmen Rosinante gegen Windmühlen an. Besser, sie sagte nichts dazu.

»Später mehr davon«, fuhr er fort. »Erzähl erst mal du. Was ist dir gestern zugestoßen?«

»Ich ...« Zunächst fiel es Mila schwer, sich ihre Erlebnisse von der Seele zu reden. Dann aber löste sich Wort für Wort. Sie berichtete von ihrem Einbruch in die Villa Tersteegen, Jonas' und Sarahs Ankunft, dem Erscheinen der Polizei, ihrer Entführung durch die Albaner, der Begegnung mit dem Mafiapaten Arsim Berisha und zuletzt von der Entdeckung der Leiche des Hotelmanagers und dem Brand. Während sie so exakt wie möglich Detail an Detail reihte, wurde Leo nach und nach immer blasser. »Es war ein Riesenfehler, dass wir keine Telefonnummern ausgetauscht haben.«

»Jetzt bin ich ja in Sicherheit.« Ihre Stimme klang weniger besorgt, als sie sich fühlte. »Ich habe den Mörder und Brandstifter auf der anderen Seite der Tür gehört. Er hat Alkohol als Brandbeschleuniger benutzt und wollte mich genauso umbringen.«

Leo sah sie entgeistert an. »Was sagst du da? Die Polizei ist sich nicht einmal sicher, ob es Brandstiftung war. Paris galt als schwerer Trinker, dem problemlos Flaschen umgekippt sein könnten. Eine schwelende Kippe drauf, fertig.«

Hastig verbannte Mila das Bild einer bis zur Unkenntlichkeit verbrannten Leiche. Zur Ablenkung griff sie nach einer Handvoll trockener Erde und ließ sie durch ihre Finger rieseln. Ein Gecko betrachtete sie aus neugierigen Knopfaugen und verschwand in einer Ritze.

»Es lässt sich noch steigern.« Ihr Mitgefühl mit Leo, der sich das Folgende anhören musste, mischte sich mit einer fiesen Prise Sensationsgier. »Es war Jannik.«

»Was?« Leo sah sie ungläubig an. »Das kann nicht sein.«

Sie griff nach seiner Hand. Seine Finger waren warm und kräftig, die Haut trocken, als würde er zu viel im Freien arbeiten. »Es ist aber so.«

»Woher willst du das wissen?«, fragte Leo heiser, ließ sie aber nicht los. Er war so bodenständig mit seinen breiten Schultern. An seiner Seite konnte ihr nichts passieren.

»Vergiss nicht, dass ich zwei Jahre mit Jannik zusammen war. Ich kenne seine Gewohnheiten. Als er auf der anderen Seite der Tür stand, ich in der Küche, er in der Lobby, habe ich sein Räuspern gehört, und ich weiß, verdammt noch mal, wie das klingt. Und … am Freitagabend habe ich ihn in Acharavi gesehen … Das glaube ich zumindest.« Sie traute ihrer Wahrnehmung noch immer nicht völlig. »Ich bin ihm gefolgt, bis er in der Nähe des ›Hotels Olympia‹ verschwand. Dort hat mich der Hotelmanager aufs Unhöflichste abgewimmelt. Von den Albanern weiß ich, dass es bei ihren Geschäften um richtig viel Kohle ging. Vielleicht hat Jannik eine Möglichkeit gefunden, sie über den Tisch zu ziehen.«

»Traust du ihm das zu?«, fragte Leo zweifelnd.

»Ich weiß nicht mehr, was ich glauben soll.«

»Du hast gesagt, dass dieser Mafiapate, wie hieß er gleich …?«

»Arsim Berisha.«

»… dieser Berisha will, dass du ihm Janniks Laptop bringst oder Jannik selbst. Er hat dir ein Ultimatum gestellt.«

Mila atmete tief durch. »Ich habe bis Mittwoch Zeit. Klar, dass Berisha mir nicht traut. Er denkt, ich mache mit Jannik gemeinsame Sache, dabei habe ich ihn mit meiner Ankunft auf Korfu überrumpelt. Wäre ich bloß zu Hause geblieben.«

Leo löste sich aus Milas Griff, legte seinen Kopf in die Hände und raufte sich die Haare. So viel zu unbewussten Angewohnheiten, die man nicht jedem zeigt, dachte sie. Als er sich erhob, waren seine Augen vom Stress gerötet. »Nehmen wir mal an, es stimmt, was du sagst. Wenn Jannik wirklich in dem Hotel gewohnt hat, ist sein Laptop entweder mit dem Inventar verbrannt ...«

»... oder er hat ihn rechtzeitig aus dem Haus geschafft.«

»Eine dritte Möglichkeit wäre, dass er seine Recherche-ergebnisse und alles, was uns auf seine Spur bringen könnte, vernichtet hat.«

»Er wollte ein neues Leben anfangen«, sagte sie leise. »Mit einer anderen Frau.« Sie hob die Augen. Der Olivenhain senkte sich zum Tal hin ab. Sie war froh, mit einem Blick die gesamte Umgebung erfassen zu können. Wenn Jannik kam, um sie und Leo zu erschießen, würde ihr das ebenso wenig verborgen bleiben wie die Ankunft der Albaner. Wenigstens würden Enis und Fatmir sie erst in ein paar Tagen umbringen.

Eine siedend heiße Welle überlief sie, als sie an Jonas und Sarah dachte. Sie musste die beiden warnen, sonst liefen sie unter Umständen, ohne es zu ahnen, in ein grausames Schicksal.

»Das Ganze lässt keinen anderen Schluss zu, als dass Jannik zu einem psychopathischen Serienkiller mutiert ist«, sagte sie.

Leo runzelte die Stirn. »Warum sollte er? Er war mit seinen Medikamenten gut eingestellt. Auch wenn es dir schwerfällt ... Du musst dich mit dem Mafiachef in Verbindung setzen und ihm deine Lage erklären, denn Janniks Laptop wirst du, wenn an deiner Vermutung auch nur ein Deut wahr ist, nicht finden.«

»Arsim Berisha.« Mila lachte bitter auf. »Er hat mich zwar nach meiner Nummer gefragt, seine aber nicht rausgerückt.«

Sie hörte Leo fluchen, erst in deftigstem Bayerisch und dann auf Griechisch, wenn der Wortschwall, den er ausstieß, keine Anrufung aller Heiligen auf einmal war. Er stand entschlossen auf und reichte ihr seine Hand.

»Lass uns heimgehen und auf andere Gedanken kommen. Ich erzähle dir dann, was ich für Jannik recherchiert habe. Er brauchte einen Fachmann für Olivenöl.«

Mila dachte zuerst, sie habe ihn falsch verstanden. Dann wurde ihr klar, dass das nicht stimmte. Er hatte wie selbstverständlich »heimgehen« gesagt, als sei auch sie auf seinem Bauernhof zu Hause.

20

Der Verkaufsraum lag im Zwielicht. Seine weißen Steinwände dünsteten Kälte aus. Leo entzündete eine Kerze, deckte die Tafel für zwei Personen und tischte eine Mahlzeit auf, die Milas Appetit bei Weitem überstieg. Verschiedene Sorten Brot, Räucherwurst, Käse, Butter, ein mit Vinaigrette angemachter Romanasalat und eine Karaffe mit Rotwein.

»Ich habe nach dem Mittagessen keinen Hunger mehr«, gestand sie lahm.

»Du wirst es als Unterlage brauchen.« Leo verschwand in der Küche.

Ohne ihn war es still in dem großen Raum. Das Haus hieß Mila auf seine leise Art willkommen. Es war sehr alt. Unbesiegbar, dachte sie. Seine feste Struktur aus Bruchstein trat unter den weiß gekalkten Wänden zutage. Die Decke wurde von Balken getragen, die der Rauch der Jahrhunderte geschwärzt hatte. Es hatte die Zeit der Venezianer ebenso überstanden wie die deutsche Besatzung im Zweiten Weltkrieg.

Mila stand auf, griff nach ihrer Kamera und fotografierte die Katze, die sich auf der Kaminumrahmung räkelte und ihre Krallen ausfuhr. Sie nahm sie auf den Arm und ging zum Fenster.

Der Hof schlief im goldenen Licht des Spätnachmittags. Leo und sie waren allein. Die Männer von der Kooperative hatten sich ebenso verabschiedet wie Manolis, Zoi und Aliki. Sicher traf sich Zoi mit Tassos. So unzuverlässig der auch sein mochte …

Mila missbilligte Leos Versuche, Zoi zu kontrollieren und ihre Beziehung zu unterbinden. Sie selbst hätte sich mit siebzehn nie in ihr Liebesleben reinreden lassen.

Und Aliki? Vielleicht hatte sie ja in ein Rendezvous mit Manolis eingewilligt, ein kleines Tête-à-Tête am Strand von

Agios Stefanos. Mila schmunzelte, als sie sich die beiden in vorsintflutlicher schwarzer Badekleidung vorstellte. Sie gönnte Aliki jedes kleine Glück, das sie aus ihrer Einsamkeit befreite.

Sie schob die Katze auf ihre Schulter und begann, in einer Zeitschrift zu blättern, die auf der Fensterbank lag. »Gourmetempfehlung Korfu«, stand auf dem Cover. Sie schlug die entsprechende Seite auf und las eine Reportage über Leo, in der sein Öl in den höchsten Tönen gelobt wurde. Der Titel lautete: »Der Retter der Oliven«.

»Du bist berühmt«, sagte sie, als Leo mit einem Tablett voller Ölflaschen in den Verkaufsraum zurückkehrte.

»In Fach- und Gourmetkreisen, ja. Die meisten Leute sind aber nicht bereit, für einen halben Liter Öl sechzehn Euro auszugeben.«

Milas Augen weiteten sich. »So teuer? Ich kaufe mein Extra Vergine für fünf Euro neunundneunzig im Supermarkt. Eher günstiger, wenn es Sonderangebote gibt.«

Leo nickte grimmig. »Du irrst dich, wenn du denkst, das sei kalt gepresstes Olivenöl in bester Qualität. Aber davon später. Kommen wir zurück zu meinen neuen Olivenhainen. Sie sind etwa vierzig Jahre alt. Mein Großvater hat sie anlegen lassen, weil ihm klar wurde, dass man den Olivenanbau auf Korfu revolutionieren muss. Als ich das Anwesen übernahm, begriff ich, dass er recht hatte. Dann jedoch kamen die Krise und der Staatsbankrott, durch den uns die EU so ziemlich alles vorschreiben kann.«

»Und was hat das mit Olivenöl zu tun?«

»Einiges. Ich habe dir ein paar Sorten Öl zur Verkostung mitgebracht.« Leo goss Olivenöl aus der ersten Flasche in zwei Gläser. Nur eine kleine Menge zum Probieren, aber Milas Magen drehte sich um, wenn sie nur daran dachte, pures Öl zu trinken.

»Am besten, du isst Weißbrot und etwas sauer angemachten Salat dazu.« Zuvorkommend legte er eine dicke Scheibe Brot auf ihr Holzbrett, füllte ihr Glas mit Rotwein und bediente sie mit Salat. »Du siehst, dass alle drei Öle eine unterschiedliche Farbe haben?«

»Ja.« Das Öl in ihrem Glas war so goldgelb, wie sie sich Olivenöl vorstellte. Das zweite schimmerte wie grünliches Licht unter Wasser, das dritte wies ein helleres Gelb auf, wie geschmolzene Butter. Todesmutig tunkte sie ein Stück Brot in das Öl Nummer eins und schnupperte daran. »Es riecht zumindest nicht ranzig.«

Leo lachte leise. »Du hast nicht sehr hohe Qualitätskriterien.«

Hitze überspülte Milas Gesicht. »In meiner WG kaufen wir gemeinsam ein und teilen uns das Olivenöl«, sagte sie trotzig. »Wir benutzen es oft, für Salat, zum Anbraten von mediterranen Gemüsen, für Tomatensoße. Soll ja auch sehr gesund sein.« Sie biss ab. Es schmeckte so, wie sie es kannte. »Normal.«

»Gutes Olivenöl ist der reinste Jungbrunnen«, sagte Leo. »Es steckt voller Antioxidanzien und hat unglaubliche Auswirkungen auf deine Gesundheit. Nicht umsonst spricht man von der Mittelmeerdiät. Dieses Öl hier ist Verschnitt. Es stammt aus der Ernte der Europäischen Union, wird als Massenware abgefüllt, exportiert und günstig verkauft.«

»Du meinst, es ist gepanscht?« Mila fielen die zahlreichen Olivenölskandale ein, die in den letzten Jahren für Furore gesorgt hatten.

Leo lachte. »Olivenöl geht ein Ruf voraus. Nein, das ist völlig legal. Es ist zwar unwahrscheinlich, dass es den höchsten Anforderungen an extranatives Öl genügt, aber im Prinzip handelt es sich um Olivenöl, das eventuell mit Sonnenblumen- oder Sojaöl gestreckt wurde. Es gibt nämlich mehr Extra Vergine auf dem Markt, als überhaupt produziert werden kann.«

»Ach was?«

»Ja, die italienische Mafia hat beim Olivenölbetrug die Finger im Spiel, und die Spanier sind auch eifrig dabei. Aber wie gesagt, dieses Öl ist in Ordnung, wenn man den Begriff ›Extra

Vergine‹ oder ›Natives Olivenöl extra‹ weglassen würde, der die Käufer in die Irre führt. Und wenn du nicht allzu hohe Ansprüche stellst.«

»Und woher weißt du das?« Hastig trank Mila einen Schluck trockenen Rotwein, der den Geschmack des Öls neutralisierte.

»Als ich hier ankam, wusste ich, dass ich mich fortbilden muss. Ich habe eine Ausbildung als Olivenölsommelier gemacht und besuche seither die großen Jahresmessen in Verona und Triest.«

»Das gibt es?« Klar, dass der Perfektionist Leo nichts dem Zufall überließ.

»Man muss auf dem Laufenden bleiben. Jetzt probier mal das hier.« Er goss das zweite Öl in ihr Glas, klar, grünlich, dem ein Geruch wie von frischem Gras entströmte.

Mila probierte einen kleinen Schluck pur, nur einen Zungenschmeichler, den sie langsam im Mund herumgehen ließ, bevor sie ihn schluckte. Das Öl war überraschend scharf, biss ein wenig im Hals und schmeckte nach Heuernte. »Lecker«, sagte sie.

»Lecker?« Leo schnaubte entrüstet. »Das ist meins. Es ist köstlich, unübertroffen. Ein besseres bekommst du auf ganz Korfu nicht.«

Sie tunkte ihr Brot ein und aß mit Appetit. »Es schmeckt gut. Das fällt sogar mir Banausin auf.« Der Appetit kam beim Essen. Sie schnitt die Räucherwurst in Scheiben und belegte sich eine Scheibe Weißbrot.

»Und jetzt das da. Danach darfst du in Ruhe essen.« Leo schob ihr das letzte Glas mit dem buttergelben Öl vor die Nase.

Mila betrachtete es misstrauisch.

»*Avanti*«, sagte Leo. »Keine Feigheit vorschützen.«

Sie holte tief Luft. »Wie ich dich kenne und der Logik der Abfolge entnehmen kann, haben wir hier das Mafiamaschinenölgemisch. Also ist das ein schnödes Attentat auf mein Wohlbefinden, wenn nicht auf meine Gesundheit. Willst du mich vergiften?«

»Kluges Mädchen«, sagte Leo anerkennend. »Man stirbt nicht sofort daran, aber besonders gesund ist es dennoch nicht. Dieses Öl kommt aus der gleichen Charge wie unser Öl Nummer eins, aber es ist dennoch ein völlig anderes Kaliber.«

Er stellte die drei Flaschen, denen er die Proben entnommen hatte, auf den Tisch. Seine eigene dunkelgrüne Halbliterflasche mit dem nobel gestalteten Etikett thronte in der Mitte.

»Also doch Panscherei?«, fragte Mila.

»Oh ja. In großem Stil. Das Öl besteht zum Großteil aus Trester und enthält krebserregendes Benzpyren in einer Dosis hundert Mal so hoch, wie in Europa erlaubt ist. Das weiß ich, seit ich heute den Laborbericht bekommen habe. Deswegen war ich am Freitag in Athen. Der Professor hat mich um sieben Uhr aus dem Bett geklingelt.«

»Was ist das, Tresteröl?« Mila schob ihr Brot mit Räucherwurst zurück. Ihr war der Appetit vergangen. Stattdessen trank sie hastig einen Schluck Wein. Ein kräftiger Rachenputzer, zum Glück.

»Trester besteht aus Olivenresten sowie getrockneten Oliven«, erklärte Leo. »Es wird mit Hilfe von Hexan extrahiert, raffiniert, mit Betacarotin oder Chlorophyll versetzt, um eine annähernd passende Farbe zu erhalten, abgefüllt und verkauft.«

»Igitt. Das ist verboten, oder?«

»Ja, dieses Öl wurde nicht nur mit Sonnenblumenöl verlängert, was die meisten Tester gar nicht bemerken oder als Kavaliersdelikt durchgehen lassen. Es ist gesundheitsschädlich.«

»Und was hat das mit Jannik und dem organisierten Verbrechen zu tun?«

»Jetzt wird es interessant.« Leo setzte sich zurück und legte seine gefalteten Hände auf den Tisch. »Die Spur des gepanschten Öls führt nach Korfu, obwohl das Öl selbst Verschnitt aus der Europäischen Union ist. Jannik muss über diejenigen gestolpert sein, die die Fäden ziehen.«

»Er hat über Öl recherchiert?«, fragte Mila. »Und dann hat er dich kontaktiert, weil er einen Fachmann brauchte.«

»Der dazu noch deutschsprachig ist«, bestätigte Leo. »Jannik hat herausgefunden, dass eine große Menge des gepanschten Öls in Umlauf gekommen ist, etwa fünfzigtausend Liter. Jemand hat richtig Geld verdient, indem er Verschnittöl aus europäischer Produktion, also Flasche Nummer eins, an verbrecherische Ölpanscher weitergegeben hat, die sie noch einmal gestreckt haben. Über Korfu als Umschlagplatz.«

»Und dann haben sie Unmengen von Kohle gescheffelt«, schloss Mila. »Aber wie passt Arsim Berisha dazu?«

Leo genehmigte sich einen Schluck Rotwein. »Dass die albanische Mafia ihre Hände im Spiel hat, ist mir erst in unserem Gespräch klar geworden. Ich hatte eigentlich die 'Ndrangheta in Verdacht. Aber es passt, schließlich gibt es von Korfu nach Albanien uralte Schmugglerrouten. Außerdem sind die Provinzregierungen Albaniens in den Cannabisanbau und den Schmuggel verstrickt, was es den Clans natürlich leichter macht, Drogen und andere Güter übers Meer in die Europäische Union zu verschieben. Es kann auch sein, dass nur die Idee auf Korfu geschmiedet wurde. Hinzu kommt, dass Jannik vor ungefähr zwei Wochen mir gegenüber komplett dichtgemacht hat. Er wollte nicht mehr mit mir reden. Du hast sicher mitgekriegt, dass er mich an diesem letzten Abend bei Volker auflaufen ließ.«

»Mich auch«, sagte Mila traurig. »Er hatte schon vorher nicht mehr auf meine Textnachrichten reagiert. Irgendetwas muss ihn aus dem Konzept gebracht haben. Und dann hat er auch noch mit mir Schluss gemacht.«

»Oder du hast recht mit deiner Vermutung, dass er das Geld für sich selbst abzweigen wollte. Geld ist immer eine Versuchung. Möglicherweise hat er jemanden erpresst oder wurde erpresst, sodass er sich nicht anders zu helfen wusste, als zu verschwinden.«

»Und ein paar Leute umzubringen«, vollendete Mila.

»Unter anderem mich. Vielleicht hat er ja versucht, diesen Berisha zu erpressen?«

Leo aß sein Brot mit Räucherwurst auf und schob sein Olivenholzbrett zurück. »Warum wolltest du ihn überhaupt heiraten? Eine Ehe ist doch mehr als zwei Herzen im Dreivierteltakt. Sie bindet zwei Menschen auf Gedeih und Verderb aneinander, nicht nur gefühlsmäßig, sondern auch rechtlich und finanziell. Du wusstest doch, dass er, charismatisch, wie er ist, eine psychische Erkrankung mit sich rumschleppt. Kam dir niemals in den Sinn, dass seine Eltern nur eine Pflegerin für ihn suchten?«

Seine Worte trafen sie tief. »Ich habe Jannik geliebt.«

Mit ihm war jeder Tag ein Fest, hätte sie beinahe hinzugefügt. Aber stimmte das überhaupt? Ihre Fähigkeit, unbesorgt in den Tag hinein zu leben, war in einer Badewanne in Neuseeland in Blut ertrunken. »Es hat mir Spaß gemacht, für ihn zu sorgen.« Es hatte ihrem Leben Sinn gegeben, aber solche kitschtriefenden Worte nahm sie nicht in den Mund.

»Wirklich?« Leo stellte das Geschirr auf einem Tablett zusammen.

Mila stand auf, griff nach der Karaffe und dem Brotkorb und folgte ihm in die Küche. Das Gespräch hatte sie erschöpft. Ihre Arme und Beine fühlten sich an wie aus Gummi.

Gemeinsam räumten sie die Lebensmittel in den Kühlschrank. Mila stellte gerade die Gläser in die Spülmaschine, als sie Leos Gegenwart hinter sich spürte. Sein Atem streifte ihren Nacken. Sie ahnte die Berührung seiner Lippen an ihren Haaren mehr, als dass sie sie wahrnahm. Einen Moment lang gab sie sich dem leidenschaftlichen Begehren hin, das er in ihr entfachte. Er war einen Kopf größer als sie. Sie war sich seines Körpers bewusst, seiner festen Muskeln, breiten Schultern und kräftigen Beine, die wie Baumstämme im Boden wurzelten.

Warum eigentlich nicht? Es war Sonntag. Sie waren allein im Haus. Der Laden und die Mühle lagen im Dornröschenschlaf. Leo hätte sicher nichts dagegen einzuwenden, wenn sie ihn küssen und mit ihm ins Bett gehen würde.

Früher hätte sie sich diese Chance auf ein bisschen Spaß nicht entgehen lassen. Aber Leo war nicht Jannik. Er war kein verrückter, leichtlebiger Kerl, zu dem spontaner Sex passte. Das Vertrauen, das zwischen ihnen wuchs, war zu kostbar für einen One-Night-Stand.

Als sich Mila umwandte, wich Leo ertappt zurück. Zweifellos hatte er ein Gewissen und ein übertriebenes Ehrgefühl. Unwillen erwachte in Mila. In der letzten Woche war sie mehrmals verraten worden, zuletzt am Samstagabend, als Jannik sie ermorden wollte. Noch einmal würde sie das nicht ertragen. Also musste sie Leo auf Abstand halten.

»Das mit uns kann nichts werden.« Während sie sprach, hörte sie, wie ein Auto in den Hof einfuhr. Aliki.

Ihre Worte schnitten ihr selbst ins Herz. Sie war imstande, Leo und seine blöde Verliebtheit in Grund und Boden zu rammen.

»Warum nicht?«, fragte er.

»Ich bin so ein Festivalgirl«, entgegnete sie leichthin. »Treue ist nichts für mich. Ich trage Bohemian-Style, lange Kleider, große Ohrringe und feiere gern die Nächte durch.« Sie dachte an Janniks Post mit dem Häkelkleid. Sie musste einfach in diese Kerbe schlagen und Leo Schmerz zufügen, wie es Jannik mit ihr getan hatte.

»Warum sagst du mir das?« Er klang verletzt. Bingo.

»Damit du dir keine Hoffnungen machst.«

Die Tür schlug zu, und Aliki rief einen Gruß in die Küche. Mila spürte Neid in sich aufsteigen, weil die Griechin in aller Ruhe ihrem Herzen folgen und Manolis daten durfte.

»Ich bin eine Nomadin und Traumtänzerin«, fuhr sie fort. »Wenn das hier vorbei ist, werde ich wieder auf Weltreise gehen, auf der Suche nach irgendetwas.«

Nur weg. Sie würde einen Langstreckenflug buchen, Outback mit Kängurus oder Grönland, auf der Suche nach den letzten Eisbären. Sie war knapp bei Kasse, aber vielleicht konnte sie sich ihre Reise finanzieren, indem sie irgendwo auf der Welt als Kellnerin aushalf.

Während Mila die Optionen für sich abwog, standen sie und Leo wie zwei Salzsäulen vor der Spülmaschine herum. Aliki betrat die Küche und stockte, als ihr Blick auf sie fiel. Sie strahlte vor unverhofftem Glück. Mila sah sich mit ihren Augen, hübsch, ruhelos und im Begriff, alles zu zerstören, was zwischen ihr und Leo gewachsen war.

Alikis Augenbrauen hoben sich. Sie ließ die Tür hinter sich zufallen und verschwand diskret im oberen Stockwerk.

»Wovor bist du auf der Flucht, Mila?«, fragte Leo leise.

»Wir haben zu tun«, erwiderte sie kalt. »Wenn wir die Wahrheit herausfinden wollen, müssen wir über einen Mann namens Berisha recherchieren. Und morgen … auch wenn wir nicht alles sagen können … morgen gehen wir zur Polizei.«

21

Montag

Es war vierzehn Uhr. Trotz der frühen Stunde genehmigte sich Kommissar Achilleas Gazakis an Volkers Theke ein kühles Helles.

In Almiros ließ es sich aushalten. Der Himmel war wolkenlos, und das Meer dehnte sich in Richtung Albanien in einem verheißungsvollen Blau. Gazakis kannte den Ort aus seiner Jugend. Mit seinen Freunden hatte er so manches Wochenende hier verbracht. Sie waren mit seinem verschrammten R4 an die Nordküste mit ihren langen Stränden gefahren, hatten gechillt, qualmende Feuer aus Treibholz gemacht, Bier getrunken und im Meer gebadet. In den Dünen nahe dem Kap hatte er seine Jungfräulichkeit an eine gewisse Eleni verloren. Manchmal fragte er sich, was aus ihr geworden war.

Zur Mittagszeit waren Volkers Gaststube und der Garten gut besucht. Kellner flitzten mit Platten voller Fisch und Gyros zwischen der Küche und den Gästen hin und her. Nur Volkers Sohn Tassos hatte Gazakis noch nicht gesehen.

Er hatte schon die zweite Nacht im Haus verbracht und begonnen, sich an das Rauschen des Meeres während der Stunden seiner Schlaflosigkeit zu gewöhnen, nicht aber an Kommissarin Hanna Bitters Arbeitswut.

Er nippte an seinem Bier und verdrehte die Augen. Von Jannik Tersteegen, dem V-Mann von Europol in dieser Olivenölsache, fehlte noch immer jede Spur, ebenso wie von seiner Verlobten Mila van der Holst, die er schnöde sitzen gelassen hatte. Wenn eine geplatzte Hochzeit kein Motiv war …? Nur hatte Tersteegen bereits zwei Wochen vor seinem genialen Coup den Kontakt zu Bitter abgebrochen, Grund genug für diese übereifrige Person, mit einem Aufgebot an Schutzpolizei verbissen Acharavi, Roda und Sidari nach Jannik und Mila abzuklappern. Vergeblich. Jetzt war sie drauf und dran, Mila zur Fahndung ausschreiben zu lassen.

Gazakis trank sein Bier aus und wischte sich den Schaum aus seinem Bart. »Gut gekühlt«, sagte er lobend zu Volker, der ungefragt ein Neues zapfte.

Aus der Küche roch es nach gebratenem Fisch. Volkers Frau Eleftheria, die vorzüglich kochen konnte, stellte einen Teller mit gebackenen Tintenfischringen und Pommes frites vor ihm ab. »*Parakalo.*« Sie nickte ihm lächelnd zu.

»*Efcharisto.*« Die beiden waren so betont freundlich zu ihm, als plage sie insgeheim ein schlechtes Gewissen. Da sie grundehrlich waren, musste er nur warten. Irgendwann würden sie sich von allein verraten.

Er hatte eben den ersten knusprigen Tintenfischring auf seine Gabel gespießt, als die Tür aufsprang. Der große Olivenbauer, der schon am Samstag zu viel gewusst und zu wenig geredet hatte, trat ein. In seiner Begleitung befand sich eine dunkelhaarige junge Frau, die eine geblümte Bluse, Shorts und Turnschuhe trug. Der Riese stellte sich schützend vor sie. Volltreffer! Geduld zahlte sich eben aus.

Gazakis schob die Tintenfischringe mit einem Anflug von Bedauern von sich. Er hatte etwas Besseres an der Angel.

»Leonidas Bardés und Mila van der Holst?«

Die junge Frau wurde blass. So viel zur ehrlichen Haut.

»Ich nehme an, Sie wollen eine Aussage machen.«

Sie holte tief Luft. »Ich habe Jannik nichts getan.«

»Ach wirklich?« Gazakis war geneigt, ihr zu glauben. Er nahm seinen Teller und sein Glas und führte die beiden zum letzten freien Tisch.

Derweil maß dieser Leo die Tintenfischringe mit einem Ausdruck schlecht verhohlener Verachtung. Fast Food. Gazakis fragte sich, warum sich der Riese darüber aufregte. Eleftheria hatte sie prima hingekriegt.

Aus reiner Provokation steckte er sich einen der knusprigen Ringe in den Mund, kaute und musterte Mila. Er fand sie niedlich mit dem Wust dunkelbrauner Locken, die ihr über die Schultern rieselten, und den verschreckten grünen Augen. Eine Mörderin sah anders aus, eine Gaunerin, die gepanschtes Olivenöl verschob und mit der Mafia paktierte, sowieso. Außerdem hatte sie hübsche gebräunte Beine, die er ausgiebig betrachtete.

Er rief sich zur Ordnung und beschloss, erst einmal zuzuhören, statt sich von Äußerlichkeiten beeinflussen zu lassen. »Dann schießen Sie mal los.«

In diesem Moment platzte Hanna Bitter in die Gaststube. Ein Sturmwind war nichts gegen sie. Ihr blonder Pferdeschwanz hatte sich gelöst. Sie schnaubte, als sie sich geräuschvoll auf den letzten freien Stuhl fallen ließ. Zu ihren Bermudashorts trug sie ein weißes Herrenhemd, das auf einer Seite heraushing. Ihre Wangen waren gerötet.

»Mila van der Holst?«, fragte sie ohne Umschweife.

Nimm dich in Acht, Gazakis, dachte er, als Mila in sich zusammensank. Sie weckte nicht nur in ihm Beschützerinstinkte. Auch Leo setzte sich aufrecht, bereit, Mila im Notfall zu verteidigen.

Volker näherte sich mit einer Flasche Wasser und vier Gläsern und goss ungefragt ein. Hanna Bitter trank ihr Glas auf ex. Dann legte sie los.

»Was haben Sie uns zu sagen? Und was fällt Ihnen ein, sich so lange nicht bei uns zu melden? Damit machen Sie sich verdächtig.«

»Ich habe nichts mit Janniks Verschwinden zu tun.« Mila schenkte ihnen nacheinander einen unschuldigen Blick.

»Tatsächlich? Immerhin hat Jannik Tersteegen Ihre Hochzeit platzen lassen und Sie vor der ganzen Welt blamiert.«

Mila begann zu sprechen. Ihre Aussage war sorgfältig durchdacht. Vermutlich hatte sie sie mit Leo abgestimmt. Gazakis war sich sicher, dass sie nicht alles preisgab. Zunächst berichtete sie von Janniks Coup auf Facebook, dann von ihrer Ankunft auf Korfu am letzten Dienstag.

»Ich habe Jannik überrumpelt. Weil ich unbedingt mit ihm sprechen musste. Sie haben schon recht. Er hat mich hundsgemein behandelt.« Sie schilderte den Abend bei Volker, den Cocktail, den Jannik und sie am Uferweg getrunken hatten, und schließlich ihr bitteres Erwachen am Hang, ihre Rettung durch Manolis und den Nachmittag in Leos Haus.

»Das ist alles?«, fragte Bitter kalt.

»An mehr kann ich mich nicht erinnern«, sagte Mila entschieden. »Die Nacht ist wie ausgelöscht. Retrograde Amnesie nennt man das, oder? Es muss am Alkohol gelegen haben.«

Natürlich, dachte Gazakis. So hatten sie sich also den Grund für Milas temporären Gedächtnisverlust zurechtgelegt.

Hanna Bitter lachte spöttisch. »Wenn alle Gauner Erinnerungslücken vorschieben würden, hätten wir schlechte Aufklärungsquoten, nicht wahr, Gazakis?«

Leo fuhr auf, als wolle er ihr ins Wort fallen. Gazakis machte eine verschwörerische Geste in seine Richtung. Reg dich nicht auf, hieß das, leg dich nicht mit ihr an, und es funktionierte. Leo setzte sich wieder.

»Wie alt sind Sie, Mila?«, fragte Gazakis.

»Sechsundzwanzig«, antwortete sie wahrheitsgemäß.

Er wusste das schon, weil sie ihr Leben mit Hilfe der Personendateien der deutschen Polizei komplett durchleuchtet hatten, ihre Herkunft, ihre ruhelose Mutter, ihre fürsorgliche Großmutter und ihren holländischen Vater, der sich seit Jahren nicht um sie gekümmert hatte. Er wusste, dass sie eine Ausbildung als Logopädin gemacht, aber nie in diesem Beruf gearbeitet hatte. Stattdessen war sie auf der Suche nach dem großen Glück um die Welt gejettet und hatte Jannik Tersteegen kennengelernt, der nur auf den ersten Blick ein Hauptgewinn gewesen war.

»Sie haben schon einiges erlebt … und Sie waren auf Ihren Reisen mit Sicherheit kein Kind von Traurigkeit. Und da wollen Sie uns, mit Verlaub, erzählen, dass Sie nicht bemerken, wenn man Sie unter Drogen setzt?« Gazakis fiel auf, dass Volker mit dem Tablett in der Hand hinter ihm stand und sich nicht von der Stelle rührte.

Jetzt wird es interessant, dachte er. Irgendwie musste der Gastwirt in der Sache drinstecken. Hanna Bitter hatte Volkers Gegenwart auch bemerkt.

Mila trank einen großen Schluck Wasser. »Sie meinen, da war etwas in meinem Drink?« Sie sah sogar mit gerunzelter Stirn niedlich aus.

Volker stieß ein erschrockenes Schnauben aus und konnte das Tablett gerade noch festhalten. Gazakis entschloss sich, Mila weiterhin freundlich zu behandeln. Als böse Bullin konnte sich ja Bitter gebärden.

»Mila. Wie viel Alkohol benötigen Sie für einen Blackout? Was schätzen Sie?« Laut ihrer Einträge hatte sie keine Affinität zu Drogen, war alles andere als eine Crackhure und oder ein Marihuanajunkie. Aber sie war mit Jannik Tersteegen in den Surferhotspots der Welt zu Gast gewesen und wusste sicher, wie weit sie gehen konnte.

»Sagen Sie nicht, dass Sie das nicht einschätzen können«, sagte Bitter ungehalten.

Mila zerpflückte gedankenverloren einen Bierdeckel. »Die Screwdriver hatten zu viel Wodka. Mehr als die Hälfte«, sagte sie rechtfertigend. »Das reicht unter Umständen aus, um mich außer Gefecht zu setzen, zumal ich fix und fertig war.«

»Sie wissen es also nicht«, schloss Bitter. »Ich sage nur: Gammahydroxybuttersäure. K.-o.-Tropfen.«

Mila riss auf einmal ihre großen Augen auf. »Jannik. Vielleicht hat er nur so getan, als wäre er müde. Vielleicht blieb er ja wach, während ich einschlief. Er steht nicht mehr auf meiner Seite.«

Leo wäre ihr fast ins Wort gefallen.

»Was macht Sie dessen so sicher?«, fragte Bitter.

»Ich, nichts, nein ...« Mila sprang auf, als würde sie am liebsten auf den Uferweg fliehen. Gazakis ahnte, dass dieser

Reaktion ein sanfter Tritt Leos an ihr Schienbein vorangegangen war.

»Ich weiß überhaupt nichts.« Sie ließ sich wieder auf ihren Stuhl fallen und schob sich eine verschwitzte Locke aus der Stirn.

»Sprechen Sie ruhig weiter«, forderte Bitter sie auf. »Was macht Sie so sicher, dass Jannik die Seite gewechselt hat?«

»Nichts.«

Gazakis fragte sich unwillkürlich, warum sowohl Mila als auch Leo so viel Angst hatten. Wem waren sie zu nahe gekommen?

Er übernahm das Verhör. »Haben Sie, Herr Bardés darf sich auch angesprochen fühlen, schon einmal etwas mit der Organisierten Kriminalität zu tun gehabt?«

Mila erschrak so heftig, dass sich um ihren Mund ein weißes Dreieck bildete. »Noch nie«, beteuerte sie.

Leo war gleichfalls blass geworden. Kreidebleich, dachte Gazakis, dem einiges klar wurde. Von Beruf war Leo Olivenbauer, außerdem Grundbesitzer mit Ambitionen, den Olivenanbau in dieser Gegend zu revolutionieren, und schwer verschuldet. Manchmal ergab sich die Summe möglicher Erkenntnisse aus dem, was die Leute verschwiegen. Ein Kontakt zum organisierten Verbrechen war unter diesen Umständen sehr wohl möglich.

»Wirklich?«, fragte Bitter. »Weshalb reagieren Sie dann so panisch?«

»Das interpretieren Sie falsch«, sagte Leo verärgert. »Und jetzt lassen Sie uns in Ruhe … Mila.« Er stand auf und zog sie auf die Füße. Sie waren schon an der Tür, als Hanna Bitter sie zurückrief.

»Halten Sie sich bitte zu unserer Verfügung«, sagte sie begütigender, als Gazakis sie kannte. »Wo sich Jannik Tersteegen aufhält, interessiert uns natürlich. Er war unser Informant. Noch wichtiger sind uns aber seine Aufzeichnungen. Vor allem die neuesten. Wissen Sie, wo sie stecken könnten?«

»Sein Laptop«, sagte Mila tonlos. »Darauf hat er immer alles gespeichert. Ich habe keine Ahnung, wo der sein kann.« Dieses Mal log sie nicht. Da war sich Gazakis sicher.

Mila und Leo verließen in stiller Eintracht das Lokal. Gazakis und Bitter starrten auf die Tür, die hinter ihnen ins Schloss fiel.

»Diesen Olivenbauern hat die Kleine ja mühelos um den Finger gewickelt«, sagte Bitter. »Ganz schön manipulativ. Die beiden haben gelogen, oder?«

»Äh, was?« Gazakis dachte über Milas Worte nach. »Ja, oder nur Bruchstücke der Wahrheit verlauten lassen. Das Übliche also.«

»Sie brauchen diese Mila gar nicht so in Schutz zu nehmen«, sagte Bitter eingeschnappt.

»Nein. Aber haben Sie nicht gemerkt, was mit ihr los war? Sie wurde erst authentisch, als sie verlauten ließ, Jannik Tersteegen stünde nicht mehr auf ihrer Seite.«

Hanna Bitter nickte nachdenklich. »Sie hat Angst. Wir müssen sie beobachten lassen, alle beide, Gazakis. Das müssen wir wirklich.«

22

Kavos, Südkorfu, »Eden Beach Club«. Bodennebel stieg auf und vermischte sich mit den farbigen Lichtern der Laser, die im Rhythmus der Musik über die Tanzfläche glitten. Der Club war brechend voll, die Musik, hammerharter Technobeat, so laut, dass sich Zois Ohren taub anfühlten. Kavos. Wenn Leo wüsste, dass sie hier war, würde er sie bis zum Abitur bei Wasser und Brot in ihr Zimmer sperren.

Sie hatten es locker geschafft, in den »Eden Beach Club« zu kommen. Nach einem kurzen Blick auf die drei Mädchen hatte der Türsteher sie alle sechs reingelassen. Costas machte ihnen mit Ellenbogeneinsatz die Bahn frei, sodass sie sich problemlos durch die Menge drängen konnten.

Kneif mich, dachte Zoi. Sie stand am Rand der Tanzfläche des angesagtesten Clubs Korfus. Diese Nacht gehört mir. Und dennoch. Auch wenn die Musik ihr in die Beine fuhr, konnte von Tanzen keine Rede sein. Es war so voll, dass die Leute auf der Stelle herumhopsten.

»Sie treten sich auf die Füße!«, brüllte Zoi.

»Eng an eng!«, rief Tassos.

Zoi überlief ein wohliger Schauder. »Und es wird noch voller. Wir sind früh dran.« Es war dreiundzwanzig Uhr. Die Post würde frühestens ab Mitternacht abgehen. Selbst im Morgengrauen wäre noch lange nicht Schluss.

Korfu hatte die Form eines senkrecht ins Meer geworfenen Angelhakens. Zusammengequetscht in Spyros' Geländewagen, zwei vorn, drei hinten, hatten sie mehr als zwei Stunden gebraucht, um die Insel vom Kap der Ekaterina bis zu ihrer Südspitze zu durchqueren, was vor allem am Stau in Kerkyra lag. Tassos war mit seinem Bike nachgekommen. Zois Roller parkte noch immer in der Einfahrt von Marias Elternhaus und wartete geduldig auf Abholung. Sie wollte lieber nicht über die

Konsequenzen nachdenken, die dieser Ausflug haben konnte, wenn Leo ihr auf die Schliche kam.

Spyros zog Eleni auf die Tanzfläche. Maria folgte Costas. Tassos nahm Zois Hand und bahnte sich mit ihr einen Weg durchs Gewühl. Die anderen Tänzer, alles Kids um die zwanzig und lange nicht so gestylt wie sie, verschwammen vor ihren Augen zu einer gesichtslosen Masse. Die Fläche, die sich Zoi und Tassos erkämpften, war nicht größer als ein gefaltetes Handtuch, genau richtig, um sich nahe zu kommen. Zoi spürte seinen durchtrainierten Körper an ihrem. Es war heiß.

Ihren bisher einzigen Clubbesuch hatte sie sich in München mit der Lüge erkauft, sie werde bei einer Freundin übernachten. Leo, der sonst immer auf sie aufpasste, hatte sich gerade auf Korfu aufgehalten, und ihrer Nanny war es egal gewesen, wo sie sich herumtrieb. Heute hatte sie nicht mehr so viel Freiheit. In Kavvadades fühlte sie sich lebendig begraben. Aber das würde sich ändern. Sie würde ihr Leben selbst in die Hand nehmen und endlich Spaß haben.

»Schaumparty wäre super!«, rief Maria.

Zoi applaudierte entzückt. Sie musste Tassos und den anderen ja nicht verraten, dass sie nicht wusste, was das war.

Unauffällig ließ sie ihre Augen über die Menge schweifen. Manche Mädchen sahen aus, als kämen sie direkt vom Strand. Sand knirschte unter ihren Füßen. Es roch nach Sonnenmilch und Dope. Die Jungs trugen abgeschnittene Jeans. Einige zeigten ihren freien, tätowierten Oberkörper.

Tassos' Clique wirkte eleganter, fast overdressed. Die Jungen hatten sich in enge Jeans und blütenweiße Hemden geworfen. Eleni, Maria und Zoi hatten sich in Acharavi bei Maria zurechtgemacht, was ziemlich lustig gewesen war. Während sie sich die Fußnägel lackierten, kicherten sie über alles, lästerten über die Jungs ab und überlegten sich passende Outfits. Der silberne Lack, den Zoi auf Hand- und Fußnägeln trug, reflektierte das Licht und passte hervorragend zu ihren gebräunten Beinen. Sie trug ein Kleid von Maria, ein Chiffonfähnchen in Weiß mit einem Neckholderverschluss. Ihre langen Haare hatte Eleni so lange mit dem Glätteisen bearbeitet, bis sie ihr seidig über den Rücken fielen. Zum ersten Mal seit Langem fühlte sich Zoi schön.

Das Beste aber war, dass sie jetzt über die Liebeleien der Clique Bescheid wusste. Eleni und Spyros waren zusammen, höchstwahrscheinlich jedenfalls. Maria wollte was von Costas, der aber nicht von ihr, oder etwa doch? Und Tassos …

»Von dem lass am besten die Finger«, hatte Maria sie flüsternd gewarnt. »Er hat halb Korfu durch.«

»Euch auch?«, hatte Zoi zurückgefragt.

Eleni und Maria hatten sich vielsagend angesehen, die Hände vor den Mund gelegt und losgeprustet.

Zoi wollte sich Tassos nicht ausreden lassen. Er war so gut aussehend und cool. In der Menge fielen sie zwangsweise in einen Wiegeschritt und tanzten Körper an Körper. Seine Hand tastete sich langsam ihre Wirbelsäule hinab. Er roch nach einem Herrenparfüm, in das sich Gras, Regen und Schweiß mischten.

Nach Tassos, dachte sie. In ihrer Brust saß ein warmes Ziehen, als er beim Tanzen sein Kinn auf ihren Scheitel legte. Zoi hätte bis in alle Ewigkeit so weitermachen können.

Beim nächsten Stück hatte Maria genug. Sie verließen unter wummernden Bässen die Tanzfläche und lümmelten sich in eine der Sitzgruppen auf der Empore. Unter ihnen wogte ein Meer aus Leibern. Zoi machte es sich mit den Mädchen und Spyros auf den Polstern bequem, während sich Tassos mit Costas durch die Menge drängte, um ihnen etwas zu trinken zu holen.

»Sind das wirklich alles Engländer?«, fragte sie.

»Das Partyvolk?«, fragte Spyros. »Tommys geben sich hier massenweise die Kante. Es sind auch Jugendliche aus anderen Ländern dabei, Deutsche und Osteuropäer, aber Kavos ist in England bekannt. Meine Eltern investieren schon nicht mehr hier, weil die hier das Klima verderben.« Er legte seinen Arm großspurig über die Lehne. »Exklusiv war einmal. Es kommen keine gut situierten Erwachsenen mehr. Das sind Abiturienten, die machen hier die Nächte durch und dröhnen sich mit Lachgas zu.«

Zoi machte große Augen, weil das so verrucht klang.

»Und am nächsten Morgen liegen sie am Strand, von oben bis unten vollgekotzt«, fügte Maria hinzu.

»Und Drogen?«, fragte Zoi. »Ecstasy?«

Eleni blinzelte ihr verschwörerisch zu. Bis auf Zoi hatten sie sich alle von Tassos eine rosa Pille auf die Zunge setzen lassen und sie geschluckt. Wie eine Hostie.

»Dealt Tassos eigentlich?« Sie konnte sich nicht vorstellen, dass er die Pillen und das Dope verschenkte, wo sich doch mit Sicherheit Geld damit verdienen ließ.

»Was meinst du?«, fragte Maria ausweichend.

Zoi wurde einer Antwort enthoben, weil die Jungs mit zwei Tabletts zurückkehrten, die sie auf dem Glastisch in der Mitte absetzten. Costas hatte Schwitzflecken unter den Armen. Tassos pustete sich nachlässig seine Ponysträhne aus der Stirn.

»Hart erkämpft. An der Theke ist es richtig voll.« Er stellte ein Longdrinkglas mit einer rosafarbenen Flüssigkeit vor Zoi ab, ließ sich in das Polster neben ihr fallen und legte ihr den Arm um die Schultern. »Bitte schön. Drei Pink Panther, wie gewünscht. Grapefruit-Flips für die Damenwelt.«

Zoi probierte den Drink, der nach Grapefruitsaft und etwas Scharfem schmeckte. Mist, dachte sie.

»Gin«, sagte Maria.

»Ein Cocktail von mir wäre besser«, sagte Tassos selbstbewusst.

»Schmeckt super«, entgegnete Zoi. Der Drink war bestimmt teuer, und Tassos hatte ihn ausgegeben. Also musste sie ihn in Ehren halten.

Außer einem gelegentlichen Schluck Rotwein trank sie keinen Alkohol. Obwohl das Glas mit zerstoßenem Eis aufgefüllt war, kühlte der Flip sie nicht ab. Stattdessen zeigte das Getränk seine Wirkung, indem es verheißungsvoll in ihren Adern zu kreisen begann. Schweiß sammelte sich zwischen ihren Brüsten, lief ihr über den Rücken, kribbelte im Nacken und durchnässte ihren Haaransatz. Plötzlich bekam sie Lust, heute noch etwas Verbotenes zu tun. Ein Blick auf Tassos zeigte ihr, dass es ihm ähnlich ging.

»Komm.« Er nahm ihre Hand und zog sie hoch.

Zoi errötete, als Spyros ihr zuzwinkerte. Maria kicherte und stieß Eleni in die Seite. Egal, was die anderen dachten. Diese Nacht gehörte Tassos und ihr. Vielleicht würde diese Gelegenheit nie wiederkommen. Die anderen applaudierten johlend, als Zoi den Pink Panther bis zur Neige leer trank und den letzten Tropfen ausleckte.

Tassos sah sie seltsam an. »Ich wusste gar nicht, dass du so eine Schnapsdrossel bist.«

»Ich auch nicht«, sagte Zoi kichernd.

»Ich passe auf dich auf, solange ich kann.«

Zoi wunderte sich über diese seltsamen Worte und folgte Tassos durch den Gang nach draußen.

Als die Tür des Clubs hinter ihnen ins Schloss gefallen war, atmete sie erleichtert die kühle Nachtluft ein. »Wie perlendes Wasser. Piratenwasser. Dieses Gin-Dings …« Sie kicherte.

Vorsicht, sagte eine leise Stimme in ihr. Du redest Unsinn. Der Alkohol lässt dich schwafeln.

Aber Zois Lust, zu leben, war stärker.

Rund um das »Eden Beach« befanden sich weitere Clubs, aus denen laute Musik schallte. Gruppen betrunkener Partygäste kamen ihnen grölend und johlend entgegen. Einer erleichterte sich an einer Hausecke, ein Mädchen hatte ihr T-Shirt ausgezogen und schwenkte es im Kreis über ihrem Kopf.

»Die da …«, sagte Zoi. Eigentlich hatte sie sagen wollen, dass man nicht barbusig herumlief, aber ihr Gedanke ging in einem Lachanfall unter. Sie taumelte. Tassos fing sie auf und stützte sie, während er neben ihr herging.

Der Krach aus den Diskotheken verebbte, als sie den Hafen erreichten, in dem schneeweiße Luxusyachten neben Fischerbooten und den Luftkissenfähren vor Anker lagen, die mehrmals täglich zur Insel Paxos fuhren. Tassos zog Zoi zu einer Steinbank. Das Wasser schwappte sanft an den Pier. Sie konnte nicht aufhören zu kichern und legte Tassos den Kopf auf die Schulter.

»Du hast etwas Besseres verdient als mich«, sagte er. »Ich hasse Kavos und was ich tun muss.«

»Ich finde es hier super. Und du musst nichts tun, was du nicht willst.«

»Kavos ist der Alptraum.« Tassos' Stimme klang nach schlechtem Gewissen. »Es gibt viel bessere Orte auf Korfu. In Kerkyra gibt es Clubs, die schöner sind. Exklusiver. Und sicherer.«

»Und warum sind wir dann hier?« Zois Magen rebellierte gegen den Pink Panther. Doch das war nicht alles. Der Drink lähmte sie. Ihre Zunge fühlte sich bleischwer an.

»Frag nicht. Diese Nacht gehört mir.« Tassos küsste sie auf den Mund. Nicht sanft, sondern hart und fordernd.

Sie war so überrumpelt, dass sich ihre Lippen von selbst teilten. Seine Zunge bohrte sich in ihren Mund, umkreiste ihre. Zoi hatte bisher noch nie mit Zunge geküsst. So fühlte sich das also an.

Sie versuchte mitzumachen, aber ihre Übelkeit war inzwischen so stark, dass sie würgen musste. Sie löste sich von ihm. »Mir ist schlecht.«

»Komm.« Er zog sie auf die Füße und dirigierte sie einige Meter weiter, wo eine Treppe vom Kai hinab zum Strand führte. Ein paar Meter durch den weichen Sand, und sie waren allein. Tassos legte sie mit dem Rücken auf den Boden, schob ihr Kleid hoch und öffnete geschickt ihren BH-Verschluss.

»Nicht!«, sagte sie, aber er hörte nicht auf sie.

»Oh Mann, wie habe ich mir das ersehnt.« Seine Finger glitten über die seidig weiche Haut ihres Bauches und strichen sanft über ihre Nippel, die vom kalten Nachtwind und der Berührung steif wurden. Er legte seine Hände um die Rundung ihrer Brüste, streichelte sie und stöhnte leise.

Zoi wollte ihm Einhalt gebieten, wollte ihm sagen, dass sie ihn liebte, aber mehr Zeit brauchte, und spürte, dass sie nicht dazu fähig war. Ihre Zunge klebte ihr am Gaumen, und ihre Übelkeit verstärkte sich. Was, wenn sie ihm in dieser Situation vor die Füße kotzte? Ihr Körper gehorchte ihr nicht, ihre Arme blieben kraftlos auf dem Boden liegen.

Tassos kniete sich vor sie auf den Boden und schob einen Finger unter ihren Tanga an ihre intimste Stelle.

Zoi erstarrte. Es war zu hart und ging zu schnell. Vielleicht sollte sie ihn einfach machen lassen. Sie war lange genug Jungfrau gewesen. Schließlich schien er zu wissen, was er da tat. Eigentlich hatte sie sich ihr erstes Mal anders vorgestellt, als willenlos auf dem Rücken zu liegen und in den Himmel zu starren.

»Zoi.« Tassos streifte seine Jeans ab und hielt seinen Penis in der Hand. So riesig? Zoi riss die Augen auf, als er überraschend geschickt ein Kondom aufriss und überstreifte. »Ich begehre dich so.«

»Nein«, sagte sie.

»Was ist?« Er betrachtete sie verwirrt. Sein Gesichtsausdruck sprach von Verlangen und schlechtem Gewissen.

»Nicht … so … schnell.« Die Worte wollten nicht. Sie musste sie eins nach dem anderen aus ihrem Mund quetschen.

Tassos wurde knallrot. »Nee, schon gut. Ich weiß. Ich mag dich nur so sehr.« Er streifte das Kondom ab und zog seine Jeans wieder an. »So bin ich nicht. Ich nutze keine Mädchen aus. Es tut mir leid.« Er kniete im Sand und legte seinen Kopf in die Hände.

Was meinte er damit?

Zoi kam nicht dazu, weiter darüber nachzudenken. »Mir ist schlecht.« Sie drehte sich um, kam schwankend auf die Knie und kroch zur Seite, wo sie sich neben einen Felsen übergab, schwallartig, krampfhaft, wieder und wieder, bis nur noch gelbe Galle kam. Ihr Magen schmerzte, und die Welt drehte sich.

Alles war falsch. Müsste er ihr nicht, während sie sich die Seele aus dem Leib kotzte, ermutigende Worte zusprechen und die Haare aus dem Gesicht halten? Wenn man sich liebte, holte man einander doch die Sterne vom Himmel.

Sie taumelte zurück. Er war fort. Sie war allein auf dem weiten Strand. Unglauben erfasste sie.

»Tassos?«

So ein Mistkerl. Zoi fiel in den Sand und stellte fest, dass sie sich endgültig nicht mehr bewegen konnte. Sie war hilflos wie ein Käfer, der auf dem Rücken gelandet war. Bei vollem Bewusstsein übermannte sie eine tiefe Lähmung, Schlaf und doch nicht Schlaf, der ihr die Sinne raubte. Sie fiel und fiel in eine Schlucht, deren Grund sie nicht ermessen konnte.

Sie war willenlos, wie gelähmt. Deshalb ließ sie zu, dass ihr jemand einen Hoodie anzog, die Kapuze überstreifte, sie auf seine Arme hob und in einen weißen Transporter verfrachtete, der gemächlich durch die laue Sommernacht davonfuhr.

23

Dienstag

Leonidas Bardés lenkte den Pick-up durch die Ebene zur Küste und hing seinen Gedanken nach. Es war ein drückend heißer Tag, Schweiß rann ihm über Stirn und Schultern. Mila saß neben ihm und plauderte. Obwohl er nicht zuhörte, war er sich ihrer Schönheit bewusst wie einer Verlockung, der er nicht nachgeben durfte. Haare, die ihr wellig über die Schultern fielen, grüne Augen, braun gebrannte Beine. Ihm gefiel sogar die senkrechte Falte, die sich zwischen ihren Augenbrauen bildete, wenn sie sich ärgerte.

Leo hatte eine schlaflose Nacht hinter sich. Voller Selbstironie erinnerte er sich an die Fernsehserie »Bauer sucht Frau«, die Zoi so geliebt hatte. Damals in München hatte er sich über ihre Begeisterung für das Format ebenso lustig gemacht wie über die armen Wichte, die ihre Partnersuche über RTL abwickelten. Die Kamera war gegenwärtig, wenn die Landwirte mit bekränzten Kälbchen flirteten oder Scheunenfeste organisierten. Jetzt steckte er in einer ähnlichen Situation wie diese Trampel auf Freiersfüßen.

Wie dumm er war. Er hatte seine Traumfrau gefunden, doch sie weigerte sich, ihn zu lieben, obwohl er ihr sein Herz auf einem Tablett mit Käsespätzle darbot. Er konnte sie verstehen. Wer wollte schon lebendig auf einem Olivenhof am Ende der Welt begraben sein?

Sie durchquerten die Ebene. Leo stoppte an der Ampel in Roda. Es wurde grün. Lautstarkes Hupen weckte ihn aus seiner Erstarrung.

»Leo, pass doch auf!«

Er bog rechts ab. Nach Milas Abfuhr waren sie am Sonntagabend schnell in den Arbeitsmodus zurückgekehrt. Sie mussten Janniks Laptop finden, der ihnen Klarheit über seine Aktivitäten geben würde. Damit hatten sie sich seit anderthalb Tagen beschäftigt, wenn man davon absah, dass sie sich gestern vor Bitter und Gazakis zum Affen gemacht hatten.

Während Leo den Wagen nach Acharavi lenkte, sagte Mila einige Worte, deren Sinn ihm verschlossen blieb. »Wie bitte?«, fragte er und riss sich zusammen, wollte wieder Herr seiner Sinne werden. Schließlich hatte er noch immer eine Leiche in der Schlucht.

»Vielleicht hat mich Jannik ja doch mit K.-o.-Tropfen betäubt«, sagte sie traurig.

Letzte Nacht hatten sie über die Wirkung dieser Substanzen recherchiert. Mila schwor Stein und Bein, dass ihr das nie zuvor passiert war.

»… und dir seine eigene Trunkenheit nur vorgespielt«, vollendete Leo ihre Gedanken.

»Dann hat er mich den Hang hinabgestoßen, weil er mich umbringen wollte. Im ›Hotel Olympia‹ war es genauso. Ich frage mich nur, weshalb …«

Er konnte nicht anders, als ihr beizupflichten. Warum sollte Jannik Mila töten wollen? Es reichte doch, wenn er verschwand, um sich mit Mafiageld ein neues Leben aufzubauen. Wahrscheinlich war er mit dem Laptop schon längst über alle Berge.

Leos Augen brannten nach der durchwachten Nacht, die sie vertieft in ihre Recherchen über Olivenölbetrug und die albanische Mafia verbracht hatten. Jannik waren sie damit keinen Deut näher gekommen. Der Countdown bis zur Übergabe an Arsim Berisha lief. Stundenlang hatten sie auf Google und in anderen Suchmaschinen diesen Namen aufgerufen und nichts gefunden. Es war nicht so, dass er in Albanien nicht existierte. Im Gegenteil. Arsim Berishas gab es wie Sand am Meer.

Gegen drei Uhr dreißig hatten sie sich eingestanden, dass sich der Mafiapate Mila unter einem Decknamen vorgestellt hatte. Damit tendierte die Möglichkeit, ihn vorzeitig zu kontaktieren, gegen null. Und noch immer gab es keine Spur von Janniks Aufzeichnungen.

Der Pick-up kreuzte das Ortsschild von Acharavi. Links lag das kleine Museum zur Volkskultur, das noch geschlossen war.

Es war zehn Uhr vormittags. Auf der belebten Einkaufsstraße stauten sich die Autos. Die Gehwege waren überfüllt. Touristen und Einheimische nutzten die Zeit, um Einkäufe zu machen, zum Bäcker zu gehen oder sich mit Souvenirs einzudecken. Die Autovermietungen und Kreuzfahrtagenturen hatten geöffnet. Menschen mit Sonnenbrillen und kurzen Hosen strömten in Demetrios' Supermarkt. Auf dem kleinen Platz im Ortszentrum hatte ein Bauer seinen Früchtestand aufgebaut, der sich unter Bergen von Tomaten, Pfirsichen, Aprikosen und Trauben bog. An der Straße parkte der Truck des Geflügelverkäufers, in dem reichlich gackerndes Federvieh auf neue Besitzer wartete. In seiner Umgebung roch es unsäglich nach Mist.

»Malerisch«, sagte Mila.

Leo setzte den Pick-up in eine Parklücke und verzichtete darauf, ihr zu erklären, dass die Griechen in der Krise froh über jedes Ei waren, das sie nicht kaufen mussten. Sie stiegen aus.

»Was jetzt?« Missmutig sah sich Mila im Trubel um.

»Wir suchen Janniks Aufenthaltsort«, sagte Leo mit einer Zuversicht, die er nicht spürte, »... indem wir Leute fragen, die ihn gekannt haben könnten.«

Er glaubte nicht an einen Erfolg. Schließlich hatte die Polizei in Acharavi schon jeden Stein umgedreht.

Mila senkte verschwörerisch die Stimme. »Ich frage mich, warum Jannik mich so hasst. Schließlich habe ich ihm doch gar nichts getan. Im Gegenteil ...«

»Natürlich nicht. Du warst sein Blitzableiter und seine Krankenpflegerin. Warum sollte er dich also umbringen wollen?« Leo steuerte sein Stammcafé an, das kurz hinter dem Platz rechts der Straße lag. »Du hast es ja gehört. Jannik war ein Informant der Polizei. Er stand in Kontakt mit der Mafia. Vielleicht hat er versucht, Berisha zu erpressen.«

»Dann war er so eine Art Doppelagent. Er hat für Europol gearbeitet und gleichzeitig für die Mafia, die in diese Olivenölpanscherei verwickelt ist. Er hat beide mit Informationen versorgt und selbst an dem Betrug verdient, den die Mafia inszeniert hat.«

»Traust du ihm das zu?«

»Ich weiß es nicht.«

Sie belegten einen Tisch unter einer Platane und warteten auf Daria, die ihre Bestellung aufnahm. Die junge Frau studierte in Athen und half den Sommer über im Café ihrer Eltern Anastasia und Nikos aus. Leo bestellte Wasser und Cappuccino.

»Kannst du mir eine Spezialität empfehlen?«, fragte Mila auf Englisch.

Daria schilderte ihr die Vorzüge ihrer Cremetörtchen mit Kirschen.

»Super!« Mila bestellte zusätzlich eine Auswahl Kekse und Orangensaft. »Wenn ich gestresst bin, muss ich immer essen.«

Leo beließ es bei einem Getränk.

»Irgendwie geht mein Urlaub gründlich in die Hose«, sagte Mila. »Den letzten Kaffee habe ich mit Arsim Berisha getrunken. Sozusagen mein Henkerskaffee. Hoffentlich wird das nicht mein Henkerscremetörtchen.«

Darias Mutter Anastasia deckte den Tisch. Leo nutzte die Gelegenheit und erkundigte sich nach Jannik. Er registrierte ohne große Verwunderung, dass Anastasia höflich, aber bestimmt dichtmachte. Nein, sie wisse nicht, wo der junge Deutsche untergekommen sei. Die Polizei habe auch schon nach ihm gefragt. Der Grad ihres Misstrauens bot Leo eine Lektion in Sachen Heimat. Die Einheimischen trauten ihm nicht. Sie blieben unter sich und schützten ihre Geheimnisse.

Mila versenkte ihre Kuchengabel in die weiche Schokoladencreme. »Was sagt sie?«

»Nichts. Sie will keinen Ärger. Gebranntes Kind scheut das Feuer.«

Leo unterließ es, ihr zu erklären, dass Griechen traditionell misstrauisch gegenüber Obrigkeiten aller Art waren. Nach den verschiedenen Besatzungen durch Venezianer, Franzosen, Engländer oder Deutsche und mit einer Regierung, die sich jahrzehntelang vor allem durch Korruption hervorgetan hatte, verließen sich die Korfioten am liebsten auf sich selbst.

»Weil ich so bald keine Hochzeitstorte haben werde«, sagte Mila, »muss ich mich mit Cremetörtchen vollstopfen, wo ich sie kriegen kann. Carpe diem!«

»Wer sagt, dass du nicht heiraten wirst?« Leo schob sich einen Keks in den Mund. Und zwar mich, hätte er am liebsten hinzugefügt.

Er sah seine eigene Hochzeit vor sich, im besten Hotel von Kerkyra, nahe dem Flughafen und dem Schloss Mon Repos mit Blick auf die abhebenden und landenden Flugzeuge. Seiner Bedeutung auf der Insel entsprechend würde er rund zweitausend Gäste einladen müssen. Die wunderschöne Braut in Weiß würde eine fünfstöckige Torte bekommen.

Er verschluckte sich, und Mila klopfte ihm lachend auf den Rücken. Verliebter Narr, der er war, fand er, dass sie ihre Hand ruhig da liegen lassen konnte.

Kurz darauf zahlten sie und verließen das Café. In der nächsten halben Stunde klapperten sie die Supermärkte und Souvenirshops in Acharavi ab und erkundigten sich nach Jannik. Leo sprach, Mila hörte zu und nickte zustimmend, wenn sie dachte, sie habe etwas verstanden.

Sie blieben erfolglos. Demetrios, der Betreiber des Supermarkts Tauros, erinnerte sich zwar an Jannik, hegte aber große Zweifel an der Möglichkeit, der Deutsche könne anderswo Quartier bezogen haben als in Almiros.

»Hat die Familie da nicht ein Haus?«, fragte er. »Warum soll er fürs Wohnen bezahlen?«

»Eine essenzielle Frage«, sagte Mila.

Die anderen Ladenbesitzer hätten sie am liebsten der Tür verwiesen. Janniks Verschwinden sorgte für Aufsehen. Er geisterte als Phantom durch Acharavi. Nur Spyros, der Besitzer des Geflügeltrucks, war bereit, ihnen weiterzuhelfen. Mila legte einen Stopp neben dem gackernden Federvieh ein und fragte ihn auf Englisch nach Jannik, ohne sich die Nase zuzuhalten, was ihr Leo hoch anrechnete. Er selbst sog gierig den Rauch seiner ersten Zigarette an diesem Tag ein, als Spyros ihnen Auskunft erteilte. Ja, Jannik habe zwei Hühner bei ihm gekauft.

»Wozu hat Jannik Federvieh gebraucht?«, fragte Mila verständnislos.

»Frühstückseier.« Leo blies ihr den Rauch seiner blauen Gauloises ins Gesicht.

»Du solltest aufhören«, sagte Mila tadelnd.

Genau das hatte Leo vorgehabt, weil Mila Nichtraucherin war. Aber zugegeben hätte er es nie. Er zertrat die Kippe unter seinen Sohlen.

»Und was machen wir jetzt?«, fragte sie missmutig.

»Zum Hof zurückfahren. Relaxen. Uns fehlt Schlaf.« Er ging schon in Richtung des Pick-ups, als sie ihn am Ärmel zupfte.

»Ich will die Brandruine sehen.«

»Das ist keine gute Idee.«

Sie schluckte nervös, bestand aber auf ihrem Wunsch.

Sie schlugen den Weg zum Strand ein, den Mila am Freitag genommen hatte. »Da war dieser junge Mann, der Jannik zum Verwechseln ähnlich sah. Seine Haare haben im Licht des Sonnenuntergangs geleuchtet wie eine Kupfermünze.«

»Das haben wir doch schon durch«, entgegnete Leo. »Rothaarige gibt es in England und Irland noch mehr als Arsim Berishas in Albanien.«

»Aber nehmen wir mal an, Jannik hat sich im Hotel verschanzt. Er war der Brandstifter und Mörder, weil dieser Paris ihm auf die Schliche gekommen ist. Dann können wir Acharavi nach ihm absuchen, bis wir schwarz werden, und finden ihn nicht.«

»Das ergibt keinen Sinn. Warum sollte er in diesen abgewrackten Kasten ziehen, wo seine Familie doch eine Villa in Almiros besitzt?«

Mila ballte ihre Fäuste und steckte sie in die Taschen ihrer Shorts. »Weil er sich verstecken wollte. Er steckte zu tief in der Olivenölsache drin.«

Sie erreichten die Strandstraße, hinter der das türkisblaue Meer gleißend hell aufleuchtete, und näherten sich der Brandruine. Schließlich standen sie davor. Rot-weißes Absperrband flatterte im Wind. Griechische Einsatzkräfte in Schutzanzügen packten gerade ihre Ausrüstung zusammen. Für heute hatten sie ihre Untersuchungen abgeschlossen.

»Das Haus ist ja gar nicht vollständig ausgebrannt«, stellte Mila fest.

Das Skelett des »Hotels Olympia« stand noch. Passend dazu bewegte sich die Schaukel auf dem verlassenen Kinderspielplatz geisterhaft im Wind.

»Beton brennt nicht«, sagte Leo.

Das Fensterglas war an vielen Stellen geplatzt, der Bau selbst aber hatte den Flammen standgehalten, deren rußige Zungen schwarz über die Wände leckten.

»Der Tote tut mir so leid. Da war so viel Blut. Ich bin mitten hindurchgestapft. Mein Gott, Aliki hat meine Sneakers und meine Jeans gewaschen. Da muss eine fürchterliche rote Brühe rausgekommen sein.« Mila schauderte. »Kanntest du diesen Paris?«

Leo konnte den Impuls, sie zu umarmen, gerade noch unterdrücken. »Nicht gut«, erwiderte er. »Er war einer der Verlierer der Krise. Manche haben es sowohl finanziell als auch psychisch nicht geschafft, wieder auf die Beine zu kommen. Erst ist ihm die Frau weggelaufen, dann zahlte sich das Hotel nicht mehr aus. Man munkelte, dass er insolvent war. Es ging das Gerücht um, dass Acharavis reichste Spekulanten das Grundstück kaufen und neu bebauen wollten. Die Familie Thakis macht groß in Immobilien.«

Mila runzelte die Stirn. »Als ich ihn am Freitag zum ersten Mal traf, roch er nach Alkohol. Er sah aus, als müsste er seine Verzweiflung hinter großspurigem Getue verbergen.«

»Kommt vor«, kommentierte Leo. »Manche ersäufen ihren Frust.«

Soeben traten der Kommissar aus Kerkyra und seine deutsche Kollegin aus dem Brandhaus und kamen auf sie zu. Hanna Bitters weißes Männerhemd hatte schwarze Flecken. Gazakis stellte sich an ihre Seite.

»Was haben Sie hier zu suchen?«, fragte Bitter misstrauisch.

»Wir sind zufällig vorbeigekommen«, beteuerte Mila.

»Sensationstourismus?«, fragte Gazakis spöttisch.

Natürlich ahnte die Polizei, dass sie ihr jede Menge Informationen vorenthielten. Leo selbst steckte tief im Schlamassel. Wenn er an den Toten in der Schlucht dachte, wurde ihm schlecht. Er hatte sich vorgenommen, der Polizei erst von ihm zu erzählen, wenn er ihr den Mörder auf dem Tablett präsentieren konnte.

Mila aber machte es nicht besser. Das Wort »Lüge« stand zwischen ihnen, als hätte man es ihr auf die Stirn gestempelt. Und sie war tatsächlich imstande, es noch schlimmer zu machen.

»Jannik hat nicht in der Villa in Almiros gewohnt«, sagte sie. »Kann es eventuell sein, dass er sich hier einquartiert hat?«

Bitters blonde Augenbrauen zogen sich nachdenklich zusammen. »Wie kommen Sie denn darauf?«

Mila räusperte sich. Für eine Mafiabraut war sie nicht durchtrieben genug. Leo rechnete damit, dass sie der Polizei von ihrem Verdacht gegenüber Jannik erzählen würde.

»Es könnte ja sein«, sagte sie.

Leo sah, dass Hanna Bitter einen Entschluss fasste. Sie würde sie ins Vertrauen ziehen, dachte Leo mit einem Höchstmaß an Verwunderung.

»Nichts deutet darauf hin, dass Jannik sich hier aufgehalten hat«, sagte Bitter. »Die oberen Stockwerke waren kaum mehr bewohnbar, bis auf ein einzelnes Zimmer, in dem die Wasserversorgung funktionierte und sogar die Minibar aufgefüllt war.«

»Ja?«, fragte Mila begierig.

»Das war aber auch alles. Das Zimmer war komplett leer geräumt.«

Mila Augen spiegelten den Himmel. »Und Janniks Laptop? Sie brauchen ihn doch, um die Wahrheit zu finden.«

»Hier gibt es keine Spur von ihm«, sagte Gazakis, »aber wir haben endgültig festgestellt, dass Brandstiftung vorliegt und dass Paris ermordet wurde. Jemand hat ihm entschlossen die Kehle durchgeschnitten. Vor dem Brand. Es war eine Mordssauerei.«

»Schrecklich.« Mila wurde verdächtig rot.

»Vielleicht waren es ja Sie?« Hanna Bitter lächelte ihr Haifischlächeln und zuckte im nächsten Moment unter Gazakis' beschwichtigendem Schulterklopfen zusammen. »Aber, aber.«

Anders als Bitter würde Leo nicht den Fehler machen, Gazakis zu unterschätzen.

»Gehen wir?« Mila stapfte davon. Leo verabschiedete sich auf Griechisch und Deutsch und folgte ihr.

»Warten Sie!«, rief ihnen Gazakis hinterher. Sie hatten soeben die Promenade erreicht, als er sie einholte. »Mila?«

Sie wandte sich um. Wind griff in ihr Haar, und das Meer leuchtete in einem unwirklichen Türkis. »Ja?«

»Ich glaube Ihnen, was Ihre Gedächtnislücke angeht.«

Sie strich sich eine wirre Locke aus der Stirn. Nie zuvor hatte Leo sie stärker geliebt. »Es mag sein, dass man mir K.-o.-Tropfen verabreicht hat.«

»Schwamm drüber. Der Wirkstoff ist ohnehin nicht mehr nachweisbar. Aber bemühen Sie sich doch bitte, sich zu erinnern!«

»Da ist nichts.«

Gazakis ließ sich nicht beirren und rieb gedankenverloren über seinen grauen Schnauzbart. »Das glaube ich nicht. Vielleicht haben Sie ja gute Gründe für Ihre Amnesie. Manchmal blendet man das Schreckliche, das einem zugestoßen ist, einfach aus. Bleiben Sie nicht passiv. Möglicherweise kommen Traumata hoch, wenn Sie es zulassen. Schreiben Sie alles einfach in der richtigen Reihenfolge auf.«

Mila wurde blass wie die Wolken, die im weiten Himmel über dem Meer schwammen. Konnte es sein, dass sie ihre Erinnerungen fürchtete?

Leo griff nach ihrer Hand, die schmal, warm und trocken war. Mila ließ es zu, auch wenn sich Leo nicht sicher war, ob er damit eine Grenze überschritt.

»In Ordnung«, versprach sie.

Gazakis kehrte zu den Einsatzkräften zurück.

Sie folgten der Zufahrtsstraße zurück zur Hauptstraße. »Diese Hanna Bitter laugt mich immer völlig aus. Was ist das denn?« Mila blieb vor einem Haus mit einer Außentreppe stehen, die mit einer violetten Bougainvillea bewachsen war.

»Was meinst du?«, fragte Leo.

In der Einfahrt stand ein weißer Roller, dessen Kennzeichen von der Straße aus nicht zu sehen war.

»Sieht fast aus wie Zois«, sagte Mila.

Leo wusste, dass Zoi über die Maßen stolz auf ihren Roller war, ihn liebevoll polierte und mit ihm auf der ganzen Insel herumkurvte. Der Roller, nagelneu und nicht billig, war sein Bestechungsgeschenk gewesen, damit sie den Abschied von Deutschland besser verkraftete. Aber solche Roller gab es zu Hunderten auf der Insel. Wahrscheinlich gehörte er einem weiteren widerspenstigen Teenager.

»Kann nicht sein«, sagte er und ging weiter.

24

In Zois Traum lief Katerina vor den Bus. Wieder und wieder hörte sie das grässliche Bremsgeräusch, das erklang, als er sie überrollte. Sie wusste, dass ihre Mutter auf ihr Handy geblickt hatte, als der Stadtbus sie erwischte. Sie hatte mit der Zeitung kommuniziert, für die sie als Journalistin arbeitete, und deshalb nicht auf den Verkehr geachtet. Zoi träumte auch von ihrem Vater, der verschwand, als sie ihn rief. So wie Leo. Er stand hinter einer Steinwand, die er mit den wilden Schlägen seines Vorschlaghammers nicht zum Einsturz bringen konnte.

Zoi erwachte schweißgebadet, und die Träume schwammen einer nach dem anderen davon. Ihr Mund war trocken, ihr Hals brannte. Ihr war schlecht. Sie musste mehr als dringend auf die Toilette. Alles war grundfalsch. Ihre Hände zitterten, als sie über ihren Körper strich. Noch immer trug sie das Chiffonkleid und darüber einen Hoodie, der ihr nicht gehörte.

Der Club in Kavos. An den erinnerte sie sich. Aber was war danach geschehen?

Sie hob die Augen und starrte an eine geweißelte Decke mit dunklen Holzbalken. Wie war sie an diesen Ort gekommen? Sie lag auf einer Pritsche mit einer Matratze, bei deren muffigem Geruch sich ihr Magen umdrehte. Ihr Kopf tat weh. Ihre Arme und Beine waren schwer wie Blei.

»Tassos«, sagte sie heiser.

Da war eine Barriere in ihrem Kopf, wenn sie an ihn dachte. Sie würde zusammenbrechen, wenn sie sie einriss. Warum war sie hier? Genau genommen hätte sie am Dienstag in der Schule sitzen und nachmittags im Laden helfen müssen. Hatten ihre neuen Freunde sich einen bösen Scherz mit ihr erlaubt?

Als sie sich aufsetzte, erfasste sie Schwindel, und der Raum begann, sich um sie zu drehen. Es wurde erst besser, als sie sich auf die Ekelmatratze legte. Sie schloss die Augen und fiel in einen unruhigen Schlaf.

Als sie erneut erwachte, war ihr Durst gewachsen und das Bedürfnis nach einer Toilette noch dringender geworden. Diesmal gelang es ihr, den Schwindel niederzukämpfen. Sie richtete sich auf, setzte ihre Füße auf den kalten Marmorboden und ging ein paar Schritte barfuß. In einer Ecke standen zwei Eimer, ein leerer, den sie voller Ekel und Skrupel benutzte, um sich zu erleichtern, und ein voller mit Frischwasser. Sie formte aus ihrer Hand eine Schale und trank gierig. Danach sah sie sich um.

Sie befand sich in einer Art Küche. An der Wand standen ein Holzofen, eine Anrichte und ein paar staubbedeckte Regale. Zoi drehte den Wasserhahn auf. Nichts. Mit klopfendem Herzen drückte sie auf den Lichtschalter. Der Strom war abgestellt. In einer Ecke lagen ein paar zerdrückte Coladosen und leere Wodkaflaschen herum, als hätten in diesem Gruselhaus schon mal Leute gefeiert. In der Ecke stand das Klappbett mit der Wolldecke, die aussah, als gehöre sie zur Ausrüstung eines Soldaten. Es gab eine große Tafel aus Eichenholz und einige geschnitzte, teuer aussehende Stühle. In der Mauer über ihr befand sich ein vergittertes Fenster. Das war alles. Und dann war da noch die Tür.

Jetzt ...

Sie näherte sich ihr und drückte die Klinke. Sie war verschlossen. Zoi rüttelte daran, trat dagegen, stieß sich den Zeh, aber das blöde Ding gab nicht nach.

»Hallo, ist da wer? Hilfe!« Sie warf sich gegen das Holz und schrie sich heiser, bis sie nicht mehr konnte.

Langsam kehrten ihre Gedanken in die Realität zurück. Das hier war ein Gefängnis. Jemand hatte sie entführt. Gegen Lösegeld? Sie hatten nicht viel. Leo war zwar Landbesitzer, hatte sich aber bis über beide Ohren verschuldet, um die Mühle auf den neuesten Stand zu bringen. Er würde ein Grundstück verkaufen müssen, um sie auslösen zu können.

Scheiße, dachte sie. Oder es war ein Scherz übelster Sorte. So eine Art Initiationsritus, den man in Internaten mit den neuen Schülern anstellte.

Tassos. Der Name gärte unter der Oberfläche. Sie würde ersticken, wenn sie zuließ, dass er sich in ihr Bewusstsein drängte.

Aber sie musste wissen, wo sie war. Trotz ihrer Schwäche schaffte sie es, einen der Stühle unter das vergitterte Fenster zu schieben, und kletterte darauf. Es lag hoch oben in der Wand. Als Tänzerin war sie gelenkig und stark. Wenn sie sich auf die Zehenspitzen stellte, konnte sie hinaussehen.

Sie stellte fest, dass sie sich inmitten eines überwucherten Gartens befand. Ihr Blick ging auf eine abschüssige Grasfläche hinaus. An der Hauswand rankten Rosen empor, auf den Rabatten standen verwilderte Oleanderbüsche. Sie war in einer dieser Villen aus der Zeit der Jahrhundertwende gelandet, die nicht mehr genutzt wurden, weil ihre Besitzer sie vergessen hatten. Der Hang war mit Zypressen und Olivenbäumen bewachsen, durch die das blaue Meer blitzte. Ein Ort an der Küste also. Es fragte sich nur, wo.

Sie schrie um Hilfe, doch ihre Stimme verhallte ungehört. In der Ferne gurrten ein paar Tauben. Ansonsten blieb es totenstill.

Panik erfasste sie. Sie war mit Leo in Old Perithia am Fuße des Pantokrators gewesen, einem Dorf, das im Zuge der Landflucht des 20. Jahrhunderts von allen Bewohnern verlassen worden war. Heute drängten sich Touristen in den Gassen und zahlten in den Tavernen überhöhte Preise für traditionelle Gerichte. Old Perithia war malerisch. Hier aber standen keine roten Geranien vor der Tür, keine Katzen lungerten auf den Stufen herum, keine alten Frauen in Schwarz leerten Eimer voller Putzwasser in die Gosse. Sie war allein.

Zoi setzte sich auf die Pritsche, schlang ihre Arme um ihre nackten Beine und wartete. Der Eimer, in den sie sich erleichtert hatte, roch schlecht.

Während der Tag verging, tauchten Erinnerungsfetzen in ihrem Bewusstsein auf. Alles war seltsam verschwommen. Sie war mit den anderen in diesem Club in Kavos gewesen, hatte getanzt und einen viel zu starken Cocktail getrunken. Dann war sie mit Tassos ins Freie gegangen. Der Hafen, die Yachten, der Strand, an dem sie von Übelkeit übermannt worden war.

Hitze überflutete sie, als das erschreckendste Bild zurückkehrte. Tassos, das Kondom. Ihr Herz klopfte. Sie legte sich auf den Rücken, streifte das Kleid hoch und zog ihren Tanga zur Seite. Er roch nicht mehr frisch, aber da war nichts, kein Blut, kein komisches Zeug, das Sperma sein konnte. Als ob sie wüsste, wie das aussah.

Mein Gott, dachte sie. Aber was war danach geschehen?

Als Tassos sie am Strand verlassen hatte, setzte ihre Erinnerung aus. Zoi dachte an Mila, der vor genau einer Woche das Gleiche passiert war.

Sie begann zu weinen. Tränen tropften auf das verschwitzte Chiffonkleid, das leicht nach Erbrochenem roch, und den fremden Hoodie. Ihr Gesicht brannte so wie ihr Herz. Vielleicht hatte sie ja ein Serienkiller in seine Gewalt gebracht und wartete auf die Nacht, in der er sie in aller Ruhe umbringen konnte. Vielleicht würden sie irgendwelche Ölscheichs in die Emirate verscherbeln. Tassos hatte ihr nicht geholfen. Er hatte sie im Stich gelassen.

Der Tag verging. Zoi stand auf und trank so viel Wasser, wie sie mit der Hand in den Mund schöpfen konnte. Sie würde überleben. Leo war stark. Er würde nach ihr suchen und sie finden. Und sie war die Tochter ihrer Mutter, die von ihrem eigenen Vater des Hofes verwiesen worden war. Katerina Bardé hatte trotz aller Widerstände niemals aufgegeben.

25

»Manolis«, sagte Leo. Sein Umriss hob sich dunkel von der offenen Tür des Verkaufsraums ab.

Mila stand in der Küche vor Alikis Arbeitsplatte. »Was ist mit ihm?«

»Ich dachte, wir statten ihm einen Besuch ab.«

»Weshalb?«

»Ich habe Fragen an ihn.«

Mila gestand sich ein, dass es ihr genauso ging, und ärgerte sich über das Misstrauen, das sie ihrem Retter entgegenbrachte. »Warte. Ich muss das noch in den Kühlschrank stellen.«

Es war Spätnachmittag. Während Leo Schlaf nachgeholt hatte, hatte Mila in aller Ruhe Löffelbiskuits, Erdbeermasse und Mascarponecreme in eine rechteckige Form geschichtet. Die Familie Bardés hatte die Zutaten für ein Erdbeertiramisu in ihrer gigantischen Vorratskammer und ihren drei Gefrierschränken bereitgehalten. Da Mila die Biskuits mit Kumquatlikör getränkt hatte, würde es ein beschwipstes Erdbeertiramisu geben. Was ihr an Perfektion fehlte, glich sie durch ihr Improvisationstalent aus. Wie immer, wenn sie in der Küche werkelte, stapelten sich Sahne- und Mascarponebecher, Rührschüsseln und Gefriergefäße im Spülbecken und auf der Arbeitsfläche.

Leo musterte das Chaos mit hochgezogenen Augenbrauen. »Was machst du denn da?«

»Erdbeertiramisu. Auch wenn du nicht auf Süßes stehst. Aliki, Zoi und ich tun es ganz gewiss.« Wo steckte die Kleine überhaupt? Mila hatte sie seit Sonntag nicht mehr gesehen. Nachdem sie noch etwas weiße Schokolade auf die oberste Schicht geraspelt hatte, stellte sie das Tiramisu in den Kühlschrank.

Leo räumte derweil ungefragt das Gröbste auf. »Ich wusste gar nicht, dass du kochen kannst.«

»Nur im Notfall. Und wenn, dann backe ich. In meiner WG bin ich für den Nachtisch und die sonntägliche Kuchenversorgung zuständig.«

Widerwillige Anerkennung schien in seinen Augen auf. »Mila, die Kreative am Herd. Öfter mal was Neues.«

»Genie ist nicht nur dir vorbehalten. Du solltest mal meine Schwarzwälder Kirschtorte probieren. Was willst du eigentlich von Manolis?« Sie putzte sich die Hände an einem Geschirrtuch ab.

»Ich frage mich, warum er einfach so da war, als du am Steilhang hingst. Der liegt nämlich verdammt abseits.«

»Das soll er uns selbst erzählen.« Mila mochte Manolis und wollte sich nicht vorstellen, dass er mit Jannik oder den Mafiosi gemeinsame Sache machte. Am besten, sie überzeugten sich selbst von seiner Vertrauenswürdigkeit.

Eine Viertelstunde später fuhren sie von der Landstraße ab in die Wildnis. Der Weg war kurvig, ausgefahren und von Schotter bedeckt. Als der Pick-up durch ein besonders tiefes Schlagloch rumpelte, stieß sich Mila den Kopf an der Decke.

»Jetzt weiß ich, warum du diese wenig umweltfreundliche Kiste fährst. Ein protziger neuer Ford Ranger Pick-up. Weißt du nicht, dass SUVs in Verruf geraten sind wegen des CO_2?« Sie fluchte leise.

»Der ist auf Korfu unumgänglich«, sagte Leo gleichmütig. »Und dass er neu ist, steigert mein Ansehen.«

Sie fuhren kilometerweit abwärts, rauschten durch ein Bachbett und erreichten eine Lichtung, auf der ein Wohnwagen stand. Dahinter erhob sich eine Reihe Bienenstöcke, aus denen es verräterisch summte.

»Hier wohnt Manolis?«

»Nur auf Zeit.« Leo parkte neben Manolis' klapprigem Pick-up.

Mila stieg aus und sah sich in der Idylle um. Heerscharen von Vögeln begannen ihr abendliches Konzert. Kerberos rannte auf sie zu, bellte erfreut und ließ sich von Mila das Fell zerzausen. Der Wohnwagen verschwand hinter Sonnenblumen und Hibiskus. In einem seitlich angelegten Garten züchtete Manolis Zucchini, Stangenbohnen, Gurken und Tomaten. Er kam ihnen entgegen und putzte seine erdigen Hände an seiner Hose ab.

»*Welcome.*«

Er nötigte sie mit einer großzügigen Geste auf eine klapprige Garnitur Gartenmöbel, verschwand geschäftig im Innern seines Mobilheims und kehrte mit einem Tablett zurück, auf dem Cracker, eine Flasche Ouzo und drei Gläser standen. Neinsagen kam nicht in Frage. Sie prosteten sich zu, Leo und Manolis mit einem griechischen Trinkspruch auf den Lippen. Der Ouzo brannte in Milas Hals. Er war zu warm, so wie Kerberos, der sich pelzig auf ihre Füße legte.

Während sich die Männer auf Griechisch unterhielten, durchblätterte sie die dicken Wälzer auf dem Campingtisch, bei denen es sich um Bücher über Archäologie handelte. Sie waren auf Englisch, zerlesen und voller Merkzettel. Daneben stand ein Laptop.

Manolis musterte Mila freundlich. »*My first profession*«, sagte er und berichtete, dass er als Archäologe an der Uni in Athen gearbeitet und diverse Tempel ausgegraben hatte. Professor Dr. Manolis Zervakis.

»*Really?*«

»*I was involved in the excavation on the Temple Mount in Jerusalem*«, sagte er. »Spezialgebiet jüdische Geschichte. Sehr international, die *archeology*.«

Warum hatte er seinen Beruf aufgegeben, um Imker zu werden? Vielleicht nicht freiwillig, dachte sie und bemerkte die Tränensäcke unter seinen Augen und das Zittern seiner Hände, als er nach seinem Ouzoglas griff.

»*Oh dear*«, sagte sie unwillkürlich.

»*Sorry*, Mila.« Manolis sprang auf und holte eine große Flasche Wasser und drei weitere Gläser aus seinem Wohnwagen. *»How could I be so impolite?«* Er goss ihr ein.

Ein Absturz, dachte sie. Manolis musste seine Stelle wegen seiner Alkoholprobleme verloren haben. Während sie trank, lauschte sie den Männern, die ihr Gespräch auf Griechisch fortsetzten, und ließ ihre Augen träge über das Stück Wildnis schweifen, das Manolis den Rahmen für seinen Wiederanfang bot. Das Summen der Bienen, verschwenderisch blühende Sonnenblumen und Kerberos, der knurrte, als ein Fuchs seinen Kopf aus dem Gebüsch streckte und wieder verschwand.

Kurz darauf verabschiedeten sie sich ohne weitere Erkenntnisse.

»Hast du gewusst, dass er Archäologe ist?«, fragte Mila, während sie über den Schotterweg zurückfuhren.

»Ich hatte keine Ahnung.« Leo konzentrierte sich auf die schlechte Straße. »Er hat mir erzählt, dass er im Herbst eine neue Stelle antreten wird, nachdem er sich eine Weile als Imker hier vergraben hat. Er stammt so wie wir aus Korfu.«

»Für Aliki?«

»Vielleicht will er ihr mehr bieten als eine Existenz als Lebenskünstler. Er erzählte mir, dass sie sich seit ihrer Jugend kennen. Da war Katerina noch hier.« Eine leise Melancholie klang in seiner Stimme durch.

Mila fiel auf, dass Leo gewöhnlich vermied, von seiner früh verstorbenen Mutter zu sprechen. Noch mehr Leute, die sich ihrer Traurigkeit nicht stellten. »Trinkt er zu viel?«

»Möglicherweise. Aber das muss er ohne uns in den Griff kriegen.«

Sie bogen auf die Landstraße ab.

»Und was war letzten Dienstag?«

»Er sagt, er habe gehalten, um zu pinkeln und Kerberos rauszulassen. Er wollte seine Bienenstöcke in der Nähe aufstellen.«

»Glaubst du ihm?«

Leo blickte stur geradeaus. »Das muss ich wohl, wenn ich

nicht gänzlich den Glauben an die Menschheit verlieren will. Manchmal denke ich, jeder lügt in dieser Sache.«

»Ich nicht«, sagte Mila eingeschnappt.

Nach dem Gespräch mit Gazakis war sie in sich gegangen und hatte versucht, ihre Erinnerungen zu rekonstruieren. Doch ihr Kopf machte noch immer dicht. Die betreffende Nacht war ein verschlossener Raum, in dem rote Haare wie Blinklichter aufleuchteten. »Wir müssen Janniks Laptop finden.«

»Wem sagst du das …«

Aber sie hatten keine einzige Spur.

Als sie in den Hof der Ölmühle einfuhren, war der Parkplatz leer und der Laden abgesperrt. Aliki stand in der Tür und sah aus wie der lebendige Tod. Sie stürzte sich mit einem Wortschwall auf Leo und zog ihn ins Haus. Mila folgte ihnen voller Angst. Hatte man Janniks Leiche gefunden, oder hatte er wieder jemanden getötet?

Sie fand Aliki und Leo im Verkaufsraum. »Zoi ist verschwunden.« Leo war sehr bleich. »Aliki hat nach ihr gesehen, als wir weg waren. Ihr Zimmer ist unbenutzt, und sie geht nicht an ihr Handy.« Er holte sein Smartphone heraus und wählte. »Ausgestellt.«

»Lass uns nachsehen«, sagte Mila tonlos. Angst erwachte in ihr. Zoi. Ihr durfte nichts passieren.

Leo nahm treppauf immer zwei Stufen auf einmal. Er riss Zois Zimmertür auf und trat ein. Arm in Arm folgten ihm Mila und Aliki in ein typisches Mädchenzimmer. Unter dem offenen Dachstuhl stand ein verschnörkeltes Messingbett mit einem Überwurf aus Patchwork. Ein Schreibtisch, ein Schrank, der einzige Bruch in der Idylle war ein Poster von One Direction, das an der Dachschräge hing. Ansonsten war das Zimmer penibel aufgeräumt, die Decke über den Kissen festgezurrt. Zois Klamotten, ein paar zerrissene Jeans, ein rotes und ein schwarzes T-Shirt und ihr weißes Kleid, hingen säuberlich über einem Stuhl. Lauter Zeichen, dass sie sich irgendwo zwischen Reh und Rockerbraut verortete.

So viel Sehnsucht, dachte Mila mit einer unbestimmten Traurigkeit.

Aliki schluchzte auf. Ein erneuter Wortschwall ihrerseits bewirkte, dass Leo mit gerötetem Gesicht auf sie losging.

»Nicht!« Mila umfasste seine Schulter. »Beruhige dich! Aliki hat nichts Böses gewollt. Sie wünscht sich nur das Beste für Zoi.«

Zornentbrannt trat er neben Zois peinlich aufgeräumten Schreibtisch und wischte ihre Schreibunterlage und ihr Utensilo zu Boden. »Verflucht! Aliki sagt, sie habe Zoi gedeckt, die am Montagabend mit Freunden nach Kavos wollte. Während der Schulwoche und in einen Club, was ich ihr strengstens untersagt habe. Und was noch schlimmer ist: Aliki hat die Beziehung mit Tassos nicht unterbunden. Stattdessen hat sie für Zoi gelogen. Sie war schon gestern nicht im Laden und heute auch nicht.«

»Na und?« Mila bückte sich und sammelte die Stifte ein. »Für Zoi ist euer Umzug nach Korfu alles andere als gut gelaufen. Sie wird in der Schule gemobbt und hat keine Freunde. Aliki wollte, dass sie auch mal glücklich ist. *She should be happy.*«

Aliki nickte bekräftigend.

»Das hat sie prima hingekriegt«, sagte Leo.

Ratlos standen sie im Schein der letzten Sonnenstrahlen unter der Dachluke. »Lass uns nach unten gehen«, sagte Mila müde.

Sie setzten sich in der Küche an den Tisch. Während Aliki Kaffee kochte und Erdbeertiramisu auf drei Teller verteilte, wirkte Leo verwundet und erschöpft. Ein Riese, der ins Wanken gekommen war. Nachdem er mehrfach vergeblich versucht hatte, Zoi auf ihrem Handy zu erreichen, rief er bei Volker an und erkundigte sich nach Tassos. Der Kellner, den er an der Strippe hatte, verleugnete sowohl den Gastwirt als auch dessen Sohn. Etwas stimmte nicht. Das Tiramisu, das Mila mit so viel Liebe zubereitet hatte, schmeckte wie Sand.

»Der Roller«, sagte sie.

»Was?« Leo, der mit seiner Gabel in der Süßspeise herumgestochert hatte, sah auf.

»Der Roller vor dem Haus in der Nebengasse in Acharavi. Was, wenn es doch Zois war?«

»Warte!« Leo sprang auf, verließ das Haus und sah im Schuppen nach. Zois teure Vespa war verschwunden.

26

Sein Herz war leer. Der Pick-up fuhr mit quietschenden Reifen über die Kreuzung in Roda. Auf dem Weg zur Küste hatte Leo mehrfach die Höchstgeschwindigkeit überschritten und ignorierte das Hupen verärgerter Autofahrer, denen er die Vorfahrt nahm. Er wusste nicht, was er tun würde, wenn Zoi etwas zugestoßen war.

Aber nein, beruhigte er sich. Zoi wird bei Tassos sein, bekifft und bis auf gewisse Kleinigkeiten unversehrt. Aber für diese Kleinigkeiten würde er Tassos umbringen.

Acharavi lag in bester Ferienlaune da. Der Ort strotzte vor Touristen auf dem Weg in die Restaurants. Es war genau neunzehn Uhr, als Leo ihn viel zu schnell durchquerte.

Zoi und Tassos also. Er hatte es nicht verhindern können. Weshalb riskierten die beiden Turteltauben Zois Abwesenheit, wo es doch darauf ankam, dass ihre Beziehung geheim blieb? Sie mussten vollkommen weggetreten sein.

Wenn Tassos sie mit Drogen kaltgestellt hatte, würde er es büßen. Gazakis wohnte bei Volker. Hoffentlich ließ er sich davon überzeugen, Tassos unverzüglich einzukassieren.

Leo bog in die Seitenstraße ein und parkte vor dem Haus am Straßenrand. Der Roller stand noch immer mit dem Nummernschild in Gegenrichtung hinter dem verschlossenen Tor. Er erschien Leo wie eine tickende Zeitbombe.

Er klingelte auf die Gefahr hin, dass er sich blamierte, und wartete lange. Nach einigen Minuten tat sich etwas. Eine Frau zog die Tür auf, ohne die Sicherheitskette zu entfernen.

»*Yassas.*« Nach einer freundlichen Begrüßung seinerseits und einer Kurzfassung der Gründe für seinen Besuch hakte die Frau die Kette auf und bat ihn ins Haus.

Die Familie gehörte zur besseren Gesellschaft Acharavis. Der Hausflur war mit Marmorfliesen gedeckt, roch nach

Sauberkeit und mündete in ein geräumiges Wohnzimmer mit einer Ledergarnitur und einem Kamin.

»Entschuldigen Sie bitte, dass ich so spät noch störe, aber es ist dringend«, sagte Leo.

»Schon gut, treten Sie näher.«

Die Frau trug eine enge Hose, beigefarbene Wildlederpumps, eine Strickjacke aus Kaschmir und eine Perlenkette. Ihre Frisur war frisch in Form geföhnt.

»Es geht um meine Schwester Zoi. Kann es sein, dass ihr Roller in Ihrer Einfahrt steht?«

Die Frau lächelte traurig. »Ja, das ganze heillose Durcheinander hängt mit diesem Ausflug zusammen. Zoi war am Montagabend hier. Ein bezauberndes Mädchen mit sehr guten Manieren. Die Kinder haben mir gesagt, dass sie nach Kerkyra wollen und gegen Mitternacht zurück sind.«

»Stattdessen sind sie nach Kavos gefahren, um abzufeiern«, sagte Leo. Mila hatte mit ihrer Vermutung richtiggelegen. Sie hatten sich die Kante gegeben. »Zoi ist seit gestern verschwunden.«

Die Frau wurde sehr bleich. Ihre Perlenkette hüpfte auf und ab, als sie schluckte.

»Maria!«, rief sie die Treppe hinauf.

Ein Teenager etwa in Zois Alter erschien am Treppenabgang. Die Kleine erstarrte, als sie Leo erkannte, und wäre beinahe wieder in ihrem Zimmer verschwunden. Ein Machtwort ihrer Mutter zwang sie ins Erdgeschoss. Die Mutter dirigierte sie in die Loggia, bat Leo, sich in einen der Korbstühle zu setzen, und verschwand in der Küche.

Maria nahm ihm gegenüber Platz. Das also war Zois heimliche Freundin. Sie trug ihre langen braunen Haare geglättet. Ihre Mascara war verschmiert. Ihre Finger mit den rosa lackierten Nägeln krallten sich in ihre Jeans.

Sie hat Angst, dachte Leo befremdet.

Unbehagliches Schweigen breitete sich zwischen ihnen aus, weil er sie nur im Beisein ihrer Mutter befragen wollte, die kurz darauf zurückkehrte und ihnen eisgekühlte Ingwer-Zitronen-Limonade einschenkte. Selbst gemacht.

»*Efcharisto.*« Er trank und lobte die Limonade, wie es sich gehörte. »Ich suche Zoi. Sie ist von eurem Ausflug nicht zurückgekommen.«

»Zoi und Marias Freundin Eleni waren gestern Nachmittag hier und haben sich geschminkt«, berichtete Marias Mutter. »Zoi ist so ein reizendes Mädchen.«

Maria sackte in sich zusammen. Tränen stiegen in ihre Augen. »Das wollte ich nicht«, sagte sie.

»Das hätte dir auch eher einfallen können«, sagte ihre Mutter. »Du selbst bist erst heute Morgen um neun Uhr aufgetaucht. Nicht ganz nüchtern ist untertrieben.«

Leos Mund wurde trocken. Hastig trank er einen weiteren Schluck Limonade.

»Schon gut«, sagte Maria. »Ihr habt mir ja auch Stubenarrest verpasst.«

Wenn Leo von Zois Plänen gewusst hätte, hätte er sie in ihrem Zimmer eingesperrt, bevor sie sie wahr machen konnte. »Erzähl weiter«, bat er.

»Wir sind zu sechst nach Kavos.«

»Das hatten wir dir doch verboten«, sagte ihre Mutter. »Diese unmögliche Stadt.«

»Aber Mama. Wir müssen doch auch mal feiern. Da gibt es die besten Clubs.«

»Wer war alles dabei?«, fragte Leo.

Maria hob die Augen. »Ich, Tassos und Zoi, Spyros, Eleni und Costas. Das ist mein Freund.«

»Ach was?«, wunderte sich ihre Mutter.

Maria wurde rot. »Glaub ich jedenfalls.«

»Was ist passiert?« Leo ging das alles viel zu langsam.

»Wir waren in einem der angesagtesten Clubs. ›Eden Beach‹.«

»Du meinst wohl Drogenhölle?«

Leo ertappte sich bei dem Wunsch, die Mutter möge die Loggia verlassen.

»Wenn du es so nennen willst«, sagte Maria. »Tassos und Zoi sind irgendwann gegangen.«

»Und warum?«, fragte er leise.

Maria sah ihn an, als hätte er keine blödere Frage stellen können. »Sie wollten allein sein.«

Er beherrschte sich mühsam. »Okay. Was war dann?«

Tränen liefen über Marias Wangen. »Sie sind nicht wieder aufgetaucht. Wir mögen Zoi und wollten sie nicht im Stich lassen. Wir haben bis zum Morgengrauen auf sie und Tassos gewartet. Costas und Spyros sind sie suchen gegangen. Deshalb war ich erst um neun zu Hause.«

Marias Mutter spielte nervös mit ihrer Perlenkette. »Dein Vater hätte fast die Polizei alarmiert.«

Maria verdrehte genervt die Augen.

Kurz darauf verabschiedete sich Leo. Maria wusste nicht mehr. Seine Zeit war zu kostbar, um sie weiter zu verschwenden. Mutter und Tochter begleiteten ihn zur Tür.

»Kennen Sie Tassos eigentlich näher?« Seine Frage richtete sich an die Mutter. Maria zuckte zusammen. Leo spürte ein Gefühl von Macht und die Lust, es nach Strich und Faden auszunutzen.

»Was meinen Sie?«, fragte die Mutter.

Tatsächlich. Sie war nicht darüber im Bilde, dass Tassos die Jugend von Acharavi mit Partydrogen versorgte und ihre Tochter auf Ecstasy gebracht hatte. Wenn Leo ihr das steckte, wäre der Familienfrieden auf Dauer gestört. Dazu war er dann doch nicht imstande.

»Nichts.«

Kurze Zeit später hatte er Zois Roller auf den Pick-up geladen und befand sich auf dem Weg nach Almiros. Das Meer lag schwarz unter dem Sternenhimmel. Rund um Volkers Taverne leuchteten bunte Lampions. Die Gäste genossen den Blick und standen auf dem Uferweg Schlange, um einen Tisch zu ergattern. Leo drängte sich durch den Gastraum und stürmte an der Theke vorbei in die Küche, wo Eleftheria an der Fritteuse stand. Schweiß rann ihr in die Augen. Ein weißes Tuch hielt ihre Haare zurück. Es zischte, als sie einen Korb mit Pommes frites ins heiße Fett senkte.

»Wo ist Tassos?«, fragte Leo.

Volker betrat die Küche, stellte sich neben seine Frau und legte ihr seinen Arm um die Schultern. Leo fiel beider erschöpftes Aussehen auf, ein Umstand, auf den er keine Rücksicht zu nehmen gedachte.

»Wir wissen es nicht«, beantwortete Volker seine Frage in schlechtem Griechisch. »Tassos ist seit gestern Abend nicht wieder aufgetaucht.«

Leo sah rot. Während es beißend nach verbrannten Pommes zu riechen begann, zog er Volker am Kragen zu sich heran. »Zoi ist verschwunden. Wenn Tassos Schuld daran trägt, dass ihr etwas passiert ist, bringe ich ihn um.«

»Das würde ich dir nicht raten.«

Es war Gazakis, der unerwartet in der Tür zur Küche stand. Sein Anblick bewog Leo, Volker so abrupt loszulassen, dass dieser gegen die Kante der Anrichte stieß. Währenddessen stürzte sich Eleftheria auf ihre Fritteuse und zog den Korb mit den schwarzen Pommes frites aus dem Fett.

»Heilige Barbara!«

Leo war sicher, dass die ihnen nicht zu Hilfe eilen würde.

Gazakis trat gelassen in den Raum und rieb sich die Hände.

»Halten Sie sich da raus!«, sagte Leo drohend auf Deutsch. Er wünschte den Kommissar weit weg. Sollte er doch in der Polizistenhölle schmoren, wo aufdringliche Schnüffler hingehörten.

»Ich werde nichts weniger tun als das«, antwortete Gazakis auf Griechisch. Er trat neben Leo, der feststellte, dass er den Kommissar um einen halben Kopf überragte. »Volker«, bat Gazakis auf Deutsch. »Könntest du uns zwei Bier zapfen? Alkoholfrei für Leo, weil er sicher noch fahren muss und etwas erhitzt ist.«

Fünf Minuten später saßen sie im Hinterzimmer um einen

Tisch mit einer geblümten Wachstuchdecke, Volkers und Eleftherias kostbarer Rückzugsort, während sie in der Taverne schufteten. Beide wirkten erleichtert, ihr Herz bei Gazakis ausschütten zu können, der ihnen teilnahmsvoll lauschte. Tassos hier und Tassos da. Tassos, der über die Maßen klug war und in der Schule die besten Noten schrieb. Tassos, das Chemiegenie, Tassos, der in der Pubertät mit Drogenproblemen zu kämpfen gehabt hatte. Alles längst vergessen. Jetzt war er also mit Leos hübscher Schwester durchgebrannt. Ein Dummejungenstreich, verzeihlich natürlich.

Leo, der vor Zorn schier platzte, verdrehte die Augen und setzte Mila per Textnachricht in Kenntnis. »Tassos ist auch verschwunden.«

Er wurde unruhig. Sich das Lamentieren von Tassos' Eltern anzuhören war nichts als Zeitverschwendung. Zum Glück fehlte in ihrer Runde Hanna Bitter, die frustriert nach Kerkyra zurückgekehrt war, um von dort aus weiter nach Janniks Kontakten zur Mafia zu fahnden.

Das Bier ging auf Volkers Rechnung. Als das Glas leer war, erhob sich Leo. Gazakis tat es ihm gleich und griff eilig nach seinem Trenchcoat.

»Moment mal«, sagte Leo.

»Ich begleite dich«, gab Gazakis mit aufreizender Munterkeit zurück. »Es wird Zeit, dass du mir die Wahrheit sagst. Ich glaube nämlich, dass du knöcheltief in der Scheiße steckst. Ach, was sage ich, knietief. Du kannst nur noch waten.«

Sie maßen einander mit prüfenden Blicken. Jazz dröhnte aus Volkers Musikbox und übertönte das Geraune der Gäste.

»John Coltrane«, sagte Gazakis. »Den habe ich aufgelegt.«

Das gab den Ausschlag. »Kommen Sie mit«, sagte Leo.

27

Am Himmel stand der Vollmond, der sein silbriges Licht wie Milch über den Hügeln ausgoss. Über dem Verkaufsraum lag blaue Dämmerung.

Mila saß am Tisch, auf ihrem Schoß räkelte sich die Katze. In der Küche lief der Fernseher. Aliki hatte ihn wohl angestellt, um sich von ihren Schuldgefühlen abzulenken. Wahrscheinlich eine Talkrunde, bei der es wieder mal um die desolate wirtschaftliche Situation Griechenlands und die Schuldenkrise ging.

Mila trank einen Schluck Grüntee. Soeben hatte sie Leos Nachricht gelesen. Was, wenn es stimmte? Wenn Zoi und Tassos durchgebrannt waren, um frei zu sein und ihre Liebe zu leben? Sie dachte an die obdachlosen Kids, die sie auf ihren Reisen getroffen hatte, und es überlief sie kalt. Blasse Mädchen, die vor Bahnhofstüren um Kleingeld für Stoff baten. Jungs, die mit mageren Hunden resigniert auf dem Boden hockten.

Nein, dachte sie. So durfte Zois Zukunft nicht aussehen.

Aliki betrat den Raum, in den Händen ein Tablett mit belegten Broten. Schinken, Käse, Häppchen mit Tomate und Mozzarella, liebevoll dekoriert mit Gurkenscheiben. Mila hatte keinen Appetit, zwang sich aber zum Essen und steckte der Katze kleine Bröckchen Schinken zu, die sich sicher im Himmel wähnte.

»*Thank you*«, sagte Aliki leise.

»*Why?*«, fragte Mila.

»*You saved me when Leo attacked me.*«

»*Of course.*« Mila knabberte an dem Brot, dessen Geschmack ihr völlig schnuppe war.

Aliki sprach auf Englisch weiter. »Bevor sie kamen, fühlte ich mich alt. Heute fühle ich mich lebendig.« Sie schenkte Mila ein schiefes Lächeln.

Sie begriff, dass Zoi und Leo für Aliki weit mehr als ihre Erben waren. Auch wenn sie es nicht zeigen konnte, hatten sie Freude in ihr Leben gebracht. Zoi durfte nichts geschehen, allein um dieses kostbare Konstrukt nicht zu zerstören.

»Ich vertraue Tassos«, fuhr Aliki mit rauer Stimme fort. »Seine Großeltern sind unsere Nachbarn.«

»Wirklich?«, fragte Mila.

»Anna und Anastasios Vezelos. Sie sind Bauern wie wir und ehrenhafte Leute. Anastasios und sein Vater waren im Widerstand gegen die italienische und die deutsche Besatzung im Zweiten Weltkrieg, so wie Stavros, mein Vater. Tassos liebt seinen Großvater sehr. Ich kenne ihn, seit er ein kleiner Junge war. Aber was noch mehr zählt ... Die Familie Vezelos hat sich auf Katerinas Seite gestellt, als sie ungeplant schwanger wurde und unser Vater sie rauswarf.«

Im spießigen Korfu vor dreißig Jahren war der Familie Vezelos die Unterstützung Katerinas sicher hoch anzurechnen gewesen. Mila zweifelte dennoch an der Logik von Alikis Aussagen. Der kleine Mistkerl Tassos musste seinen anständigen Vorfahren ja nicht unbedingt nachschlagen.

Aliki, die kaum etwas gegessen hatte, verschwand in der Küche.

Mila blieb zurück und vergrub ihre Hände im Fell der schnurrenden Katze. Sie konnten nichts tun. Es gab weder eine Spur von Tassos und Zoi noch von Jannik oder seinem Laptop. Das Damoklesschwert hing über ihnen. Spätestens wenn Berishas Ultimatum endete, ohne dass sie etwas erreicht hatten, würde es auf sie niedersausen. Schlimmer konnte es kaum noch werden.

Aliki kehrte in den Verkaufsraum zurück, setzte sich Mila gegenüber an den Tisch und fuhr Leos Laptop hoch. Totenstille setzte ein, die nicht einmal sein leises Summen durchbrach. Es war so dämmrig, dass Mila das bläuliche Leuchten des Bildschirms wahrnahm.

Drei Sekunden lang herrschte ein brüchiger Frieden. Dann

hörte Mila Alikis entsetzten Aufschrei. Die Katze purzelte von Milas Schoß, als sie aufsprang, auf die andere Seite des Tisches sprintete und Aliki über die Schulter blickte.

Die Bäuerin hatte das Mailprogramm geöffnet. Ungläubig starrte Mila auf die englischen Worte, die sich ihr nicht sofort erschließen wollten. Das durfte nicht wahr sein. Die Zeit verging in bleierner Schwere, als sie langsam zu Ende las. Es gab keinen Zweifel am Inhalt der Nachricht.

»She's been kidnapped«, sagte Aliki tonlos.

Zoi war nicht mit Tassos durchgebrannt. Auch wenn die Botschaft anonym erstellt worden war, hatte Mila keine Zweifel, wer sie versendet hatte. Zoi war ein Pfand in den Händen Berishas, der verlangte, dass sie ihm Janniks Laptop bis Mittwochabend aushändigten. Mit Zois Entführung wollte er ihnen Beine machen. Keine Polizei!

Nachdem sie die Nachricht gelesen hatte, ging etwas Seltsames in ihr vor. Ihre Angst und Verzweiflung machten einer Entschlossenheit Platz, in der sie zu allem fähig war. Sie hatte die Familie Bardés unbeabsichtigt in die Scheiße geritten und würde ihr wieder heraushelfen. Was auch immer es sie kosten möge.

»Komm, Aliki. Lass uns Tassos' Großeltern einen Besuch abstatten. Vielleicht wissen sie, wo wir ihn finden.« Und Tassos wusste möglicherweise, wo Zoi steckte.

Beschäftigungstherapie, dachte sie. Reine Zeitverschwendung. Und doch, in der Not griff sie nach jedem Strohhalm.

Aliki schien froh zu sein, etwas tun zu können, was sie von ihren Sorgen ablenkte. Ihr Kleinwagen war ebenso geländegängig wie Leos Pick-up, ideal, wenn man von der Landstraße aus in die Wildnis fuhr. Arillas lautete der Name auf dem Ortsschild, das Mila als letztes Zeichen der Zivilisation an der Straße wahrnahm. Danach ging es schnurstracks in den Wald. Das Anwesen von Tassos' Großeltern lag noch weiter jenseits aller Bebauung als Manolis' Wohnwagen. Aliki lenkte den Kleinwagen konzentriert über einen Schotterweg in Richtung der Berge und fluchte, als eine Rotte Wildschweine ihren Weg kreuzte.

Irgendwann landeten sie in einem mondbeschienenen Hof, um den sich Wohngebäude, Ställe und Scheunen drängten. Eleftherias Elternhaus. In einem Pferch blökte eine Herde Schafe, ein Hahn irrte sich in der Uhrzeit und krähte mondsüchtig. Ein Hund schlug an, bellte panisch.

Noch stand Licht in einem der Fenster. Sie stiegen aus und klopften an die Tür. Aliki rief etwas auf Griechisch.

Schlurfende Schritte näherten sich, bevor ein alter Mann die Tür aufriss. Alles an ihm war grau, sein wolkiges Haar, sein Bart und das Unterhemd, das sich über seinen muskulösen Schultern spannte. Seine Füße steckten in karierten Pantoffeln.

»Anastasios Vezelos – Mila van der Holst«, stellte Aliki sie vor und fügte einige griechische Sätze hinzu, die den Bauern dazu veranlassten, Mila auf die Schulter zu klopfen. Sie nahm sich vor, Aliki zu erwürgen, wenn sie sie als Leos Freundin und zukünftige Olivengroßgrundbesitzerin vorgestellt hatte.

Anastasios lud sie in die Küche ein, wo seine Frau Anna im Nachthemd am Küchentisch saß, den Kopf voller Lockenwickler. Von Tassos gab es keine Spur. Auf dem Tisch jedoch stand ein Stövchen mit einer Teekanne und drei Tassen, von denen Anna eine diskret im Spülbecken verschwinden ließ. Die Küche hatte eine Hintertür, durch die er möglicherweise das Weite gesucht hatte.

Während Aliki wortreich den Grund ihres Besuchs erklärte und Small Talk betrieb, blieb Mila wachsam. War da nicht eine Bewegung im Hof? Ein Gespenst, das sich im Mondlicht von Schatten zu Schatten in Richtung der Scheune stahl? Unsinn, jetzt wurde sie schon paranoid.

»*Tassos is not there*«, übersetzte Aliki.

Anna erhob sich, holte zwei weitere Tassen aus der Anrichte, goss ihnen Tee ein und trieb irgendwo eine Schachtel Kekse auf, die sie auf einem bemalten Teller verteilte. Die Kerze im Stövchen flackerte vom Luftzug, der durch die offene

Hintertür drang. Die Gardine bauschte sich. Anna schloss die Tür, setzte sich an den Tisch und verständigte sich wortlos mit Anastasios. Die beiden schützten ihren geliebten Enkel mit ihrer ganzen Kraft. Wahrscheinlich sogar vor den Nachfragen seiner besorgten Eltern. Aber nicht genug vor sich selbst.

Mila ertappte sich bei dem Wunsch nach autoritären Erziehungsmethoden. Hätte der alte Anastasios seinem Enkel doch früh genug die Hosen strammgezogen.

»Danke, danke. *Efcharisto.*« Sie schenkte dem betagten Ehepaar ein strahlendes Lächeln und trank einen Schluck Tee. Niemand traute ihr Heimtücke zu. Den Umstand, dass ihre Mitmenschen sie für ein harmloses Mädchen mit begrenzten intellektuellen Fähigkeiten hielten, gedachte sie sich zunutze zu machen. Sie hatte lange genug gesucht. Jetzt würde sie finden.

»Aliki, could you please ask for the toilet.«

Noch einmal knipste Mila ihr Lächeln an, dann erklärte Anna ihr gestenreich, dass sich das Örtchen neben der Eingangstür befand. Wahrscheinlich ein Plumpsklo, so abgelegen, wie der Bauernhof war.

Mila stand auf, schloss sorgsam die Küchentür hinter sich, durchquerte den Gang und trat auf den Hof hinaus ins Mondlicht, in dem die Gebäude lange Schlagschatten warfen. Irgendwo schlug wieder der Hund an.

Immer an der Wand lang, dachte sie, durch die tiefen Schatten und dann in Richtung Scheune, wie es Tassos vorgemacht hatte. Sie kam an und polterte an das Scheunentor.

»Ich weiß, dass du da drin bist«, sagte sie auf gut Glück. »Mach auf, aber schnell, sonst schreie ich alles zusammen und erzähle deinem Großvater, was du angerichtet hast.«

Ein paar Sekunden lang herrschte atemlose Stille. Dann hörte sie jemanden auf Deutsch und Griechisch abwechselnd fluchen. Die Tür öffnete sich einen Spalt weit. Mila blickte zuerst in Tassos' entschlossene Augen und dann in die Mündung einer Flinte, die er direkt auf ihr Herz richtete. Opa Anastasios ging sicher gern auf die Jagd und war diesbezüglich gut ausgestattet.

»Komm rein, aber verhalt dich ruhig.«

Er zog das Tor auf und ließ sie in die Scheune. Als sie drinnen war, senkte er die Flinte und legte das Schloss vor.

Mila sah sich um. Im Hintergrund stand eine teure Geländemaschine, deren weiß-rote Lackierung im Mondlicht leuchtete. Tassos sah verheerend aus. Seine Haare fielen ihm ins Gesicht, sein weißes Hemd hing ihm aus der Hose, und seine Augen waren ausdruckslos.

»Zoi wurde gekidnappt«, sagte sie.

»Das wollte ich nicht.« Sein Kopf sackte zwischen seine Schultern.

»Also hast du es tatsächlich getan? Du hast sie verraten und denen ausgeliefert.« Hass loderte in ihr auf. Tassos musste so tief im Drogensumpf stecken, dass er erpressbar war.

»Ist sie hier?« Mila umrundete die Maschine und untersuchte jeden Zentimeter des rückwärtigen Teils der Scheune. Nichts, außer einer weiteren Tür, die nach draußen führte.

»Nein. Ich weiß nicht, wo sie ist.« Er setzte sich auf einen Heuballen, legte das Gewehr quer über seine Knie und vergrub sein Gesicht in den Händen. Sollte er doch an seinem schlechten Gewissen krepieren.

»Ich hab mich immer tiefer reinmanövriert«, sagte er.

Mühsam widerstand sie dem Impuls, ihn links und rechts zu ohrfeigen. »Was soll ich dazu sagen? Ja, bravo?« Sie blickte sich wild um. »Erzähl! Versteckst du hier eine Cannabisplantage?«

Etwas von seiner früheren Arroganz schien in seinem Blick auf. »Für wie retro hältst du mich? Ich will in Legal Highs machen. Die stelle ich selbst her und verticke sie übers Netz.«

»Volker und Eleftheria. Wissen die davon?«

»Um Himmels willen.« Tassos wurde noch blasser, als er ohnehin war.

Mila baute sich vor ihm auf. »Es ist mir egal, was für Drogen du kochst und verkaufst. Ich ahne, dass du mit Dope und

Ecstasy dealst und deine Freunde draufgebracht hast, eine echt miese Tat, für die du ins Gefängnis gehörst. Aber mir geht es allein um Zoi.«

Er sah auf. »Sie ist das Beste, was mir je passiert ist.«

Mila knetete ihre Hände. Das hier musste schnell gehen, bevor die Großeltern registrierten, dass sie nicht von der Toilette zurückkam. »Und was ist mit echtem Mut, Zivilcourage, Heldentum? Wie willst du deinem Großvater je wieder in die Augen sehen, wenn Zoi stirbt?«

Tassos stand auf. »Die Leute, die mich gezwungen haben, ihr Liquid Ecstasy ins Glas zu mischen, haben gedroht, mich auffliegen zu lassen. Aber das ist mir jetzt auch egal.« Er drückte sich seine Fäuste vor die Augen. »Ich ertrag nicht, was ich getan hab. Ich kotz mich selbst an.«

»Dann mach es wieder gut!«, sagte Mila kalt. K.-o.-Tropfen. Sie atmete zittrig ein, als ihr der Cocktail in den Sinn kam, den Jannik und sie am Strand getrunken hatten, aber diese Frage musste warten.

Tassos ging auf die Geländemaschine zu, schob sich auf den Sitz und rollte vor. »Ich weiß nicht, wo die Zoi hingebracht haben. Aber ich weiß, wo Jannik gewohnt hat. Er hat sein eigenes Ding gemacht. Vielleicht ist da sein verflixter Laptop.«

»Du weißt *was*?« Milas Mund wurde trocken.

Es polterte an das Scheunentor. Ein Mann stieß eine Wortsalve auf Griechisch aus.

»Dein Großvater«, sagte Mila.

»Mach das hintere Tor auf«, befahl Tassos.

Mila öffnete sperrangelweit und ließ das Mondlicht und einen Schwall mistgetränkte Luft herein. »Wo hat Jannik gewohnt?«

Tassos streifte sie mit einem verächtlichen Blick. »Entweder Großvater kommt rein, der mich umbringen wird, oder du begleitest mich. Dann zeige ich es dir.«

Kurz entschlossen stieg Mila hinter ihm auf den Sitz und hielt sich an Tassos fest, der die Maschine mit einem Kickstart in Gang setzte und Gas gab. Sie rollten aus der Scheune und fuhren viel zu schnell auf den Schotterweg auf. Der Wind griff in Milas Haare. Aus dem Augenwinkel sah sie, wie das Ehepaar Vezelos händeringend zurückblieb. Aliki aber stand so gelassen neben ihnen, als würde sie ihr Aufbruch nicht überraschen.

28

Wider Erwarten war es Zoi gelungen, in ihrem Gefängnis einzuschlafen. Sie erwachte von einem Scharren und richtete sich verschlafen auf. Der Mond warf eine Lichtbahn über den Tisch und den Marmorboden, der den verblichenen Charme der Jahrhundertwende aufscheinen ließ. Vielleicht spukte es hier ja. Oder nein. Sie erschrak, als sie mitten im milchweißen Licht ein Tier bemerkte, das auf den Hinterfüßen stand und sich putzte, ein fieses, mit langem, nacktem Schwanz. Zoi schauderte, als ihr aufging, dass es sich um eine Ratte handelte. Sie hasste die Viecher, von denen es auf dem Olivenhof zum Glück so gut wie keine gab. Aliki führte das darauf zurück, dass sie ihren Hühnerstall abgeschafft hatte.

Zoi fühlte sich so einsam, dass sie sich beinahe über die Gesellschaft freute. Sie richtete sich auf und betrachtete ihren Gast genauer, wobei sich Grauen und Faszination die Waage hielten.

»Hallo, du.«

Die Ratte putzte sich mit den Vorderpfoten über das Gesicht, was possierlich aussah. Dann stockte sie. Ihre Barthaare zitterten im Mondlicht, während ihre Knopfaugen Zoi fasziniert musterten.

Zois Magen knurrte. Sie fühlte sich schwach. Es war spät, ihr Entführer schien sich entschlossen zu haben, sie verhungern zu lassen.

»Wovon lebst du eigentlich?«, fragte sie die Ratte, die erschrocken fiepte und davonhuschte.

Wo in diesem hermetisch abgeschlossenen Raum befand sich ihre Zuflucht? Welche Krümel fraß sie, wo es hier doch nichts gab?

Und außerdem: Wenn es Zoi nicht gelang, das Rattenloch zu stopfen, würde sie kein Auge mehr zutun. Sie würde nicht mehr in die Umarmung des Schlafes und ihre seltsamen

Träume fliehen können, die ihr im Moment unendlich kostbar erschienen. Also stand sie auf, streifte ihre Sandalen und das Kapuzenshirt über und suchte im Mondlicht den Raum ab, Zentimeter um Zentimeter. Vor allem überprüfte sie die Fußbodenleisten auf Löcher zwischen Wand und Boden.

Die Fliesen bestanden aus Marmor, gingen aber an einer Stelle in Holzbohlen über, die in der Steinwand mündeten. In der Ecke endeten die Bretter fünf Zentimeter vor der Wand. Durch diesen Spalt musste die Ratte entkommen sein.

Im Abstand von etwa fünfzig Zentimetern befand sich ein weiterer, strichdünner Spalt, der über zwei Bodendielen reichte. Zoi überwand ihre Furcht und schob ihre Finger hinein. Er entpuppte sich als Falltür, unter der eine schmale Stiege in bodenlose Finsternis führte.

Eine Autotür knallte. Ihr Herz begann zu rasen. Sie ließ die Klappe fallen, hechtete zur Pritsche, legte sich mit angewinkelten Beinen darauf, drehte sich zur Wand und schloss die Augen.

Mafia, dachte sie mit plötzlicher Hellsichtigkeit. Das Ding, das Leo am Laufen hatte, und die Sache, in die Jannik und Mila verstrickt waren. Sie steckte mittendrin, und Tassos, der sie aufs Übelste verraten hatte, ebenso. Die wollten was von Leo. Tassos war mit seinen blöden Drogen erpressbar. Aber sicher war sie sich nicht. Was, wenn das alles Unsinn war? Was, wenn der Entführer ein verdammter Psychopath war, der kam, um sie umzubringen?

Jemand schloss die Haustür auf. Schlurfende Schritte im Gang. Zois Mund wurde trocken. Sie schmeckte Blut, weil sie sich auf die Lippe gebissen hatte. Vielleicht brachte der Mann ja ein Skalpell mit, um sie langsam und genüsslich in ihre Einzelteile zu zerlegen? Die Sauerei würde in dem verlassenen Haus niemandem auffallen. Ihre Hände und Füße wurden kalt und taub, als sie sich schlafend stellte.

Der Schlüssel drehte sich in der Tür, die sich einen Spalt weit öffnete. Lautlos wurde etwas hindurchgeschoben, dann ging die Tür zu und wurde wieder abgeschlossen. Der Entführer wollte ihr auf keinen Fall begegnen. Er hatte damit gerechnet, dass sie im Tiefschlaf liegen und seinen Besuch nicht mitbekommen würde.

Zois Herz raste. Die Schritte entfernten sich. Als die Haustür zugefallen war, kletterte sie auf den Stuhl und spähte durch das vergitterte Fenster. In der mondhellen Einfahrt erhaschte sie einen Blick auf eine weiß gekleidete Gestalt mit ebenso heller Kapuze, die auf einen dunklen Geländewagen zuging, der am schmiedeeisernen Tor parkte. Am Steuer erkannte sie einen dunklen Schemen. Ein Gespenst, dachte sie, ihr Herz in der eisigen Umklammerung der Angst.

Bevor der Mann einstieg, wandte er sich um und richtete seinen Blick auf das Haus. Zoi duckte sich und rutschte auf die Knie. Sie hatte genug gesehen. Der Typ trug eine Comicmaske, Donald Duck. Und dieses weiße Ding da? War das nicht ein Schutzanzug für Kriminaltechniker, die einen Tatort untersuchten? Ein Anzug, den man von oben bis unten mit Blutflecken einsauen konnte. Abwaschbar.

Sie erhob sich erneut und sah, wie der Mann auf der Beifahrerseite einstieg. Sein Komplize startete den Geländewagen, wendete und fuhr los.

Während sich das Motorengeräusch langsam entfernte, wurde Zoi schwindelig vor Hunger. Sie sprang vom Tisch und stürzte sich auf die Tüte, die einen Pizzakarton und eine Literflasche Cola enthielt. Die Pizza, Schinken und Pilze, war kalt und zäh, die Cola zu warm. Und dennoch. Zoi biss ab, kaute hastig und spülte mit Cola hinterher. Nie hatte ihr etwas besser geschmeckt. Ein Viertel ließ sie für das Frühstück zurück und packte es gegen die verfressene Ratte auf den Schrank. Auch wenn die Hoffnung ein trügerisches Ding war. Diese Nacht würde sie überleben.

Sie stieg wieder auf die Pritsche, rollte sich zusammen und schlief ein.

29

Leo raste durch die Ebene nach Südwesten und schwieg. Gazakis saß neben ihm auf dem Beifahrersitz und brummte von Zeit zu Zeit, um klarzustellen, dass ihm seine Gegenwart nicht entging. Wenn er gedacht hatte, Leo würde ihn ins Vertrauen ziehen, sah er sich eines Besseren belehrt. Der Junge sagte nichts und fuhr wie ein Henker. Gazakis fürchtete um sein Leben.

Die nächste Kurve nahm er besonders rasant. Ein entgegenkommender Wagen blendete auf und hupte, weil sie auf die Gegenfahrbahn geraten waren. Leo ging vom Gas, fuhr aber noch immer zu schnell.

»Leo ...«, sagte Gazakis gequält.

»Ich habe Sie nicht eingeladen.«

Die Ebene mündete am Fuß der bewaldeten Berge. Sie folgten einer Straße, die sich in Serpentinen in die Höhe schraubte, und durchquerten einige im Tiefschlaf liegende Dörfer. Das letzte war Kavvadades.

»Ich war schon einmal hier«, sagte Gazakis auf Deutsch.

Leo antwortete nicht. Sie fuhren noch ein gutes Stück, bevor sie auf einen Vorplatz abbogen, den kein Vollmond mehr in sein Zauberlicht tauchte. Rundum erhoben sich Wohn- und Wirtschaftsgebäude. Im Laden waren die Jalousien runtergelassen, eine Scheune beherbergte die Ölmühle. Dahinter lagen ein Weinberg und ein Garten. Die Sonnenblumen nickten über den Zaun und wirkten im Dunkeln wie ausgeblichen.

Sie stiegen aus. Leo schloss das Haus auf, das schweigend im Finstern lag. Gazakis erschrak, als ihm eine Katze maunzend um die Beine schlich.

»Mila und meine Tante sind nicht da.« Beunruhigt drehte Leo am Lichtschalter und begann, hektisch auf seinem Handy herumzutippen. »Kein Empfang. Vielleicht stecken sie in einem Funkloch. Aber wohin sind sie gefahren?«

Das war das erste Mal, dass er Gazakis gegenüber eine Regung zeigte. Er musste vor Sorge um seine Schwester außer sich sein.

Gazakis folgte Leo in den Verkaufsraum. Ein Kamin, Steinwände, Holzmobiliar aus geschwärztem Eichenholz, Leo wusste, wie man den Kunden eine jahrhundertealte Tradition näherbrachte. Auf dem Tisch stand ein nachtschwarzer Laptop.

»Hier finden also deine Verkostungen statt?« Gazakis strich über die gekerbte Oberfläche der Tischplatte, an der Generationen von Olivenbauern ihre Messer gewetzt hatten. Darauf stand eine Schachtel mit mehrsprachigen Prospekten und den Kopien gewonnener Auszeichnungen. Der Junge lebte für sein Olivenöl, jedenfalls bis ihm diese Jannik-Sache den Boden unter den Füßen weggezogen hatte.

»Wir könnten etwas essen«, sagte Leo missmutig.

Gazakis war viel zu hungrig, um Nein zu sagen.

Leo ging in die Küche und kam mit einem Tablett zurück, auf dem zwei Gläser, ein Korb mit Brot, Schinken, Käse, Wasser und eine Karaffe mit Rotwein standen. Er goss ihnen beiden ein. Gazakis belegte sich ein Brot und probierte den Wein, der einfach, aber gut war.

»Die Kleine wird schon wieder zurückkommen«, sagte er und kaute. »Wie die meisten jugendlichen Ausreißer. Aber ich gebe zu, sie hätte nicht unbedingt mit Tassos durchbrennen müssen, der dir sicher nicht gut genug ist.«

Leo setzte sich schweigend an den Tisch. Der Impuls reichte aus, um den Laptop hochzufahren, dessen gespenstisches Licht den Raum erhellte. Das Mailprogramm war geöffnet. Leo fuhr zurück. Totenbleich.

»Was ist?« Gazakis sprang auf und sah ihm über die Schulter. Die Mail war in perfektem Englisch, anonym und ließ keinen Zweifel zu.

»Zoi wurde entführt«, sagte Leo.

Die Entführer stellten ein Ultimatum. Janniks Laptop sollte

ihnen bis spätestens Mittwochabend ausgehändigt werden, und Leo sollte seine eigenen Rechercheergebnisse löschen und so schnell wie möglich vergessen.

»Keine Polizei.« Er musterte Gazakis, als sei er irgendein Ungeziefer.

Gazakis hätte das nach über dreißig Jahren Polizeiarbeit gewohnt sein müssen, aber es ging ihm dennoch durch und durch. »Wir wissen, wie man mit Entführungen umgeht«, sagte er ruhig. »Es ist wichtig, die Nerven zu behalten. Das A und O. Alpha und Omega.« Anfang und Ende, dachte er, und dazwischen unsere verzweifelte Suche nach Glück. »Gibt es irgendeine Spur?«

»Tassos muss Zoi an die Mafia verraten haben. Sonst wäre er nicht ebenfalls verschwunden. Mich wundert, dass Sie ihn wegen seiner Drogendelikte nicht schon lange verhaftet haben.«

»Vielleicht.« Gazakis hätte einwenden können, dass die Beweislage nicht eindeutig und Tassos überhaupt nichts nachgewiesen war, beließ es aber dabei. Arme Eleftheria, dachte er.

»Mila und deine Tante sind auch weg«, sagte er stattdessen. »Vielleicht ist ihnen ja eingefallen, wo sich Tassos verstecken könnte. Mit oder ohne Zoi.«

Leo saß da wie betäubt. »Natürlich! Kommen Sie.« Er griff nach dem Autoschlüssel und war schneller durch die Tür, als Gazakis sein Glas austrinken und ihm zu seinem Pick-up folgen konnte. Leo hatte den Motor schon gestartet, als sich Gazakis neben ihm auf den Beifahrersitz fallen ließ.

»Wohin fahren wir?«

Leo rollte langsam vom Hof. »Die Vezelos, Tassos' Großeltern, Eleftherias Eltern. Aliki kennt sie gut. Der alte Anastasios ist in der Genossenschaft mein härtester Gegner. Ansonsten respektieren wir uns.«

Er nahm die Straße nach Nordwesten.

»Da liegt ein Toter in meiner Schlucht«, sagte er beiläufig.

»Den sehen wir uns morgen früh näher an«, entgegnete

Gazakis mit vorgetäuschtem Gleichmut. »Vorausgesetzt, du bist nicht der Mörder.«

Was, wenn doch? Was, wenn Leo zwei Tote in seiner Schlucht weniger störten als die Mafia, die ihm auf den Fersen war?

Das riskiere ich, dachte Gazakis. Durch diesen Fall hatte er gelernt, dass es immer noch schlimmer kommen konnte. Wichtig war, dass er Leo bei der Stange hielt und dazu brachte, seine Erkenntnisse mit ihm zu teilen. »Wenn du mich schon am Hals hast, solltest du das Beste daraus machen.«

Leo wandte sich ihm zu, dunkle lockige Haare, die auf durchtrainierte Schultern fielen. Er war ein Baum von einem Kerl. Braune Augen musterten ihn spöttisch. Dann brach der Damm.

Als er zu reden begann, rutschten die Puzzleteile dieser vertrackten Geschichte nach und nach an ihren Platz. Olivenölbetrug, Mafiageld, Erpressung. Milas Begegnung mit Berisha, der Brand, bei dem sie den Toten gefunden hatte und beinahe selbst ums Leben gekommen war. Leo redete sich alles von der Seele. Danach war Gazakis klar, dass Leo und Mila bis zum Hals im Sumpf wateten.

Er würde sie vor Hanna Bitter schützen müssen, die sie mit Vergnügen festnehmen würde. Leo traf keine Schuld. Er lebte seinen Traum und stand dabei auf der Schwelle zwischen Deutschland und Griechenland: deutsch mit seinem Hang zum Perfektionismus und griechisch, weil seine Ehre ihm über alles ging. Nur die typische Schlitzohrigkeit, der sichere Instinkt, von dem sich Gazakis leiten ließ, ging ihm völlig ab.

Das Fernlicht streifte Macchiagebüsch, als der Pick-up von der Straße in den Wald abbog und über einen Schotterweg in Richtung des Hofs der Familie Vezelos rumpelte.

Nichts für mich, dachte Gazakis. Der Wein, den er so genüsslich getrunken hatte, stieß ihm sauer auf, als er sich an den Sitz klammerte. Ausgerechnet jetzt, da er um sein Leben fürchtete, berichtete ihm Leo von seiner Bekanntschaft mit

Jannik, der ihn gebeten hatte, über die Praktiken und Hintergründe des Olivenölbetrugs zu recherchieren. Irgendwann war Leo klar geworden, dass sie einer brisanten Sache auf der Spur waren.

»Dann war plötzlich Schluss. Jannik wollte nichts mehr von mir wissen. Er hat dichtgemacht und sich verleugnen lassen.«

Gazakis riss sich mühsam zusammen. »Was war der Grund dafür?«

Leo wog ab. Gazakis erkannte den Punkt, an dem er einknickte, an einer Neigung seines Kopfes. »Mila glaubt, dass Jannik noch lebt. Sie sagt, sie habe ihn beim ›Hotel Olympia‹ gesehen. Am Freitagabend. Sie meint, er habe Paris ermordet und den Brand gelegt.«

Gazakis Gedanken überschlugen sich. »So ist das also. Dann ist Mila keine Mörderin, sondern schützt unter Umständen einen Mörder.«

Langsam sortierten sich die neuen Erkenntnisse in seinem malträtierten Kopf. Jetzt oder nie sollte der Hund den Knochen bekommen. Gazakis warf Leo einen Happen Polizeiwissen hin. »Du weißt, dass wir ursprünglich über einen groß angelegten Geldwäschebetrug recherchiert haben? Wir haben Berishas richtigen Namen. Er ist ein hohes Tier bei der Provinzregierung Nordalbaniens. Ämter und Verbrechen schließen sich in Albanien nicht unbedingt aus. Korruption ist absolut normal. Wie überall, nur wissen wir nicht über alles Bescheid.«

»Ach was!« Leo nickte grimmig. »Gut. Dann machen Sie ihn dingfest, bevor er meiner Schwester etwas antun kann. Er hat schmutziges Geld in das gepanschte Olivenöl gesteckt und spekuliert darauf, durch den Verkauf Unsummen zu verdienen. Nur dass das Öl aus europäischer Massenproduktion so stark verunreinigt ist, dass der Betrug sogar einem Blinden auffällt. Das hätte man weniger stümperhaft machen können.«

»Künstlerpech«, kommentierte Gazakis. »Die Verantwortlichen versuchen sicher, unterzutauchen, sobald das Öl aus dem Verkehr gezogen wird. Die Frage bleibt, ob Jannik eine gewisse Summe Geld eingesteckt und sein eigenes Verschwinden inszeniert hat.«

»Mila glaubt das. Lassen Sie uns Zoi retten. Alles andere kann warten.«

Das nächste Schlagloch beförderte Gazakis an die Decke des Pick-ups. Er stöhnte gequält auf. »Leo, könntest du etwas langsamer fahren? Vor dir fliehen ja die Wildschweine, wenn du sie nicht ausrottest.«

»Ich dachte, Sie kämen aus Korfu.« Leo raste weiter.

Deine kleine Rache, dachte Gazakis. »Aus Kerkyra«, erklärte er und versuchte, seinen aufgebrachten Magen zu beruhigen. »Mein Vater war Rechtsanwalt. Wir haben ein Haus in der Nähe des Schlosses Mon Repos.« Er wusste, was Leo dachte. Städter, Upperclass. Diese Kombination war für einen Bauern aus Nordkorfu beinahe so fremd wie eine Herkunft aus Athen. Sogar, wenn dieser Bauer ein studierter Wirtschaftswissenschaftler war.

»Und weshalb sind Sie dann nach Deutschland gegangen? Sie hatten doch alles.«

»Der Liebe wegen«, entgegnete Gazakis würdevoll. »Ich habe Jura studiert und bei einem Auslandssemester meine Frau kennengelernt. Birgit. Sie ist Sozialpädagogin und bezaubernd. Dann war der Weg zur Polizei irgendwie interessanter, als mich als Rechtsanwalt selbstständig zu machen. Aber meine Frau hat mich verlassen.«

Zweige peitschten gegen das Seitenfenster des Pick-ups. Leo stieg auf die Bremse, als ein Tier in Panik die Straße kreuzte, dem zwei Miniausgaben seiner selbst folgten. Alle drei hatten eine Menge Stacheln auf dem Rücken. Gazakis blinzelte verdutzt. Schon seit vielen Jahren hatte er kein Stachelschwein mehr gesehen.

Korfu, dachte er. Zumindest bei Nacht wild und fremd.

Leo sah ihn von der Seite an. »Sie dachten also, Sie sitzen die Zeit bis zur Pensionierung auf einer Arschbacke ab und setzen sich dann in Ihrem Haus am Mon Repos zur Ruhe. Warum haben Sie nicht um Birgit gekämpft?«

»Weil ich keine Schlammschlacht wollte.« Vielleicht war er auch zu feige gewesen, wollte sich keine Blöße geben und seine Kinder nicht in einen überflüssigen Rosenkrieg verwickeln. Ja, warum hatte er nicht um sie gekämpft? »Wir hatten uns auseinandergelebt. Und du, weshalb warst du in Deutschland? Mit diesem Riesengehöft im Hintergrund?«

Der Wald lichtete sich. Sie durchquerten ein paar Olivenhaine, kreuzten einen Weinberg und eine Wiese voller Kumquatbäume.

»Ich bin in Deutschland aufgewachsen. Berlin«, sagte Leo sanft. »Meine Mutter Katerina war wegen ihrer politischen Einstellung verschrien auf Korfu. Weil sie mit mir schwanger war, setzte ein Spießrutenlauf ein, dem sie sich nicht gewachsen fühlte.«

»Dann bist du unehelich? Aber dann musst du ja jeden Tag befürchten, deinem Vater über den Weg zu laufen.«

Sie fuhren auf den Vorplatz ein. Endlich, dachte Gazakis erleichtert. Ein Wachhund bellte sich die Seele aus dem Leib, als Leo ausstieg und die Tür hinter sich zuschlug.

»Mein Erzeuger interessiert sich ebenso wenig für mich wie ich mich für ihn«, sagte Leo, als Gazakis neben ihm stand.

Die Tür sprang auf. Ein alter Mann trat auf die Schwelle und richtete eine Jagdflinte auf sie.

Gazakis hob die Hände. Er hatte keine Lust, von Schrotkugeln durchsiebt zu werden. Um die Lage zu sondieren, versuchte er, die beiden Frauen einzuschätzen, die dem Alten über die Schulter blickten. Die mit dem dunklen Schopf war etwa fünfzig Jahre alt, die andere trug eine Unzahl Lockenwickler in ihren grauen Haaren. Leos Tante und die Bäuerin, dachte er.

»Immer mit der Ruhe! Ich bin von der Polizei.« Diese Ansage würde im Ernstfall nur bewirken, dass Vezelos sich von der Staatsmacht bedroht fühlte. Und tatsächlich. Er senkte die Flinte erst, als er Leo erkannte, der gleich ihm Teil der Olivengenossenschaft war.

»Ist Zoi hier?«, fragte dieser auf Griechisch.

Der Alte verneinte das. »Kommt rein«, sagte er mürrisch. Sie folgten ihm in eine typisch korfiotische Bauernküche. Eine Katze schlief auf der Bank, während draußen die Hähne im Chor Alarm schlugen und den nächsten Morgen ankündigten. Auf der Spüle stand eine Kiste Aprikosen bereit, aus der die alte Bäuerin Marmelade kochen würde.

Leo umarmte seine Tante ungeschickt, als sei das weder seine noch ihre Art. Aliki eröffnete ihnen das Wichtigste sofort. Tassos war tatsächlich hier gewesen. Seine Großeltern hatten ihn versteckt, wobei ihnen die Tatsache zugutekam, dass es in ihrer ländlichen Idylle keinen Handyempfang gab. Vor einer Stunde war Mila mit Tassos auf seiner Geländemaschine davongefahren. Und nein, es hatte nicht so ausgesehen, als habe man sie gezwungen.

Leo stöhnte und legte seinen Kopf in seine Hände. Sie hatten Mila verpasst.

»Verdammte Albaner!«, sagte Vezelos, als sie rund um den Tisch Platz genommen hatten. »Mein Enkel hat sich mit den falschen Leuten eingelassen.«

Der alte Anastasios sah aus, als könne er sich durchsetzen. Er erschien Gazakis knorrig, anspruchslos und eigensinnig, als sei er im vorigen Jahrhundert, ach was, in der Weltkriegszeit stecken geblieben, als die Bevölkerung Korfus erst unter der italienischen und dann unter der deutschen Besatzung ums Überleben gekämpft hatte. Seit 1386 war die Insel ein Spielball fremder Mächte gewesen, die sie als strategisch günstigen Brückenkopf missbrauchen wollten. Erst die Venezianer, dann die Franzosen, die Engländer, die Italiener und die Deutschen. 1967 kam die Diktatur, in der die Griechen verlernt hatten, Athen zu trauen. Heute war das Verhältnis zu Deutschland dank der EU-Sanktionspolitik noch immer von Misstrauen geprägt. Ironischerweise hatte Anastasios' Tochter einen Deutschen geheiratet, dem sicher nicht bewusst war, was seine Nation Korfu im Zweiten Weltkrieg angetan hatte, ebenso wenig wie den deutschen Touristen, die es Sommer um Sommer wie die Heuschrecken heimsuchten.

Vezelos' Frau Anna bewirtete sie mit gekühltem Ouzo, den Gazakis dankend annahm. Eiskalte Tropfen sammelten sich auf den Gläsern. Leo lehnte ab und schüttete stattdessen einen halben Liter Wasser in sich hinein. Gazakis trank und spürte erleichtert, wie der Schnaps seinen Magen beruhigte und seinen Geist mit Gleichgültigkeit erfüllte. Zum Ouzo buk Anna mit Spinat gefüllte Blätterteigrollen aus der Packung auf.

»Was wissen Sie über Tassos' Drogengeschäfte?«, fragte Gazakis und biss von einer Spinatstange ab. Lecker.

Vezelos zögerte, als sei ihm bewusst, dass sowohl er als auch sein Enkel mit einem Bein im Gefängnis standen.

»Der Junge hat mit Kleinigkeiten gehandelt«, sagte Anna statt seiner. »Nichts Schlimmes, ein bisschen Cannabis. Ein paar Pillen. Tassos ist ein guter Junge.«

Vezelos neigte zustimmend den Kopf. Die beiden Alten stellten Tassos' lukrativen Drogenhandel so harmlos dar, wie er ihn ihnen geschildert hatte.

»Da hat er leicht untertrieben«, kommentierte Leo spöttisch. »Sonst hätten die Albaner nichts gegen ihn in der Hand.«

»Wir wissen das nicht«, gab Vezelos zu. »Er ist gestern Nacht hier angekommen mit seiner Maschine.«

»Er war verzweifelt, durchgeschwitzt, hungrig und todmüde«, fügte Anna hinzu. »Und er wollte auf keinen Fall seine Eltern anrufen.«

»Aber da hättet ihr doch schon merken müssen, dass er in Schwierigkeiten steckt«, warf Aliki ein.

»Hat er Ihnen erzählt, was passiert ist?«, fragte Gazakis. Verdammt noch eins. Leo und er waren zu spät gekommen.

Vezelos und seine Frau sahen sich an und senkten den Kopf, eine Geste der Resignation, die Gazakis trotz seiner Frustration rührte. Sie wollten ihren Enkel schützen, den sie über alles liebten, ebenso wie Volker und Eleftheria. So ist das mit Kindern, dachte er.

»Nein«, sagte Vezelos.

»Ist der Name Zoi gefallen?«, fragte Leo müde.

»Nein, aber wir dachten, er habe Liebeskummer.« Anna ließ sich auf die Küchenbank fallen. »Ich habe versucht, den Namen derjenigen aus ihm rauszubringen, die meinem Tassos das Herz gebrochen hat. Aber dann habe ich gemerkt, dass er ein ganz schlechtes Gewissen hat. Ich dachte, er hätte sie geschwängert …«

Leo schnaubte.

»Um Himmels willen«, sagte Aliki.

»Aber das war es nicht. So etwas hätten wir nicht toleriert.«

»Er muss den Albanern Zugang zu Zoi verschafft haben«, sagte Leo leise. »Sie haben sie entführt und wollen als Lösegeld etwas von mir, das ich ihnen nicht geben kann. Eine Schwangerschaft wäre schlimm gewesen. Aber das hier kostet meine kleine Schwester unter Umständen das Leben. Ich weiß nicht, was ich tue, wenn das schiefgeht.«

Anastasios und Anna lauschten blass und bekümmert. Ihre gichtigen Hände verflochten sich miteinander. Gazakis spürte einen unangebrachten Anflug von Eifersucht. Widersinnig, wenn man bedachte, in welcher Lage sie sich befanden. Warum hatte er nicht um Birgit gekämpft? In ein paar Jahren würde er allein im Alkohol ertrinken, wahrscheinlich in dem verhassten Haus unterhalb von Mon Repos, während seine Mutter in aller Ruhe mit ihren Freundinnen Bridge spielte.

»Das habe ich ihnen bereits erzählt«, sagte Aliki. »Wir wissen nicht, wie es weitergehen soll.«

Leo stand auf und schob den Stuhl zurück. Die Nacht in den Fenstern bleichte langsam aus. Im Osten stand ein hellerer Schein, der den Sonnenaufgang anzeigte. »Etwas können wir doch tun.« Er ging zur Tür. »Mila ist schon eine Weile weg. Vielleicht hat sie da, wo sie ist, wieder Netz und geht an ihr Telefon. Wir fahren bis zur Hauptstraße. Kommen Sie mit,

Gazakis? Aliki, du wartest am besten hier.« Er ging zur Tür. »Und du, Anastasios, denk mal drüber nach, wo du auf Korfu ein Entführungsopfer verstecken würdest. Vielleicht haben sich Tassos' Auftraggeber ja bei ihm erkundigt, und er greift auf deine Ortskenntnis zurück. Nicht sie kennen sich hier aus, sondern du.«

Vezelos stand auf. »Wartet. Ich komme mit.« Er besprach sich mit seiner Frau und verließ die Küche. Fünf Minuten später stand er in Tarnkleidung vor ihnen, ein Gewehr über der Schulter. Anna führte ihm einen braunen Jagdhund zu, der hechelnd an der Leine zog. Gazakis trat einen Schritt zurück, als der Hund auf den Boden geiferte und unternehmungslustig bellte.

»Das ist Diamantina«, sagte Vezelos stolz. »Sie ist der beste Fährtenhund von Nordkorfu. Wenn du ein Kleidungsstück von dem Mädchen hast, Leo, findet sie sie.« Der Jagdhund bellte zustimmend.

Gazakis hätte einwenden können, dass sie an dem einen verbleibenden Tag bis zur Übergabe des Laptops nicht jedes leer stehende Gehöft Korfus absuchen konnten. Er ließ es sein, weil sie Hoffnung bitter nötig hatten.

30

Mittwoch

Stundenlang waren sie mit der Geländemaschine kreuz und quer über die Insel gebrettert. Mila hatte schon lange die Orientierung verloren, als Tassos an einer Bauruine in den Bergen zum Halten kam. Im Osten lichtete sich der Himmel in froher Erwartung des Tages, der die Entscheidung bringen würde. Für Zoi und vieles andere.

Mila stieg ab, streckte ihre steifen Glieder und sah sich um. Von dem Bergrücken, auf dem sie sich befanden, öffnete sich die Sicht aufs Meer, hinter dem ein fernes bergiges Festland aufragte. Albanien. Auf der anderen Seite lag die offene See, die sich an die Westküste anschloss.

Mila war durchgeschüttelt und durchgefroren, die Finger, mit denen sie sich an Tassos geklammert hatte, starr vor Kälte. Dennoch bedauerte sie die Unterbrechung, denn während sie fuhren, hatte sie sich frei gefühlt. Wahrscheinlich, weil ihr der Wind jeden klaren Gedanken aus dem Kopf blies.

Die Bauruine sah aus, als hätte jemand den Versuch, an dieser spektakulären Stelle ein Café zu eröffnen, kurz vor seiner Fertigstellung aufgegeben. Die weißen Wände waren mit Graffiti beschmiert. Durch die glaslosen Fensterfronten pfiff der Wind.

»Geht's?« Tassos hockte sich auf eine Treppe, die zu einer Dachterrasse führte, und steckte sich eine Zigarette an.

»Ich fühle mich gerüttelt und nicht gerührt«, sagte Mila. »Hoffentlich sind wir bald da.« Glassplitter knackten unter ihren Sohlen, als sie einige Stufen höher hinaufstieg und sich niederließ. »Wir waren lange unterwegs.«

Sie hatten Straßen abgefahren und Dörfer durchquert, die Mila vollkommen unbekannt waren. Kreuz und quer, rauf und runter, als ob Tassos mit ihr eine irrwitzige Besichtigungstour zu den verstecktesten Winkeln der Insel machte.

»Misstraust du mir?« Die Zigarette glühte auf, als er daran zog. Rauch hüllte sie ein.

Was, wenn er sie in die Irre führte, ermordete und in irgendeiner Schlucht entsorgte? Mila, die Leiche in der Schlucht. Öfter mal was Neues.

»Nein«, log sie.

Seine Besorgnis um Zoi war echt. Außerdem war sie neugierig. Endlich gab es eine Spur von Jannik, vielleicht begegnete sie ihm ja und konnte ihn fragen, was am letzten Dienstag geschehen war. Falls er sie nicht vorher ermordete.

Mila befahl sich, die Nerven zu behalten, und steckte ihre Hände unter die Achseln, um sie am Zittern zu hindern.

»Ist dir kalt?«

»Ja.«

Er reichte ihr die Zigarette. Sie zog daran, obwohl sie das Rauchen vor sechs Jahren aufgegeben hatte, weil sich Logopädinnen ihre klare Stimme bewahren sollten. Der Rauch brannte in ihrem Hals und wärmte sie von innen. »Bist du nun mit mir in die Irre gefahren oder nicht?«

»Ich musste etwas Zeit schinden. Janniks Vermieter …« Tassos machte eine Pause. »Was, meinst du, sagen die wohl, wenn wir mitten in der Nacht bei ihnen aufkreuzen?«

Mila zog noch einmal an der Zigarette und hustete. » Ich weiß ja nicht, was das für Leute sind. Deine Freunde, oder? Du willst es dir mit ihnen nicht verscherzen …«, sie setzte alles auf eine Karte, »… weil du dort ein paar Drogen bunkerst oder kochst oder was auch immer.«

»Nein.« Er nahm ihr die Kippe ab und zertrat sie zwischen den Splittern. »Wag dich nicht zu weit vor.«

Genau das war ihre Absicht. »Weißt du, ob Jannik noch lebt oder ob ich seinen Laptop dort finde? Berisha will ihn als Lösegeld für Zoi.«

»Nicht zu viele Fragen auf einmal. Jannik ist weg. Ich habe

ihn seit einer Woche nicht gesehen. Und wo er sein verdammtes Notebook aufbewahrt, weiß ich nicht.«

Er setzte sich wieder auf die Maschine. Kickstart. Das Geräusch übertönte das Konzert der Vögel, die den Morgen begrüßten.

Mila sah auf ihr Handy. Leo hatte geschrieben. Er musste sich zu Tode sorgen um sie. Sie wollte gerade antworten, als Tassos sie unterbrach.

»Es ist so weit. Wir können da aufschlagen und die Leute aus den Betten werfen. Aber wenn du lieber mit Leo Kontakt aufnimmst, fahre ich allein. Er kann dich ja hier abholen.«

»Nein, schon gut.« Die Nachricht an Leo konnte warten. Janniks Schlupfwinkel war zu wichtig, um es sich mit Tassos zu verderben.

»Gib es mir.«

Widerwillig schaltete sie das Handy aus und drückte es Tassos in die Hand, der es in seiner Tasche verschwinden ließ. Als sie auf den Rücksitz stieg und sich an seinen Rücken klammerte, spürte sie ein schmerzhaftes Ziehen in den Oberschenkeln. Den nächtlichen Ausflug würde sie mit tagelangem Muskelkater büßen.

»Die Leute sind mir wichtig«, sagte Tassos. »Wenn du sie siehst, wirst du verstehen, warum sie auf keinen Fall den Mafiosi in die Hände fallen dürfen.«

»Wir können ja Brötchen mitbringen«, schlug Mila vor.

»Die haben schon selbst welche.«

Während sie auf die Straße in Richtung Westen auffuhren, setzte der Sonnenaufgang den Himmel in Brand. Der Tag erwachte mit den ersten Berufstätigen, die gemächlich zur Küste fuhren, und dem ersten Green Bus nach Kerkyra. Als Tassos das Benzin ausging, klingelte er die Besitzer einer winzigen Tankstelle an einer Straßenkreuzung aus dem Haus, uralte Leute, die dank eines Trinkgelds bereit waren, die Maschine jenseits der Öffnungszeiten vollzutanken.

Auf der Fahrt dachte Mila über die Frage nach, warum sich

Jannik so weit weg von Acharavi eine Bleibe gesucht hatte. Wer hatte ihn bedroht? Berisha? Und warum hatte er sich im »Hotel Olympia« aufgehalten, wenn er an der Westküste Quartier bezogen hatte? Sie verbot sich das Grübeln. Es führte zu nichts.

Das Haus war ein rosa gestrichener, schmucker Bau mit den typischen Arkadenbögen über der Loggia. Ein Fußweg führte abwärts in eine entlegene Bucht. Durch die Macchia leuchtete dunkelblau das Meer. Am Tor stand ein Schild mit der Aufschrift »Terrys Resort« in drei Sprachen.

Erschöpft stieg Mila von der Geländemaschine und sah sich um. Ein Golden Retriever mit Triefaugen trottete auf sie zu und beschnupperte ihre Hand. Neben dem Haus wuchsen einige meterhohe Palmen. Darunter stand ein Hühnerstall mit sauberem Federvieh, das vor sich hin gackerte. Damit war die Frage geklärt, warum Jannik dem Geflügelverkäufer in Acharavi zwei Hühner abgekauft hatte. Frühstückseier.

Sie blies sich in ihre klammen Finger, als eine Familie aus der Eingangstür trat. Es handelte sich um einen bärtigen Mann mit Nickelbrille und eine schwangere Frau mit einem etwa zweijährigen Mädchen auf dem Arm, das seinen Kopf an ihre Schulter legte.

Die Erwachsenen begrüßten Tassos mit einer Umarmung und Mila mit einem freundlichen Nicken.

So nett, dachte sie. So friedlich ist es hier, als hätten die Ereignisse der letzten Woche nicht stattgefunden. Mühsam widerstand sie dem Impuls, aufzusitzen und davonzufahren, um diese Menschen nicht in Gefahr zu bringen.

Tassos sprach Englisch mit ihnen. »Mila«, stellte er sie vor. »Das sind Dimos, Terry und Fiona. Wir suchen Jannik.«

»Wir haben ihn seit einer Woche nicht gesehen.« Terry beteuerte, wie sehr sie sich um ihn sorgte.

Das kleine Mädchen streckte Mila vertrauensvoll seine Patschhand entgegen, die diese wie eine Kostbarkeit drückte. Himmel, so kleine Finger! Was war der Plan? Den Laptop holen und schnell weg von diesem Ort unverhofften Friedens, bevor Berisha seine Gorillas schickte und hier aufräumte.

Sie folgten den Vermietern ins Haus, wo es nach Kaffee, Toast, Speck und Spiegelei roch. English Breakfast, vorwiegend für Wanderer, die auf dem Corfu-Trail unterwegs waren. Im Speisesaal waren vier Tische mit rot karierten Decken, Servietten, weißem Geschirr und selbst gekochter Marmelade gedeckt. Mila ließ sich von Terry eine Kaffeetasse und ein Croissant in die Hand drücken, aß hastig und verbrannte sich den Mund, weil Tassos Janniks Zimmerschlüssel vor ihrer Nase schwenkte.

»Keine Müdigkeit vorschützen, Prinzessin. Sonst laufen wir noch den Gästen über den Weg.«

Die Ferienappartements waren sicher auch in der Nachsaison belegt. Sie hörten schon die Frühaufsteher in den oberen Stockwerken rumoren.

Janniks Studio befand sich im ersten Stock. Tassos schloss auf. Sie standen in einem Schlafzimmer, in dem alles an ihn erinnerte. Ein Doppelbett mit zerwühlten Laken, ein Schreibtisch voller Papiere, Bücherstapel und leere Bierflaschen in Hülle und Fülle. Janniks Geruch hing in der Luft. Er hatte sein Chaos auf so typische Weise in dem Raum verbreitet, dass kein Zweifel bestand. Er war hier gewesen.

Auf dem Nachttisch stand ein gerahmtes Foto, das Mila und ihn zusammen auf Bali zeigte. Er hatte den Arm um sie gelegt und grinste hoffnungsvoll in die Kamera. Bevor ihnen das Glück zwischen den Fingern zerrann, hatten sie sich der Illusion hingegeben, ihre Liebe könne der finstersten Nacht standhalten.

Mila kämpfte mit den Tränen. Sie ließ sich auf die Bettkante fallen und vergrub ihr Gesicht in Janniks Schlaf-T-Shirt.

»Hör auf zu heulen«, sagte Tassos grob. »Wir müssen den Laptop finden, und dann nichts wie weg.«

Sie atmete tief durch und schluckte ihre Tränen hinunter. Hastig begannen sie, das Zimmer abzusuchen, öffneten jede

Schublade, jedes Schrankfach und sahen sogar im Badezimmer nach. Nichts.

»Dimos und Terry sind die nettesten Leute auf der Welt. Verstehst du jetzt, warum ich sie nicht beunruhigen will?«

»Schon klar.« Tassos' Drogenlager und seine Drogenküche, so er denn eine hatte, befanden sich nicht hier. Auf Terrys Hof tickte er anders. Er wirkte nicht so großspurig, als müsse er der Welt beweisen, was für ein toller Hecht er sei. Mehr wie der Tassos, der er sein könnte, wenn er sein Leben nicht in den Sand gesetzt hätte. Terry, Fiona und Dimos lagen ihm am Herzen.

»Warum hast du Jannik ausgerechnet hier untergebracht? Und woher kanntest du ihn überhaupt?«

Tassos wandte sich ihr zu. »Wir waren Freunde.«

»Das passt zu Jannik.« Er wurde schnell mit Fremden vertraut, und er interessierte sich für alles und jeden.

»Er wollte mir helfen, von dieser Insel runterzukommen. Außerdem hat er Dope von mir bezogen. Cannabis half ihm gegen die Traurigkeit.«

Oh ja, dachte Mila. Wie schnell auch immer Jannik lief, seine Krankheit erwartete ihn am Ziel wie der Igel in Grimms Märchen.

»Wusstest du, worüber er recherchierte?« Sie öffnete seinen Koffer, aus dem ihr Jeans, Shorts und Badesachen entgegenfielen.

»Irgendetwas mit Olivenöl und Geld von einem kriminellen Clan aus Albanien. Aber mir war echt nicht klar, wie gefährlich das ist. Einmal habe ich mitgekriegt, dass er Europol kontaktiert hat. Für ihn war alles ein Spiel. Er glaubte, in jedem Moment die Fäden in der Hand zu halten.«

Jannik konnte charismatisch, ja manipulativ sein. Ein Doppelagent, der Berisha und Hanna Bitter gleichzeitig an der langen Leine führen wollte. Was, wenn ihm sein Spiel über den Kopf gewachsen war?

»Hast du schon mal was von einer Janine gehört, einer Kanadierin, die bei der UNO arbeitet? Zu mir hat er gesagt, er habe was mit ihr.«

Inzwischen hatten sie das Zimmer durchsucht und nichts gefunden. Es war ein einfach eingerichtetes Studio ohne viele Ablagen. Mila sah sich um. Es gab keine Verstecke mehr, nicht hinter dem vorsintflutlichen Röhrenfernseher und auch nicht hinter dem einzigen Bild, das eine Ansicht des Klosters von Paleokastritsa zeigte. Sie hatte sogar die Matratze angehoben und darunter nachgeschaut.

»Was für eine Janine?« Tassos, der in der Tür zur Terrasse stand, sah sie zweifelnd an. »Auch wenn ich dich echt nervig finde: Jannik hat hin und wieder erzählt, wie sehr er sich auf die Hochzeit freut. Er wollte dich für immer bei sich haben und hoffte, seine Depressionen bis dahin in den Griff zu kriegen. Hin und wieder ging es ihm nämlich richtig dreckig.«

Mila stand auf. Sie spürte die Erschöpfung im ganzen Körper. Burn-out war nur ein weniger entwürdigendes Wort für Depression. Einen Burn-out erlitt man, weil man sich über alle Maßen für etwas einsetzte. Er war ein Ehrenabzeichen für Leistungsträger. Eine Depression ereilte einen unverhofft und grundlos. Jannik glaubte, dass etwas mit ihm nicht stimmte. In seinen miesesten Momenten versteifte er sich darauf, ein Psycho zu sein. Wie oft hatte Mila versucht, ihm auszureden, dass er selbst die Schuld an seiner Krankheit trug.

Tassos öffnete die Tür zur Terrasse und trat ins Freie.

Sie setzte alles auf eine Karte. »Hast du uns auch K.-o.-Tropfen in die Cocktails getan?«

Tassos bückte sich. »Bingo!«, sagte er, als habe er sie nicht gehört.

Mila stürzte ins Freie. Janniks Laptop lehnte an der Hauswand neben der Tür.

Eine Stunde später saß sie in der Loggia vor dem Haupthaus des Olivenguts. Leo und Aliki waren nicht da, der Laden war dunkel, die Haustür verschlossen. Tassos schraubte an seiner Maschine herum, die ihnen auf der Fahrt von der Westküste mehrmals abgesoffen war.

Milas Augen brannten vor Schlafmangel. Sie sehnte sich nach ihrem Bett, seligem Vergessen oder zumindest nach einer weiteren Tasse starkem Kaffee. Nicht möglich, leider. Aber die Loggia war ein bezaubernder Platz, bewachsen mit einem Gewirr von Reben, an denen blaue Trauben reiften. In einer Ecke stand eine Kiste mit verblichenen Gesellschaftsspielen, die aussahen, als seien sie aus Katerinas und Alikis Kindheit überkommen.

Hier könnte ich bleiben, dachte Mila. Hierher gehöre ich. Das Haus hieß sie mit offenen Armen willkommen wie Leo.

Sie pflückte eine Feige von dem wespenumschwärmten Baum, dessen Zweige in die Loggia ragten, schälte sie mit spitzen Fingern und begann zu essen. So süß. Der Geschmack nach reifem Sommer in ihrem Mund.

Vor ihr lag der Laptop. Sie waren Jannik in Terrys Resort nicht begegnet. Mila fürchtete die Wahrheit. Würden ihr seine Recherchen Aufschluss über seinen Aufenthaltsort und seine Taten geben? Berisha vermutete das, sonst hätte er nicht so großes Interesse daran, das Ding unter Kontrolle zu bringen.

Tassos betrat die Loggia und ließ sich auf einen der Korbstühle fallen. Er roch nach Schweiß und Motoröl. »Ich bin hundemüde, aber ich muss weitersuchen. Nach Zoi.«

»Weißt du denn, wo?«

Sein Gesicht verwandelte sich in eine Maske. »Nein. Aber ich vermute was. Sie haben mich anonym kontaktiert. Wenn das stimmt ...«

»Was denn?«

»Es ist gravierend. Wenn ich mich irre ...« Er sah zerknirscht aus, zweifelnd und total erschöpft. »Aber nein, ich sage lieber nichts.«

Mila sah ein, dass sie nichts weiter aus ihm herausbringen würde. »Hast du eine Vermutung, wo Zoi stecken könnte?«

»Es ist eine hauchdünne Spur, und sie wirft alles, was ich geglaubt habe, über den Haufen, aber vielleicht ...«

»Spiel bloß nicht den Helden.«

Er hob das Kinn, was ihn entschlossen und überraschend gut aussehen ließ. Mila konnte verstehen, was Zoi an ihm gefunden hatte. »Genau das habe ich vor. Zoi hat einen Helden verdient. Außerdem ist es die einzige Möglichkeit.«

Mila verstand, was ihn antrieb. Tassos hatte Zoi aufs Übelste hintergangen. Jetzt wollte er sie auf eigene Faust retten. Zur Buße. Die Liebe war wahrlich imstande, Berge zu versetzen. »Pass auf dich auf.« Sie hatte ein ungutes Gefühl, wenn sie daran dachte, was ihn erwartete.

Tassos warf Mila ihr Handy zu, das sie in all der Aufregung vergessen hatte. »Ruf Leo an, wenn du willst.«

Mila stellte es an. Leo hatte nicht lockergelassen und ungefähr hundertmal auf Band gesprochen. Auch Textnachrichten gab es eine Menge, eine von Stephanie, ein paar von ihrer Großmutter und mindestens zehn von Leo.

Sie klickte sich auf seine Nummer und schrieb: »Wir haben Janniks Laptop.«

Sie konnten Zoi gegen den Laptop austauschen. Wenigstens diese eine gute Nachricht hatten sie für ihn.

Vorbei mit der Feigheit, dachte sie, öffnete den Deckel und fuhr den Laptop hoch. Was, wenn Jannik das Passwort verändert hatte? Ihr Herz klopfte ihr bis in den Hals, als sie die simple Buchstaben- und Zahlenkombination eintippte. Es gab sicher bessere Passwörter als »Milajannik2016«, aber es funktionierte. Der Startbildschirm öffnete sich.

Mila legte ihre Finger auf die Tastatur und begann ihre Suche. Tassos stand schon an der Tür, als er sich noch einmal umdrehte.

»Das mit den K.-o.-Tropfen ...«

»Ja?«, fragte Mila beklommen. Es stimmte also.

»Erinnerst du dich, dass du ein rosa Schirmchen hattest und Jannik ein hellblaues?«

»Keine Ahnung.« Die Farbe ihres Schirmchens war ihr ebenso entfallen wie alles andere.

»Ich sollte nur dir Liquid Ecstasy ins Glas schütten. Und zwar eine Menge, die für einen Elefanten reichen würde. Die Anweisung kam von Jannik.«

31

Leo konnte Jäger nicht ausstehen. Er hasste ihr großspuriges Gehabe, die Gewehre, die sie über den Schultern trugen, ihre Tarnklamotten und ihre röhrenden Pick-ups, deren Ladeflächen von blutigen Wildschweinkadavern überquollen. An diesem unheilvollen Morgen aber schien er auf sie angewiesen zu sein. Anastasios Vezelos war nicht sein einziger Helfer geblieben. Während sie zur Küste fuhren, bildete sich hinter ihnen ein Wagenkorso, dem Vezelos seelenruhig voranfuhr, Diamantina auf dem Beifahrersitz.

Mit Hilfe einer Telefonkette hatten sie halb Korfu wach gerüttelt. Die Nachricht verbreitete sich wie ein Stein, der ins Wasser fiel und Kreise zog. Aus den entlegensten Weilern und Bauerngütern strömten die Leute zusammen, um sie bei ihrer Suche nach Zoi zu unterstützen. Wer in Not war, konnte sich auf die Hilfe der Gemeinschaft verlassen, diese Regel galt nicht nur für Korfu, sondern für das ganze ländliche Griechenland.

Während sie die Dörfer Nordkorfus durchquerten, schlossen sich ihnen mehr und mehr Leute an, bis sich ein Lindwurm aus Fahrzeugen hinter ihnen herschlängelte. Leo folgte Vezelos mit Gazakis an seiner Seite und versuchte, seine Angst zu betäuben. Für die Tatsache, dass sich Mila noch immer nicht gemeldet hatte, gab es sicherlich Gründe.

Der Autokorso bestand aus Pick-ups voller grimmiger alter Männer mit Flinten, Frauen mit Kleinwagen, Teenies, denen die Suche sichtlich Spaß machte. Und jeder Menge Jägern, die, als sie eine enge Kurve am Bergmassiv von Ano Korakiana durchfuhren, ohrenbetäubend laut hupten.

»Nikolaos hat seine beiden Söhne mitgebracht«, sagte Aliki zufrieden, die auf dem Rücksitz Platz genommen hatte. »Nikos und Stefanos.«

Anders als Leo kannte sie die Lebensgeschichte und den

Stammbaum der Leute bis ins vorletzte Jahrhundert und trumpfte mit ihrem Wissen auf. »Wenn ich richtigliege, ist der da vorn vom Pantokrator«, sagte sie stolz.

Leo wunderte sich, dass es Zois Entführung bedurft hatte, um der Familie Bardés die Bedeutung zurückzugeben, die ihr einst zuteilgeworden war.

Gazakis, der neben ihm auf dem Beifahrersitz hockte, schien das Treiben nicht geheuer zu sein. Einen Lynchmob gegen Albaner konnte er sicher nicht gebrauchen. Hastig telefonierte er mit Hanna Bitter, die ihn ankeifte, als habe er sie in Kerkyra aus ihrem Hotelbett geworfen. Sie solle ihn in Ruhe machen lassen, beschwor er sie, und im Laufe des Vormittags eine Einsatzzentrale auf dem Olivenhof einrichten.

Leo hielt die Aussichten, Zoi mit diesen Menschenmassen auf die Spur zu kommen, für verschwindend gering. Was aber, wenn sie zufällig auf ihr Versteck stießen und es zur Schießerei mit den Entführern kam? Sicher ließ Gazakis seine grauen Zellen rattern, um ein Gemetzel zu verhindern.

An einer Kreuzung reihte sich ein weißer Porsche Cayenne in den Autokorso ein, den ein dunkelhaariger junger Mann von etwa zwanzig Jahren fuhr.

»Das ist Spyros Thakis, der Sohn vom alten Thakis«, erklärte Aliki.

Am Steuer des SUV saß also ein Spross der Sippe des reichsten Grundstücksspekulanten Nordkorfus. Nicht, dass Leo Respekt vor Immobilienhaien hatte, im Gegenteil. Bei einem Grundstücksverkauf an der Küste hatte der alte Thakis vergeblich versucht, ihn über den Tisch zu ziehen.

Maria, dachte er. Hatte sie nicht von einem Spyros erzählt, der mit ihnen in Kavos gewesen war? Er nahm sich vor, den hoffnungsvollen Erben später in die Mangel zu nehmen.

Als über Albanien die Sonne aufging, machten sie an einer BP-Tankstelle an einer Kreuzung in Kalouri Halt, deren Besitzer soeben mit verschlafenem Gesicht die Tür geöffnet hatte. Sie verteilten Gebäck und Kaffee aus Thermoskannen und beratschlagten, was sie als Nächstes tun würden. Wider Willen fand sich Leo im Zentrum des Interesses wieder. Die Leute schüttelten ihm die Hand, klopften ihm auf die Schultern und versicherten ihm, dass sie alles dafür tun würden, Zoi zu finden. Aliki, die jahrzehntelang zurückgezogen gelebt hatte, schien die Aufmerksamkeit zu genießen, die ihnen durch ihr Unglück geschenkt wurde. Leo war mulmig zumute.

»Da ist Manolis.« Aliki blies auf ihren Kaffee.

Der Lebenskünstler mit verkrachter Unikarriere drängelte sich durch die Menge und schloss sie mit ernster Miene in die Arme. Leo traute ihm noch immer nicht vollends. Kerberos knurrte Diamantina finster an, die ihn übersah. Aliki hatte ihr ein T-Shirt unter die Nase gerieben, das Zoi in ihrem Kleinwagen liegen gelassen hatte, aber sie hatte noch nicht angeschlagen.

»Ein Plan wäre gut und ein paar Handlungsanweisungen«, sagte Gazakis. »Ruf die Leute zusammen, Leo. Die verlassen sich auf dich.«

Die Rolle des Anführers kam Leo gar nicht entgegen. Er überspielte das, so gut er konnte, stellte sich vor die Eingangstür der Tankstelle und dankte den Anwesenden für ihr Kommen und ihren Einsatz. Nachdem Gazakis die Versammlung davor gewarnt hatte, alle Albaner unter Generalverdacht zu stellen, nahm Leo mit Vezelos die Aufteilung vor. Gemeinsam sammelten sie Ideen, wo sich verlassene Bauerngüter, Straßenzüge, Bauruinen und leer stehende Häuser befanden, die sich als Versteck eigneten. Sie würden Monate brauchen, alle zu durchsuchen. Danach brachen die ersten Gruppen auf. Fünf Entschlossene würden sich sogar Kerkyra vornehmen, eine Sisyphosarbeit, fand Leo, der auf keinen Fall mit ihnen tauschen wollte. Zuletzt schickte Gazakis Aliki und Manolis zum Olivenhof zurück, wo in Kürze die Einsatzzentrale eingerichtet werden würde.

Schließlich standen sie nur noch zu viert an der Tankstelle. Vezelos, Spyros, Leo und Gazakis.

»Wohin?«, fragte Leo.

»Es gibt tausend Möglichkeiten, aber nichts Konkretes«, sagte Vezelos.

Sie schwiegen ratlos. Eher würden sie eine Nadel im Heuhaufen finden als Zoi auf Korfu, das vor verlassenen Häusern nur so strotzte. Niemand von ihnen erwog offen die Möglichkeit, dass die Albaner sie in ihr Heimatland verschleppt haben könnten, was ihre Bemühungen von vornherein zum Scheitern verurteilt hätte.

Der junge Spyros durchbrach die lastende Stille. »Ich weiß vielleicht etwas.«

Leo hatte den Jugendlichen ihren Besuch in Kavos nicht verziehen. Dennoch glaubte er, dass Spyros ihnen helfen wollte, weil ihn ein schlechtes Gewissen plagte. Außerdem hing er mit Tassos ab, der tiefer drinsteckte, als der alte Vezelos wahrhaben wollte.

»Die Villa La Gioconda in Astrakeri«, sagte Spyros. »So ein Gründerzeithaus mit Säulen vor der Tür, das schon seit Jahren leer steht. Wir haben da manchmal gefeiert, Tassos und die Clique.«

Leo wandte seinen Blick zuerst Gazakis und dann Vezelos zu.

»Schaden kann es nicht«, sagte der Kommissar.

»Dann los!« Vezelos ließ Diamantina auf die Ladefläche seines Pick-ups springen. Sie konnten nichts anderes tun, als alle Möglichkeiten abzusuchen. Geduldig. Eine nach der anderen.

In diesem Augenblick vibrierte Leos Handy. Nach einem Blick auf das Display überspülten ihn Überraschung und Erleichterung wie eine warme Welle.

»Mila hat den Laptop.«

»Sag ihr, dass sie sich nicht vom Fleck rühren soll«, brummte Gazakis.

32

Zoi erwachte steif und zerschlagen in ihrem Gefängnis.
Heute werde ich sterben, dachte sie mit plötzlicher Klarheit.
Angst hatte sie keine, nur ein sonderbares Gefühl von Un-
wirklichkeit. Irgendwelche Mafiakiller, mit denen Leo und dieser Jannik ein Ding am Laufen hatten, würden sie erschießen,
weil Leo das Lösegeld nicht schnell genug beschaffen konnte.
Vielleicht starben sie auch gemeinsam im Maschinengewehrfeuer einer Sondereinheit. Sie dachte an Blut, das durch die
herrschaftliche Küche spritzte, in der man sie gefangen hielt.
Ob man den Marmorboden feucht aufwischen konnte?

Und was würde der englische Lord, der sein Haus seit Jahren
sträflich vernachlässigte, wohl dazu sagen, dass es zum Schau-
platz eines Verbrechens geworden war? Wem auch immer es
gehören mochte. Es interessierte ihn nicht. Gab es so etwas wie
die GSG 9 überhaupt in Griechenland? Oder würde die deutsche Kommissarin, von der Leo ihr erzählt hatte, bewaffnete
Polizei einfliegen lassen? Perfekt geplant, aber leider zu spät.

Tränen sammelten sich in ihren Augenwinkeln und tropften
ihre Schläfe hinab in das Kissen. Sie blinzelte, entschlossen,
sich nicht unterkriegen zu lassen.

Nein, dachte sie. Noch lebe ich.

Sie stand auf, streckte sich und aß das Stück Pizza, das
muffig schmeckte. Tageslicht kroch durch das vergitterte Fenster, Sonnenstrahlen, die eine Spur von Gold auf den Boden
zeichneten. Okay. Das Haus musste sich also an der Nord-
oder Ostküste Korfus befinden, irgendwo an einem Steilhang
nahe den Klippen zum Meer. Zoi spürte, wie dringend sie
pinkeln musste. Der Eimer stank. Aber es half alles nichts.

Nachdem sie sich erleichtert hatte, kam ihr die Falltür in den
Sinn. Statt auf die Entführer zu warten, würde sie erkunden,
wohin sie führte. Zum Zeitvertreib.

Sie angelte nach ihren Sandalen, streifte sie über und kniete sich neben der losen Planke auf den Boden. Zwei ihrer sorgsam lackierten Nägel brachen ab, bevor es ihr gelang, ihre Finger erneut in den Schlitz zu stecken, die Platte anzuheben und aufzustellen.

Vor ihr lag eine Treppe, die in die Finsternis führte. Sie brauchte einige Minuten, um allen Mut zu sammeln, den sie noch besaß. Dann stieg sie ins Dunkel hinab, Stufe für Stufe, aus Ziegeln gemauert, die von einer Schicht grünlicher Algen bedeckt waren. Feuchtigkeit legte sich auf ihre Atemwege.

Nach und nach gewöhnten sich ihre Augen an die Dunkelheit. Dennoch wäre sie fast über die Ratte gestolpert, die am Fuß der Treppe saß, erschrocken quiekte und davonhuschte. Zoi unterdrückte einen Aufschrei.

Im schummrigen Tageslicht, das durch die Luke fiel, erkannte sie, dass sie in einem Vorratskeller voller Einmachgläser und Dosen stand. Der Raum war überraschend groß und öffnete sich zu einem von Arkaden getragenen Gewölbe. In der rückwärtigen Wand aber gab es eine Tür. Zoi stürzte auf sie zu und versuchte, sie zu öffnen. Vergeblich. Sie zerrte und zog und spürte, wie ihr erneut die Tränen kamen.

Schwer atmend hielt sie inne. Auch wenn sich das hier als Teil ihres Gefängnisses entpuppte, gab es Essen im Überfluss. Verhungern würde sie jedenfalls so schnell nicht.

Grimmiger Triumph erfasste sie, als sie eine Dose Mais aus dem Regal zog. Schade, kein Zippverschluss, haltbar bis zum Jahr 1992. Bedauernd stellte sie sie zurück und griff nach einem Einmachglas mit Birnen, das mit einem dieser dicken Gummis verschlossen war, die auch Aliki benutzte. Sie zog und zog an dem hervorstehenden Zipfel. Egal, wie sie sich anstrengte, es saß zu fest. Zornig schmetterte sie das Glas gegen eine Strebe des Regals. Es zerbrach und schwappte über. Birnen und Saft ergossen sich auf den Boden, wo die Ratte schüchtern daran schnupperte. Sollte sie.

»*Kali orexi.*« Zoi vertilgte den süßen, saftigen Rest und

trank den Saft hinterher. Im Regal fand sie Gläser mit eingemachten Kirschen, Apfelmus, Birnen, Erbsen und mehrere Dosen Thunfisch, die sogar einen Zippverschluss hatten. Zoi lief das Wasser im Mund zusammen. Sie öffnete eine der Dosen und stopfte sich gierig den fettigen Fisch in den Mund. Herrlich.

Nach der unerwarteten Mahlzeit wurde ihr übel. Die Ratte saß auf dem Boden und betrachtete sie mit neugierigen Knopfaugen.

»Na, Kumpel«, sagte Zoi auf Deutsch und warf ihr den letzten Brocken zu.

In diesem Moment hörte sie, wie jemand in der Küche leise ihren Namen rief. Sie erschrak, doch sie kannte die Stimme. Beinahe wäre sie auf der Treppe ausgeglitten, so schnell rannte sie nach oben. Sie schlug sich an der obersten Stufe das Knie an, verleugnete den Schmerz, zwängte sich durch die Falltür, die hinter ihr zuklappte, und erreichte die Küche.

Tassos stand in der Tür und sah so mitgenommen aus, wie sie sich fühlte, verdreckt, verschwitzt, als hätte er nächtelang nicht geschlafen. Es war leicht gewesen, zu ihr zu kommen. Er hatte nichts anderes getan, als die Tür von außen aufzuschließen.

»Zoi«, wiederholte er, Abbitte leistend.

Voll unbändigem Zorn lief sie auf ihn zu und ohrfeigte ihn mit all ihrer verbliebenen Kraft links und rechts. Er ließ es sich einfach gefallen. Sein Kopf zuckte hin und her. Sie hatte noch lange nicht genug, ballte ihre Fäuste und trommelte auf seine Brust ein. Auch dabei ließ er sie gewähren. Schließlich, seine Wangen brannten rot, griff er nach ihren Handgelenken, bog ihre Arme zur Seite und lenkte seinen Blick in ihre Augen.

»Warum?« Tränen liefen ihr über die Wangen.

»Sie haben mich in der Hand.«

»Wer?« Seine Wärme strahlte auf Zoi ab. Sein Schweißgeruch, seine Schuld standen zwischen ihnen, als könne sie danach greifen.

»Die Albaner, von denen ich die Drogen bekomme, die ich in Acharavi verticke …« Möglicherweise war das der erste vollkommen ehrliche Satz, den sie je von ihm gehört hatte.

»Mila, Jannik …?«

»Und dein Bruder. Sie haben sich alle mit denen angelegt. Dümmer geht es nicht. Ihr Chef nennt sich Berisha, heißt aber wahrscheinlich anders. Jannik hat gegen ihn ermittelt und möglicherweise irgendwann die Seiten gewechselt. Da sind Geldströme unterwegs. Wenn man zwischendurch was abzweigt, gibt es echt was zu verdienen.«

»Und Leo?«

Er legte ihr seine Hände auf die Schultern. Sie ließ ihn gewähren. Vielleicht war sie auch einfach zu müde, um ihm Einhalt zu gebieten.

»Leo hat Jannik geholfen, indem er über gefälschtes Olivenöl aus der Europäischen Union recherchiert hat. Wenn bekannt wird, dass Öl aus Korfu im großen europäischen Pool von Verbrechern verbraten wird, hat er ein Absatzproblem.«

»Womit haben sie dich erpresst?« Sie wusste nicht, warum sie Schweigen über die Tatsache bewahrte, dass er sie beinahe vergewaltigt hatte.

Tassos biss sich auf die Unterlippe. »Berisha hat gedroht, Volker und Eleftheria zu verraten, was ich mache.«

»Deine Drogengeschäfte?«, fragte sie bitter.

»Das durfte er nicht. Meine Eltern geht das nichts an. Sie denken nämlich, ich hätte das mit den Drogen hinter mir. Ich hab doch ein ganz anderes Ziel. Ich will Legal Highs produzieren, die nicht abhängig machen und dich trotzdem fliegen lassen.«

Zoi sah ihn ungläubig an.

»Legales Zeug. Da kann ich mir doch nicht meine Familie kaputtmachen lassen.«

Sie wusste nicht, ob sie ihm glauben sollte oder ob er sich und ihr nur wieder etwas vormachte.

Er legte ihr die Arme um die Schultern und zog ihren Kopf an seine Brust, sodass sie sein Herz klopfen hören konnte.

Hammerhart, traurig, viel zu schnell. Seine Hände strichen über ihren Rücken.

»Woher hast du gewusst, wo sie mich hingeschafft haben?«, flüsterte sie in sein verschwitztes Hemd hinein.

»Weil ich selbst oft mit dieser Location geprahlt habe. Mehr als einmal haben wir hier Partys gefeiert. La Gioconda liegt komplett abgelegen im Olivenhain bei Astrakeri. Niemand sieht nach der Villa. Wahrscheinlich haben ihre englischen Besitzer sie vergessen. Ich muss unsere Partys den Albanern gegenüber erwähnt haben.«

Zoi schluckte hart. Astrakeri. Der kleine Ort zwischen Roda und Sidari hatte einen versteckten Sandstrand, der am Fuß von ausgedehnten Olivenhängen lag. Hier also konnte man Leute spurlos verschwinden lassen. Sie schob alle Bedenken beiseite, nahm sich vor, Tassos' üblen Verrat, seine Lügen und alles andere zu vergessen und im Jetzt zu leben. Schließlich war er zu ihr zurückgekommen.

»Wir müssen hier weg«, sagte er. »Oder willst du warten, bis sie dich austauschen? Mila und ich haben Janniks Laptop gefunden.«

»Nein.«

Hinter ihnen klickte ein Revolver. Jemand hatte die Waffe ebenso leise wie entschlossen entsichert. Zoi hob den Kopf und blickte in das heitere Gesicht von Donald Duck und auf den Lauf. Unter der Maske trug der Entführer noch immer den abwaschbaren Anzug, der Blutflecken nicht übel nahm. Sicher hatte er etwas für Hygiene übrig. Seine Identität blieb verborgen. Kein Haar stahl sich aus der Kapuze.

»Wer sind Sie?«, fragte Zoi auf Griechisch und wiederholte die Frage auf Englisch, weil der Albaner unter Umständen die Sprache nicht verstand. Das Ganze erschien ihr so unwirklich wie ein Film, den sie ablaufen sah. Sie konnte sich nicht vorstellen, dass die Waffe echt war. Sie war sicher ein Spielzeug mit Platzpatronen oder eine dieser Softairpistolen, mit denen sich Jungs auf Schrottplätzen wilde Ballereien lieferten.

Der Lauf bewegte sich ein wenig. Wollte der Entführer sie mit diesem Schwenk zum Eingang dirigieren?

»Du hättest dich als Dagobert Duck verkleiden sollen, geldgeil, wie du bist«, sagte Tassos auf Deutsch, trat auf den Entführer zu, mitten in die Schusslinie, und griff nach der Waffe.

Die Realität traf Zoi mit voller Wucht. Das hier war kein verdammtes Computerspiel für Zocker und andere Nerds.

»Nicht!«, schrie sie.

Der Entführer wich vor Tassos zurück und hantierte fahrig mit der Waffe. Seine Panik jagte Zoi einen größeren Schrecken ein als seine vorherige Kaltblütigkeit. Als Tassos den Lauf umfasste, löste sich ein Schuss, der ihn aus nächster Nähe in den Bauch traf. Zoi kreischte auf, der Nachhall zerriss ihr beinahe das Trommelfell. Blut spritzte auf, warme rote Tropfen trafen sie im Gesicht und ergossen sich in einer Fontäne in den Raum.

»Tassos!« Sie hörte ihre eigene Stimme nicht. Der Schuss hatte sie taub gemacht.

Während der Entführer davonlief, sackte Tassos in Zeitlupe auf die Knie und rollte sich auf dem Boden zusammen. Sein Bauch war eine blutige Schüssel, aus der ein roter Strom floss, unaufhörlich und gnadenlos. Zoi fiel neben ihm auf die Knie.

»Zoi, verzeih mir«, flüsterte er. »Lauf weg …«

»Tassos, bleib bei mir, du dummer Kerl … Nicht!«

Er hörte sie nicht mehr. Seine Augen verdrehten sich, als er das Bewusstsein verlor.

Jetzt erst bemerkte Zoi, dass der Entführer fort war. Helles Tageslicht drang durch die offene Tür. Sie widerstand dem Impuls, Tassos im Stich zu lassen, einfach davonzurennen, irgendwohin, nur weg von hier, in den Olivenhain hinaus und auf die Straße. Stattdessen kramte sie sein Handy aus seiner Hosentasche und wählte den Notruf.

33

War Jannik ein skrupelloser Verbrecher, der ihr Leben zerstört hatte?

Während die Sonne über die östlichen Berghänge stieg, durchforstete Mila seinen Laptop nach seinen Recherchen. Was würde sie entdecken? Seine Korrespondenz mit Janine, der neuen Herzdame, die ihn in ein anderes Leben begleiten sollte, ohne Mila? Aber sie fand nichts.

Nach den Geschehnissen der letzten Woche erschien ihr dieser fehlende digitale Fußabdruck seltsam. Sie suchte und suchte. Schließlich hatte sie alle Textdateien durchgesehen, die die Entwürfe für seine Berichte und Reportagen für den »Stern« und seinen Blog enthielten.

Reiß dich zusammen, Mila! Wo konnte er die brisanten Informationen versteckt haben? Sie saß ratlos vor einer Fülle an Daten und Möglichkeiten. Seltsam, dass auch das Manuskript der »Pferde Poseidons« verschwunden war.

Plötzlich stand die Lösung glasklar vor ihren Augen. Dieser letzte Abend am Strand. Seine Bemerkung, bevor sich der gnädige Schleier des Vergessens über ihr Bewusstsein gesenkt hatte. »Such in den Wolken!«

Sie fühlte nichts, als sie ihren gemeinsamen Zugangscode eingab und sich in die Cloud einloggte. Da waren sie, die Dateien seines Buches, an dem er im letzten Jahr gearbeitet und dem er einen neuen Titel verpasst hatte: »Die tausend Farben des Meeres«.

Nicht schlecht, dachte sie. Um Klassen besser als »Die Pferde Poseidons«. Sie klickte sich in Datei Nummer eins, die den Anfang der Geschichte enthielt. Mila wusste, um was es ging. Jannik hatte die Wendungen des Plots, der einen Krimi mit einer komplizierten Dreiecksbeziehung verband, oft genug mit ihr besprochen. Es war nur Text. Dennoch wähnte sie sich auf der richtigen Fährte. Geduldig ging sie alle Sicherungskopien durch, bis sie zur Version achtzehn kam.

Die Datei enthielt einen Brief, der an sie gerichtet war. »Mila, mein Herz.« Das Blut rauschte ihr in den Ohren. Sie setzte sich zurück, spürte das Holz des Gartenstuhls in ihrem Rücken, kämpfte gegen den Schwindel an, der sie zu überwältigen drohte, und las.

»Ich lernte Arsim Berisha vor zwei Jahren in Volkers Taverne kennen, über Tassos. Berisha ist ein intelligenter Mann, mit dem ich tiefsinnige Gespräche führte.«

Oh ja, dachte Mila, die wusste, wie gewinnend der Pate auftreten konnte.

»Wir trafen uns mehrmals, bis er mich fragte, ob ich bereit sei, ihn bei seinen Geschäften zu unterstützen. Ich bat mir Bedenkzeit aus, aber du weißt, dass ich keinem Recherchethema widerstehen kann, das meiner Karriere als investigativer Journalist förderlich ist. Über ein Jahr lang herrschte Funkstille. Du und ich planten unsere Hochzeit, ich hatte meine Krankheit im Griff, was bedeutet, dass ich mehr auf der Depressionsseite herumlavierte. Vor einigen Monaten stellte sich heraus, dass Berisha sich meine Hilfe bei einem groß angelegten Olivenölbetrug mit Geldwäsche erhoffte. Er kaufte eine Menge Olivenöl mittlerer Qualität mit schmutzigem Geld ein, ließ es irgendwo strecken und verkaufte mehr als das Doppelte weiter. Ich sollte ihm zu sauberem Geld aus der Europäischen Union verhelfen und sein Strohmann in Richtung der Banken sein. Damit wäre auch für mich viel Geld zu verdienen gewesen. Zum Schein willigte ich ein und informierte Europol, das mich als Informant einstellte. Meine Kontaktfrau ist Hanna Bitter, eine Zimtzicke, zu der der Name passt wie bestellt. Bald darauf verstand ich, welche Konsequenzen meine Kenntnisse von Berishas Geschäftsmodell für mich hatten. Ich wusste zu viel. Irgendwann war es zu spät, und die Sache explodierte mir über dem Kopf. Nach meinem Seitensprung mit Janine, mehr war es nicht, ich schwöre es, hatte Berisha mich in der

Hand. Er drohte mir damit, dich über die Nacht mit Janine aufzuklären, falls ich seine Geheimnisse ausplaudern sollte.«

Milas Tränen tropften auf die Tastatur. War die Sache mit der kanadischen UNO-Mitarbeiterin wirklich ein One-Night-Stand gewesen, hinter dem nichts steckte? Warum hatte er ihr erzählt, Janine sei seine große Liebe? Egal. Sie hatte keine Zeit, sich damit zu beschäftigen.

Sie klickte sich auf die nächsten Sicherungskopien des Buches und entdeckte Zahlen, Tabellen und Listen, die Geldtransfers und Mengen bezifferten. Jannik hatte mit der ihm eigenen Gründlichkeit recherchiert und sich abgesichert. Diese Informationen würden Berisha den Hals brechen und weitere Verantwortliche bei den Banken und in der Vertriebskette des Olivenöls in die Knie zwingen.

Mila öffnete Kopie einundzwanzig und zwang sich, weiterzulesen.

»Ich wollte dich auf keinen Fall verlieren. Also schwieg ich, gab nichts mehr an Hanna Bitter weiter und ließ dich außen vor. Dann reichte das nicht mehr. Ich merkte, wie dünn das Eis war, auf dem ich mich bewegte. Jederzeit konnte ich einbrechen, ertrinken und, was noch schlimmer war, dich und andere mit in die Tiefe ziehen.«

Milas Tränen tropften weiter. Warum hatte Jannik sie nicht ins Vertrauen gezogen?

»Ich schwöre dir, ich habe mit dir Schluss gemacht, um dich aus der Gefahrenzone zu bringen. Dann aber fiel mir auf, dass ich noch von anderer Seite hintergangen worden war. Ich musste das klären. Was ich herausfand? Es ist zu brisant, als dass ich es dir zwischen Tür und Angel erklären könnte. Ich habe es versemmelt, Mila. Es tut mir leid. Für alles, was geschehen ist, übernehme ich die volle Verantwortung.«

Mila schloss die Cloud und klappte den Laptop zu.

Zwei Autos fuhren in den Hof der Olivenmühle ein. Aliki und Manolis stiegen aus. Manolis ließ Kerberos von der Ladefläche seines Pick-ups springen, während Aliki sich eilig näherte. Mila war zu aufgewühlt, um sich über ihre Ankunft zu freuen.

»Was für ein Glück«, rief Aliki auf Englisch. »Dir geht es gut. Und du hast …?«

»Janniks Laptop und seine Recherchen«, vollendete Mila. »Ich muss nur noch den Rest der Informationen lesen.«

Aliki zog sich in die Küche zurück und ließ Mila in Ruhe. Zoi hatte man noch nicht gefunden. Um sie gegen den Laptop auszutauschen, blieben ihnen noch einige Stunden. Die Entführer ahnten ja nicht, wie nutzlos er war. Mila brauchte ihn nur, um sich in die Cloud einzuloggen, wo Janniks Recherchen akribisch aufgelistet waren.

Nachdem Aliki ihr ein Tablett mit einer Tasse Kaffee und einem belegten Brötchen vorbeigebracht und sie davon in Kenntnis gesetzt hatte, dass die Polizei auf dem Olivenhof ihre Einsatzzentrale aufbauen würde, las sie weiter.

Janniks Schuld wog schwer. Die Worte landeten wie Steinbrocken in ihrer Seele. Irgendwann nahm sie sie nur noch als Zeichenkombinationen ohne jede Bedeutung wahr. Ihr Herz fühlte sich zu taub an, um sie zu verstehen.

Mechanisch brachte sie die letzten Zeilen zu Ende. Dann griff sie nach ihrem Handy, klickte sich zu Janniks Nummer durch, die sie seit letztem Samstag ignoriert hatte, und wählte. Das letzte Telefongespräch hätte sie beinahe ihr Leben gekostet.

Er nahm nach dem dritten Klingeln ab. Mila hörte ihn atmen.

»Ja?«, fragte der Fremde am anderen Ende der Leitung.

34

Tassos lag noch immer bewusstlos auf dem Boden. Zoi wartete auf den Rettungswagen und drückte den zusammengeknüllten Hoodie auf die Bauchwunde, während sein Blut sie langsam durchnässte. Rot und warm. Der metallische Geruch ließ ihren Magen rebellieren. Ihr Herz schmerzte, weil sie spürte, dass das Leben unwiederbringlich aus ihm herausfloss. Der Atemhauch, der sie streifte, wurde schwächer. Obwohl sie inzwischen in einem roten See sitzen mussten, vermied sie es, die Wunde genauer zu betrachten. Wenn sie sich das gestattete, würde sie zusammenbrechen.

Sie fühlte sich hilflos. Warum brauchte der Rettungswagen bloß so lange? In den Beinen hatte sie schon längst kein Gefühl mehr. Ich könnte abhauen, dachte ein feiger Teil von ihr, den sie mit letzter Kraft zum Schweigen brachte.

Durch die offene Tür zum Gang erhaschte sie einen Blick auf holzvertäfelte Wände und einen verstaubten Kronleuchter. Sie stellte sich weiß gekleidete Mädchen mit Weinflaschen in den Händen und Jungs im Smoking ihrer Väter vor, die aufgeregt die Gruselvilla enterten, um hier zu feiern. Was für ein Joke. Die perfekte Partylocation war zum Ort eines Horrortrips verkommen.

Die Haustür fiel leise ins Schloss. Der kühlende Luftzug, der Zoi aus dieser Richtung getroffen hatte, setzte aus. Es bestand kein Zweifel. Sie war nicht mehr allein. Der Entführer war zurückgekommen, um sein Werk zu vollenden.

Sie stand auf, taumelnd, mit diesem Ameisenkribbeln in den Füßen, das zeigte, dass langsam wieder Leben in sie kam. Sie würde nicht davonrennen können. Aber eins konnte sie tun.

Sie stolperte auf die Falltür zu, steckte ihre zitternden Finger in den Spalt, der sie von den Fußbodenplatten trennte. Als es ihr endlich gelang, sie zu lösen, stand Donald Duck in der offenen Tür. Er ignorierte Tassos und versperrte Zoi den Fluchtweg in den Flur. Patt. Einen Moment lang herrschte atemlose Stille zwischen ihnen.

»*What do you want?*«, fragte Zoi.

Der Entführer antwortete nicht.

Sie wiederholte ihre Worte noch einmal auf Griechisch. Dann zwängte sie sich durch die Falltür und lief die Stiege in den Keller hinab. Der Entführer folgte ihr. Zoi stellte sich neben dem Regal auf und wartete. Donald Duck rutschte auf der Treppe aus – brich dir den Hals, du Arsch –, ruderte mit den Armen, stolperte die letzten Stufen hinunter, kämpfte um sein Gleichgewicht und fing sich schwankend. Dann näherte er sich Zoi mit erhobenem Revolver.

Sie griff nach dem Regal und zog mit aller Kraft an seinem Seitenpfosten, bis es ins Schwanken kam und kippte. Einmachgläser und Dosen krachten auf den Boden, Glas zerplatzte. Der Entführer sprang zur Seite, während Scherben und süßer Saft durch die Luft spritzten, und bedrohte Zoi erneut mit der Waffe.

Das Regal war ein Trümmerfeld zwischen Zoi und ihrem Feind. Sie bückte sich, hob eine Thunfischdose auf und warf sie nach dem Entführer, der dem Geschoss geschickt auswich und den Revolver erneut austarierte. Sekundenlang richtete er ihn auf Zoi, die ihr Herz in ihrer Kehle klopfen hörte, einmal, zweimal, dreimal. Dann schoss er gegen die Wand. Das Geräusch glich einer Explosion, die sie für mehrere Sekunden taub machte. Putz rieselte auf den Boden.

»*Why do you want to kill me?*«, fragte sie verzweifelt und machte einen Ausfallschritt zur Seite. Sie musste Zeit gewinnen, ihn in ein Gespräch verwickeln. Ablenken. So machte man das doch. Aber ihr fiel nichts ein, so fieberhaft sie auch nachdachte. Außerdem war sein Schweigen gespenstisch. Wo steckte sein Komplize, der in der ersten Nacht in der Einfahrt auf ihn gewartet hatte? Er würde Tassos erschießen und Donald Duck sie. Eine saubere Sache. Sie würden beide sterben.

Der Entführer hob erneut die Waffe, nahm sie entschlossen in beide Hände und zielte auf Zoi, die ungläubig in die Mündung starrte.

»Das willst du doch nicht wirklich«, sagte sie.

Der Entführer lud durch. Das Krachen des Schusses würde das Letzte sein, was Zoi in diesem Leben hörte.

Da waren Schritte in der Küche über ihr. Oder bildete sie sich das ein?

»*Help!*«, schrie sie verzweifelt und wiederholte das Wort auf Griechisch. »*Voétheia!*«

Waren die Rettungssanitäter endlich da, oder handelte es sich um den zweiten Entführer, der nicht lange fackeln würde?

Donald zielte noch immer auf sie, fuchtelte dann aber mit dem Lauf herum und deutete auf die rückwärtige Tür.

Zoi biss sich auf die Lippe und schmeckte Blut. »*Try!*«

Über ihr versuchte jemand fluchend, sich durch die enge Luke zu drängen.

Der Entführer hatte das auch gehört. Er rannte auf die Tür in der Wand zu und ließ Zoi einen Moment lang aus den Augen. Eine kostbare Sekunde, die sie dazu nutzte, zur Treppe zu stürzen. Doch ein Geräusch brachte sie zum Halten. Der Entführer zerrte an der verschlossenen Tür und drehte sich dann mit erhobener Pistole zu ihr um. Zoi erstarrte. In diesem Moment polterte ein dicker Mann mit Schnauzbart die Treppe herab, stieß sie zur Seite, umschiffte das umgekippte Regal und stellte sich dem Entführer entgegen.

»*Police!*« Seine Waffe klickte. »*Keep calm, and put the weapon on the floor!*«

Für einen Moment stand die Zeit still. Dann zielte Donald Duck erneut auf Zoi.

»Duck dich, Zoi!« Sie wusste nicht, ob sie die Worte gedacht oder der Polizist sie gerufen hatte, aber sie ließ sich fallen.

Der Schuss verfehlte sie um Zentimeter und krachte in die Wand hinter ihr. Staub wirbelte auf, Putz platzte ab. Ziegelsteine lösten sich und prasselten zu Boden. Ein Brocken traf

Zoi am Hinterkopf. Die Luft griff durch die Kopfwunde mit kalten Fingern nach ihr. »Stopp!«, hörte sie den Polizisten rufen.

Plötzlich war die Treppe voller Leute, die Befehle brüllten. Ein Hund bellte triumphierend. Menschen kletterten über Zoi hinweg, bevor sie starke Hände aus der Gefahrenzone zogen und an die Wand lehnten, von wo aus sie beobachten konnte, was geschah.

Der Entführer erstarrte in der plötzlichen Flut und ließ den Revolver sinken.

Erstaunt sah Zoi, wie der dicke Mann ihm geschickt die Waffe aus der Hand schlug, die Arme auf den Rücken drehte und ihn zu Boden zwang. In der Kakofonie von Stimmen glaubte sie, Leos zu identifizieren. Sie war sich nicht sicher, bis er ihren Namen rief.

»Zoi!«

Endlich konnte sie loslassen. Er war da. Ihre Kräfte verließen sie mit dem Blut, das ihre Kleidung durchnässte und im Boden versickerte. In ihren Ohren dröhnte es, und die Gerüche nach vergorenem Obst und Gemüse drehten ihr den Magen um.

Zoi sackte zur Seite, doch Leo war bei ihr und fing ihren Sturz mit seinen starken Armen ab.

»Tassos«, murmelte sie, bevor sie endgültig das Bewusstsein verlor.

35

In Almiros hatte es begonnen. In Almiros würde es auch enden. Mila hatte sich Alikis Kleinwagen geliehen, um zur Küste zu fahren, als ihr zwischen Kavvadades und Magoulades eine Karawane aus Polizeiwagen mit Blaulicht entgegenkam. Sie fuhr in eine Einfahrt. Ein paar alte Frauen und ein Pope im schwarzen Talar blickten dem Großaufgebot erstaunt hinterher, während Mila einen Blick auf Hanna Bitter erhaschte, die auf dem Beifahrersitz des vordersten Wagens saß.

Langsam hörten ihre Hände auf zu zittern. Niemand würde die zwielichtige Mila van der Holst in Alikis metallicgrauer, verbeulter Kiste vermuten. Mit ihren dunklen Haaren glich sie einer jungen Griechin, die zur Arbeit an die Küste fuhr. Sie wartete in aller Ruhe, bis der Sturm vorüber war.

Noch nie war es ihr so schwergefallen, das Notwendige zu tun. Sie spürte nur Leere, als sie das Auto durch das Tal in Richtung Sidari, Roda und Acharavi bis nach Almiros steuerte. Sie parkte nahe der Villa Tersteegen und stieg aus.

Das Meer war so blau wie das Auge Gottes. Placken aus silbernem Licht tanzten auf den Wellen. Die ersten Badegäste tummelten sich in der Brandung. Ihre Silhouetten hoben sich dunkel vom gleißend hellen Morgenhimmel ab.

Er hatte gesagt, er erwarte sie am letzten Abschnitt des Strandes, der von Acharavi bis zum Kap der Agia Ekaterini sieben Kilometer maß. Mila befand sich auf der Hälfte.

Sie ging zügig voran, den Laptop und ihre kleine Ledertasche umgehängt, ließ die Baustelle der neuen Appartementanlage hinter sich und querte einige Ferienhäuser und Hotels, bis sie den einsamen Strand vor dem Kap erreichte. Nudistenland. Zu ihrer Rechten erhoben sich die Dünen, in denen die Jugendlichen am Wochenende Crossbike und Quad fuhren. Vor ihr lag das Kap, das von einem Uferabschnitt voller weißer, ausgewaschener Steine begrenzt wurde. Eine Mauer diente als Wellenbrecher, gegen den sich die Brandung zornig aufbäumte. An seiner Seite mündete ein Süßwasserfluss in das Ionische Meer, an dessen Ufer sich Barrieren aus Tang auftürmten. Es roch so stark nach Fisch, dass sich Milas Magen zusammenzog.

Der Mörder saß auf dem sonnenwarmen Tang. Sein kurzes Haar leuchtete in der Sonne wie eine Flamme.

So also sieht der Tod aus, dachte sie. Ein Banker, harmlos und zuverlässig, ein Freund in der Not.

»Tausend Dinge, die ich über meinen Bruder nicht wusste«, hatte Jannik seinen letzten Text betitelt.

»Berisha kauft mit Drogengeld jede Menge europäisches Öl auf, lässt es in Italien in einschlägigen Kreisen auf die doppelte Menge strecken und verkauft dieses Produkt dann völlig legal. Der Gewinn ist sauberes Geld. Sein Plan ging auf, bis auf die simple Tatsache, dass ihm die Italiener schlechte Ware angedreht haben, was hier nicht das Thema ist, aber Leo natürlich interessiert. Irgendwann bemerkte Berisha, dass seine Gewinne geringer ausfielen, als sie sollten. Sein Mittelsmann, der bei einer deutschen Bank arbeitet, hatte sich bedient und nach und nach kleinere Summen abgezweigt. Berisha setzte mich auf die Sache an, die mich auch in meiner Rolle als Informant Europols interessierte. Rein zufällig fand ich heraus, dass es sich bei dem Verräter an der Schaltstelle der Bank um meinen Bruder handelte. Das wäre mir nie aufgefallen, hätte er sich mir gegenüber nicht verplappert, während wir letztens zusammen hier waren. Mein Bruder, der Aufschneider, dessen Geldsorgen bald ein Ende haben würden. Du kennst uns als zweieiige Zwillingsbrüder, Mila. Aber eins eint uns. Wir haben beide einen Webfehler, ich bin manisch-depressiv, Jonas aber ist spielsüchtig. Wenn er am Roulettetisch sitzt, im Smoking, eine schöne Frau, vermutlich Sarah, an seiner Seite, läuft ihm das Geld wie Wasser durch die Finger. Geschenkt, dachte ich. Aber wie weit er zu gehen imstande ist, habe ich nicht gewusst.

Ich schwöre es, Mila. Was ich nach dieser Erkenntnis tue, dient dazu, den Schaden zu begrenzen, den er angerichtet hat.«

Als Jonas sie erkannte, stand er auf und trat auf sie zu. Ein harmloser Tourist. Nein, dachte sie. Ein skrupelloser Mörder in Sneakers, Shorts und Polohemd von Lacoste. Das mit dem kriegerischen Krokodil.

»Hast du den Laptop?«, fragte er.

»Ja.« Sie trug die schwarze Notebooktasche unter dem Arm. Jonas ahnte nicht, wie nutzlos das Ding war.

»Und du denkst wirklich, dass er dir weiterhilft?«, fragte sie.

»Berisha hatte meinen Bruder in der Hand. Irgendwie hat er seinen Seitensprung mit Janine rausgekriegt. Er hat ihn erpresst, seine Recherchen nicht zu veröffentlichen.«

»Wo ist Zoi?«, fragte Mila.

»Erst den Laptop.«

»Ich will ein Lebenszeichen von Zoi«, wiederholte sie nachdrücklich und umklammerte die Laptoptasche fester.

»Komm.«

Mit überraschender Leichtigkeit lief er ihr voran auf die Landspitze zu, sprang von Felsen zu Felsen und verschwand um die Kurve außer Sichtweite. Mila folgte ihm zögernd. Er wartete in der kleinen Bucht an der Ostseite auf sie, in der Jannik und sie bei ihrem ersten Urlaub nackt gebadet und sich anschließend geliebt hatten. Der Strand war einsam, wurde nur von wenigen Badegästen und den Wanderern genutzt, die das Kap in Richtung von Agios Spyridon umrundeten. So früh morgens war er menschenleer.

Ich liefere mich ihm aus, aber ich muss wissen, was geschehen ist, dachte sie.

Jonas saß auf einem Felsen und klopfte neben sich. »Setz dich. Zoi geht es den Umständen entsprechend gut. Sarah wollte sie eigentlich vorbeibringen. Etwas muss sie aufgehalten haben.«

»Sarah?« Mila blickte aufs Meer hinaus. Ein Kreuzfahrtschiff schob sich an den Hügeln Albaniens vorbei. Unter den Touristen, die einen unvergesslichen Tag in der Altstadt von Kerkyra verbringen würden, ahnte niemand, was hier vor sich ging.

»Sarah war mein kleiner Wachhund für Zoi«, erklärte Jonas. »Sie wollte zuerst nicht, aber dann ließ sie sich doch überreden, das für mich zu tun. Für uns. Ihr schönes Leben würde zusammenbrechen, wenn ich sie nicht mehr finanzieren würde. All die kleinen Sachen, die sie immer an sich machen lässt.«

Mila setzte sich einige Meter entfernt auf einen Felsblock, nahm den Laptop auf den Schoß und umklammerte ihn fest. »Ich gebe dir den nicht ohne ein Lebenszeichen von Zoi.«

Jonas lachte. »Du musst mir glauben. Sarah ist tüchtig. Sie wird dem Mädchen nichts tun. Wo bleibt sie bloß?« Er sah auf sein Handy. »Sie hätte schon längst hier sein sollen.«

Wenn sie ohnehin warten mussten, konnten sie die Zeit auch für ein Gespräch nutzen. Mila brauchte Antworten.

»Warum?«, fragte sie. »Warum der Tote in der Schlucht und der Hotelmanager Paris?«

»Weil ich es kann«, versicherte Jonas. »Glaub mir, es ist gar nicht so schwer. Der Erste war ein Schnüffler von Berishas Gnaden, der verschwinden musste.«

Das Töten fiel ihm leicht. Der Tote in der Schlucht und der Hotelier, der zu viel wusste. Und Jannik?

»Du warst die ganze letzte Woche über in Acharavi.«

Jonas betrachtete ausgiebig seine Fingernägel. »Ich hatte mir unbezahlten Urlaub von meiner Bank ausbedungen, um meine Angelegenheiten zu regeln. Mir war klar, dass sich Jannik auch hier herumtrieb. Er ging mir aus dem Weg. Weil ich ihm nicht begegnen wollte, tauchte ich im ›Hotel Olympia‹ unter. In den letzten Monaten hatte ich mir die Haare wachsen lassen. Paris wusste nicht, um was es ging, nur dass ich mit den Albanern Ärger hatte wie Tassos. Irgendwann kam Paris mir auf die Schliche und drohte, mich zu verpfeifen, sodass ich ihn loswerden musste. Am Samstag legte er nach.

Im Suff. Da wusste ich, dass ich es nicht vermeiden konnte, ihn zu töten.«

Mila schauderte. So viel Blut. Er hatte dem Hotelier die Kehle durchgeschnitten. »Und dann wolltest du mich ebenfalls aus dem Weg schaffen. Du hast Janniks Handy benutzt, um mich anzurufen, und ich bin dir auf den Leim gegangen.« Dümmer ging es nicht, aber Mila war schon immer eine Freundin spontaner Entschlüsse gewesen.

»Ich wusste nicht, ob du wirklich kommen würdest«, sagte Jonas. »Als du da warst, musste ich versuchen, reinen Tisch zu machen.«

Mich umzubringen, übersetzte Mila für sich.

»Aber da war Sarah schon da«, sagte sie verständnislos. »Sie saß in der Villa Tersteegen, während du ...«

»Ich musste Kosten und Nutzen abwägen. Da wusste sie noch nicht ...«

»... wie tief du drinsteckst«, vollendete Mila.

»Ich habe ihr gesagt, dass ich in Acharavi etwas Geschäftliches zu erledigen hätte, und getan, was notwendig war. Danach habe ich in einem Strandbad geduscht, um das Blut und den Brandgeruch abzuwaschen. Meine Haare hatte ich mir noch am Freitagabend im Barber-Shop an der Hauptstraße schneiden lassen. Der hat bis einundzwanzig Uhr auf.«

»Ich hätte es gleich wissen müssen. Sarah hatte nur einen Koffer dabei.« Das alles war so verrückt, dass Mila ihm glaubte. Und das Räuspern? Jonas und Jannik waren Brüder, die diese Angewohnheit teilen mussten.

»Was ist am Dienstag vorgefallen? Was hast du mit Jannik und mir gemacht?«

»Jannik wusste zu viel«, sagte Jonas verächtlich. »Er saugt sich fest an einem Thema und quetscht es aus wie eine Zecke, manipuliert Menschen, wohin er sie haben will. Jannik, der Strahlende, der Erfolgreiche.«

»Du bist sein Bruder. Sein Zwilling.«

»Das gibt mir den Rest.« Jonas hob den Kopf und sah sie

an. »Ich bin der Ältere. Er hat unsere Mutter beinahe umgebracht, als er sich hinter mir aus ihr herausquetschte. Aber die Rolle als Zweitplatzierter hat er nie akzeptiert. Schon als Kind gelang es ihm, mich zu übertrumpfen. Jannik, der Begabte, Jonas, der zuverlässige Bär. Jannik, der Einserschüler, das Sportgenie. Jonas, der Mittelmäßige, die Null im Sport. Ich war Steffi und Uwe nie gut genug.«

»Gerade deswegen hab ich dich geschätzt«, sagte Mila. »Du warst normal in einer Familie von Überfliegern. Man konnte sich auf dich verlassen.«

»Du kannst dir nicht vorstellen, wie sehr ich diese Rolle hasse.« Jonas starrte auf seine Sneakers.

Vor ihnen spazierte ein Paar am Saum der Wellen entlang, ausgestattet mit Wanderschuhen, Rucksack und Stöcken, zielstrebig auf die Bucht von Agios Spyridon zu. Mila verwarf den Gedanken, um Hilfe zu rufen. Noch nicht. Der Laptop war ihre einzige Lebensversicherung. Außerdem wollte sie Zoi.

»Jannik war krank«, sagte sie.

»Oh ja«, erwiderte Jonas. »Eine bipolare Depression. Nicht genug, um ihn auszuschalten, aber genug, um immer alle Unterstützung abgreifen zu können. Unsere Eltern haben sich überschlagen, um ihm zu helfen, und dabei übersehen, wie sehr ich sie brauchte.«

»Du bist spielsüchtig«, sagte Mila.

»Diese erstickende Leere … Es hilft mir, sie zu füllen.«

Mila fühlte sich hilflos angesichts dieser Geständnisse. »Was ist vor einer Woche passiert?«

»Jannik und ich hatten uns bei Volker verabredet, um uns auszusprechen. Ich hatte einen Transporter gemietet, um meine Sachen wieder in die Villa Tersteegen zu bringen. Den wollten wir nutzen, um rumzufahren und zu quatschen. Aber deine plötzliche Ankunft kam uns dazwischen.«

Mila, der Überraschungsgast. Immer war sie im Wege. »Tassos hat mir K.-o.-Tropfen in den Screwdriver gemischt. Er meinte, Jannik habe das so gewollt.«

Jonas stand auf. »Du durftest nichts mitkriegen. Wir mussten dich unter Kontrolle halten.«

»Blöde Idee.«

»Nicht meine, glaub mir.«

Mila sah Jonas die Erschöpfung an. Seine Augen waren blutunterlaufen, seine Hände zitterten. Was, wenn er durchdrehte? Sie musste ihn dazu bringen, weiterzureden.

»Ich kannte die einsame Gegend hinter Agra«, fuhr er fort.

»Dort hattest du den fremden ... Schnüffler entsorgt«, sagte Mila leise. Irgendwann im Frühsommer, wenn Leo richtiglag.

Jonas nickte bestätigend. »Er ist mir auf die Spur gekommen. Berisha hat ihn mir auf den Hals gehetzt. Da musste er weg. Am Dienstag hielt ich in der Parkbucht oberhalb des Hangs wie schon einmal. Dort gerieten Jannik und ich in Streit. Er verlangte, dass ich zur Polizei gehen und aussagen sollte.«

Das war es also. So einfach und so bitter.

Das Meer war so unglaublich blau. Schwarze Funken tanzten vor Milas Augen. Sie atmete tief, um die Übelkeit zu vertreiben, die sie zu übermannen drohte. »Aber das wolltest du nicht.«

Von Albanien näherte sich ein Schnellboot, das sicher nicht an diesem einsamen Ort haltmachen würde. Warum auch? Das Motorengeräusch wurde lauter.

»Das konnte ich nicht, Mila, versteh doch!«

»Dein Kartenhaus wäre zusammengefallen«, sagte sie tonlos. »Aber das wollte Jannik nicht kapieren.« Trotz all seiner Schwächen war er ein anständiger Mensch gewesen. »Er fand, man soll zu dem Mist stehen, den man baut.«

Jonas kam näher und sah auf sie herab. »Alles, was ich mir aufgebaut habe, wäre zusammengebrochen. Meine Beziehung mit Sarah. Mein Job bei der Bank. Und was hätten unsere Eltern denken sollen?«

Das Schnellboot kam näher. Mila konnte seine weiße Silhouette im flimmernden Blau deutlich erkennen.

»Also hast du ...«

»… auf Jannik geschossen mit dem uralten Revolver, den er selbst vor wenigen Wochen bei diesem Leo hatte mitgehen lassen«, vollendete Jonas. »Nur zu Sicherheit, damit er was hat, wenn es gefährlich wird.«

Mila fragte sich, ob sie ihm glauben konnte. Hatte er Janniks Tod geplant oder nicht? Das würde sich wohl nicht klären lassen. »Und mich hast du den Hang hinabgeworfen. Warum bist du nicht sichergegangen, dass ich auch sterbe? Es wäre ein Leichtes gewesen.«

»Ich konnte es nicht. Die wehrlose Frau auf meinen Armen warst schließlich du.«

Milas Augen weiteten sich. Sie schluckte trocken. Das Geräusch des Schnellboots übertönte ihre Stimme. »Du hast Jannik um mich beneidet.«

Jonas setzte sich neben sie und griff nach ihrer Hand. Mila entzog sie ihm und rückte ein Stück beiseite, die Knie zusammengepresst, die Arme um den Laptop geschlungen. Andere Frauen strebten danach, begehrenswert zu sein, und freuten sich, wenn die Männer sich ihretwegen den Schädel einschlugen. Mila hätte kotzen können.

»Wer würde das nicht? Du bist eine wunderbare Frau. Aber dann erkannte ich, dass ich einen Fehler gemacht hatte. Du warst ein Unsicherheitsfaktor. Ich musste dich loswerden.«

»Deshalb dein halbherziger Versuch, mich in dem brennenden Haus verrecken zu lassen. Aber dir muss doch klar gewesen sein, dass ich es nach draußen schaffen würde?«

Er rückte an sie heran, sodass sie seinen Atem im Nacken spürte. »Ich konnte nicht konsequent sein.«

Mila stand auf und trat ein paar Schritte auf den Strand hinaus, den Laptop an sich gepresst. Das Schnellboot stoppte in Ufernähe. Drei Männer sprangen ins seichte Wasser und rannten in Richtung Strand. Licht fing sich in den aufspritzenden Wassertropfen wie Funken.

»Warum verspätet sich Sarah?«, fragte sie. »Ruf sie doch noch mal an.«

»Sicher«, sagte er. »Aber du wirst einsehen, dass ich den Fehler, dich laufen zu lassen, kein drittes Mal machen kann.«

»Da kommt jemand«, sagte Mila.

Die Männer liefen durch glitzernde Fontänen auf sie zu.

Jonas warf ihnen einen irritierten Blick zu. »Darum muss das jetzt schnell gehen.«

Hatte sie wirklich gedacht, er würde sie davonkommen lassen? Sie beobachtete, wie Jonas eine Pistole mit Schalldämpfer aus seinem Rucksack zog, sie entsicherte und auf sie zielte. Ungläubig starrte sie auf den Lauf. Sie hätte wissen müssen, dass sich Jonas die Gelegenheit, sie zu beseitigen, nicht entgehen lassen würde.

Auf ihren Fernreisen hatte sie Überlebende des Tsunamis von 2004 getroffen. Einige erzählten ihr, wie fasziniert sie von der Riesenwelle gewesen waren, die sich am Horizont aufgetürmt hatte. Statt zu fliehen, hatten sie Fotos gemacht und verschickt, bevor das Unheil sie mit tödlicher Gewalt ereilte. Nicht alles war Fiktion.

In diesem Moment erreichten die Männer den Strand und sprinteten auf sie zu. Sie trugen Waffen, Mitteldinger zwischen Pistole und Maschinengewehr, wenn Mila sie richtig einschätzte.

»*Run!*«, rief einer von ihnen ihr zu.

Jonas schwenkte die Waffe, richtete sie auf die Neuankömmlinge und drückte ab. Der Schalldämpfer reduzierte den Knall zu einem leisen Plopp.

Mila sah, wie der vorderste der Männer zusammenbrach. Die Verbliebenen erwiderten das Feuer. Sie ließ den Laptop fallen und rannte durch ein Inferno aus aufspritzendem Sand und explodierenden Steinen davon, während Salven halbautomatischer Waffen über den Strand hallten.

36

Kochdünste erfüllten die Küche. Es roch appetitanregend nach gebratenem Rindfleisch mit Zwiebeln. In ihrer Begeisterung für die Kochkunst ähnelte Aliki ihrem Neffen, der erschöpft an seiner Kaffeetasse nippte. Wenn das Leben ihr krumm kam, kochte sie Giouvetsi, Hackfleischeintopf mit Nudeln, in so rauen Mengen, dass sie locker eine ganze Kompanie satt bekommen hätte.

Leo, Gazakis und Zoi waren vor zehn Minuten zum Olivenhof zurückgekehrt, wo Hanna Bitter mit einigen uniformierten Polizisten gerade die Einsatzzentrale einrichtete. Es war noch nicht vorbei. Sarah Müller saß zwar mittlerweile in Kerkyra in Haft. Der eigentliche Schuldige aber, Jonas Tersteegen, dessen Tatbeteiligung sie zugegeben hatte, war flüchtig und zur Fahndung ausgeschrieben.

Hanna Bitter stand am Fenster und telefonierte hektisch mit Europol. Gazakis war nach der durchwachten Nacht und der Befreiungsaktion im Keller grau im Gesicht. An seiner Seite saßen Vezelos und Spyros Thakis. Der eine knackte seelenruhig Pistazien, der andere setzte seine Freunde per Handy von den Geschehnissen der letzten Stunde in Kenntnis.

Endlich ist auf dieser verschlafenen Insel mal was los, dachte Leo. Verbrechen, von denen die gelangweilte Jugend vermutlich Jahrzehnte zehren würde.

Wo steckte eigentlich Mila? Leo hatte mehrfach versucht, sie anzurufen, doch ihr Handy war abgestellt. Wahrscheinlich hatte sie sich im Gästezimmer aufs Ohr gelegt.

Er trank einen Schluck Kaffee und bugsierte die Katze vor die Tür, die den Leuten zwischen den Beinen hindurchflitzte. Bevor noch jemand über sie stolperte.

Zoi betrat die Küche, frisch geduscht, bis auf ihre Haare, die sie zu einem lockigen Knoten aufgesteckt hatte, und von einem

Tatendrang erfüllt, der ihre Gefangenschaft Lügen strafte. Leo hätte ihr so viel Energie gar nicht zugetraut.

»Wie geht es dir?«, fragte Gazakis.

»Gut.«

Sie trug Jeans und T-Shirt. Der Arzt aus dem Notarztwagen hatte ihre Platzwunde geklammert.

»Kannst du mich in die Stadt fahren, Aliki?«, fragte sie ihre Tante. »Ich muss ins Krankenhaus.«

Leo hatte darüber nachgedacht, weshalb Zoi einen stationären Aufenthalt abgelehnt hatte. Jetzt wusste er den Grund. Kaum drei Minuten nach ihrer Befreiung waren die Rettungskräfte eingetroffen und hatten den bewusstlosen Tassos mit dem Hubschrauber in die Klinik nach Kerkyra bringen lassen. Das wussten sie von Vezelos, der soeben mit Eleftheria telefoniert hatte. Zoi fürchtete um Tassos, der gerade auf dem OP-Tisch lag und um sein Leben kämpfte.

Leo konnte eine Spur widerwillige Hochachtung Zoi gegenüber nicht verleugnen, die dem Kleindealer unbeirrt die Treue hielt.

»Ich kann dieses Mal nicht aushelfen«, erwiderte Aliki. »Ich habe Mila mein Auto geliehen. Sie wollte zur Küste.«

»Sie wollte *was*?«, fragte Leo. Da stimmte etwas nicht. Dunkle Wolken türmten sich am Horizont seines Bewusstseins auf.

»Ich will ja nicht stören«, Hanna Bitter wirkte seit den Ereignissen der Nacht zahmer, als sie je gewesen war, »aber ich bräuchte Janniks Laptop, um seine Recherchen auszuwerten.«

Klar, dass sie nicht untätig bleiben wollte, während die Fahndung nach Jonas lief.

Von einer düsteren Vorahnung getrieben, suchte Leo zuerst die Loggia ab, in der Aliki kurz nach Sonnenaufgang auf Mila gestoßen war. Dann sah er im Gästezimmer nach. Ihre Kameraausrüstung und ihr Rucksack waren noch da. Sie selbst und der Laptop aber waren weg. Nachdenklich kehrte er in die Küche zurück.

»Sie ist zur Küste gefahren, um sich mit Jonas zu treffen«, sagte er düster.

Er konnte nachvollziehen, was sie antrieb. Mila wollte ihre Erinnerung zurück. Sie ahnte nicht, dass Zoi befreit war, und beabsichtigte, sie gegen den Laptop auszutauschen. Bevor sie den Laptop übergab, plante sie sicher, Jonas nach Janniks Verschwinden und seinen Motiven auszufragen.

Hektisch wählte er ihre Nummer und ließ es dreimal klingeln, bis die Mailbox ansprang. Er schrieb ihr eine Textnachricht. »Wir haben Zoi. Melde dich!« Dann näherte er sich Gazakis. »Mila geht nicht ran. Sie lässt es auf eine Konfrontation mit Jonas ankommen.«

Gazakis sprang auf. »Schnell, Leo, ihre Nummer. Bitter, rufen Sie auf dem Präsidium an und stellen Sie sicher, dass sofort eine Handyortung von Mila van der Holst durchgeführt wird.«

»Sie geht nicht an ihr Handy«, sagte Leo.

»Das macht nichts. Wir brechen auf und warten auf die GPS-Daten, während wir zur Küste fahren.«

Agios Spyridon.

Die meisten Leute übersahen die Zufahrt an der Straße zwischen Acharavi und dem noblen Ferienort Kassiopi, obwohl in der Bucht ein Strand mit wenig Brandung lag. »Rentnerwasser« nannte Zoi die Badeplätze an der Ostküste respektlos.

Nach einer Höllenfahrt durch die Dörfer am Pantokrator bog Leo mit Gazakis in die Straße ein, die durch einen uralten Olivenhain abwärtsführte. Er fuhr so schnell, dass sich der Kommissar totenblass an den Sitz klammerte. Zweimal hätte Leo den Pick-up beinahe gegen einen Baum gesetzt. Egal. Mila war ihm wichtiger als sein Leben. Deshalb verbot er sich die Frage, ob sie sie finden würden.

Minuten später erreichten sie Agios Spyridon mit seinen Cafés und Strandbädern. Badegäste genossen den Spätsommertag, während sich über Albaniens fernen Hügeln dunkle

Wolken ballten. Schwüle lag in der Luft. Spätestens heute Abend würde Korfu hoffentlich im Unwetter versinken, das allen Schmutz fortspülen würde.

Noch nicht.

Sie parkten am Ende des Strands und durchquerten den Wald in Richtung der kleinen Nebenbucht, die vor dem Kap der Agia Ekaterini lag. Hier hatte die Polizei Milas Handy geortet. Der Strand war so abgelegen, dass er als Geheimtipp galt.

Leo lief Gazakis mit langen Sätzen voran. Seine schweren Schritte hallten in seinen Ohren wider. Sein Kopf war leer bis auf die Bilder, die Mila am Strand zeigten, verrenkt wie eine zerbrochene Puppe, deren Blut im Sand versickerte.

Er hielt inne, als die Bucht vor ihm lag, blass und gebogen wie ein Sichelmond, von Felsen begrenzt. Dann stieg er entschlossen hinab.

Der Strand ähnelte einem Schlachtfeld. Schüsse hatten Krater in den Boden gerissen und Steine zu Schotter zertrümmert.

»Maschinengewehrfeuer«, sagte Gazakis hinter ihm.

Am Saum der Wellen lag ein Mann mit dem Gesicht nach unten. Gazakis näherte sich und drehte ihn auf den Rücken. Blicklose Augen starrten in den sich eintrübenden Himmel. Er war jung, trug einen dünnen Kinnbart, nasse Strähnen klebten an seiner Stirn.

Im Hintergrund bemühten sich zwei Wanderer um einen Verletzten, dessen Körper von Schüssen durchsiebt war. Sein Poloshirt war blutdurchtränkt. Karmesinrot auf dem weißgrauen Strand. Von Mila fehlte jede Spur.

»Das ist Jonas Tersteegen«, sagte Leo. Er sah ihn auf seinem Vorplatz stehen, an seiner Seite die sorglose junge Frau, die sich als Zois Entführerin entpuppt hatte.

»Ich hasse meine Arbeit«, sagte Gazakis.

Leo ging neben Jonas in die Knie, während Gazakis den Notruf verständigte. Da war ein See aus Blut unter dem Verletzten, seine Brust zerfetzt. Die Wanderer, die sich leise auf

Englisch unterhielten, hatten ihr Bestes getan, um den Schwerverletzten zu retten. Ihre Stöcke und Rucksäcke lagen im Sand. Leo erkannte, was die beiden nicht wahrhaben wollten. Es war zu spät. Obwohl Jonas' Gesicht erstarrt war, versuchte der Mann noch immer, ihn durch Herzdruckmassage wiederzubeleben. Die Frau drehte ihren Wanderhut in den Händen und schwieg. Schließlich setzte sich der Ersthelfer frustriert auf seine Fersen. Jonas Tersteegen war tot.

»Haben Sie eine junge Frau gesehen?«, fragte Leo eindringlich auf Englisch. »Hier am Strand?«

»Hier war niemand sonst.« Die Wanderer ließen sich nebeneinander auf einem Felsen nieder. Die Frau legte dem Mann tröstend den Arm um die Schultern.

Leo stand auf und sah sich um. Mila konnte sich unmöglich in Luft aufgelöst haben. Er bückte sich und zog ihr verschrammtes Handy aus dem Sand.

»Geh sie suchen«, sagte Gazakis rau, bevor er die Aussage der Wanderer aufnahm. Sie berichteten, dass sie, kurz bevor sie Agios Spyridon erreichten, zurückgegangen seien, weil sie Schüsse gehört hätten. Als sie ankamen, sei das Boot mit den Schützen schon wieder über das Meer davongerast.

Riskant, dachte Leo. Eine Mafiaschießerei. Möglicherweise Berisha. Jonas war bewaffnet gewesen, hatte das Feuer erwidert, einen der jungen Helfershelfer getötet und war selbst im Kugelhagel gestorben.

Wo aber steckte Mila? Von hier aus gab es sowohl einen Zugang zum Hauptstrand von Agios Spyridon als auch einen Weg zurück zum Kap. Wenn das Erschießungskommando sie nicht mit nach Albanien genommen hatte. Er verbot sich, daran zu denken, und entschied sich für die Landspitze, hinter der sich der lange Almiros-Strand ausdehnte. Von Stein zu Stein springend, arbeitete er sich über die Felsen vor, die ausgewaschenen Knochen ähnelten. Weiß und durchlöchert. Schmerz erfüllte sein Herz, als er an das dachte, was ihn erwarten mochte.

Agia Ekaterini, hilf mir! Was bleibt mir, wenn ich sie tot finde? Leo spürte die Erschöpfung der durchwachten Nacht in seinem Körper. Die Angst verlangsamte seine Reaktionen und trübte seinen Blick.

Schließlich hatte er das Kap umrundet. Vor ihm dehnte sich menschenleer der Strand, das Meer unendlich blau und gnadenlos. Verzweiflung packte ihn. Er ließ sich auf einem Felsen nieder, vergrub sein Gesicht in den Händen und lauschte seinem Atem und der Brandung, die ans Ufer klatschte wie ein unersättliches Tier.

Dann stand er auf und begann, das Gelände zu durchstreifen, das die Dünen vom Strand trennte. Und wenn er dabei verreckte, er würde es Stück für Stück absuchen. Dornen bohrten sich in seine Haut, zerkratzten seine Hände, klammerten sich an seine Hosenbeine, als wollten sie ihn an seinem Vorhaben hindern. Die Büsche verdichteten sich, Brombeerranken wuchsen über den Weg, die er fluchend mit seinem Schweizer Messer zerschnitt. Den Zugang zu dem verlassenen Kloster der Agia Ekaterini, das inmitten der Wildnis lag, musste er sich erkämpfen. »Ruine« war zu viel gesagt. Es handelte sich um kaum mehr als die Reste einiger Mauern und Kellerräume, die seit Jahrhunderten verlassen waren.

Sie kniete zusammengekauert in einem Schacht, der mit Sand, Zigarettenkippen und abgebrochenen Strandpflanzen gefüllt war.

»Da bist du ja.« Schwindlig vor Erleichterung reichte er ihr seine Hand.

Sie hob sich auf die Füße, suchte festen Stand und schlug ein. Leo zog sie hoch.

»Wie geht es dir?«

Mila zitterte am ganzen Körper. »Ich bin okay. Vielleicht hat mich Agia Ekaterini beschützt.« Nicht nur ihre Schultern bebten, auch ihre Hände und Lippen. Sie konnte kaum sprechen, war vollkommen zerkratzt und zerschunden. »Habt ihr Zoi?«

»Sie ist in Sicherheit.«

»Gut. Ist der Laptop noch da? Ich meine, am Strand, wo ich ihn gelassen habe.«

»Da war kein Laptop«, sagte Leo.

»Den wollten sie – und ihre Rache an Jonas. Aber egal. Berisha weiß nicht, wie nutzlos er ist.«

Die Erklärung musste auf später warten. Sie stand vor ihm, pulte sich Blätter und Zweige aus den Haaren und schenkte ihm ein Lächeln. Nie zuvor hatte er sie mehr geliebt. Das war wohl auch der Grund, weshalb er sich traute, sie in seine Arme zu ziehen. Flüchtig dachte er an die englischen Wanderer, deren Vertrautheit so normal gewirkt hatte. Eine langjährige Ehe, in der man sich zur Seite stand, sogar wenn man sich in Gefahr begab, um Menschen zu helfen.

Seine Hände glitten über ihr Haar, das sich anfühlte wie Strandgras. Nachdenklich zog er eine Klette heraus. Wer wusste, wie lange sie die Berührung zulassen würde?

»Wir haben Sarah Müller, Jonas' Komplizin. Sie hat auf Tassos geschossen, aber er lebt.« Wie kritisch es um den Jungen stand, würde er ihr später berichten.

»Und Jonas?«

»Jonas ist tot. Ebenso wie einer der Angreifer.«

»Ein kleiner dünner oder ein großer kräftiger?«, murmelte sie an seiner Brust.

Leo dachte an den jungen Mann in den Wellen. »Er war nicht übermäßig groß.«

»Dann war es vielleicht Enis?«

Leo registrierte mit Bedauern, dass sich Mila von ihm löste. Um das Zittern einzudämmen, schlang sie die Arme um ihren Oberkörper. »Er war einer von Berishas Handlangern, die mich in den ersten Tagen verfolgt haben. Sie haben mich beschützt, wieder einmal, denn Jonas wollte eigentlich mich erschießen.« Ihre Zähne klapperten.

»Lass uns zurückgehen. Gazakis wartet auf deine Aussage.« Er zog sie mit sich auf die Felsen am Kap. »Schaffst du das?«

Liebend gern hätte er sie den ganzen Weg getragen, bezweifelte aber, dass sie sich das gefallen lassen würde.

»Wenn wir langsam machen, wird es schon gehen.« Sie blieb mit der ihr eigenen Zähigkeit an seiner Seite.

Hand in Hand umrundeten sie das Kap. Unter ihnen brachen sich die Wellen mit weißen Schaumkronen am Ufer.

»Jonas wollte sterben«, sagte Mila. »Er hat zumindest die Möglichkeit für sich in Betracht gezogen, weil er mich im Grunde nicht töten wollte. Das Schnellboot mit Berishas Leuten. Wie konnten sie uns finden?«

»Keine Ahnung«, sagte Leo.

Der Strand an der Ostseite des Kaps kam in Sichtweite. Wenn sie ihn erreicht hatten, würde Leo Mila loslassen. Sie hatte etwas Besseres verdient als ein Leben mit einem von Sorgen geplagten Olivenbauern. Die Freiheit, dachte er.

37

Freitag

Mila stand neben Leo an der Ringmauer der byzantinischen Festung hoch über dem Badeort Kassiopi. Sie blickten auf die Meerenge hinaus, hinter der sich geisterhaft die weiße Skyline der albanischen Küstenstadt Saranda erhob. Zehn Kilometer trennten Kassiopi von dem Strand, an dem Jonas und der Albaner den Tod gefunden hatten. Keine allzu glückliche Wahl. Außerdem wuchsen auf dem Gelände zu viele Olivenbäume, die in Erwartung der Ernte mit Netzen unterlegt waren.

Vordergründig hatte Mila einem Treffen mit Leo und Gazakis zugestimmt, um sich auf den neuesten Stand der Ermittlungen bringen zu lassen. Mutprobe. Sie fand sich hart im Nehmen. Im Grunde aber wartete sie auf eine Aussprache mit Leo, der eisern schwieg.

Die letzten beiden Tage waren wie im Flug vergangen. Nach ihrer Rückkehr nach Agios Spyridon hatten Mila und Leo kein persönliches Wort mehr gewechselt. Mila hatte sich in Kerkyra in einem Hotel einquartiert und war Leo nur in den hallenden Fluren des Polizeipräsidiums begegnet, wo ihre Aussagen aufgenommen wurden. Sie hatte Abstand gebraucht, die Stadt durchstreift, die alte Festung und das asiatische Museum besucht, sich in den Touristenmassen in der Altstadt verloren und den letzten Abend in einem Club verbracht. Dennoch hinterließ Leos Schweigen eine Leere in ihr, die sie nicht verstand.

»In die Beleuchtung der Burg sind jede Menge EU-Gelder geflossen«, sagte er schließlich.

Prima, dachte sie. Gib dich nur mit Unwichtigem ab, Leo Bardés!

»Die meisten Lampen sind schon wieder kaputt. Das Geld

wäre anderswo besser aufgehoben gewesen. Zum Beispiel in der Gesundheitsversorgung.«

Sein Fuß stieß an eine der in den Boden eingelassenen trüben Glasleuchten. Die Geste drückte Frust aus, der nicht nur den schlecht angelegten Subventionen galt. Er hielt Abstand zu Mila, als quäle ihn eine untypische Scheu, sich ihr zu nähern. Außerdem lenkte er mit dieser Bemerkung von all dem Ungesagten ab, das zwischen ihnen stand.

Wenn du denkst, ich übernehme das für dich, hast du dich geirrt, Leo Bardés.

»Versenkt worden, hätte Jannik gesagt«, sagte sie stattdessen.

Obwohl es schmerzte, Janniks Namen zu nennen, tat sie es trotzig immer wieder. Jannik, Jannik, Jannik. Vielleicht, weil er auf diese Weise nicht so schnell in Vergessenheit geriet. Außerdem musste das Leben irgendwie weitergehen, ohne ihn. Sie wusste nur noch nicht, wie.

Gemeinsam machten sie sich an den Abstieg in das Städtchen Kassiopi mit seinem idyllischen Hafen, den felsigen Buchten und dem Publikum, dem man Reichtum und Sorglosigkeit ansah. An der Mole ankerten einige Yachten, und die Souvenirläden waren eine Spur schicker als in Acharavi. Sie hatte in einer Boutique ein Seidentuch für ihre Großmutter erstanden, die außer sich gewesen war, als sie von den Geschehnissen der letzten Tage erfahren hatte. Milas Leben brach auseinander, und ihre Großmutter hatte nichts davon mitgekriegt.

Gemeinsam schlenderten sie am Fischereihafen entlang. Einander nah und doch so fern umrundeten sie die Stapel bunter Fischernetze an der Mole.

Sie waren am Hafen mit Gazakis zum Essen verabredet. Mila erkannte ihn in einem Restaurant direkt am Anleger. Er stand auf und winkte sie an seinen Tisch, wo Leo unverzüglich die Nase in die Speisekarte steckte. Mühsam konzentrierte sich Mila auf Gazakis' freundliche Fragen.

»Wie geht es Ihnen?«

»Den Umständen entsprechend.«

Im Polizeipräsidium war sie Stephanie und Uwe begegnet. In Steffis Umarmung und ihren Tränen hatte der Schmerz der ganzen Welt gelegen. Wie konnte sie unter diesen Umständen weiterleben?

Als Stephanie sie angerufen hatte, um mit ihr über Jannik zu sprechen, hatte Mila ihr zugehört und ihr so ehrlich wie möglich von ihren Erlebnissen der letzten Tage berichtet. Später begriff sie, dass es Stephanie um die Frage nach der Schuld gegangen war. Oder um die nach ihrem eigenen Versagen.

Um Vergessen zu suchen, hatte Mila die letzte Nacht in einem Club am Hafen von Kerkyra verbracht. Obwohl ihr die Ablenkung gutgetan hätte, war sie früh genug gegangen, um nicht im Bett des DJs zu landen, der sie den ganzen Abend über gierig gemustert hatte. Ihr Vorsatz, ihr altes Leben wieder aufzunehmen und so bald wie möglich auf Reisen zu gehen, erschien ihr mit einem Mal schal und leer.

Wovor fliehst du?, hörte sie Leo immer wieder fragen.

Mühsam kehrte sie in die Realität zurück und konzentrierte sich auf die Speisekarte. Ein Kellner mit weißer Schürze nahm ihre Bestellung auf. Leo wählte Sofrito, Mila entschied sich für gefülltes Gemüse, Gazakis für die gebackenen Tintenfischringe.

»Tassos wird überleben«, sagte er.

Leo nickte. »Zoi ist ganz aus dem Häuschen vor Glück.«

»Schön.« Mila bedauerte, dass sie Zoi nicht wiedergesehen hatte. Nicht nur Leo, sondern auch seine kleine Schwester und seine schweigsame Tante waren ihr ans Herz gewachsen. Mit den beiden würde sie, wenn überhaupt, nur noch per Handy in Kontakt bleiben. »Wirst du sie lassen, ich meine, Zoi und Tassos?«

»Wenn er den Absprung von den Drogen schafft, kann er es ja noch mal versuchen, unter Aufsicht und ständiger Bewachung«, sagte Leo gönnerhaft. »Hast du einen günstigen Flug buchen können?«

Der Kellner trug das Essen auf, woraufhin Leo stirnrunzelnd die Konsistenz und den Knoblauchduft des Sofritos prüfte. Mila wusste, dass er seine eigene Kochkunst vorzog. Sie kannte ihn besser, als er ahnte.

»Ja. Lufthansa. Ein überraschend billiger Restplatz. Wie haben die Albaner mich eigentlich so schnell gefunden?«

Gazakis träufelte Zitronensaft über seine frittierten Kalamaris. »Wir haben einen Peilsender in Ihrer Tasche entdeckt, Mila.«

Ungläubig schlug sie die Hand vor den Mund. Klar, sie selbst hatte Enis ihre Tasche vor dem Toilettenhäuschen am Achilleion in die Hand gedrückt. Deshalb hatten die Albaner sie nicht mehr direkt verfolgt.

»Was weiß eigentlich Sarah?« Leo stocherte lustlos in seinem Sofrito herum.

»Ach, Sarah …« Gazakis kaute an zu vielen Tintenfischringen auf einmal und schluckte. »Sie schweigt dazu. Sie hat verlauten lassen, Jonas habe sie unter Druck gesetzt, um den Laptop zu erpressen.«

»Sie hat auf Tassos geschossen und ihn schwer verletzt«, wandte Mila entrüstet ein. »Und zweimal auf die Wand, vor der zufälligerweise Zoi stand.« Sarahs wundersame Verwandlung von einer harmlosen Touristin in eine skrupellose Verbrecherin war für sie kaum nachvollziehbar.

»Sie sagt, sie sei in Panik geraten«, erklärte Gazakis ruhig. »Da sie vorher noch nie aufgefallen ist, wird sie voraussichtlich mit einer geringen Strafe davonkommen.«

»Leider«, kommentierte Leo. »Ich fand sie überraschend kaltblütig.«

»Wir werden Zois Aussage auswerten müssen«, sagte Gazakis diplomatisch.

»Hat sich wegen der Waffe etwas ergeben?« Noch immer verursachte Mila die Tatsache Alpträume, dass sie mit dem alten Armeerevolver von Leos Großvater in der Schlucht aufgewacht war. Handelte es sich bei ihm um die Mordwaffe?

Gazakis gab die Frage an Leo weiter. »Hast du dir Gedanken gemacht?«

»Jonas sagte, Jannik hätte sie dir im Frühsommer geklaut«, sagte Mila.

»Er hat mich mal nicht angetroffen. Aliki erinnert sich nicht, wann der Waffenschrank aufgebrochen wurde. Ihr fiel es erst einige Tage später auf.«

»Aus dieser Waffe wurde zweimal gefeuert«, sagte Gazakis. »Es waren eine ganze Reihe Fingerabdrücke darauf, unter anderem Ihre und die von Jonas.«

Milas Schultern sanken herab. Es wäre besser gewesen, sie hätte die Mordwaffe nie berührt.

Nachdem sie zu Ende gegessen hatten, verabschiedete sich Gazakis mit gewohnter Freundlichkeit von ihnen. »Vielleicht sehen wir uns ja mal wieder, Mila. Kommen Sie mich doch im Präsidium besuchen, wenn Sie das nächste Mal auf Korfu sind.«

»Unwahrscheinlich«, sagte Mila und zog ihn zum Abschied in die Arme.

Leo begleitete sie noch zum Green Bus. Das beige-grün gestreifte Monstrum hielt an der Parkbucht nahe der Hauptstraße. Dort umarmte er sie und verschwand in der Menge. Ohne ein Wort.

Mila stieg ein, setzte sich und polierte das beschlagene Fenster mit ihrem Ärmel. Der Bus war bis auf zwei weitere Fahrgäste leer. Nachsaison, was den Fahrer nicht davon abhielt, viel zu schnell um die Kurven zu brettern. Die Küste mit ihren geschwungenen Buchten trat ein letztes Mal in ihren Blick. Dann folgten Wälder, Felder, Olivenhaine.

Als sie an der Straße nach Almiros vorbeifuhren, löste sich der Kloß in Milas Hals in bittere Tränen auf. Leos Schweigen hatte sie verletzt. Zumindest ein »Auf Wiedersehen im nächsten Jahr« hätte er sich abringen können. So wusste sie gar nicht, ob sie hier jemals wieder willkommen sein würde.

Mistkerl! Sie gestand sich ein, dass sie Zoi schmerzlich vermisste. Und Leo. Das Leben, das sie in Stuttgart erwartete, schien ihr nicht mehr zu gehören.

Die Tränen liefen ihr noch über das Gesicht, als sich der Bus die Serpentinen in Richtung des Bergmassivs bei Ano Korakiana hinaufquälte. Sie weinte um das, was sie verloren hatte, und um das, was hätte sein können. Um Jannik und um Leo. Und dann zog sie, Masochistin, die sie war, vorsichtig das Pflaster von ihrer tiefsten Wunde.

Sie hatte die Frage nicht gestellt, die ihr auf der Seele brannte. Die nach Janniks totem Körper.

Sie werden ihn noch nicht gefunden haben, dachte sie. Sonst hätten sie es mir gesagt. Das Ionische Meer war tief und weit.

Manche Dinge blieben besser ein Geheimnis. Vielleicht wurde irgendwann eine unbekannte männliche Leiche an die Küste geschwemmt. Hoffentlich machte sich Steffi keine allzu großen Gedanken um eine Beerdigung, die nicht stattfinden konnte. Sie hatten immer noch Jonas, den sie begraben und mit dessen Schuld sie fertig werden mussten. Aber Jannik war fort, sein Leben ausgelöscht, als hätte es nie existiert. Sie musste ihn gehen lassen, spurlos wie eine Wolke, die sich über dem Meer auflöste. Mila weinte hemmungslos um ihn und alles Glück und Leid, das sie geteilt hatten. Ich liebe dich, dachte sie.

Dann aber überlief es sie kalt. Einige Tage nach Janniks Verschwinden war der Pool der neuen Appartementanlage in Almiros-Beach betoniert worden. Schaudernd erinnerte sie sich daran, wie der Beton aus dem Schlauch geschossen war.

Nein, dachte sie und beschloss, Gazakis nicht von ihrem Verdacht in Kenntnis zu setzen. Sie würde es auf sich beruhen lassen, sie musste, denn mehr konnte sie beim besten Willen nicht ertragen.

38

Samstag

»Hier muss ein Nest sein.« Hanna Bitter drehte sich entrüstet zu Mila um. »Ein Polizistengeiernest. Und dabei hätte ich so gern meine Ruhe gehabt.«

»Wie meinen Sie das?«

»Da ist Gazakis. Schauen Sie mal.«

Mila stand in der Schlange vor der Gepäckaufgabe und versuchte vergeblich, in Richtung der Drehtür zu spähen. In der Menschenmenge konnte sie den Kommissar nicht entdecken.

»Wo?« Sie stellte sich auf die Zehenspitzen.

»Na da«, sagte Bitter.

Mila sah sich suchend um. Am Samstagmorgen quoll der Flughafen Joannis Kapodistrias aus allen Nähten. Die Abflughalle war rappelvoll. Prag, London, Paris, Dublin, Warschau. Heute würden in alle Himmelsrichtungen Flieger abheben und haufenweise Passagiere in ihre Heimat zurückbringen.

Mütter wiegten ihre schreienden Babys. Paare besorgten sich Gepäckwagen, um ihre Koffer unterzubringen. Wanderer klebten ihre Stöcke zu einem Paket zusammen und schnürten ihre Rucksäcke. Gruppen von Jugendlichen drängten sich rücksichtslos durch die Menge.

Mila stand mit Hanna Bitter in der Schlange, die vor dem Schalter der Lufthansa wartete. Blaue Bänder kanalisierten seit Neuestem die Fluggäste zu den Schaltern der einzelnen Fluglinien und sorgten für kontrollierte Abläufe.

Besser als beim letzten Mal. Mila hatte die Zustände noch von ihrem ersten Urlaub auf Korfu in Erinnerung, als die Halle nichts als ein Trichter für eine Unmenge gestresster Fluggäste gewesen war. Inzwischen hatte Fraport übernommen und mit deutscher Gründlichkeit aufgeräumt. Der chaotische Korfu-Airport machte sich.

Gruselig, dachte Mila, die zu viel Effektivität misstraute. Dennoch war genug los.

Im Durcheinander hatte sie ausgerechnet Hanna Bitter getroffen, die auch auf dem Weg nach Stuttgart war. Rundum überwog der schwäbische Dialekt, weil Milas Landsleute alles außer Hochdeutsch konnten. Dafür war allein Hanna Bitter zuständig. Das Sprachbad brachte sie dazu, die Augen zu verdrehen, und stimmte Mila auf die Heimat ein. Als die Kegelschwestern aus Biberach ihr Geburtstagskind mit Sekt hochleben ließen, wusste Mila nicht, ob sie sich genervt oder zu Hause fühlen sollte.

Hanna Bitter stach wie immer aus der Menge hervor. In ihrem schwarzen Hosenanzug überragte sie die Leute und posaunte ungeniert ihre Gedanken hinaus. Dabei hatte Mila einiges über sie erfahren. Bitter flog nach Stuttgart, weil ihre Freundin sie dort erwartete, mit der sie eine Fernbeziehung pflegte. Griechenland sehe sie so schnell nicht wieder, versicherte sie. Außerdem wolle sie sich nach diesem beunruhigenden Fall eine Auszeit gönnen. Mila wunderte sich, dass Bitter das Wort kannte.

»Wo ist denn nun Gazakis?«, fragte sie.

»Na, sehen Sie doch mal. Da.« Bitter beugte sich gnädig zu Mila hinab und deutete auf Gazakis, der durch die Drehtür getreten war und sich suchend umsah. »Dass man auch nie seine Ruhe hat. Wo der wohl hinwill? Hoffentlich sucht er nicht nach uns.«

»Er besucht sicher seine Frau«, sagte Mila. »Die lebt in Duisburg. Vielleicht fliegt er ja nach Essen.«

Mit Gazakis hatte sie nicht gerechnet. Eher hatte sie auf Leo gehofft, von dem sie sich viel zu schnell verabschiedet hatte. Ihr Gewissen brannte. Wieder einmal hatte sie eine vielversprechende Freundschaft in den Sand gesetzt.

So machte man das, wenn man Angst vor einer neuen Beziehung hatte. Aber vielleicht war ein harter Cut ja besser, als sich vergebliche Hoffnungen zu machen. Außerdem war ihre Trauer um Jannik noch zu frisch, um sich neu zu verlieben.

Gazakis kam auf sie. Er zog nur einen kleinen Rollkoffer hinter sich her, hielt sich also die Rückkehr nach Korfu offen. Schweiß stand auf seiner Stirn, sein Trenchcoat schloss nicht richtig über seinem Bauch. »So sieht man sich wieder, meine Damen.« Er begrüßte Bitter mit Handschlag und Mila mit einem Küsschen auf die Wange. »Nett, Sie zu treffen.«

»Muss das sein?«, zischte Bitter. »Sie hätten doch einen Flug später nehmen können.«

Gazakis zwinkerte Mila zu und rieb sich die Hände, als genieße er es, seine deutsche Kollegin gehörig auf die Palme zu bringen. »Ich darf doch sehr bitten. Wir haben gut zusammengearbeitet.«

»Meinen Sie?«, schnaubte Bitter.

Mila wünschte sich weit fort.

»Ich fliege übrigens auch nach Stuttgart«, verriet Gazakis.

»Das interessiert uns überhaupt nicht«, versicherte Bitter.

»Ich weiß selbst nicht, wie ich es geschafft habe, aber meine Frau hat einer Aussprache zugestimmt. Sie hat sogar gesagt, dass sie mich vermisst. Wir fahren in den Schwarzwald in ein Feinschmeckerhotel in Baiersbronn, wo wir schon früher waren.«

Ein romantischer Kurztrip also. Mila lächelte ihm zu. »Das freut mich für Sie.« Manche Dinge konnten sich zum Guten wenden, wenn auch nicht für sie.

Ich kehre in die Leere zurück, dachte sie traurig. Meine Hochzeit ist abgesagt, mein Liebster grausam ermordet. Meine Zukunft existiert nicht mehr.

Sie checkten ein und gaben das Gepäck auf, das auf dem Transportband verschwand. Milas Rucksack, Gazakis' Köfferchen und Bitters Rollkoffer, der wie erwartet zu schwer war.

»Sie haben wohl zu viele Olivenölkanister und Holzbrettchen gekauft«, kommentierte Gazakis, was die Kommissarin endgültig explodieren ließ.

Mila amüsierte sich, bis ihr aufging, dass Jannik die Situation köstlich gefunden und ihren Ablauf exakt auf seinem Blog wiedergegeben hätte.

Nachdem sich Bitter zähneknirschend mit der Nachzahlung abgefunden hatte, stellten sie sich an der Sicherheitskontrolle an, ließen sich abtasten und durchleuchten. Sie waren spät dran. In der Wartehalle hatte das Boarding für die Maschine nach Stuttgart schon begonnen.

Mila, die als Letzte ihrer Dreiergruppe durch die Sicherheitsschleuse ging, schnallte gerade ihre Kameratasche um, als ein Tumult in der Abflughalle ihre Aufmerksamkeit weckte. Ein großer Mann lieferte sich zwischen dem Bäckerstand und dem Schalter der British Airways ein Handgemenge mit zwei griechischen Polizisten. Er wehrte sich aus Leibeskräften, bis sie seine Arme ergriffen und ihn abführten. Mila kannte ihn.

Leo, dachte sie perplex.

»Was ist da los?«, fragte Bitter genervt.

»Es ist Leo …«

Er war zu spät gekommen. Er stand in der allgemein zugänglichen Zone, während sie sich im abgeschotteten Wartebereich aufhielt. Traurigkeit übermannte sie. Sie sind meine einzigen Freunde, dachte sie mit plötzlicher Hellsicht. Zoi, Aliki und Leo.

»Mila!«, rief er verzweifelt.

Beklommen fragte sie sich, wie Widerstand gegen die Staatsgewalt in Griechenland wohl geahndet wurde. Und dann wusste sie, was sie zu tun hatte.

»Ich muss hier raus. *Excuse me! Sorry.*«

Sie drehte sich auf dem Absatz um und rannte einem Sicherheitsmann im blauen Hemd in die Arme, der ihre Handgelenke umfasste und auf sie einsprach. Beruhigend, aber Mila wollte sich nicht beruhigen lassen.

»Ich muss hier raus!«, kreischte sie.

Der Grieche drückte fester zu.

»Lassen Sie mich durch!«, rief sie auf Deutsch und versuchte, sich zu befreien. Entweder sie hielten sie für das Opfer eines Nervenzusammenbruchs, oder sie verhafteten sie als Terroristin. Mila spürte, wie ihr die Tränen kamen.

»Tun Sie was, Gazakis!«, rief Hanna Bitter.

Der Kommissar, der schon auf dem Weg in die Wartehalle mit ihren zollfreien Parfümerien war, drehte sich zu ihnen um. »Was ist los?«

Bitter verdrehte die Augen. »Ihre Kollegen, oder wie soll man die Berserker nennen? Sie haben gerade Leo einkassiert und sind dabei, Mila einzuweisen. Sorgen Sie dafür, dass man diesen liebeskranken Tölpel freilässt, und retten Sie Mila!«

Gazakis fluchte lauthals, bevor er die Schleuse retour durchlief. Mit Hilfe seines Polizeiausweises und seiner Fähigkeit, mit Engelszungen auf Leute einreden zu können, erreichte er, dass auch Mila wieder in die Abflughalle durfte. Insgeheim vermutete sie, dass der Sicherheitsmann glaubte, Gazakis werde sie ins Gefängnis oder in die Klapsmühle bringen lassen.

Am Gate wurde derweil das Boarding für Stuttgart beendet. Sie wurden ausgerufen. Ihre Namen schallten in mehreren Sprachen durch die Halle.

»Danke«, sagte Mila.

»Keine Ursache. Sie haben alles Glück dieser Welt verdient, Kleine.« Augenzwinkernd griff Gazakis nach ihrem Arm, als sei sie eine Delinquentin, der er sich besonders widmen wollte.

Gemeinsam betraten sie die Polizeiwache des Flughafens. Leo saß vornübergebeugt auf einem Holzstuhl und sprang auf, als er sie sah. Ein Polizist schubste ihn zurück auf seinen Stuhl. Dennoch stand Hoffnung in seinen dunklen Augen, als Mila und Gazakis näher kamen. Da war ein unsichtbares Band, das Mila zu ihm zog. Ein kosmisches Gummiband, dachte sie. Gespannt vom Universum selbst.

»Jetzt hast du es also tatsächlich geschafft, dich verhaften zu lassen, Leo«, sagte Gazakis kopfschüttelnd. »Ich hab's doch geahnt.«

Während er geduldig auf seine Kollegen einredete, stand Leo, dieses Mal unbehelligt, auf.

»Warum bist du gekommen?«, fragte Mila, obwohl sie den Grund genau kannte. Sie wollte ihn nur aus Leos Mund hören.

»Wir vermissen dich«, sagte er. »Besonders Zoi. Aber auch Aliki, und die Katze frisst nicht mehr ohne dich. Wir können sie doch nicht verhungern lassen.«

»Und du?«

Gazakis, der eben noch mit seinen Kollegen palavert hatte, hielt inne und lauschte ebenso gespannt wie Mila.

Leo sah auf sie herunter, einen Ausdruck banger Sehnsucht in den Augen, bereit, ihr sein Herz zu Füßen zu legen. »Ich am meisten.«

Eine weitere Ansage tönte durch den Raum. »*Last call for passengers Mila van der Holst and Achilleas Gazakis. Last call for Stuttgart!*«

»Ich gehe dann mal.« Gazakis wandte sich zur Tür.

Mila nickte ihm dankend zu und wartete auf Leos nächste Worte. Feierlich legte er ihr seine großen Hände auf die Schultern, bereit, sich eine Abfuhr einzukassieren.

»Du könntest bleiben«, sagte er.

Epilog

Nachtrag zu Jannik Tersteegens Buch »Die tausend Farben des Meeres«, gefunden auf seinem Smartphone.

Mila:

Du liegst unterm Sternenhimmel auf der Bank am Meer und schläfst süß und selig. Deine Haare gleiten auf den Asphaltbelag des Uferwegs. Du wirst nicht mitkriegen, was geschieht. Ich kann dem Konflikt mit meinem Bruder nicht länger aus dem Weg gehen, der so bitter und ungerecht wie eine griechische Tragödie ist. Oder wie der Streit zwischen Kain und Abel: Bruder gegen Bruder. Er nennt mich »Verräter«, ich ihn »Verbrecher«. Deshalb werde ich nun mit dir, Mila, zu Jonas gehen, der in dem weißen Transporter auf Volkers Parkplatz auf uns wartet. Ich werde dich tragen, sodass du von alldem hoffentlich nichts mitkriegst.

Auch wenn du mir nie verzeihen wirst, leiste ich Abbitte für die K.-o.-Tropfen, Mila. Glaub mir, mir blieb nichts anderes übrig. Deine Ankunft hat mich überrumpelt. Wenn die Lage nicht eskalieren soll, muss die Auseinandersetzung zwischen meinem Bruder und mir unser Geheimnis bleiben. Unter Zwillingen, die sich einst nahestanden. Wie hat es nur so weit kommen können? Wie haben wir uns nur so aus dem Blick verlieren können?

Bevor das Schicksal seinen Lauf nimmt, muss ich dir etwas sagen. Ich liege mit dem Titel meines Buches komplett daneben. Er ist schlecht, denn er trifft nicht zu. Das Meer hat keine tausend Farben, jedenfalls nicht von selbst. Es spiegelt allein den Himmel, sein launisches Grau bei Regen, sein blaues Leuchten, wenn die Sonne scheint, das bedrohlich aufziehende Gewitter, seine absolute Finsternis in tiefer Nacht. Himmel und Meer verlieren sich ineinander wie die Blicke der Liebenden

im Tarot. Sie können nicht ohneeinander sein. So wie du und
ich, Mila, mein Herz.

Jannik speicherte den Text, trat auf Mila zu, griff ihr unter
Achseln und Kniekehlen und hob sie auf. Sie war schwerer als
gedacht, ihre langen Haare hingen über seinen Arm. Er hoffte,
dass es Tassos mit dem Liquid Ecstasy nicht übertrieben hatte.

Für einen Augenblick blieb er mit Mila am Saum des Meeres
stehen und schöpfte Atem, der ihm plötzlich unendlich kostbar erschien. Der Sternenhimmel und die endlose schwarze
Wasserwüste waren erheblich größer als ihr kleines Schicksal.

Jannik war versucht, die Ehrfurcht zuzulassen, die er vor
der Unendlichkeit des Meeres und der Endlichkeit des Lebens
empfand.

Dann wandte er sich langsam dem Transporter zu, in dem
Jonas auf ihn wartete.

Danksagung

Ich liebe Korfu, diesen Smaragd im Mittelmeer, schon sehr lange. Fünfmal habe ich innerhalb der letzten zehn Jahre meinen Urlaub an diesem wunderschönen Ort verbracht, was auch dem praktischen Direktflug am Samstagmorgen um sechs Uhr von Stuttgart geschuldet ist, der im Buch erwähnt wird.

Die Idee zum Roman »Die tausend Farben des Meeres« kam mir im Sommerurlaub 2018 an der Nordküste mit ihrer starken Brandung und den weiten Stränden. In Almiros und Acharavi habe ich mich mit der perfiden Phantasie einer Krimiautorin gefragt, wie es wäre, wenn jemand auf Korfu verschwinden und sich die Urlaubsstimmung für seine Mitmenschen in einen Alptraum verwandeln würde. Im Sommer darauf habe ich auf Korfu intensiv zu den Handlungsorten und dem Olivenanbau recherchiert.

Zur Fertigstellung eines Romans gehören immer viele Leute. Danken möchte ich zunächst meiner Agentin Franka Zastrow von der Agentur Thomas Schlück und meinen Lektorinnen Susann Säuberlich, Sophie Olk, Stefanie Rahnfeld und Hannah Naumann von Emons sowie Art-Direktorin Nina Schäfer, die dem Roman mit einem Bild der »Mäuseinsel« ein inspirierendes Cover verpasst hat.

Mein Dank gilt auch meinen ProbeleserInnen Renate Deeken, Dieter Ordnung, Elke Bader und Ulrike Marbach, die sich durch das noch unfertige Manuskript gearbeitet haben. Ein Okay von eurer Seite zeigt mir immer, dass ich auf dem richtigen Weg bin.

Zum ersten Mal habe ich über ein Land geschrieben, dessen Sprache und Schrift mir nicht geläufig sind. »Zoi« heißt »Leben« – für die Bedeutung des Namens meiner zweiten Heldin danke ich Hilde Hufnagl-Brunner. Professor Costas Canavas hat mich über die richtige Deklination der Nachnamen von

Frauen im Griechischen aufgeklärt, die sich am Genitiv orientiert. Und nicht zuletzt möchte ich meiner Zimmerwirtin in Acharavi danken, die auf den schönen Namen Eleftheria hört. Der Grund, warum Korfu sich als grünste Insel weit und breit behauptet, wurde auch von ihr geklärt. »Auf Korfu regnet es im Winter immer.«

Last, but not least gilt mein Dank dem jungen Herrn Mavroudis von der gleichnamigen Ölmanufaktur in Vranganiotika, der mir in seinem Olivenölmuseum ausführlich und liebevoll die Funktionsweise einer modernen Ölpresse erklärt hat.